The Rogue Not Taken
by Sarah MacLean

不埒な侯爵と甘い旅路を

サラ・マクリーン
辻 早苗[訳]

ライムブックス

THE ROGUE NOT TAKEN
by Sarah MacLean

Published by arrangement with Avon,
an imprint of Harper Collins Publishers
through Japan UNI Agency, Inc., Tokyo

不埒（ふらち）な侯爵と甘い旅路を

主要登場人物

ソフィ・タルボット……………………………………タルボット家の五女。ワイト伯爵令嬢
アロイシャス・アーチボルド・バーナビー・キングズコート（キング）
……………………………………………………………エヴァースリー侯爵
セラフィーナ（セラ）…………………………………タルボット家の長女。ヘイヴン公爵夫人
セシリー・タルボット…………………………………タルボット家の次女。ワイト伯爵令嬢
セレステ・タルボット…………………………………タルボット家の三女。ワイト伯爵令嬢
セリーヌ・タルボット…………………………………タルボット家の四女。ワイト伯爵令嬢
ジャック・タルボット…………………………………ワイト伯爵。ソフィたちの父
ワイト伯爵夫人…………………………………………ソフィたちの母
ヘイヴン公爵……………………………………………セラフィーナの夫
デレク・ホーキンズ……………………………………芸術家。セシリーの求婚者
クレア伯爵………………………………………………セレステの求婚者
マーク・ランドリー……………………………………セリーヌの婚約者

醜聞と放蕩者
第一巻／第一号

一八三三年六月十日（月）

公爵、臨終間際か？

名うての世捨て人であるライン公爵の死期が迫っているとうわさされている。跡継ぎ（魅力的でろくでなしの〝放蕩王者〟）が病床の父親と最期の対面を果たすために北部に呼ばれた、と匿名の情報源は弊紙に語った。果たして跡継ぎのエヴァースリーは最新の愛人の抱擁から抜け出して、急ぎ故郷へ戻るのだろうか？　どうやらその可能性が高そうだ。相続財産の魅力は愛人にまさるらしい。

続報を期待されたし。

1

ソフィ、パーティの主役になる

一八三三年六月
ロンドン

リヴァプール伯爵夫人が水生生物をあれほど愛していなければ、ひょっとしたらまったく異なる事態になっていたかもしれない。

一八三三年六月十三日に催された、シーズン最後のガーデン・パーティに起こったある事件を、だれも目撃しなかったかもしれない。ロンドンの貴族は上機嫌でそれぞれの馬車に乗りこみ、夏を田舎で過ごすために甲虫のようにイングランド中に散っていったかもしれない。

ひょっとしたら。

けれど、リヴァプール伯爵夫人は前年に、日本の将軍が愛した金魚の直系の子孫だという、オレンジと白のきれいな模様が入った魚を六匹贈られていたのだった。ソフィはそんな話は眉唾ものだと思っていた――日本が鎖国しているのは周知の事実だからだ――が、レディ・リヴァプールはそのペットを過剰なくらいに自慢しており、常軌を逸しているといっても過言ではないほどの情熱を持って世話をしていた。六匹が二十四匹まで増え、金魚が運ばれてきた巨大な鉢は、池としか表現しようのないものに替えられた。

金魚は伯爵夫人の想像力を刺激したらしく、なぜかリヴァプール家のガーデン・パーティは、夫人が日本よりもっと知らない中国が主題になった。そして、珍重している金魚を模したとおぼしき、白とオレンジ色の半透明のシルクという凝ったドレス姿で客を出迎えたレディ・リヴァプールは、辻褄（つじつま）の合っていないことをこう説明した。「だって、日本についてなどだれもなにも知らないのですもの。とんでもなく閉ざされた国だから、パーティの主題には向かなくて。それに、中国は日本ととても近いから……ほとんど同じ国と言えますものね」

全然ちがう国だとソフィが言うと、伯爵夫人はくすくすと笑い、ひれのようなシルクを揺らしながら手をふった。「細かいことは気にしなくてよくってよ、レディ・ソフィ。中国にだって金魚はきっといるでしょうし」

その無知なことばを聞いて母に目をやったが、反応はなかった。もう何週間も、中国と日本は同じではないと言い続けてきたのだが、だれも耳を傾けようとしてくれなかった――母は洗練された催し物に招かれただけで大げさにありがたがっていた。タルボット家の姉妹は、洗練という点においては異例の存在だからだ。

客たちは競うように、ブロケード地の赤と金の凝ったドレスに身を包んでおり、招待状が届いてからというものロンドンの帽子店を昼も夜も忙しくさせたにちがいない、突拍子もない帽子をつけていた。

あなたも同じようにしなさいと母から強く言われたにもかかわらず、ソフィはごくふつうの薄黄色のドレスを着て家族を困惑させた。

そして、六月中旬のすばらしい天気のその日、レディ・リヴァプールは、タルボット家の娘たちのなかではおもしろみがなく、いちばんの美人でもなく、いちばん楽しくもなく、いちばんピアノが上手なわけでもないソフィに同情し、外の温室にいる金魚を見にいってはどうかしら、そうすればお嬢さんも水を得た魚のように元気になるでしょう、と声をかけた。

自分と家族を慎重に避ける、忍び笑いをともなう視線から逃れられるのがうれしくて、ソフィはいそいそとその提案に乗った。標的を巧みによける視線ほど露骨なものはないからだ。問題の標的が無視できないほど大きいものであるときはことさらに。

視線は、タルボット姉妹が社交界にデビューしてから――四年で五人――ずっとつきまとってきており、年々冷ややかなものになっていき、招待状はどんどん少なくなっていた。

娘たちを社交界の人気者にしたいという夢を母が諦めてくれたらいいのにとずっと願っていたが、かないそうになかった。その結果ソフィはここにいて、リヴァプール家の装飾庭園に隠れたり、自分たち姉妹を侮辱するささやき声ともいえない声など聞いていないふりをしたりしていた。

そんなわけだったから、主催者に言われるままに有名な温室へ向かう彼女はほっとしていた。ガラス張りの巨大な温室はすばらしい花々でいっぱいで、おまけにうわさ話を聞かずにすみそうだった。

養魚池を探しながら、鉢植えのレモンの木とみごとなシダのあいだを縫うように進んでいたとき、物音が聞こえてきた――かわいそうなだれかの悲鳴のようで、シャクナゲの茂みのなかで拷問を受けているかのようだった。

声の持ち主は明らかに助けを必要としているようだったので、ソフィは道義心から探ってみた。物音の源を見つけたが、あいにく、その女性は助けを必要としていないとわかった。すでに助けを受けていたのだ。

ソフィの義兄から。

注目すべきは、その女性がソフィの姉ではなかったことだ。

だから、最初の衝撃から立ちなおると、ソフィはじゃまに入る権利が完璧にあると感じた。「公爵さま」この瞬間、この男性、それにありあまる権力を彼にあたえたこの世界への軽蔑の念をこめて呼んだ。

男女がはっと動きを止めた。ブロンドの頭が義兄の腕の下から出てきた。その髪には赤いシルクの塔のような帽子がついていて、あちこちの角から下がる金色の房が女性の耳もとで揺れた。女性が大きな青い目をぱちくりさせた。

ヘイヴン公爵はソフィをふり向きもしなかった。「あっちへ行け」

この世に貴族ほどソフィの嫌いなものはなかった。

そのとき、背後から声がした。「ソフィ？　お母さまが捜してらっしゃるわよ……。カルバース大尉をクロッケー場で呼び止めて、扇で叩いてらっしゃるの。かわいそうな大尉を救ってあげてちょうだい」

ソフィは目を閉じ、いま聞いたことばを追い払おうとした。それと一緒に、声の持ち主も。くるりと向きを変え、姉をこれ以上近づけまいとする。「だめよ、セラ――」

「まあ」ヘイヴン公爵夫人である旧姓タルボットのセラフィーナは角を曲がって鉢植えの植物のほうに来て、現場を目撃するとはっと立ち止まり、将来のヘイヴン公爵を宿してかすかに膨らんだ腹部にさっと両手をあてた。「まあ」ソフィは姉の目に驚愕の色が走り、それから悲しみに、次いで冷ややかな落ち着きへと変化するのを見た。「まあ」ヘイヴン公爵夫人がくり返す。

公爵は動かなかった。自分の子どもの母親である妻を見なかった。そして、愛人のブロンドの髪に片手を差し入れ、その首筋に向かってこう言った。「あっちへ行けと言っただろう」

ソフィがセラフィーナに目をやると、心のうちで渦巻いているはずのあらゆる感情を隠して、健気にも背筋を伸ばして立っていた。ソフィの心のうちも姉と同じだった。お願い、なにか話してと姉に念じる。姉自身のために。生まれてくる子のために。

セラフィーナが背を向けた。

ソフィは思わず言っていた。「セラ！　なにも言わなくていいの？」タルボット家の長女は頭をふり、その諦めの仕草を見たソフィのなかで怒りと憤りが暴れまわった。義兄に向きなおる。「姉が黙っているなら、わたしが言います。あなたは不愉快な人だわ。傲慢で、忌まわしくて、胸の悪くなるような人です」

公爵がふり向いて、侮蔑のまなざしを向けてきた。

「続けてさしあげましょうか？」ソフィは言った。

公爵の腕のなかにいるブロンドの女性があえいだ。「なんて人なの！　公爵さまに向かってそんな口のきき方をするなんて。失礼にもほどがあるわ」

ソフィは女性の頭からばかげた帽子をむしり取り、それでふたりを叩いてやりたい気持ちを必死でこらえた。「おっしゃるとおりね。この状況で失礼なのはわ、た、し、だわ」

「ソフィ」セラフィーナの小声には、その場を離れるよう促す切羽詰まったものがあった。

公爵がやれやれといった具合のため息をついてブロンドの女性から身を離し、スカートを下げたあと、乗っていたテーブルから下ろしてやった。「行きなさい」

「でも――」

「行くんだ」

用ずみとなったのを悟った女性は、房飾りをまっすぐにしてスカートをなでつけると、言われたとおりに立ち去った。

ズボンの前垂れのボタンを留めながら、公爵がふり向いた。妻のセラフィーナは顔を背けたが、ソフィはそうはせず、どうしようもない夫から守ろうとするかのように姉の前に出た。

「下品なふるまいでぎょっとさせて追い払おうとしているのなら、その手は効きませんから」

公爵は片方の眉を吊り上げた。「そうだろうとも。きみたち一家は下品さを生き甲斐にしているのだから」

相手を傷つけるのが目的のことばは、みごとにその役割を果たした。

タルボット家は上流社会の醜聞だった。ソフィの父親は伯爵としては新参者で、十年前に当時の国王陛下から爵位を賜った。本人がうわさを認めたことはなかったが、父のジャック・タルボットは石炭業で手に入れた富で爵位を買ったともっぱら言われていた。フェローというカード・ゲームで勝ち取ったと言う者や、国王陛下の非常に体裁の悪い借金を肩代わりした礼として受け取ったものだと言う者もいた。

ソフィは真実を知らなかったし、知りたいとも思わなかった。なんといっても、父親の爵位は自分とはなんの関係もないものだし、貴族社会は自分では選ばなかったはずのものだからだ。

実際、選べるものならば、姉たちを不当に評価し、ひどい扱いをする人たちのいる社会以外のものにする。ソフィは顎を上げて義兄をまっすぐに見た。「うちのお金を使うのはいやがってらっしゃらないようですけど」

「ソフィ」また姉に名前を呼ばれたが、今度はそこに非難がこめられていた。

ソフィは姉をふり向いた。「お義兄さまを守るつもりではないでしょうね？　結婚前のお義兄さまはお金に困ってらっしゃったといううわさは、ほんとうなのでしょう？　貧困にあえぐ公爵になんの価値があって？　結婚して家名を救ってくれたお姉さまに対して、お義兄さまはひざをついて感謝すべきなのよ」

「うちの家名を救っただと？」公爵は袖をまっすぐにした。「そんな風に思っているのなら、頭がどうかしている。きみのお父上に貴族の投資家を紹介したのは私だ。私の好意のおかげでお父上は暮らしていけるのだ。だから、金は喜んで使わせてもらう」吐き捨てるように言う。「きみの姉上のような淫売と結婚させられたせいで、物笑いの種になった埋め合わせだ」

侮辱のことばにあえぎ声が漏れそうになるのをこらえる。姉が公爵と結婚した経緯なら知っていたし、長女が公爵夫人になったときに母が得意げにあちこちに吹聴(ふいちょう)してまわったのも知っていた。けれど、だからといって侮辱してもいいわけではない。「姉はあなたの子どもを身ごもっているんですよ」

「妻はそう言ってるな」公爵はふたりを押しのけるようにして温室の出口に向かった。

「姉が嘘をついているとおっしゃるんですか？」ぎょっとしてセラフィーナを見ると、膨らみかけた腹部の上で握っている手を見下ろしていた。父親が怪物であるのを子どもに知られまいとでもするように。

そのとき、義兄のことばの意味にソフィは気づいた。彼を追いかける。「まさかご自分の子じゃないかもしれないと思ってらっしゃるの？」

さっとふり向いた公爵は、冷ややかで軽蔑に満ちた目をしていた。だが、彼はソフィを見ていなかった。妻を見ていた。「彼女の嘘つきの唇からこぼれることばはすべて疑ってい

る」彼は顔を背けた。ソフィが姉に目をやると、堂々と背筋を伸ばして落ち着きを保ってい
た。ただし、立ち去る夫を見送るその頬を、ひと粒の涙が伝っていた。

その瞬間、規則と侮蔑のこの世界にソフィはもう耐えられなくなった。生まれ落ち
たわけでもないこの世界。自分ならぜったいに選ばなかったこの世界。

こんな世界は大嫌いだった。

姉の仕返しをすることだけを頭に、ソフィは義兄を追った。

公爵がふり向きかけた。ソフィの名を呼ぶセラフィーナの声に切羽詰まったものを聞き取
ったからか、女性が小走りに追いかけてくる足音が耳慣れずに驚いたからか、あるいはソフ
ィがまんできずに発した野獣のようないらだちの声がガラスの温室に大きく響いたからか。

ソフィは全身の力をこめて義兄を押した。

公爵がふり向こうとして不安定な体勢になってさえいなければ……。

ソフィに勢いがついてさえいなければ……。

庭師が仕事をきっちりこなしたせいで、地面が濡れてすべりやすくなってさえいなければ
……。

リヴァプール伯爵夫人があれほど金魚をだいじにしてさえいなければ……。

「なんて女だ！」養魚池のまん中に派手に落ちた公爵が叫んだ。ひざを立て、黒っぽい髪を
頭部に張りつかせ、怒りでぎらついた目をしてどなった。「おまえを破滅させてやる！」

ソフィは大きく息を吸い――この状況では、まさに毒を食らわば皿までだと確信していた

――手を腰にあてて水際に立ち、いつもは堂々とした義兄を見下ろした。

いまの義兄はそれほど堂々としていなかった。

ソフィはがまんできずににやりとした。「やってみればいいわ」

「ソフィ」セラフィーナの声には困惑と後悔と悲しみが混じっていた。

「ああ、セラ」義兄が不平をぶつぶつ言う声が耳に心地よく響くのを押しやって、笑顔を姉に向ける。「いまのを楽しまなかったなんて言わないで」

ロンドンでこれほど楽しい瞬間をソフィは味わったことがなかった。

「言わないわ」セラフィーナがそっと認めた。「でも、あいにく楽しんだのはわたしだけではないみたい」

背後を指さされてふり向いたソフィは、温室の巨大なガラス越しにおおぜいの人たちが覗いているのを見てぎょっとした。


ソフィはすぐさま恥ずかしさに襲われた。

濡れた服や台なしになったブーツやきまりの悪さを義兄が味わうのが当然の報いなのは関係ない。身ごもった妻や未婚の義妹の前でいやらしいふるまいを見せて平気な男が、最悪の類の獣であるのも関係ない。醜聞が完全に公爵ひとりのものであるべきなのも関係ない。

公爵は醜聞にさらされないものだ。

けれど、タルボット家の若い娘たちには、醜聞は馬の毛についた蜂蜜のようにまつわりつく。

ジャック・タルボットがワイト伯爵になるや、粗野で垢抜けず、まったく貴族らしくない一家に上流階級が注目と侮蔑を浴びせ、それがいまも続いていた。新参の伯爵となった彼が石炭で財を築いた事実が、物笑いの種にするにはうってつけだったのだ。娘たちは薄汚れたS（ソイルド）たちと揶揄（やゆ）された。なかなかうまいあだ名だと思われているのだろう。というのも、タルボット家の娘たちは上から順にセラフィーナ、セシリー、セレステ、セリーヌ、そしてソフィと名づけられていたからだ。

それでも、もっとひどいあだ名――舞踏室や喫茶室、それに特に紳士クラブでささやかれているにちがいないもの――よりは薄汚れたSたちのほうがまだましだった。そのあだ名は、セラフィーナが完璧な公爵を結婚の罠にまんまとはめたとみなされて以来の警告を意味していた。伯爵位や、メイフェアの屋敷や、贅沢すぎるほど美しい服や、申し分のない馬や、金ぴかの馬車は金で買えたかもしれないが、由緒正しい血統を買うことはできず、一家の娘たちは昔からの貴族の輪に結婚によって入りこむためならなんでもしそうだ、ということだ。

危険な娘たち。

そのあだ名は、ソフィの三人の未婚の姉たちのせいでつけられた。それぞれが同じように贅沢な求婚者と贅沢な交際――外聞の悪いものになるのをぎりぎりで回避できているが、約束が果たされない可能性が常につきまとう交際――の真っ最中だ。セシリーは、ホーキンズ劇場の所有者であり人気俳優である有名な芸術家、デレク・ホーキンズにとっての芸術の女神(ミューズ)として広く知られている。ホーキンズには爵位はないが、それ以外は想像しうるかぎりのものを持っており、セシリーの心を射止めるにはそれだけでじゅうぶんだった。姉や上流階級の人たちがあのうぬぼれの強い男性のどこに魅力を感じているのか、ソフィにはまったく理解できなかったが。

セレステは、とんでもなくハンサムで、不幸にも貧窮しているクレア伯爵とくっついたり離れたりをくり返していて、人前でも情動をあらわにする。ソフィの想像しうるかぎりもっとも芝居がかったふたりで、人でいっぱいの舞踏室でしょっちゅう喧嘩をしたり、相手の腕のなかにうっとり倒れこんだりしていた。四女のセリーヌは、有名な馬市場のタッターソールと張り合えるほどの〈ランドリーのサラブレッド〉という厩舎の所有者であるマーク・ランドリーと交際している。ランドリーは粗野で騒々しくて貴族の血は一滴も流れていないが、セリーヌがもし彼と結婚したら――そうなる可能性はあるとソフィは思っている――姉妹のなかで飛び抜けて裕福になるだろう。

彼女たちの交際は頻繁に注目を浴び、あれこれ言われており、姉妹はそれを気に入っていて、ゴシップ紙に取り上げてもらおうと懸命だった――そして、母はそれにうろたえていた。姉妹は上流社会から非難されることで花開き、扇の陰で舌打ちされるたびにさらに突拍子もないふるまいに出るのだった。

だがそれは、姉たちの話だ。醜聞は二十一歳のソフィを避けて通っていた。彼女はそれを、自分が上流階級やその規則や批判を嫌っているのを、あちらがなぜか感じ取っているせいだと思っていた。

けれど、ヘイヴン公爵が養魚池に落ちてびしょ濡れになり、つい先ほどまで非の打ちどころのなかったズボンに淡水の植物をくっつけた姿をさらしているいま、上流階級の人々はソフィ・タルボットを——危険な娘たちのなかではもの静かだとみんなから思われていた彼女を放っておいてくれそうにはなかった。

頬をまっ赤にしたソフィは顔を上げて温室を出るとき、戸口で足を止めて集まっている人々を見ていった。全員がそろっていた。何人もの公爵夫人、侯爵夫人、伯爵夫人たちが、ひらひらとはためかす扇の陰で、突然訪れたじっとりする夏の暑さのなかで鳴く蝉のように忙しなくささやいていた。けれど、衝撃を受けたのは自分のふるまいに対する貴婦人たちの反応ではなかった。彼女たちがうわさ話に興じ、醜聞に夢中なのは何年も目にしてきたからだ。

衝撃を受けたのは男性陣の反応だった。

経験からいって、ロンドンの紳士はうわさ話にはほとんど興味がないようだった——そちらは妻たちに任せ、自分たちはもっと男っぽい気晴らしに目を向けていた。けれど、ひどい目に遭わされたのが自分たちの一員であるときは、事情がちがうらしい。男性たちもソフィを凝視していた——伯爵、侯爵、そして公爵。そのたくさんの目のなかには非難以上のものがあった。

嫌悪は冷ややかなものとして表現されがちだが、今日は太陽のように熱く感じられた。そのいやな熱さをさえぎろうとでもいうのか、思わず知らずソフィの手が持ち上がった。

「ソフィ！」母が駆け寄ってきた。満面に笑みを張りつけており、その声はひそひそとことばを交わしている出席者たちにもじゅうぶん届くほど大きかった。ソフィの母は深紅色のドレスを着ていて、小顔の上にそびえ立っている同じ色合いのばかげた飾りがなければ、挑発的ととられてもおかしくないものだった。美しさの妨げとなっているその飾りは、中国で最新流行のものと太鼓判を押されていた。

とはいえ、いまのレディ・ワイトは自分の帽子のことなど考えていなかった。末娘のそばに来た彼女は目に動揺を浮かべており、似たように突飛な格好をしたまん中の娘三人がその後ろから子鴨のようについてきた。

「ソフィ！」伯爵夫人がくり返した。「なんて騒動を起こしてくれたの！」

「あなたもわたしたちの一員だと思われるかもしれなくてよ」セシリーの口調はそっけなく、存在感のある胸もとでドレス――とんでもなくきつく締めつけた、一歩まちがえばけばけばしくなりそうなもの――の縫い目がはち切れそうになっている。当然ながらセシリーは、魔性の女に見られたがって、そういうドレスをよく着る。「ヘイヴンはあなたを殺したがってるみたいな顔をしていたわ」

〝おまえを破滅させてやる〟

「これほどたくさんの人に見られていなければ、きっとそうしていたと思うわ」ソフィは言った。

「いやになるほどおおぜいの人に見られてしまったわ」吐き捨てるように母が言う。セシリーが片方の眉を吊り上げ、ありもしないごみを胸もとから払った。「それに、あんなに濡れそぼっていなければね」

「胸に注意を引くようなまねはやめなさいよね、セシリー。胸なんて女ならだれにでもあるのだから」王冠のような飾りから下がっている金糸の薄いベール越しに、セレステが淡々と言った。

セリーヌがくすくす笑う。

「あなたたち！」伯爵夫人の母がぴしゃりと注意した。

「胸のすく思いだったわ、ソフィ」セリーヌだ。「あなたにあんなことができるなんてね」

ソフィは鋭い目をすぐ上の姉に向けた。「それはどういう意味？」

「おやめなさい」伯爵夫人がことばをはさんだ。「このせいで家族全員が破滅するかもしれないのがわからないの？」

「ばかみたい」セシリーだ。「破滅させると何度脅されたら、わたしたちは猫みたいに何度でも生き返るってわかってくれるの？」

「猫だって九生しかないんですよ。この損害をなんとか修復しなければ。すぐさま」伯爵夫人はそう言ったあと、おおぜいの野次馬がいるのを思い出し、みんなに聞こえるほど大きな声で続けた。「なにがあったかは、わたしたちみんなが見ていたわ！　かわいそうな公爵さま！」

ソフィは驚いて体をこわばらせた。「かわいそうですって？」

「もちろんですよ！」ありえないことに、伯爵夫人の声が一オクターブ上がった。

ソフィが目を瞬(しばたた)く。

「調子を合わせたほうがいいわ」セリーヌがさりげなく言い、姉たちが扇をパタパタやり、房飾りを揺らしながら、金ぴかの鵜のようにソフィを取り囲んだ。「そうじゃないと、お母さまは追放されるのではないかという心配でおかしくなってしまうわよ」

「わたしなら心配しないわ」セレステが口をはさむ。「あの人たちがほんとうに追放しようとするはずがないもの。わたしたちについてくるのもやっとというありさまなのだから」

セシリーがうなずく。「そのとおりだわ。あの人たちはわたしたちの巻き起こすとんでもない騒動が大好きなのよ。わたしたちがいなくなったら、あの人たちはどうなるの？」

それはたしかにまちがってはいない。

「それに、わたしたちはあの人たちのだれよりも高みに上るのですもの。セラフィーナをご覧なさいな」

「セラフィーナの夫はひどいろくでなしだけれどね」ソフィが指摘する。

「ソフィ！　口を慎みなさい！」伯爵夫人は動揺のあまり卒倒しそうだった。

姉たちがうなずく。

「それは避けなければね」セシリーが言った。

「公爵さまは足をすべらせて池に落ちたのですよ！」伯爵夫人はなりふりかまわず大声を張

りあげた。ますます見開いていく大きな青い目が飛び出すのではないかしら、とソフィは思った。へんてこな帽子が重さに耐えかねてずり落ちるのもかまわず、手入れの行き届いた芝の上で目玉を手探りする母の姿が目に浮かんだ。

滑稽な場面だ。

ソフィはくすくす笑った。

「ソフィ!」母が食いしばった歯のあいだから叱る。「おやめなさい!」

くすくす笑いをこらえて鼻が鳴った。

母は胸に手をあてて続けた。「かわいそうなヘイヴン!」

ソフィはもう耐えられなくなった。笑い声は出なかった。怒りに抑えこまれたからだ。父が爵位を賜って母が伯爵夫人になり、姉たちが非常に裕福なだけでなく、非常に裕福なレディになって以来、上流階級は一家の存在を認めるしかできなくなった。そして、家名や金といったお飾りなど気にもしていないとソフィが思っていた母も姉も、急にそういったものにこだわるようになったのだった。

タルボットの人間は王族に嫁いだとしても、ほんとうの意味では上流階級には受け入れてもらえないのに。上流階級が彼らの存在にがまんしているのは、伯爵となった父の助言や知恵を、あるいは娘たちについてくる持参金を失う危険を冒したくないからだ。結局のところ、結婚というものはイングランドにおいてはもっとも重大な事業だからだ。

ソフィの家族はだれよりもそれをよくわかっている。

そして、ゲームを楽しんでいる。策謀を。

けれど、ソフィはそんなものを望んでいなかった。望んだことなど一度もない。この世に生を受けて最初の十年は、爵位がなくても裕福で牧歌的な暮らしをしていた。モスバンドの緑の丘で遊んだ。昼食のごちそうのために、タルボット家の台所で父の大好きな肉詰めパイの作り方を祖母から学んだ。馬に乗って町に出かけ、牛肉やチーズを買った。貴族の夫を持つなど夢見たこともなかった。将来はパン屋の息子と結婚して、まっとうでそれ相応の生活を送るつもりでいた。

それなのに、父が伯爵になった。そして、すべてが変わった。母が家を閉め、いそいそとメイフェアに移り住んで以来、ソフィはもう十年もモスバンドに帰っていない。祖母はモスバンドを離れて一年もしないうちに他界した。肉詰めパイは、伯爵には低俗すぎるとみなされた。肉やチーズは、いまではメイフェアの大きな町屋敷の裏口に配達されるようになっていた。

そしてパン屋の息子は……遠くのぼんやりした思い出になってしまった。

家族のだれひとりとして、ソフィが望んだことも頼んだこともないこの世界に溶けこむのに苦労していないようだった。

家族のだれひとりとして、ソフィがこの世界をとても嫌っていることなど気にもかけていないようだった。

そんな事情もあって、リヴァプール家の屋敷の庭でおおぜいの貴族たちが見ているなか、ソフィは彼らの一員だというふりをするのにうんざりした。この場所に属しているふりをするのに。彼らに認めてもらいたがっているというふりをするのに。

お金ならあった。どこへだって行ける脚だってある。

姉たちに目をやる。全員が美しく着飾り、全員がこの世界を支配する日が来ると確信している。自分が姉たちのようにはけっしてなれないのはわかっていた。醜聞など楽しめない。この世界もそれが象徴するものも欲しくなかった。

だったらなぜこの世界に従おうとするの？

今日のできごとのあとでは、上流階級が自分を歓迎してくれるはずもない。だったら、真実を口にしてもかまわないのでは？

お父さまがいつも言っているように、毒を食らわば皿まで、だわ。

ソフィは野次馬に目を転じた。「ほんとうにね。かわいそうな公爵さまが姉を侮辱したのに、紳士と言われている人たちがなにもしようとしなかったから、わたしが姉の名誉を回復するために英雄を演じるしかなかったのは滑稽としか言いようがないわ」みんなに届くように大きな声で言う。「爵位があればだれでも紳士になれると勘ちがいさせるようなこの世界で育ったなんて、たしかにかわいそうな公爵さまだわ。正直なところ、彼もそのお仲間の大半も、ただの自堕落な人たちなのに。いいえ、自堕落というより、ふしだらなのよ」

母の目が丸くなった。「ソフィ！　淑女がそんなことを言ってはいけません！」

淑女らしくないと何度叱られただろう？　ぜったいに自分を受け入れてはくれないこの貴

族社会の完璧な人間の型に何度押しこまれただろう？　こちらのお金を必要としていなければ、あちらはけっしてタルボット家の人間を歓迎してくれないのに？　「気にする必要はないわ」みんなの前でそう答える。「この人たちはわたしたちを淑女だなんて思ってもいないのだから」

姉たちが息を呑む。

「ソフィ」セリーヌの声には信じられないという思いと、少なからぬ尊敬の念がこもっていた。

「あらまあ。いまのは予想外だったわね」セシリーが言う。

伯爵夫人はほとんど聞き取れないくらいに声を落とした。「自分の意見を持つことについて、なんと教えたかしら？　あなたは自分で自分を破滅させてしまうわ！　お姉さんたちを巻き添えにしてね！　後悔するようなことをしてはだめよ！」

ソフィは声を落とさずに返事をした。「わたしがたったひとつ後悔しているのは、池がもっと深くなかったことだわ。それに、鮫でいっぱいでもなかったし」

なにを期待していたのか、ソフィ自身もわからなかった。はっと息を呑む音かもしれない。あるいは、ひそひそ話だとか、レディたちの金切り声。または、野太い咳払いの音。

ひとりふたりが気絶してくれてもよかったかもしれない。

けれど、まさかしんと静まり返るとは思ってもいなかった。

冷ややかで、厳格なまでの無関心を見せるとか、ソフィがなにもしゃべらなかったかのように野次馬全員がただ背を向けて立ち去るとは。ソフィなどそこにいないかのように。
そもそもの最初から、彼女が存在していなかったかのように。
おかげで、きびすを返して立ち去るのがたやすくなった。

2

エヴァースリー、逃亡する
背徳の退出に伯爵激怒

パーティで貴族に背を向ける行為には弱点があると、ソフィはすぐに思い知った。

明白なこと――実際に破滅すること――はさておいて、それよりもっと差し迫った懸念があった。それはつまり、問題のパーティに出席している人々を手厳しく拒絶したら、そこに長居はできないということだ。そうなると、自力で家に帰る足を確保しなければならない。というのも、正直なところ、家族の馬車に隠れていては、せっかくの堂々たる退場が台なしになってしまうからだ。

それに、馬車のなかで隠れているのを見つかったら、母に殺されるかもしれない。タルボット家とは関係のない逃げ道を見つけなければ。せめて謝る気になるまでは。

そんな気になるかどうかはわからないけれど。

この世界が、そこにいる人たちが大嫌いだった。それに、彼らがタルボット家の下品さ、金、父が爵位を買ったこと、姉が姑息な手段で爵位を手に入れたと言われていることを、軽蔑をこめて話すのも大嫌いだ。乙に澄ました顔も、家族を嘲笑されるのも、世界が自分たちを中心にまわっているとばかりの生き方も大嫌いだった。

自分の家族がそのどれも気にしていないという事実も、そういったあれこれより少しはましとはいえ、やはり嫌いだった。

気にしていないどころか、楽しんでいる。

だから、真実を口にしたのを謝るつもりはなかった。それに、こちらが上流階級のおかしな点を指摘したときはいつも、姉たちがいそいそと彼らの弁護にまわるのだって受け入れられない。

そういうわけで、家族の馬車ではなくリヴァプール屋敷の離れた隅に身を隠して、どうしようかと思案していたときだった。ソフィは大きな黒いブーツに頭を直撃されそうになった。

顔を上げると、次のヘシアン・ブーツが落ちてきた。ぎりぎりのところでよけたあと、二階の窓からチャコールグレーの外套とリネンの長い幅広のタイ(クラバット)がブーツに続いて落ちてくるのを目にしてぎょっとした。クラバットは屋敷の側面の格子垣を伝う薔薇に引っかかった。

そのあとに男性が姿を現わした。

ズボンの長い脚が片方窓から出てきて、ストッキング履きの足が格子垣に足がかりをとらえたと思ったら、リネンのシャツを着た上半身が出てきた。みごとな太腿と、その上のやはりみごとで力強い曲線に、気づいてはいけないと知りつつも目を瞠(みは)ってしまった。

けれど、正直なところ、二階から格子垣を伝って男が降りてこようとしている場合は、気づいたほうがいいものだった。身の安全のために。

気づいてはいけない部位だったのは、ソフィの責任ではない。

そのあと、形のよいもう一方の脚が窓枠をまたぎ越してきて、とても慣れたようすで格子垣を降りてきた。彼が薔薇の格子垣を伝うのはこれがはじめてではないのだろう。

男性がソフィの目の前に背を向けて降り立ち、投げ捨てた服をかがんで拾っていると、ふたりめの男性が窓から顔を出した。ニューサム伯爵だとわかってソフィは目を丸くした。

「ちくしょう！　殺してやる！」

「それができないのはわかっているだろう」地上の男性が立ち上がりながら抜け目なく返した。とても背が高かった。服を片手に持ち、もう一方の手を伸ばして格子垣からクラバットを取った。「そう言わずにはいられなかったんだろうけどね」

伯爵は唾を飛ばしながら不明瞭なことを言い、顔を引っこめた。

「臆病者」ソフィのそばに立っている男性が頭をふりながらぼそりと言い、下を向いてブーツの片方を探した。

ソフィは足もとに落ちているブーツを彼に先んじて拾い上げた。体を起こすと、好奇心とおもしろがっている気持ちがないまぜになった表情の男性と向き合っていた。

はっと息を呑む。

リヴァプール・ハウスの二階から逃げてきた男性は、エヴァースリー侯爵だった。

「あなただったのね」と思わず言ってしまったのは、その日に感情的な大混乱を味わったせいだと、あとになってソフィは思った。

そして、彼がにやりとして大仰にお辞儀をして「そのようだね」と言ったのは、長年にわたる有名な傲慢さのせいだと思った。

彼女は拾ったブーツを胸にきつく抱きしめた。「なにをしたのですか？」二階に向かって顎をしゃくる。「窓外放出されるなんて？」

エヴァースリーの眉がくいっと上がった。「なにをされたって？」

ソフィは吐息をついた。「窓外放出。窓からものを投げ捨てるという意味です」

彼が慣れた手つきで長いリネンをあっちにやったりこっちにやったりしてクラバットを結びはじめた。つかの間ソフィは、側仕えも鏡も必要とせずにやってのけている姿に気を散らされた。そのとき、彼が口を開いた。「まず第一に、私は放り出されたのではない。自分の意志で出てきたんだ。そして第二に、窓外放出などということばを使う女性なら、屋敷を出る前の私がなにをしていたかを推測できるくらいに頭がいいはずだと思うが」

エヴァースリーはどこからどこまで評判どおりの男性だった。言語道断。罰あたり。どうしようもないほどの放蕩者。上流社会が非難し、ほめそやすとおりの人。義兄と同類。それに、ほかの紳士淑女とも。彼が生まれ落ち、ソフィが引きずりこまれたこの世界の最悪の好例。

ソフィは即座にエヴァースリーを大嫌いになった。

彼がブーツに手を伸ばす。ソフィは手の届かないところまであとずさった。「やっぱりゴシップ欄に書かれているあなたの記事はほんとうだったんだわ」

エヴァースリーは首を傾げた。「ゴシップ欄はぜったいに読まないんだが、私についての記事は真実ではないと断言するよ」

「あなたは結婚生活を破壊することに喜びを感じると言われています」

彼が袖をまっすぐにした。「まちがいだな。既婚女性には手を触れない」

その瞬間、髪をきれいに整えた女性が二階の窓から顔を出した。「彼が下に向かったわ！」

相手の男がこちらに向かっているという警告を受け、侯爵は即座に反応した。「退散の合図だ」ソフィに向かって手を差し出す。「きみと話すのは楽しかったが、ブーツを返してもらえるかな」

ソフィはブーツをさらに胸に引き寄せ、女性を見上げた。「マーセラ・レイサムだわ」

ニューサム伯爵の婚約者——こうなったからには、元婚約者になるのだろう——が、うれしそうに手をふった。「ありがとう、エヴァースリー！」

彼が顔を上げてウインクをした。「どういたしまして、愛しい人。楽しんでくれたまえ」

「お友だちに話してもかまわないかしら？」

「きみの友だちから話を聞くのを楽しみにしているよ」

レディ・マーセラが顔を引っこめた。このすべてがソフィには奇想天外に思われ……裕福な爵位ある未来の夫に不名誉な場面を見つかったふたりは同罪だと感じた。

「マイ・レディ」エヴァースリー侯爵が促した。

ソフィは彼を見た。「あなたはふたりの結婚をだめにしたのね」

「というより、婚約を、だな」手を伸ばす。「ブーツがいるんだよ、お嬢さん。頼む」

ソフィは無視を決めこんだ。「では、あなたが手を触れるのは婚約中の女性だけなのね」

「そのとおり」

「そこには明らかなちがいがあるんでしょうね」知り合う価値のある貴族はひとりもいないのかしら？「あなたは放蕩者だわ」

「そう言われているね」

「不埒者」

「みんなはそう呼ぶ」言いながら、ソフィの背後にしきりと目をやっている。

「どこからどこまで不道徳」

ある考えが形を帯びてきた。

いまやっとソフィに気づいたように、エヴァースリーがじっと見つめてきた。両の眉が上がる。「大きな虫の触角に鼻が触れてしまったみたいな顔をしているぞ」

鼻にしわを寄せていたのにソフィは気づいた。意識してしわを消す。「ごめんなさい」思ってもいないことばを口にした。

「気にしないでくれ」

夏用の美しい装いをして、ブーツを片方履いていない彼を見ているうちに、ぞっとしようとしまいと、いまこの瞬間では彼こそが自分の必要としているものだとソフィは気づいた。家に帰るまでの四十五分、彼になんとか耐えられるのであれば。「ニューサム卿と鉢合わせしたくないのであれば、急いでここを立ち去ったほうがいいですよ」

「わかってくれてうれしいよ。ブーツを返してくれたら、そうできるんだが」彼が手を伸ばし、ソフィはあとずさって距離を保った。「マイ・レディ」きっぱりとした口調だ。

「あなたは特殊な立場にいるようですね」いったんことばを切る。「それとも、特殊な立場にいるのはわたしかしら」

エヴァースリーが訝しげな目つきになった。「その特殊な立場とは？」

「交渉をする立場です」

屋敷の角の向こうからどなり声が聞こえてきて、エヴァースリーの敵がいまにも現われそうだった。その機会に乗じて、ソフィはブーツを持ったまま屋敷の裏へと駆けた。目指す先には木々や灌木に隠れた石造りの低い壁があり、その向こうにはパーティをあとにして帰宅する主人を待つ馬車の列ができているはずだ。

エヴァースリーが追ってきた。そうせざるをえないのだ。ソフィが彼のブーツを持っているのだから。

そして、エヴァースリーは馬車を持っている。

理想的な取り引きだ。木々に身を隠せるようになると、ソフィは彼をふり向いた。「提案があります、エヴァースリー卿」

彼が眉を吊り上げた。「悪いが、今日はもう提案はじゅうぶんだよ、レディ・ソフィ。それに、いくら私だって、危険な娘たちのひとりと人前で逢い引きしたりはしない」

わたしがだれなのか知られていた。ソフィは怒りと気まずさから頬を赤くした。そして、怒りがまさった。「あなたが女性だったら、何年も前に上流社会から追放されていたはずだというのはおわかりでしょう」

彼が肩をすくめる。「しかし、私は女性ではないからね。ありがたいことに」

「あなたほど運に恵まれていない者もいるの。あなたのように自由に恵まれていない者も」

不意にまじめな顔になり、エヴァースリーが彼女と目を合わせた。「きみは自由についてなにひとつわかってない」

ソフィは引き下がらなかった。「わたしが許されるよりもずっと多くの自由をあなたが手にしているのはわかっています。もうひとつわかっているのは、自由がないのなら――」ことばを探す。

「不埒な手段に訴えなければならない？」エヴァースリーからまじめな雰囲気が消えていた。あまりにすばやく消えたので、ソフィはそれについて考えこみそうになったが、彼みたいに腹立たしい人についてまじめに考えるなんてばからしいと思いなおした。

「この件に不埒なことなどまったくありません」

「私たちはひとけのない場所にふたりきりでいるんだよ、マイ・レディ。きみの姉上が恋人を夫にした有名な逢い引きと同じようにこれを終えるつもりなら、かなり不埒だと言わざるをえない」

　よりによって、こんなに腹立たしいことを言われるとは。分厚い苔をどんと踏みつける。

「ヘイヴンがかわいそうだという話も、姉がどうやって彼を結婚の罠にはめたかという話も、もううんざりだわ」

「彼はきみの姉上との結婚に積極的に署名したわけじゃない」エヴァースリーが言った。

「だったら、姉のインクをもてあそばなければよかったのよ！」

　エヴァースリーに笑われたソフィは、彼が腹立たしい人だという考えを変えた。

　この人はこのうえなく不快だ。

「おもしろがっていらっしゃるの？」

　彼は胸に手をあてた。「申し訳ない」忍び笑いが大笑いになった。「姉上のインクをもてあそんだとはね！」

　むっとした顔で返す。「署名がどうのとあなたが言ったからです」

「いや、きみの返しはすばらしく完璧だったよ。いまの比喩の二重の意味を知っていたら、きみもぜったいにおもしろがったはずだ」

「そうは思えませんけれど」

「きみのためにも、私が正しいことを願っているよ。きみがつまらない人だなんて考えたくもないからね」

「わたしはつまらない人間なんかじゃありません！」

「ほんとうかな？　きみはタルボット姉妹の末っ子のソフィだろう？」

「そうですけど」

「非愉快な娘という評判の」

それを聞いてソフィはのけぞった。みんなにそう言われているの？　ちょっぴり悲しくなったのがいやだった。ためらい。彼の言うとおりなのかもしれないという、かすかな恐怖心の揺らめき。「そんな変なことばはありません」

「窓外放出だって、五分前まではちゃんとしたことばではなかった」

「いいえ、ちゃんとしたことばです！」

エヴァースリーがふんぞり返る。「そうかな」

「そうです」傲然と言い放ったあと、エヴァースリーの目がいたずらっぽくきらめいているのに気づいた。

「ああ。なるほど」

論点を証明するかのように、彼が両手を大きく広げた。「非愉快」

「わたしは完璧に愉快な人間です」そうは言ったものの、自信なさげな口調になってしまった。

「そうは思えないな」さらりと言う。「その姿を見てみろよ。東洋色のかけらもないじゃないか」

ソフィが渋面になる。「中国をパーティの主題にするなんて、その国に対する知識も興味もまったくない人たちの集いにはばかげているんですもの」

エヴァースリーは気取った笑みを浮かべた。「気をつけろよ。レディ・リヴァプールに聞こえるかもしれないぞ」

ソフィは肩をいからせた。「レディ・リヴァプールは日本の金魚の装いをしていらっしゃるのだから、わたしの意見など気にもなさらないと思いますけど」

彼の眉が上がる。「いまのは冗談かな、レディ・ソフィ？」

「見たままを言っただけです」

エヴァースリーが舌打ちをする。「なるほど。では、やはり非愉快なんだ」

「あなたは不快な方だと思いますわ。これはちゃんとしたことばですからね」

「そんなことを言われたのははじめてだ」

「あなたが出会ったなかで、まともな頭を持ったはじめての女がわたしだなんて嘘でしょう」

くすりと笑った彼の声は、温かく……どういうわけか心惹かれるものだった。感じがよかった。好意的なものだった。

ソフィはそんな考えを押しやった。彼に好意を持たれようと持たれまいと、どうでもいい。彼にどう思われるかなど関係ない。愚かで退屈でおぞましい彼の世界の人たちにどう思われるかなど。正直なところ、上流階級の全員から〝非愉快〟――そのことばに内心うんざりした――だと思われたとして、気にする道理があるだろうか？　エヴァースリーは目的を達成するための手段にすぎない。

「もうじゅうぶんだわ」いまの状況に意識を戻す。父が交渉しているところを何度も見てきたから、腹を割って話して取り引きを結ぶ時を心得ていた。「パーティをあとにされるのでしょう？」

その質問にエヴァースリーは不意を突かれた。「そうだが」

「わたしも一緒に連れていってください」

彼がはっと驚く。「いや。だめだ」

「どうして？」

「理由ならありすぎるほどだ、お嬢さん。その最たるものは――薄汚れたSたちのひとりを背負いこまされるつもりがないからだ」

あだ名を口にされて、ソフィは体をこわばらせた。たいていの人は面と向かって言ったりしない。でも、この男性は心底不快な人なのだから、驚くほうがまちがっているのかもしれない。「あなたを罠にかけるつもりはありません、エヴァースリー卿。万一そんなことを考えていたとしても、先ほどからのお話で――」相手と自分を手ぶりで示す。「――そんな気の迷いは吹っ切れていたでしょうね」大きく息を吸った。「ここから逃れる手段が必要なだけです。それくらい、おわかりになるでしょう。あなただってこの場を逃げなければならない立場なのだから」

エヴァースリーが俄然興味を示した。「なにがあった？」

上流階級の人々の冷たい視線を思い出し、ソフィは顔を背けた。ひどく傷つけられた。

「それはどうでもいいんです」

彼が眉を吊り上げた。「ふたりで森のなかにいるんだから、どうでもよくなどない」

「ここは木々が立ち並んでいるだけで、森ではありません」

「私を必要としている割にはずいぶん逆らうんだな」

「あなたを必要となどしていません」

「それなら、ブーツを返してくれれば私はきみの前からいなくなるよ」

ソフィはブーツを握りしめた。「あなたの馬車を必要としているんです。そのふたつは同じではありません」

「私の馬車はきみ以外の人間が使う予定になっている」

「家まで乗せていってほしいだけです」

「きみには四人の姉上とご両親がいるだろう。家族と一緒に帰ればいいじゃないか」

「それができないんです」

「どうして？」

自尊心のせいで。

でも、それをこの人に話すつもりはない。

「いいから信じてください」

「さっきも言ったように、タルボット家の女性たちについては、信頼できるという評判がないからね」

ソフィはわからないふりをしなかった。「あなたは品行方正の鑑（かがみ）ですものね」

エヴァースリーがにやつく。「品行方正は私の売りではないよ」

ますます彼が嫌いになってきた。

ソフィはうなずいた。「わかりました。こうなったら、究極の手段に訴えるほかなさそうですね」エヴァースリーの眉が吊り上がった。「わたしを乗せてくれるか、ブーツを失うかのどちらかです」

長々と凝視され、彼女は身じろぎもしないよう自分に強いた。美しい緑色の瞳にも、まっすぐで貴族的な鼻にも、口角が持ち上がったすばらしい唇にも気を取られないようにと自分に言い聞かせた。

彼の唇に気を取られるべきではない。

ごくりと唾を飲むと、彼が喉もとの動きにちらりと視線を向け、唇をひくつかせた。「ブーツは取っておきたまえ」

なんの話をしていたのか、ソフィは思い出すのに苦労した。

言い返すことばを考えつく間もなく、エヴァースリーは木々を抜けて壁を乗り越え、片方のブーツがないまま馬車へと向かった。

ソフィが壁ぎわまで行くころには、彼は大きくて洒落た外見の黒い馬車のところにいて、馬を相手になにやらしていた。じっと彼を見つめ、なにかいやなものでも踏んづければいいのにと思う。どうやら馬をつなぎなおし、馬具や革帯を点検しているようだったが、むだな行ないに思われた。侯爵には、そのための仕事をする厩いっぱいの使用人がいるはずなのに。

六頭すべてを調べ終わったエヴァースリーが馬車に乗りこむと、お仕着せ姿の若い従僕が扉を閉めて前方へ走り、混み合う場所を通れるよう道を空けにかかった。

ソフィの口からため息がこぼれた。

エヴァースリー侯爵は、財産があることや男に生まれたことで自由に恵まれているのがどれほどすばらしいかをわかっていない。あの豪華な馬車のなかで怠惰な貴族らしく体を伸ばし、午後の運動の疲れを取るために昼寝をしようかと考えている彼の姿を想像する。だらりとして動かない姿を。

こちらの存在などもうすっかり忘れているに決まっている。彼はたいていの人をおぼえていないだろう——常に女性が現われては消える人生を送っていれば、おぼえることにあまり意味はないからだ。

使用人のことだっておぼえているとは思えない。

仕事が勤まる年齢に達しているとは思えないほど若い従僕をちらりと見る。どちらかというと小姓といった感じだ。その少年は馬車の列の端に立ち、御者がゆっくりと持ち場に戻り、エヴァースリーの馬車を通すために自分の受け持つ馬車を移動させるのを見守っていた。

ソフィの持っている手提げ袋がずっしりと重くなるように感じられた。なかにはお金が入っている。〝戦いに勝てるだけの金を持たずに外出してはならない〟父のそのことばは、タルボット姉妹の全員の頭に刻みこまれていた——貴族の女性が殴り合いの場から逃げる手立てを必要とすることは多くはないが。

けれどソフィは愚かではなかったので、先ほど上流階級の人間と交わした会話が、経験できる戦いにもっとも近いものだとわかっていた。父なら、手提げ袋の金を逃げるために使うのはいいことだと考えてくれるはずだ。

心を決めると、従僕に近づいた。

「失礼？」

従僕がふり向き、すぐそばに紳士のブーツを持った若いレディがいるのを目にして驚いた。慌ててお辞儀をする。「マ、マイ・レディ？」

従僕は見た目どおりに若かった。ソフィよりも若い。神に感謝する。「馬車が出られるようになるまでどれくらいかかるかしら？」さりげなく聞こえる声を作った。

答えられる質問をされて、従僕はほっとしているようだった。「十五分以内です、マイ・レディ」

では、すばやく行動しなければ。「あなたは侯爵さまのところで働いているのかしら？」

彼がうなずき、ソフィの持っているブーツにちらりと目をやった。「今日のところは」

ソフィはブーツを背後に隠し、驚きを声ににじませてしまった。「じきにそうではなくなるの？」

従僕が首を縦にふった。「仕事が変わる予定になってます。北部に行くんです」

少年の顔を影がよぎる――悲しみだろうか。後悔？　ソフィはその機会に飛びついた。あらゆる角度から検討する前にある考えが形をなしつつあった。「でも、ロンドンにいたいのね？」

そのとき、貴族の女性とはぜったいにことばを交わしてはならないという決まりを思い出したようで、彼が顔をうつむけた。「どのような形でも、侯爵さまにお仕えできて幸せです、マイ・レディ」

ソフィはさっとうなずいた。下働きの使用人はしょっちゅう異動させられるのだ。雇い主の気まぐれで異動させられるのを不満に思う使用人がいるという事実など、エヴァースリーは考えたこともないだろう。他人を気にかけるような人には見えなかった。

だからソフィは、計画を実行するのになんの罪悪感もおぼえなかった。「伯爵に仕える気はないかしら？」

見開いた目がぱっとソフィを見た。「マイ・レディ？」

「父はワイト伯爵なの」

若い従僕が目を瞬く。

「ここ、ロンドンで」

従僕はその申し出に困惑しているようで、正直なところ、ソフィはそれを驚かなかった。ガーデン・パーティで使用人が転職の機会をあたえられるなど、日常的ではないからだ。

ソフィはさらに言い募った。「父は炭鉱で働いていたのよ。父のお父さんも、そのまたお父さんも。だから、父はありきたりの貴族ではないの」あいかわらず反応はない。ざっくばらんに話す。「お給金はいいわよ。侯爵からもらっている倍のお給金がもらえるわ」ことばを切る。さらに金額を上げる。「いいえ、それ以上よ」

従僕は小首を傾げた。

「それに、ロンドンにいられるのよ」

従僕が眉根を寄せる。「なぜぼくなんですか？」

ソフィはにっこりした。「名前は？」

「マシューです、マイ・レディ」

「じゃあ、マシュー、今日だれかの幸運の星が輝くべきだとは思わない？」

従僕はあいかわらず疑わしげではあったが、ソフィには彼が申し出について考えているのがわかった。というのも、彼女の背後にあるエヴァースリー侯爵の馬車に目をやって、こう言ったからだ。「倍とおっしゃいましたか？」

ソフィはうなずいた。

「ワイト・マナーの使用人部屋は、ロンドン一すばらしいと聞いています」そのことばで、従僕がなびいたのがわかった。

身を寄せる。「自分の目でたしかめるといいわ。今夜」

マシューが訝しげなまなざしになった。

「パーティが終わってからいらっしゃい。わたしに言われて、父の秘書のミスター・グライムズに会いにきたと話して。わたしがあなたの保証人になってあげる」ソフィは手提げ袋から紙と鉛筆を取り出すと、メイフェアの町屋敷への行き方と、マシューを入れてやってほしい旨を書いた。それからもう一度手提げ袋に手を入れて二枚の硬貨を出した。硬貨と手紙をマシューに渡す。「クラウン銀貨よ」

マシューが呆然として彼女を見つめる。「一カ月分の金だ！」

ソフィは乱暴なことばづかいを聞かなかったことにした。なんといっても、彼の粗野なところをあてにしていたのだから。「父はこれ以上を払ってくれると約束するわ」

マシューが唇をぎゅっと結んだ。

「信じていないのね」

「女の人を信じろって言うんですか？」

そこにこめられた軽視の意味合いを無視し、彼と目を合わせた。「いくら渡せば信じる気になるの？」

マシューが眉を寄せ、自信なげに言った。「一ポンド？」

大金だったが、ソフィはお金の力も、お金がどんなものを買えるかも——信頼もふくめて——たいていの人たちよりもよく理解していた。ふたたび手提げ袋に手を入れ、持っていたお金をすべて出した。家に帰ればすぐにまたお金を持てるとわかっていたので、マシューへの支払いを躊躇しなかった。

彼が硬貨を握りしめたので、取り引きが成立したとわかった。「もうひとつだけ話があるの」ゆっくりと言いながら、かすかな罪悪感をおぼえていた。

父のもっとも忠実な使用人となったばかりのマシューはためらわなかった。「なんでもおっしゃってください、マイ・レディ」

「なんでも?」期待が声ににじむのをこらえられなかった。

マシューがうなずく。「なんでもです」

ソフィは大きく息を吸いこんだ。この計画を実行に移しはじめたら、あと戻りはできないとわかっていた。もし見つかれば、完全に身の破滅であるのも。

地獄の門のように木々よりも高くそびえ立つリヴァプール・ハウスをふり返る。庭でのできごとを思い出し、いらだちと悲しみと怒りがせめぎ合った。パーティ。温室。ふしだら男の義兄。貴族がこぞって義兄の味方についたこと。自分の敵にまわったこと。自分を遠ざけたこと。辱められたこと。

ここを立ち去らなくては。いますぐに。あの辱めがどれほどこたえたかを知られる前に。

そして、そうする道はたったひとつだけだった。

マシューをふり向く。「あなたのお仕着せが必要なの」

3

ソフィのドレス、発見される！

事件に巻きこまれたおそれあり！


馬車がメイフェアに向かっていないと気づくのに、必要以上に長い時間がかかった。ここそとマシューのお仕着せに身を押しこめ、帽子に髪をたくしこむ前にそれを知っていたら、ソフィは計画を取りやめにしていたかもしれない。少なくとも、横に座ればいいという御者の誘いを断らず、予測される危険のほうを取っていたはずだ。

あいにくソフィはそれに気づかず――御者が両の眉を上げて疑るように「好きにしな」と言ったのに――馬車後部の従者の持ち場についたのだった。足場に背を伸ばして立ち、上機嫌で取っ手をしっかりと握った。

リヴァプール・ハウスの長い私道の端まで来たとき、馬車が右ではなく左に折れたのにも気づかなかった。

それに、流れ去っていく景色がどんどんひなびていくのにも気づかなかった。父が言うところの〝べらぼうにうまい空気〟を何度か吸いこんで、家族と一緒に荷物をまとめてロンドンにやってきて以来はじめて自由を感じていた。

紛れもなく愉快にも感じていた。

参ったかしら、不快な放蕩王者さん。

自分がちゃっかり同乗しているのを知らないエヴァースリーを思って、笑みが浮かんだ。こちらが望みを手に入れられないと彼は考えていたのに。彼に気づかれないまま、馬車を飛び降りて家に帰るのが残念なくらいだ。

気取った顔がぎょっとするところを見られるなら、大金だって払うのに。

くすりと笑い、青い空と、羊や木々や干し草の梱が点在する緑色の農地が過ぎ去っていくのを見つめた。そして、貴族の手助けもなく、彼らに気づかれもせずに逃げ出せたことを思って得意な気分になった。残念ながら、これについてはだれにも話せないが。バークレー・スクエアの家に戻ったら、サイズは合わなかったがとても役に立ったマシューの服をすぐに処分して、帰宅した方法をでっち上げなくてはならない。それだけでなく、父の従僕になったばかりの若者に秘密を守るよう誓わせなくては。

けれど、とりあえずのところは、ロンドンの屋根が遠くに見えて、その日の午後——と、衆目を集めた、この先も長く続くにちがいない汚名——をなかったことにはできないと思い出させられてしまうまでは、勝利を楽しむつもりだ。

たしかにソフィは楽しみ、ずっと笑顔だったせいで頬が痛いほどだったが、じきに脚や腕も痛むようになってきた。

はじめのうちは痛みを無視した。メイフェアまでの何マイルかくらいは耐えられる自信があった。ロンドンの通りでは停まったり走り出したりをくり返し、速度もゆっくりになるはずだったから、顔をうつむけてしっかりつかまっていれば、一時間もしないうちに家に戻れるだろう。

けれど、足まで痛くなってきた。マシューのブーツは、父がよく言う長すぎる〝ひれ足〟には小さすぎたので、足もとだけはシルクの上靴のままだった。水中の生き物にたとえるなんてほめことばにならないと言っても、父は聞いてくれない。

シルクの上靴は、従者として馬車に立って乗るのには向いていないようだ。

ソフィ自身もそれには向いていないようだった。

実際、三十分もしないうちに両手まで痛くなってきた。取っ手をきつく握りすぎたようだ。従者の役割がこんなにつらいものだとは予想外だった。

歯を食いしばり、世の中にはこれよりもっとつらい状況があるのだと自分に言い聞かせる。橋を作った男たち。植民地へと逃げた一家。わたしは炭鉱夫の娘だ。炭鉱夫の孫娘でもある。

ソフィ・タルボットは、帰宅するまでの数マイルくらい馬車にしがみついていられる。

宇宙が彼女のことばを耳にして、その愚かさを知らしめようと決めたかのように、馬車が速度を上げた。地面に目をやり、飛び降りて残りは歩いていこうかと考える。けれど、道路が飛ぶように過ぎていくのを見て考えなおした。

立ち去りたかったのはガーデン・パーティで、この世ではないのに。

「ちくしょう」

〝ソフィ。ことばを慎みなさい〟まだ恐慌をきたしていない頭のなかのごく一部で母のとがめる声がしたが、悪態をつくのにふさわしい時があるとすれば、使用人の装いをして馬車にしがみつき、死ぬのを覚悟しているいまをおいてほかにないと確信していた。

人でぎゅう詰めの郵便馬車とすれちがった。屋根には小さな子どもがぶら下がっていて、ソフィに向かってにやりと笑ってきた。

この馬車と乗っている男性がどこへ向かっているにしろ、それはロンドンではないと気づいたのはそのときだった。

「ちくしょう」同じことばをくり返した。先ほどよりも大きな声で。

子どもが手をふってきた。

取っ手から手を離してふり返す勇気はなかった。それどころか、さらに力をこめて握り、額をひんやりした馬車につけ、祈りを唱えた。

「ちくしょう」

汚いことばを使った罰であるかのように、車輪が窪みにはまった。馬車が跳ね、ソフィは危うくふり落とされるところだった。恐怖と絶望の悲鳴が出る。いまや激しくなった手の痛みを無視して、取っ手をしっかり握りしめる。

取るべき道はひとつだけだ。この馬車を降りるのだ。いますぐに。家まではほんの何マイルかだ。このばかげた状況をすぐに抜け出せれば、歩いて帰れる。

御者が声をかけてきた。「おれの横に乗れって言っただろう！」

ソフィは目を閉じた。「いつ停まるんですか？」

おそろしい返事を聞くまで、長い数秒を待った。「天気がいいから、三時間後くらいかな。四時間かもしれん！」

ソフィのあげたうめき声は、〝ちくしょう〟ということばよりもひどく聞こえた。馬車を飛び降りることが、不意に実行可能な案に思われてきた。

「そこに立つのを考えなおしてるんだろう？」

もちろん、考えなおしていた。こんなとんでもない計画を実行に移すべきではなかった。ばかげたガーデン・パーティから逃げ出すと決意していなければ、いまごろは家に帰れていたはずだ。転落死を目前にしたここではなく。

「こっちに移れるように馬車を停めてやろうか？」

ソフィは最初の部分をほとんど聞いていなかった。

ああ、神さま。ええ。ぜひ停めてください。

「はい、お願いします！」

馬車が速度を落としはじめ、ソフィはどっと安堵を感じた。つかの間、恐慌も苦痛も忘れた。ほんのつかの間だったが。

「午後中、馬車の後ろに立って乗りたいなんておかしな話だと思ったんだ」

だったら、そう言ってくれればよかったのだ。そうすれば、こんな苦しい状況に追いこまれずにすんだのに。エヴァースリーがメイフェアに向かわない可能性がほんのかすかにでもあると知っていたら、この馬車になど乗りはしなかった。けれど、自分の過ちについてあれこれ考えて時間をむだにしてもしかたがない。その時間は状況改善のために使ったほうがいい。片手を離して背筋を伸ばし、息を大きく吸い、馬車を降りて、目的の場所がどこであろうとマシューは同行しないと告げる心がまえをする。自分も同行しないと。

自由はすばらしいものだ。

自分が馬車に乗っていたのを知ったときの侯爵の驚く顔を半ば期待していた。彼はときおり驚かされて、傲慢さをたしなめられるべきだ。自分がこれからそうするのだと思ったら、わくわくしてきた。

脚がくずおれて、みっともなく倒れるまでは。

「ちくしょう」ソフィはお気に入りになりつつあることばを吐き出した。

高い場所にいる御者が目を丸くした。従者の大きな役割のひとつは、馬車から落ちないことにちがいないからだ。

「さっさと立つんだ、情けないやつだな」御者は愛想よくからかっているつもりのようだ。「一日中おまえを待ってるわけにはいかないんだぞ！」

勝利感は消えていた。

自由も消えていた。

両手両足をついて体を起こす。でこぼこ道を走る馬車に必死でしがみついていたせいで、体中の筋肉が悲鳴をあげていた。馬車に背を向けてゆっくりと立ち上がり、背筋を伸ばして肩をまわした。「悪いけど、少し待ってもらえませんか。侯爵さまに話があるので」

そのことばの意味が御者の頭にしみこむまで、しばしの間があった。主人と話したいと従僕が要求したことに、きっとかなりぎょっとしてもいるのだろう。

ソフィの正体がわかったら、仰天するのではないだろうか。

正体を明かせば、御者はロンドンへ引き返さざるをえなくなるかもしれないと思ったら、ソフィはかすかな良心のとがめを感じた——自分と同じように、御者も疲れているだろうから。

「頭がおかしいのか？」御者が疑いもあらわに言った。

ソフィは彼を見上げた。「いいえ」馬車に近づいて扉を強く叩いた。「開けてください」

なかからはなんの動きもなかった。扉はしっかり閉まったままだ。

「どうかしてるぞ！」御者がどなる。

「どうもしてません。エヴァースリー侯爵！」手に激しい痛みを感じたが、それを無視してノックを続ける。彼は怠惰な貴族だから、おそらく眠っているのだろう。「扉を開けてください！」

顔を合わせるときには彼はとんでもなく怒っているだろうが、かまわなかった。それどころか、不埒で腹に据えかねる貴族に教訓を教えこんでやりたいという断固とした気持ちだった。そんなことをした人間は、これまでひとりもいなかったにちがいない——内々で王（キング）と呼ばれているエヴァースリー侯爵に逆らった者はひとりもいないのだろう。イングランドで最高の称号を自分の名にするなんて、尊大すぎるにもほどがある。

しかも、ロンドン中がそれをただ受け入れて、彼をばかげたあだ名で呼ぶのだ。あるいは、それがほめことばで、冒瀆などではないかのように、もうひとつのあだ名——放蕩王者（ロイヤル・ローグ）と呼ぶ。

こちらは公爵についての真実を話しただけで追放されたというのに。

怒りと、なにかほかの、経験したくも名づけたくもないものがこみ上げてきた。

ソフィは馬車をにらみつけた。空虚で尊大で傲慢で腹立たしい彼を生み出した世界そのものを、なかにいる男性そのものをにらむかのように。

これまで一度も逆らわれた経験のない彼を。

これまでは。ソフィ以前は。

「だんなさまは乗ってらっしゃらない」

ソフィは御者をふり仰いだ。「いまなんて？」

御者はげんなりしていて——それだけははっきりとわかった——従僕の奇矯なふるまいを大目に見る気がなくなっていきつつあるようだった。「侯爵さまは乗ってらっしゃらない。おまえは馬車に揺られたせいでおかしくなっちまったんだな。持ち場に戻れ。ここは人里からうんと離れてるし、おまえのせいで日のあるうちに到着できなくなるかもしれん」

御者のことばが信じられず、ソフィは扉を見た。「乗ってらっしゃらないって、どういう意味ですか？」

御者はおもしろがっていなかった。「侯爵さまは。乗って。らっしゃらない。これのどこがわからないんだ？」

「彼が乗りこむところを見たのに！」

御者の口調は子どもに言い聞かせるようだった。「あっちで落ち合う予定になってる」

ソフィが目を瞬く。「あっちって？」

ついに堪忍袋の緒が切れたらしく、御者は道路に向きなおって吐息をついた。「だから知らない小僧を背負いこませないでほしいと言ったのに。勝手にしろ。どっかに行っちまったおまえの脳みそが戻ってくるのを待ってる時間はないんだ」

手首を返して手綱をふるると、馬が動き出した。それに引かれて馬車も。

ソフィを置き去りにして。

ひとりきりで。

ちくしょう。

大声を出す。「だめ！　待って！」

馬車は彼女が御者台によじ上るあいだだけ停まってくれていたが、またすぐに動き出した。

ソフィは御者にすべてを打ち明けようかとつかの間思った。正体を明かそうかと。彼の慈悲にすがり、家に連れ帰ってもらおうかと。

わが家。ある光景がぱっと浮かんだ。何マイルも続く緑たっぷりの牧草地、丘や谷や荒々しい北部の落日。ロンドンではない。だれかがお茶に来たときにそなえて、毎日無理やり着せられるシルクのドレスだけがたっぷりあるような、メイフェアでもない。

ロンドンはわが家ではない。この十年、そうだったことは一度もない。母や姉たちはメイフェアの豪奢(ごうしゃ)な町屋敷をとても気に入っていて、昔の家などまったく恋しがっていないようだった。昔の生活は大嫌いだと思っているみたいだった。必要とあれば、すぐに忘れられるかのようだった。いや、すでに忘れているのかもしれない。

涙がこみ上げてきてぎょっとしたが、夏の風と疾駆する馬車のせいにして、瞬きでこらえた。

従僕のなりをして、どこへ向かっているとも知れない馬車の御者台にいて、ひとりぼっちだった。

どういうわけか、ロンドンに戻るという考えに悲しみをおぼえた。

だから、常軌を逸していると知りながらも黙ったままでいて、御者に気づかれないよう願いつつ、北へ向かう馬車の車輪や馬の蹄の音を聞いていた。

何時間も経って太陽も沈んだころ、ソフィはどうしたらいいかまるでわからないことに気づいた。従僕のお仕着せを身につけて少年のなりをし、馬車に立って乗るのがいちばんの難関だと思っていたのだが、そんなのはたいした問題ではなかったのだと宿に着いたとたんに思い知った。

ソフィが見ていると、御者が降りて、馬を入れるための場所を確保しに厩へ行った。馬車もどこかに入れておくのだろう。

そう思ってはっとする。使っていないときの馬車はどこに置かれているの？　これまで考えたこともなかった。

「お貴族さまみたいにずっとそこに座ってるつもりか？　それとも、降りてきて仕事をするのか？」

ソフィがもの思いから覚めると、御者がこちらを見上げていて、先ほどまでのいらだちがなにかまったく別のものに変わりつつある顔をしていた。疑念だ。

疑われるのはまずい。少なくともいまはまだ。計画の次の段階をどうするか、決めていないのだ。

こんなとんでもない状況に、計画ということばは的はずれだけれど。大難というほうがふさわしそうだ。

「ここはどこですか？」わざと低い声を出し、慌てて馬車を降りた。こういう場合に従僕がどんな仕事をするのかはわからないが、その第一歩として地面に降り立つのがまっとうなことだと賭けてもいい。それから頭を下げて、もう少しで深くお辞儀をしそうになったが、従僕はひざを曲げてお辞儀などしない。それだけは思い出した。

「重要なのは、侯爵さまより先にここに着けたってことだけだ」

「侯爵さまはどこに？」考える間もなくそう言っていた。冷ややかな目でにらまれなくても、従僕にあるまじき出すぎたまねだと気づいたのに、御者はご丁寧にそれを教えてくれた。「おまえはどういう了見をしてるんだか。立場をわきまえろ。使用人は主人がどこにいるかを詮索してはならないし、知る必要のないことを訊くのもだめだ。ただ主人に仕えればいいんだ」

当然ながら、それが問題なのだった。ソフィにはなにからはじめればよいのかまったくわからなかった。「イエス、サー。そうします」

御者はうなずくと、背を向けながら言った。「そうしろ」

呼び止めるしかソフィにはできなかった。「それはいいんですが……ぼ……ぼくはなにをすれば？」

御者は足を止め、ゆっくりとふり向いた。ソフィを見て目を瞬いた。それから、子どもに言い聞かせるような口調を使った。「仕事をするんだよ」

それではなんの役にも立たない。

御者が馬に向きなおった。ソフィは大きく息を吸い、これまで目にした従僕の仕事をあれこれ考えた。

空っぽの大きな黒塗りの馬車に目をやる。ただし、完全に空っぽではないはずだ。こんなに遠くに来るのに、エヴァースリーが旅支度をしていないわけがない。旅行鞄などがあるはず。

従僕は旅行鞄を運ぶ。

やることが見つかった彼女は、馬車の扉を開けてなかに入り、侯爵が使用人に宿へ運びこませるつもりの荷物を取ろうとして、暗がりではっとした。馬車の内部を見ていくうち、宿からの騒がしい音が遠ざかっていった。ほんとうに大きな馬車だった。これまで目にしたなかでもかなり大きく——度を超えるほどの巨大さだ——座席をゆうに三列は配せる。けれど、実際には後部に一列あるだけで、あとは男性が完全に横たわれるほどの空間が大きく口を開けていた。ひとりどころか、数人でも横になれそうだ。

ただし、その空間に横たわっている人はおらず、代わりに大きな車輪がいっぱいに積みこまれていた。十ないし十二はありそうだ。暗くて正確な数はわからないその荷物に見入った。エヴァースリーはなぜ馬車の車輪を運ばせているのだろう？　ロンドンの北では車大工がいないのだろうか？

エヴァースリーをほのめかすものは正装用の服だけだった——追いかける伯爵から逃げるときに二階から落ちてくるのを見た服だ。

彼はどこに行ったの？

「坊主！」

ソフィはいらだちのため息をついた。あの御者はあっという間にありがたくもない仲間になりつつある。歯を食いしばり、返事をする。「イエス、サー？」

「なかにいるおまえは、外で乗ってたときと同じくらい役立たずだな！」

そのとき、お尻に手が伸びてきてズボンのウエスト部分をつかまれ、馬車から文字どおり引きずり出されてぎょっとした。地面に立たされ、御者がおざなりに扉を閉めるあいだも金切り声をあげていた。なんといっても、手荒な扱いを受けたことがないのだ……これほど手際よく。

御者がふり返ると、これでもう終わりだとソフィは覚悟した。マシューが解雇されるのはまちがいないだろうから、父に雇ってもらおうと決めてよかった。「頭がどうか――」

ソフィの知的能力について――あるいは知的能力の欠如について――御者が言いかけたことばは、耳をつんざくようなガチャガチャいう音に激しい蹄の音、馬の荒い鼻息、威勢のいい男性の叫び声といったものすごい音でかき消された。ふり向くと、ちょうど一台めの二頭立て二輪馬車(カーリクル)が、まるで混み合った宿の馬車まわしではなく、広くてまっすぐな道を走っているかのように、車軸も馬の首も折ってしまいそうな勢いで向かってくるところだった。

彼女は悲鳴をあげて後ろに飛びすさり、目を丸くして馬車にぴたりと体をつけた。先頭のカーリクルの車輪が片方浮いて車体が傾いたあと、どさりともとに戻った。御者がみごとな半回転を披露して二台めに続くカーリクルに向き合ったとき、車輪のひとつが宿の庭を飛んでいった。その御者は、疲れているはずのとてもたくましい脚で馬と車体よりも高くすっくと立ち、両手を腰にあてて、頭がいかれているにちがいない仲間と向かい合った。顔の大半は目深にかぶった帽子のつばでよく見えなかったが、宿からの明かりが大きくにやつく口もとを照らしていた。

自分でも不思議だったが、ソフィはその口に惹きつけられた。

「私の勝ちのようだな」ほかの者たちも到着し、彼が「またもや」と続けると、何台ものカーリクルから異口同音のうめき声があがった。

暗くなってから宿の外にいるのがはじめてだったソフィは、こういうことはよくあるのだろうと思った。けれど、まさか男の人たちがお楽しみのためにグレート・ノース・ロードをカーリクルで競走するとは思ってもいなかった。

お楽しみ。

そのことばが頭のなかでこだまし、その日エヴァースリーと交わした会話を思い出した。彼はわたしを〝非愉快〟と言った。

いらだちが燃え上がった。わたしは申し分なくおもしろい人間よ。なんといっても、ここにいるのだもの。少年の身なりをして、お楽しみについてならよく知っているらしい男の人たちでいっぱいの宿の庭にいるのだから。

男性が動いたのをきっかけに、ソフィの思いは断ち切られた。彼はカーリクルから飛び降りると、よくやったとほめるために二頭の大きな馬のほうにふんぞり返って向かった。長い距離を走ってきたせいで馬たちは荒い息をしており、胸のあたりが大きく上下していたが、主人になでてもらおうと顔を寄せた。

ソフィはその男性に釘づけになった――彼が率いているらしき集団にも。彼らのように、全身を黒でまとめた格式張らないいでたち――黒いシャツの上に黒い上着を着ていて、ひとりとしてクラバットを締めていない男性は見たことがなかった。ズボンは馬車まわしに沿って置かれたランタンの明かりを受けてきらめいている。ソフィはよく見てみた。あれは……革かしら？　なんて奇妙なの。それに、なんて魅力的なの。

ソフィの視線が中心人物へと、そしてぴったりしたズボンに包まれた太腿へと揺れた。その筋肉の線をいけないくらい長く見つめた。

彼はずば抜けて姿形のよい男性だった。

今日一日で男性の体に目を引きつけられたのは二度めだ。

頬が赤くなってきたので咳払いをしてそんな思いをごまかすと、その音に注意を引かれた男性がさっとこちらをふり返った。彼の目はあいかわらず帽子のつばに隠れていたけれど、ソフィはこれほどじっと見つめられるのははじめてだった。マシューのお仕着せのおかげでほんとうの自分――こんな状況ははじめてだということや、この場所にいるべきではないということ――を隠しておけてほんとうによかった。

消えてしまいたいと思いながら、視線を男性の足もとに落とす。

彼がブーツを履いていないのに気づいたのはそのときだった。

少なくとも、片方の足は。

なんてこと。

エヴァースリー侯爵が到着したのだ。

先ほどふんぞり返った歩き方だと思ったのは、ブーツを片方しか履いていないせいだったらしい。こちらに向かってくる彼のようすから、正体に気づかれてしまうだろうとわかった。

じっと彼の足もとに視線を据えたまま顔を上げず、無視してくれますようにと願う。うまくいかなかった。「坊主」のんびりと言い、エヴァースリーは近すぎるほどに近づいてきた。心騒がせるほどに。

ソフィはもぞもぞと体を動かし、離れてくれるようにと念じた。

それもうまくいかなかった。

「聞こえなかったのか?」エヴァースリーが言い募る。

お辞儀をしかけたソフィは、はっと動きを止めた。少年の身なりをしていなかったとしても、女性を破滅させるエヴァースリーには礼儀正しくする価値もない。彼はすばやくこちらに背を向けた憎むべき貴族階級の象徴なのだ。それに、この男性自身もソフィに背を向けた。彼が助けの手を差し伸べてくれていたら、こんなばかげた状況に陥らずにすんだのに。

「耳は聞こえるのか?」最後はどなり声に近かった。

ソフィは背を伸ばし、咳払いをし、顎を胸につけるようにして声を低くした。「はい、だんなさま」〝だんなさま〟ということばが喉に引っかかった。

エヴァースリーがなにを言おうとしたかわからないが、仲間のひとりがそばに来てソフィは助かった。「ちくしょう、キング。きみほどのおそれ知らずはいないよ。最後の曲がり角できみが死ぬんじゃないかと思ったぞ」

ソフィははっと息を呑んだ。思いがけずスコットランド訛りの太い声を聞いたからだった。さっと視線を上げると、名うての放蕩者であるウォーニック公爵——予想外に公爵位へと登り詰めてロンドンの貴族を恐怖に陥れた、洗練さのかけらもないスコットランド人――がそこにいた。ロンドンにほとんど姿を現わさず、それどころかロンドンに歓迎されていない彼がほんの半ヤード前にいて、大声で笑いながらエヴァースリー侯爵の肩を叩いている。命を落とさず宿に到着できたのをほめたたえているのだろう。

エヴァースリーも傲慢で偉そうな笑みを満面に浮かべている。「右の車輪の輻をふたつだめにしたよ」自慢げな口調だ。カーリクルに車輪をたくさん積んでいたのは、そういうわけだったのだ。「だが、豪胆さのおかげで勝てたようだ」

ウォーニックが笑った。「最後の四分の一マイルのところで、きみを道から弾き飛ばしてやろうかと思ってたんだぞ」

「私に追いつけていたとしても」エヴァースリーが豪語する。「臆病者のきみにそこまでする勇気はなかったに決まってる」

人を殺さずにいるのは、臆病というよりも高潔だとソフィは思ったが、それを指摘するのはやめにして、ふたりからそろそろと離れていった。こんな公の場所で侯爵に正体を見破られて、タルボット家の娘に気づくかもしれない男性たちの前で完膚なきまでに破滅させられるのは願い下げだった。

ウォーニック公爵がエヴァースリーに近寄り、威嚇するように声を低くした。「おれを臆病者と呼んだのか?」

「そうだよ。最後にロンドンに来たのはいつだい?」エヴァースリーはそう言ったあと、ソフィが離れようとしているのに気づいた。「そこにいろ」公爵から目を離さないまま指一本で引き留める。ふたりの会話が終わるまで、その場に凍りついているしかソフィにはできなかった。

使用人に対して貴族がどれほどぞんざいな態度を取るか、これまで彼女は気づいていなかった。自分には仕事があるのに。どんな仕事かはよくわかっていなかったが、このふたりのとんまを見つめることとはほぼ関係ないと確信していた。

公爵が首を傾げた。「きみならいやな場所を避けたい気持ちがわかるだろう」

これを聞いてエヴァースリーがにんまりする。「痛いほどね」

ウォーニックがボタンを留めていない上着に手を入れて硬貨を一枚取り出した。「賭けの金だ」

ぽんと放られた硬貨をエヴァースリーが空中で受け止めてポケットにしまった。「きみから金を巻き上げるのはいい気分だな」

「金か」公爵があざけった。「金などどうでもいいくせに。こだわってるのは勝ちだろう」

ソフィは天を仰ぎたい気持ちをこらえた。もちろん、エヴァースリーがこだわっているのは勝ちだけだ。それ以外のことにはなんのこだわりも持っていないと賭けてもいい。

彼を負かしてやりたい。それも、徹底的に。

エヴァースリーの負け姿を空想して楽しもうとしたとき、ウォーニックがとどめのあてこすりを放った。「勝ったところで、ブーツの片方をなくした損害には遠くおよばないがな。

最後の逢い引きの場所に思い出の品として置いてきたんだろう」

エヴァースリーの評判や、家からこんなに遠い場所にいてなんの計画もない状況に陥ったのを思い出させられ、ソフィの鼓動が速まった。

このあとわたしはどうなるの？

宿にいるだれかの厚意にすがって家に帰るしかないだろう。けれど、ロンドンまでの足を確保してくれるよう懇願するなんて、簡単ではなさそうだ。家に着いたらすぐにお金を返すと約束するつもりだが、それがどれほどむずかしいかはわかっていた。

「ブーツなら簡単に取り戻せるさ」

そのことばが耳に届いてソフィはわれに返り、さっと目をやると帽子を目深にかぶった彼がこちらを見ていた。彼に気づかれたのだろうか？

「この坊主に取りに行かせるかもしれない」

ソフィは固まった。息までもが肺につかえた。

ばれてしまったんだわ。

目の前でなにが起こったかに気づいていない公爵が笑い、自分のカーリクルに戻りながら言い放った。「女性の部屋に忍びこんだら、その坊主は目を丸くするだろうな」

エヴァースリーは大柄で無骨な仲間の賞賛を受け、レディ・マーセラは不貞を働いたとして批判されるのだろう。ソフィは思わず腹立ちもあらわに〝ふん〟と言ってしまった。

彼女の不機嫌を聞き取って、エヴァースリーが鋭い目を向けてきた。「ブーツが馬車のなかにあればいいんだが」

「あいにく馬車にはありません、だんなさま」

彼の眉が吊り上がった。「そうなのか？」

エヴァースリーの目を見られればいいのに。緑色の瞳にはたしかに心をかき乱されるけれど、目を見ればなにを考えているかが多少なりともわかるはず。顎を上げて雄々しく突き進むことにする。その挑戦的な態度に彼は気づいた。

エヴァースリーが声を落とす。「だったら、どこにあるんだ？」

ソフィも同じように声を小さくした。「わたしが置いてきた場所じゃないでしょうか。リヴァプール・ハウスの生け垣のなかです」

その後に続いた沈黙のなかで、エヴァースリーの喉が動いたようすをソフィは楽しんでいた。「私のヘシアン・ブーツを生け垣のなかに置いてきたのか」

「あなたがわたしを生け垣に置き去りにしたんです」

「きみに用はなかったからだ」

「わたしだって、あなたのブーツに用はありませんでした」

エヴァースリーは長々とソフィを凝視したあと、話題を変えた。「ばかげた格好をしているな」

それはそうだ。ソフィは片方の肩をすくめた。「あなたのところのお仕着せですけど」

「従僕のお仕着せだぞ！　甘やかされたどこかのお嬢ちゃんがふざけるためのものではな

い」

それを聞いて怒りがこみ上げた。「わたしのことなどなにも知らないくせに。甘やかされたお嬢ちゃんなんかじゃありません。それに、ふざけているつもりもありません」

「そうか？　じゃあ、うちの従僕のお仕着せを盗んで、私の馬車にこっそり忍びこんだのにはちゃんとした理由があるんだろうな」

「もちろんです。それから、馬車に忍びこんだりしていません。外に乗ってきました」

「目もろくに見えていない御者と一緒にか。どうして馬車の外に乗ってきたんだ？」

ソフィは作り笑いをした。「従僕は馬車のなかに乗りませんから。たとえそうだったとしても、問題の馬車は車輪でいっぱいでした。あれはなぜなんですか？」

「取り替える必要が生じたときのためだ」躊躇なく答える。「ところで、うちの従僕はどこにいるのかな？　殴って気絶させ、ブーツと一緒に裸のまま生け垣に置き去りにしたのか？」

「とんでもありません。マシューはこのうえなく元気にしています」

「彼はきみのドレスを着ているのか？」

ソフィは顔を赤らめた。「いいえ。彼はリヴァプール家の廏番から服を買いました」

考えこみもせずに質問を投げかける。「それで、きみは？　おおぜいの前で服を着替えたのか？」

「そんなはずないでしょう！」刻一刻といらだちが増していく。「わたしは頭がどうかしているわけではありません」

「なるほど」

「ほんとうです！」ほかの人の注意を引かないよう、口調は激しくても小声を保った。「うちの家の馬車のなかで着替えたんです。それに、お仕着せを貸してくれたマシューにはちゃんとお金を払って、新しい仕事がもらえるよう父のところに行かせました」

エヴァースリーが体をこわばらせた。「私の従僕を盗んだのか」

「あれは盗みなんかじゃありません」

「今朝、私には従僕がいた。でも、いまはいない。それが盗みでなくてなんなんだ？」

「盗んだわけではありません」ソフィは言い張った。「あなただって彼を所有しているわけじゃないでしょうに」

「給金を払ってたんだぞ！」

「どうやらこちらの金額のほうが高かったみたいですわ」

エヴァースリーが黙りこんだ。彼の目に憤りが見えたが、すぐに雑にうなずいた。「いいだろう」

彼が背を向けた。

いまのは予想外だった。おまけに理想とはほど遠い展開だ。ソフィには金がない。現実的に考えて、家に帰る手助けをしてくれるかもしれないただひとりの人がエヴァースリーだった。そうすれば、人生から彼女を追い払えると考えたうえで。

彼の馬車に乗ったことが自分に不利に働いたのかもしれない、という事実を無視した。

ソフィは吐息を漏らした。彼は癪に障る人だけれど、だれかを必要としている自分の立場はよくわかっていた。「待って！」その声は御者とエヴァースリーの仲間数人の注意を引いたが、エヴァースリー自身の注意は引けなかった。

彼はソフィを無視していた。わざと。

上靴に食いこむ砂利の痛みをこらえ、ソフィは慌てて追いかけた。不安でいっぱいだった。「もうひとつお話があります」エヴァースリーが足を止めてふり向いた。そばに行くと彼の背の高さが、自分の額が彼のきつく結ばれた唇と同じ高さに来ることが、不意に強く意識された。

「合ってない」

ソフィは目を瞬いた。「はい？」

「お仕着せだ。きつすぎる」

最初は〝非愉快〟で、今度は太っていると言うなんて。自分でもわかっていたけれど、わざわざ指摘してくれなくたっていいでしょうに。喉のつかえを押して続けた。「失礼しました、完全無欠卿。こちらに来る途中で仕立屋に寄る時間がなかったもので」彼は無礼なことばを謝りもしなかった——驚きはしなかったけれど——が、立ち去りもしなかった。だから彼女は続けた。「家に帰る乗り物が必要なんです」

「ああ、今日の午後もそう言っていたな」

それを彼が断ったから、ソフィはこんな窮地に陥ったのだ。

こんな窮地に陥ったのは、彼のせいだけではないのだけれど……。頭に浮かんだその思いをソフィは無視した。「ええ、まあ、いまもそれは変わらないわけで」

「で、今日の午後と同じように、それは私の問題ではない」

ソフィはまごついた。「でも……」なにを言えばいいかわからずに口ごもる。「でも、わたしは……」

彼はソフィがことばを見つけるのを待たなかった。「きみは私のブーツと従僕を盗んだ。それも、きみの家族のこれまでの行動から推察するに、こちらの注意を自分に向けさせ称号を手に入れようという的はずれな目的のために。きみを助ける件について考えなおす気がないことは理解してもらえると思う」いったんことばを切り、ソフィがなにも言わないとみると続けた。「はっきり言えば、きみには桁はずれの問題かもしれないが、レディ・ソフィ、私の問題ではない」

そのことばはぐさりと胸に突き刺さった。まるでソフィなどなんの価値もない、考えるのもむだな存在だとばかりに背を向けられたことに、思ってもいなかったほどの衝撃を受けた。今日という日ではなく、上流階級の人間すべてと自分の家族にそっぽを向かれていなければ、これほどの衝撃は受けなかっただろう。

その日の午後の記憶がぱっと頭をよぎった。貴族がいっせいに自分を見放し、真実よりも、正しいことよりも、たいせつな公爵を選んだときの記憶だ。

涙が自然にあふれてきた。困った。

泣くものですか。

涙をこらえようと大きく息を吸う。

彼の前で泣いたりしない。

鼻梁（びりょう）のあたりがじんとして、淑女らしくもなく鼻をすすった。

エヴァースリーがすばやくふり返る。「私の親切心を食い物にするつもりなら、やめておけ。そんなものはほとんど持ち合わせていないからな」

「ご心配なく。あなたを親切だなんて夢にも思ったりしませんから」

彼は長いあいだ無言でソフィを見つめていたが、御者台から手綱をはずしていた御者がそのとき話しかけてきた。「だんなさま、坊主に困らされてらっしゃるんですか？」

エヴァースリーは彼女を見つめたまま答えた。「そうだな」

御者がソフィをにらみつけた。「廏に行って、馬にやる餌と水を用意してこい。それくらいならへまをしなくてすむだろう」

「わたし——」

エヴァースリーがさえぎった。「私なら、御者に言われたとおりにする。彼の怒りを買わないほうがいい」

ソフィは目を丸くして、エヴァースリーと御者を交互に見た。

「それが終わったら、寝床を見つけるんだ」御者が言う。「しっかり眠ったら、頭もまともに戻るだろう」

「寝床」侯爵に目をやったソフィは、彼の唇がひくついているのが気に入らなかった。

「厩の二階の干し草置き場だ」御者は、ソフィが能なしであるかのようにいらだちもあらわに言ったあと、御者台から飛び降りて馬を馬車からはずして厩へ連れていった。あっという間にだれもいなくなりつつある宿の庭にソフィとエヴァースリーを残して。

「干し草置き場とはなかなか寝心地がよさそうだ」侯爵が言う。

側頭部を殴られても心地いいと侯爵は思うだろうか。ソフィはそう思ったが、訊くのはやめておいた。

「寝心地といえば、私もそろそろベッドに入りたくなった。片方の足が冷えきってしまったからね。宿に入って暖炉で温めなくては」

ソフィの足だって冷えきっているうえに痛くてたまらなかった。シルクの上靴は、馬車の上に立ってイングランドを縦断するのにも、従僕の仕事をするのにも向いていなかった。宿で赤々と燃えているだろう温かな火を思う。

厩の二階がどうなっているかはよくわからなかったけれど、想像するに干し草があって……それはつまり、温かな火はないということだ。

正体を明かせばいい。いまがそうするときだ。帽子を脱いで、服に合っていない靴を指さす。レディ・ソフィ・タルボットと名乗り、変わった外見のカーリクルに乗ってこの宿――〈狐と鷹〉亭に飛びこんできたほかの男性の親切心をあてにして、家まで乗せていってほしいと頼めばいい。

その考えが完全に形をなす前に、エヴァースリーはそれを察知したらしい。「ほかのだれかのお荷物になるというのは、すばらしい考えだな。ウォーニックは公爵だよ」

ソフィはわからないふりをしなかった。「キリスト教世界であなたが最後の男性だったとしても、あなたとは結婚しません」

「ばかげた計画をじゃまされたから、そんなことを言ってるんだろう」

「もともとこんなことを計画していたわけではありません」

「そうだろうとも。危険な娘たちのひとりであるきみが、そんなことをするわけがないよな?」茶化されて、彼が大嫌いになった。ひどいあだ名を口にされたことにもむっとした。彼もほかの人たちと同じであることにも。無理強いされたこんな人生を、望んでいると思われたことにも。

人生にはなにがしかの価値があると彼が信じていることにも。ソフィのもとの人生よりも価値があると。ロンドンの貴族の例にたがわず、彼もまた、ソフィがほかの女性とはちがうのをわかろうとしない。昔の暮らしに満足していたのに。爵位や町屋敷やお茶会や上っ面だけの上流社会などなかったころの暮らしだ。

その上っ面のせいで困難な立場に追いこまれた。

ソフィはいらだちを呑み下した。「あなたはメイフェアに向かっていると思ったんです」

小さな声しか出ないのが情けなかった。

彼はためらいもせずに道を指さした。「南へ三十マイルだ。運に恵まれれば、郵便馬車が通りかかるかもしれない」

そのことばに、ソフィはいまの自分が置かれた状況を思い出した。「郵便馬車に払うお金を持っていないんです」

「うちの従僕にあり金すべてをあたえたのは不運だったな」

「マシューにとっては不運ではありませんでした」思わずとげとげしい口調になってしまった。「だって、この先一生をあなたに仕える人生から救われたんですもの」

エヴァースリーが作り笑いを浮かべた。「きみはこれからずいぶん長い距離を歩くみたいじゃないか。いますぐ出発すれば、明日の晩には到着できるよ」

なんてひどい人だろう。「あなたについてのうわさはほんとうだったんだわ」

「どの部分かな？」

「紳士などではないという部分です」

不似合いできつすぎるお仕着せをまとった体をエヴァースリーにじろじろと見られ、とんでもない過ちを犯したとわかった。「申し訳ないが、今夜のきみはレディらしくは見えないんだが」

そう言って彼は宿に入っていき、残されたソフィは次にどうするかを考えた――廏か街道か。

フライパンに飛びこむか、火のなかに飛びこむか。

4

薄汚れたS、誘拐される！

犯人は放蕩者か！

数時間後、明かりが消えて宿が静まり返ったころ、放蕩者という評判をたいそう誇らしく思っている名うての不埒者である将来のライン公爵ことエヴァースリー侯爵キングズコートは、ベッドのなかでまんじりともしていなかった。

そのうえ、非常にいらついていた。

彼女に勝利を台なしにされた。

世の中で勝利ほどキングが楽しめるものはないというのに。勝ちの対象はなんであろうとかまわなかった——女性、喧嘩、競走、カード・ゲーム。勝利をおさめるのが自分でありさえすればよかった。

キングと勝利の関係は単純なものではなかった。単に喜びを味わうためのものだと思っている人は多いが、そうではない。気晴らしだとか娯楽とはほとんど関係ない。ほかの者は勝利を楽しむが、キングは勝利を必要としていた。勝つことによって得られる興奮は、食べ物や空気と同じで欠かせないものなのだ。勝利のときこそ、もっとも自由を味わえた。

勝つことで、失ったものを忘れられた。

そしてカーリクルの競走で、優秀な御者である六人に完全に勝利した。馬は固く踏みしめられた土を蹴り上げてグレート・ノース・ロードを息もつけないほどの速さで疾駆し、高揚感と興奮が体を駆けめぐり、北を目指すこの旅の目的を忘れられた。目的地に着いたときになにが待っているかを。

過去を。

あの勝利を手に入れるのは至難の業だった。ほかの男たちもすばらしい腕前で彼の勝利を脅かし、勝てないかもしれないと思わせた。それでもキングは勝った。甘くて非常に満足のいく勝利となった。とらえどころがなくてはかない勝利の味だった。

翌日のために車輪を交換する必要のあるカーリクルの上で息をついたとき、日が昇れば真実と務めを思い出させられるとわかっていたが、少なくとも今夜はひと晩ぐっすり眠れるという大きな喜びを感じたのだった。

ところが、その希望はついえた。

ひと晩どころか、一時間も眠れずにいた。

なぜなら、〈狐と鷹〉亭の馬車まわしでカーリクルを停めて最初に目に入ってきたのが、彼のうちのお仕着せというとんでもない身なりをして、彼の馬車にぴたりと身を寄せているレディ・ソフィ・タルボットの姿だったからだ。

そうして彼女はキングの勝利を台なしにした。

女性がとんでもなく愚かなことをするのを見てきたなかでも、それが群を抜いて突飛だった。だからはじめのうち、そんなはずはないと自分に言い聞かせた。とはいえ、女性がどこまでなりふりかまわないことをするか、彼はよく知っていた。望みのものを手に入れるためであれば、どこまでするかを。

ほかのだれよりもよくわかっていた。

ということで、当然ながらそれはレディ・ソフィだった。馬車で送るのを拒否されたのに、すなおに引き下がらなかったのだ。

そして、勝手に乗ってきた。

従僕の身なりをしているところからして、安全な車内にいたのではないだろう。御者の横に座ってきたにちがいない。なんてことだ。そこから落ちていたかもしれないのに。

彼女は死んでいたかもしれず、そうなったら自分の責任になっていたのだろうか？

目を閉じると、生気のない女性が倒れており、亜麻色の髪が踏み固められた道に後光のように広がっている場面が浮かんだ。

けれど、死んだその女性はソフィ・タルボットではなかった。別の時の、別の女性だった。

静かな暗い部屋で悪態をつき、重い上掛けをめくって立ち上がると、記憶を追い払うために酒のあるところへ行った。手の震えを無視してスコッチを注ぎ、大きくあおって窓の外に顔を向けた。眼下の宿の庭にはだれもいなかった。

夕刻のことを思い出す。従僕はおらず、その代わりに従僕のお仕着せをまとったソフィ・タルボットがいて、こちらに正体を見破られたのを知って目を丸くしていた。死人でもないかぎり、気づかずにはいられないというのに。

くそっ。なぜほかの者は気づかなかったのだ？

それに、彼女はどこに行った？

気になどしない。ソフィ・タルボットは自分の問題ではない。彼女にもそう言った。

そして、彼女は泣いた。

キングはその姿を忘れようとした。涙のせいで、まっ黒なまつげに縁取られた青い瞳が、宿の外のランタンの黄色い光を受けてことさら青く見えたことも。あれはこちらをうまく操るためにわざとやったんだ。タルボット家の娘はそういう手管を使うので有名ではないか？疑うことを知らない貴族を結婚という罠にかけるので？

おかげで長女は公爵夫人になったではないか。末っ子も、将来の公爵夫人になろうと考えたのでは？

ただし、選んだ相手がまちがっていた。

従僕を買収し、馬車の旅を生き延び、ソフィはここに着地した。評判がどうあれ、彼女が作り笑いの壁の花でないことだけはたしかだ。彼女についてはほとんど知らなかった——タルボット家の五人姉妹のなかでいちばんきまじめだという以外には。作り笑いをする虚栄心の塊で、礼儀作法などどこ吹く風の家族のなかにいれば、いちばんのきまじめでいるのも簡単だろう。とはいえ、彼女の行動からきまじめさは感じられなかった。それどころか、相当愚かに思われた。

ふん。彼女は愚かかもしれないが、こっちはそうではない。

彼女のそばには近づかずにおくつもりだ。

彼女は自分の問題ではない。

自力でここまで来たのだから、帰る方法も自分で見つけるだろう。

自分にはほかに心配しなくてはならないことがあるのだ。たとえば、父が死ぬ前にカンブリアに戻ることとか。キングはまたスコッチをあおった。父親が死ぬなど、実感が湧かなかった。心臓が鼓動する生き物には死が訪れるが、ライン公爵は血が流れているとは思えないほど厳格で不動なのだ。まちがいない。

〈急いでお戻りください。お父さまがご病気です〉

キングが子どものころからライン・キャッスルで家政婦をしているアグネス・グレイコートのきれいな字で書かれた手紙。彼女は何十年も躊躇なく公爵に仕えてきた。キングが家を出たあとも、公爵がロンドンに出てこなくなったあとも、彼が息子のキングとの和解を諦めたあとも、ずっとそばにいた。

和解など端（はな）からありえなかったのに。父は貴族の無情な自尊心から、キングの人生をめちゃくちゃにしてくれたのだ。話を聞いてくれという頼みには、常に同じことばを返してきた――それが唯一、父にあたえてやれる正当な罰だった。

アグネスの頼みも無視するところだった。

もう少しで。

だが、いまはこうしてロンドンから三十マイル離れたグレート・ノース・ロード沿いの宿にいて、手紙に書いたそのことばを死にかけている父の目を覗きこみながら直接言ってやるために、スコットランドとの国境へと向かう途中だ。

〝ラインの血筋は私で途絶える〟

暗がりのなかでまた悪態をついたあと、スコッチを飲み干してグラスを窓台に置き、ベッドに戻って目を閉じて眠ろうとした。しかし、ぐっすり眠れるどころか、心がざわついていた。子ども時代や父のことを考えまいとする。探索などしたくない暗い小径へと引きずりこまれるだけだ。もっと安全なことを考えるようにした。今日という日。競走。勝利。そして、その勝利を台なしにされたこと。

やめてくれ。

彼女のことを考えないようにする。彼女の頼みごとも、どんな姿をしていたかも。お仕着せがどれほど似合っていなかったかも――きつすぎるズボン、豊満な胸もとではち切れそうになっていた上着のボタン、腹部のやわらかな曲線。足もとはシルクの上靴のままだった。従僕のブーツは買い取らなかったらしい。

ごろりとあおむけになり、大きな手を裸の胸に置く。どうして彼女はちゃんとした靴を履いていなかったのだろう？　それに、どうして御者はあの不釣り合いな黄色い上靴に気づかなかったのだ？

どうやら、うちの御者もばか者のようだ。

靴がそぐわないことなど気にしているわけではないが。実際、彼女にはそれがふさわしいんじゃないか？　自分が片方のブーツしか履けなかったのは、彼女のせいなのだから。

彼女は足の痛みに苦しんでいるにちがいない。

彼女の足は、彼女自身と同じく、キングの問題ではない。

彼女の寝床についても。

私の問題ではない。

彼女が寝ているとして。干し草置き場で。いろんな男に囲まれて。一緒に寝ているのが男ではないとすぐさま気づく者もいるだろう。

男たちが眠っているとして。

鋭くてありがたくもない感情に襲われる。

罪悪感。恐怖心。狼狽。

「くそったれ」立ち上がり、悪態のこだまが消える前に革のひざ丈ズボン（ブリーチズ）に手を伸ばしていた。

　彼女は自分の問題ではないかもしれないが、神のみぞ知る何者かによって神のみぞ知るなにかに苦しめられるのを放っておくわけにはいかない。シャツはおっただけで裾をブリーチズにはたくしこまず、紐も結ばないまま、ドアを乱暴に開けてソフィを探しに向かった。

　暗い厨房はきちんと片づけられており、食堂の暖炉には灰がかぶせてあって、宿は静まり返っていた。奥の時計に目が行く。午前二時だった――まだ起きていて、たまたま居合わせた者にとっては、厄介ごとしか起こらない時刻だ。

　建物を出ると、夜の田舎町の不気味な静けさに心がざわついた。廏に向かいながら、ソフィ・タルボットに降りかかっているかもしれない困難をあれこれと想像してしまう。

　ほとんど走るようにして廏に入ったとき、男たちの声が聞こえた。六人ほどだろうか。笑ったり、大声を張りあげたり、からかったりしている。黄金色の明かりの届かないぎりぎりのところで足を止め、なにを言っているかを聞き取って状況を把握しようとする。

　彼が聞き耳を立てているのを宇宙が知っているかのように、騒々しいなかで最初にはっきりと聞こえてきたのは、用心深い彼女の声だった。「ただ飲めばいいんですか？」

　キングが体をこわばらせたとき、答える男の声がした。「そうだ」

「とてもおいしそうには見えませんけど」

　くそっ。

「試してみろよ」男が言い募る。「全部飲むんだ。一気にだぞ。ぜったい気に入るから」

「そうですか」疑わしげなその声は、にぎやかにはやしたてる声にかき消された。キングは行動に出た。一対六では、ことにその六人が酔っ払っているうえに肉欲でむらむらしているとなれば、勝ち目がないことなどもはや気にしていられなかった。

「レディから離れろ」どすのきいた声で言いながらなかに入ると、馬房のあいだの長い通路の中央にテーブルを置き、酔っ払ってはいるもののいやらしげな顔などしていない男たちが座っていた。キングの登場は、彼らだけでなく、ちゃんとお仕着せを着たままの問題のレディをもぎょっとさせた。

少なくとも、ごくごくと飲んでいたエールを彼女が喉に詰まらせたのは、ぎょっとしたせいだと思われた。ソフィはマグを口から離し、服にこぼしながら思いきりテーブルに置いた。そのあまりの激しさに、カードが広げられたテーブルにも残っていたエールが跳ねこぼれた。ちょうどフェローのひと勝負が終わったところのようだった。

ソフィがすばやく立ち上がり、男ふたりがこぼれたエールがかからないように慌てて椅子を離れた。小さなグラスがマグから転がり出てテーブルから落ち、奇跡的に割れもせずに床を転がり続け、なんとも劇的にキングの足もとで止まった。

グラスから顔を上げたキングの頭のなかで、先ほどの彼女の声がこだましていた。〝とてもおいしそうには見えませんけど〟

男たちは彼女に酒――エールのマグにウイスキーを入れたもの――の飲み方を教えていたのだ。あっという間にぐっすり眠りたい男たちの飲み物だ。

別のことをしていたのではなかった。

キングは咳払いをした。

「いまのはきっと聞きまちがいだよな、キング」ウォーニック公爵がスコットランド訛りの低く響く声で言った。「坊主をレディと言ったように聞こえたんだが」

当然のように、ウォーニックは廏にいた。彼はずっと上流階級を避けて生きてきたのだ。爵位が重荷になっている者がいるとすれば、それはウォーニック公爵をおいてほかにいないだろう。だが、上流階級を軽蔑している公爵だろうとなかろうと、レディ・ソフィのとんでもない変装を見破られ、彼女の見当ちがいの計画を知られるというのは非常にまずい。

どうして彼女は、公爵が廏にいると気づいた時点で寝床に引っこまなかったんだ？

ソフィがはっとキングに目をやった。酒でほんのり染まっていた頬が、気恥ずかしさでだろう、まっ赤になっていく。大きな青い目に懇願を浮かべていたが、それを無視する。彼女にふりまわされるのはもう懲り懲りだ。彼女にはうんと遠く離れたところにいてもらいたい。彼女「聞きまちがいではない。彼女は女性だ。目が見える人間なら、だれにだってわかるはずだぞ」

テーブルを囲む者たちが口をあんぐり開けたところを見ると、どうやら目が見えていてもわからない人間がいたようだ。

だが、次に彼女がキングに食ってかかったことばは全員に聞こえた。「ひどいわ！」体の脇で両手を拳に握り、わなわなと震えながら放った怒りの声にはいらだちもにじんでいた。

「こんなばかげたことがうまくいくと考えたのはきみじゃないか」

「私がめちゃくちゃにしただって？」キングも彼女に負けないくらい怒りに駆られた。「こんなばかげたことがうまくいくと考えたのはきみじゃないか」

「ちょっと待ってくれ。この坊主は女性なのか？」テーブルについていたひとりがたずねた。

「やっと話が通じてきたか」どこか楽しげな公爵がのんびりと言う。

「でも、お仕着せを着ているのに」酔っ払った男が食い下がる。

「たしかに」ウォーニックは彼女をじろじろと見つめながら言った。「だが、よくよく見てみたら……」

「もうたくさん！」大声を出したソフィは床の黄麻布の袋を取って肩にかけ、キングの横を通って足音も高く出ていった。

キングは公爵に向きなおった。「じろじろ見るのはやめろ」

「一度しか見てないのにか」

「見る時間ならいくらでもあっただろう。それなのに、彼女がブーツを履いていないのにすら気づいていなかったな」

公爵の眉がはっと吊り上がり、一緒にいた男たちが信じられないという声をあげた。

「ブーツを履いてなかったら、気づいていたはずだ！」ひとりが笑う。

「でも、気づかなかった」キングはずばりと言った。「きみたちは見たいものしか見ないようだ」そうは言ったものの、レディ・ソフィ・タルボットがまさに……女性であると彼らがなぜ気づかなかったのか、キングにはまったく理解できなかった。

「彼女はだれなんだ?」ウォーニックがたずねた。

教えてやるつもりはなかった。「だれでもない」

公爵がにやつく。「そうは思えないが」

「それでも、額面どおりに受け取ってもらうしかない」スコットランド人と言い争う時間などなかった。友人に背を向けて廐を出ると、ソフィを探しにかかった。

宿から十ヤードほど先の道で追いついた。ソフィは足どりをゆるめもせず、背筋を伸ばし頭を高く掲げて歩き続けた。「あっちへ行ってください」

「真夜中なんだぞ。どこへ行くつもりなんだ?」

「わかりきっていると思いますけど。あなたから離れようとしているんです」

「歩いてか?」

「脚にはなんの問題もありませんから」

「十五分も歩けば、そうも言ってられなくなるぞ。どうしてブーツも手に入れなかったんだ?」

返事はなかった。

「金が足りなかったのか?」

「お金ならありました」うなるような声が返ってきた。

「だったら?」

ちょうどそのとき、ソフィが石を踏んで痛みにあえいだ。

「ほらな?」それみたことか、という口調になるのをこらえられなかった。あるいは、こらえるつもりがなかったのかもしれない。

ソフィが彼を見た。「この十二時間で、あなたはわたしを低能で頭がおかしいと言い、あなたを結婚の罠にはめようとしているとほのめかし、おもしろみのない人間だと断じ、体の欠点を指摘しました」

なんだって?「体の欠点など指摘したおぼえはないが」

ソフィが腕を組む。「お仕着せについて言われました。合っていないと」

キングは目を瞬いた。「だって、合っていないじゃないか」

彼女はいらだちの声を発し、手で宙を切る仕草をした。「もういいわ。とにかく、そういうことを言ったあなたが、なぜわたしを追いかけてこなければならないと思うのかわかりません。だって、知り合った当初から言われていたとおりのことをしているのに。あなたのそばを離れようとしているのに」

正直なところ、彼にもわからなかった。だが、なぜかそうしなければならないのだった。

「おもしろみのない人間だと言ったこともないぞ」

「そうでした。たしか、〝非愉快〟と言われたんだったわ。そっちのほうがうれしくありません。だって、退屈な人間すぎて、今日までは存在もしなかったことばで表現されなくちゃならなかったということですもの」

「そうじゃない」レディ・ソフィ・タルボットを形容するのに、おもしろみがない、よりもっとふさわしくないことばを考えつかなければと追い詰められた。

「なるほど。どうやら、わたしが低能だという話に戻ったわけですね」そう言うと、彼に背を向けてふたたび歩き出した。足を引きずっているのにキングは気づいた。驚くにはあたらない。その道は馬車の車輪や蹄鉄でも通行には難があるのだ。

彼女のようすが気になった。ほんのちょっとした弱点のせいで、そうしたくもないのに彼女を意識してしまい、あたりをうろついている狼どものなかに置き去りにはできなくなった。彼女は自分の問題ではないと、いくら自分に言い聞かせても。

夜が明けたら、最初の乗合馬車に彼女を押しこもう。着るものは宿の女中に売ってもらえるだろう。金をたっぷりはずむはめになりそうだが、厄介な女性をロンドンに送り帰せるのであればそれだけの価値はある。

「宿に戻ろう」キングは言った。「部屋を手配して、明日きみを家に戻す」

「自分で帰れます。ご心配なく」

彼はため息にいらだちをこめた。「すなおに私の厚意を受ければいいんだ」

「ご自分の評判が悪くなるかもしれないとわかったとたんに、寛大に接するようになるまで身を落としたお貴族さまに、ひれ伏す気になれなくても気を悪くなさらないでくださいね」

どうやら痛いところを突いたようだ。キングはこらえられずにまたそこをつついてみた。

「だれかがきみに対して責任を負わなくてはならないんだ。きみに任せておいたらなにをしでかすかわからないからな」

それを聞いたソフィが立ち止まり、ふり向いた。「なにもしでかしたりしません」

キングが両の眉を吊り上げる。「とんでもないことをしでかすしかしていないじゃないか、愛しいきみ」

「わたしはあなたの愛しいきみなどではありません。「私が惹かれるのはもっと女らしい人だ」

「あたりまえだ」なにも考えずに認める。「私が惹かれるのはもっと女らしい人だ」両手が体の脇で拳に握られた。

ソフィの肩がほんの一瞬だけ落ち――そうとわからないくらいの短いあいだだった――キングはいまのことばを撤回したくなった。いまのは正確ではなかった。ソフィは完璧に女らしい。実際、こちらのきついことばを受けた彼女は、どこかとても女らしかった。すぐには気づかないような女らしさだ。

だからといって、気になるわけではないが。彼女の女らしさになど興味はない。

彼女はおそろしく強情張りで、彼女のもたらす迷惑に耐えるほどの価値はない。キングの嫌いなものがひとつあるとしたら、それは厄介な女性だ。

だが、こちらは彼女を傷つけた。そのことで動揺したのは、たやすく傷つくような女性には見えないからだ。そして、そんな女性らしく、彼女は背筋を伸ばして肩をいからせ、隙を見せずにまた歩き出していた。

虚勢を張っているのだ。こちらに真実を見抜かれまいとして。

だが、キングにはお見通しだった。自分も虚勢を張った経験があるからだ。

彼女がおもしろみのない人間だなんて、とんでもない。

キングは声をかけた。「ロンドンまでずっと歩くなんて無理だぞ」

「勝手な思いこみですね」歩みを落としもせずに彼女が答えた。「ロンドンに向かっているわけではありません。北に向かっているんです」

「そっちは北じゃないんだがな」そう言ってから、彼女のことばにはっとする。「待て。北に向かってるって？　どうしてだ？」

ソフィが足を止めた。「こっちが北で合ってます」

「ちがう。南だよ」

彼女が暗い道の先を凝視した。「たしかですか？」

「もちろんだ。どうして北に向かってるんだ？」

きびすを返し、ソフィは反対方向に歩き出した。「家に帰るためです」

これまで出会ったなかで、彼女はもっともいらだたしい女性にちがいない。「ロンドンはここから南だ」

「ええ。ざっくりとした地理の知識ならありますから」

「方角の知識はないみたいだが」ソフィの足どりは揺らがなかった。ふたりで無言のまま数分歩くと、〈狐と鷹〉亭の明かりのなかに戻った。

キングは沈黙にがまんできなくなった。「ロンドンでなかったら、家はどこなんだ？」

「カンブリアです」

彼ははっとした。この女性はなにを企んでいるのだ？　キングはカンブリアへ向かってい
る途中だった。家を目指していた。
危険な娘たち。
そのあだ名が頭に浮かび、タルボット家の娘たちについてのうわさが強く意識された――
裕福だが、洗練されているとは言いがたい。彼女たちは貴族との結婚を金で買うか奪うかす
る必要があり、爵位を手に入れる最短の方法は貴族の腕のなかで自身を破滅させることだ。
カンブリアへ馬車で行けば、簡単に破滅できる。
たしかに危険な女性だ。
くそっ。結局、先ほどまでの自分の直感が正しかったわけだ。ソフィは自分を狙っている
のだ。厩で男たちと一緒に過ごさせてしまったという罪悪感は消え、熱い怒りがこみ上げて
きた。「では、そういう計画だったんだな。私を罠にはめるつもりだったんだ」
ソフィが眉根を寄せた。「なにを言ってるんですか？」
「私がカンブリアに向かっているのをどうやって知ったんだ？　服だけでなく情報も従僕か
ら手に入れたのか？」
「あなたはカンブリアに向かっているんですか？」とても驚いた口調だった。
キングは険しい目で彼女を見た。「澄ましてみせてもきみは魅力的には見えない、ソフ
ィ」わざと敬称を省略する。
「あなたに魅力的だと思ってもらいたくてたまらないのに」

キングが片方の眉を上げた。「ほんとうのことを話せ」

「簡単な話よ。カンブリアに向かっているのは、十歳までモスバンドで過ごしていたからだわ」

彼はおもしろくもなさそうな笑い声をあげた。「そんなひどい嘘は一度も聞いたことがない」

「ほんとうです。あなたがなぜ気にするのかはわかりませんけど」

「いいだろう。話を合わせてやろう」吐き出すように言う。「私は子ども時代をロングウッドで過ごした。だが、きみは知っているんだよな」

ソフィは首を横にふった。「あそこにエヴァースリー家の地所はないわ」

キングがきざな笑みを作る。「ああ。だが、ライン・キャッスルがある」

彼女はうまい具合に驚きの表情を浮かべているように、キングには思えた。「それが小麦の値段になんの関係があるんですか？」

「きみがロンドンを離れるのは残念だな。舞台に立てたかもしれないのに」いったんことばを切ってから続ける。「ここで父がライン公爵だという台詞を言えばいいのかな？」

「なんですって？」彼女は知らないふりをするのがほんとうにうまい。

「そうなんだよ。びっくりだろう」間延びした言い方をする。彼女にはもううんざりだった。

「エヴァースリー侯爵が優遇敬称なのを危険な娘たちが知らないと考えるほど、私をばかだと思っているのか？」

「ばかだろうとなんだろうと、ほんとうのことです。あなたが公爵を継ぐ身だなんて知りませんでした」

「ロンドンの未婚女性は全員知っている」

「知っているのは、そういうことにこだわる未婚女性だけでしょうね」

彼女の鋭い切り返しをキングは聞き流した。「上流階級のなかでは最高の夫候補だとみんなに思われている」

ソフィが鼻で笑う。「あなたはうぬぼれが強くないから、きっとおっしゃるとおりなんでしょうね。でも、言わせていただけば、あなたは夫候補として最悪だわ」

「きみは最悪の嘘つきだ。北部に行くと言ったのは、ふたりとも同じ方角を目指しているのなら馬車に乗せてやる、と私に言わせるためだったんだろう?」

「ちがいます」

「無垢なふりをするんじゃない」彼女に向かって指をふる。「きみの突拍子もない計画などお見通しだ。私と一緒に楽しむ気満々だったんだろう」

ソフィは目をぱちくりさせた。「楽しむ? なにを?」

キングはせせら笑った。「考えればわかるんじゃないかな。きみの家の女性陣はそっち方面に積極的なようだし」

ようやくわかってきた。「わたしがあなたを近づけるなんてありえません。好きですらないのに」

「たがいの気持ちが関係あると、だれが言った？」北への道中でふたりの過ごす時間がどんなものになるかを明らかにすることばだった。「まあいい。きみの向かおうとしている先が気に入らない。私を結婚の罠にかけようとすべきではない。私はロンドン中のどんな男よりも頭がいいからね。それに、きみは姉上たちほど誘惑的ではないし」

そのことばが深夜の宙を漂った。ソフィはわずかに背筋を伸ばしただけだった。

キングは乱暴に息を吐き、ひどい悪態をつきそうになるのをこらえた。最後のことばは残酷だった。口をついて出た瞬間にそう悟った。彼女はたしかにタルボット家の姉妹のなかではいちばん地味ではある。それに、そのせいで結婚相手としての人気がない。あるのは財産だけだ。

ところが……驚くことに、体に合わないお仕着せ姿でばかげた靴を履いて、月光を髪に浴びてグレート・ノース・ロードに立っているいまの彼女は、まるで地味に見えなかった。

長い沈黙が落ち、頭のなかで自分の言ったことばがこだまして、キングはますます落ち着かない気分になっていった。彼女がとんでもないこと――たとえば、泣くとか――をしはじめる前に謝るべきだ。

そんなことを考えたキングが愚かだった。だれも助けにきてくれないような人里離れた場所で、彼女に不当な侮辱のことばを投げつける相手と真夜中のグレート・ノース・ロードにいるレディ・ソフィ・タルボットは、泣かなかった。

泣くどころか、笑い出したのだ。

高らかに。

キングは目を瞬いた。なんと。予想外だ。

その笑い声に軽蔑がにじんでいるのが気に入らなかったし、彼女のことばはもっと気に入らなかった。「あなたに望んだのは、メイフェアまで馬車に乗せてもらうことだけだったわ」子ども相手に嚙んでふくめるような、ゆっくりとした口調だった。「でも、断られたから、自分でなんとかしなくてはならなくなったわけですけど、それも――」キングに口をはさませまいと、少しだけ声を張った。「――思ったほどうまくいきませんでした。でも、ようやく事態が好転しはじめてくれました。といっても、あなたのおかげではありませんけどね。計画ができました。あなたも、あなたの手助けも親切心もあてにしない計画が。まあ、あなたは助けを申し出てくれなかったわけですし、親切心を持ち合わせてらっしゃるとは思えませんけれど」

言い返そうと口を開いたキングを、彼女がまたさえぎった。「はっきり申し上げます。あなたと、あなたの象徴するあらゆるものから逃れるために北に向かっているんです。あなたは、わたしが大嫌いな貴族そのものです。傲慢で、退屈で、目的も持たず、なんの努力もせずに手に入れた爵位や財産に頼りきり。考える価値のある思いなどひとつもない。知性のすべてを誘惑とばかげたカーリクルの競走を計画するのに使っている。お気づきじゃないといけないので言っておきますけれど、あなたが廏にやってきて、わたしが女であると暴露するまでは、申し分なくうまくやっていたんです。それに、廏を出て北へ向かおうとしていたわたしを追ってきたのはあなただったでしょう！　それなのに、わたしがあなたを結婚の罠にはめようとしているですって？」間をおく。「これ以上どう言ったらわかってもらえるんですか？　消えてください」

キングは自分の評判を知っていた。魅力をふりまき、たいした野望も持たずに放蕩王者の評判を培ってきた。醜聞を生き甲斐にして、行く先々でうわさ話をもたらしてきた。一夜かぎり以上のものは約束できない自分には、相手の女性を近づけすぎないようにするのにぴったりのあだ名だった。結婚をする気はまったくなかった。

それでも、宿の馬車まわしに立って、自分が念入りに作り上げた伝説をソフィ・タルボットが激しく非難するのを聞いていると、傷ついた。傷つくべきなどではないのに。

地味で取るに足らないこの女性にどう思われていようと、気にするべきではないのに。気になどしていない。

別々の道を行き、二度と出会わないのがいちばんいい。こっちは死にかけている父親の心配をしなくてはならないのだ。望んでもいない責任まみれの将来があり、向き合いたくもない過去があるのだ。彼女とはここで別れるべきだ。出会ったことを忘れるのだ。最後にひとこと言ったら、そうする。「私が追いかけてきて幸運だったんだぞ。そうでなければ、ひと晩中南に向かって歩いていただろうからな」

ソフィは眉を寄せて彼を見た。「ええ、そうですとも。わたしの頭にブーツをぶつけかけて以来、あなたは幸運のすばらしい贈り物以外のなにものでもなかったわ」

これほど怒り狂っていなければ、彼女のことばやしらけきった口調をおもしろいと思ったかもしれない。彼女を上から下まで眺め、特に足もとを長々と見た。「私が助ける気になったときに、申し出を受けていればよかったと後悔するだろう」

「空腹で死にかけているときに、荷車いっぱいに紅茶とケーキを積んだあなたが通りかかったとしても、あなたの助けは受けません」

そこでキングはきびすを返し、いまいましい女性を道端に置き去りにした。勝手にすればいい。彼女は自分の問題ではない。何度自分にそう言い聞かせなければならないのだ？　ひとりで放っておいてほしいのなら、そうしてやる。喜んで。

金もない状態で。

服もなく。

靴もなしで。

彼はためらい、ためらった自分が気に入らなかった。恩知らずの女性のもとへ引き返し、その勢いでこう言ってしまったのはもっと気に入らなかった。「どうやって行くつもりだ？」

「ふつうの方法で、でしょうね」落ち着き払ったことばが返ってきた。「馬車で」

「馬車に乗るには金がいるのを忘れたのかな？」私に金を貸してくれと頼むしかないだろう。貸してやろうじゃないか。だが、その前にひれ伏せさせてやる。

レディ・ソフィ・タルボットは動転もがっかりもせず、にっこり微笑んでみせた。白い歯が月明かりにきらめいた。「そんなものは必要ありません」

彼女の笑みを見てキングは落ち着かない気持ちになった。目を瞬く。「六時間前、きみは一文なしだったじゃないか」

ソフィが肩をすくめた。「状況は変わるんです」

キングの体を恐怖が駆けめぐる。「なにをしたんだ?」

「わたしは姉たちのように誘惑的ではないかもしれませんけれど」先ほど自分が言った侮辱のことばだ、とキングは気づいた。「なんとかやっていけますから」

いまのはどういう意味だ?

ソフィが宿を指さした。「ぐっすりお休みになって」

その瞬間、キングは彼女に見切りをつけ、きっぱりと置き去りにした。彼女は自分の問題ではないと、最後にもう一度自分に言い聞かせて。

けれど翌朝になると、彼女がどれほど大きな問題かを思い知った。少しも休めずいらいらと宿を出て、今日の競走のためにカーリクルを手入れしている六人を通り過ぎた。計画は簡単だ。壊れた車輪を取り替え、馬をつなぎ、夜を過ごしたこの場所と目に見えない茨のようにこちらを悩ませてくれた女性をあとにして北へと急ぐのだ。

ところが、馬車の扉を開けたところ、あるはずの予備の車輪の山がなかった。そこにはただ、大きな空間があるだけだった。車輪はすべて消えていた。

腹の底に恐怖がたまっていくのを感じながらふり返ると、完璧な状態のカーリクルに寄りかかってにやついているウォーニックがいた。「失せ物でも、エヴァースリー?」

キングは険しい表情で彼を見た。「どこだ?」

公爵が白を切る。「どこって、なにが?」

「わかっているくせに、ハイランドのまぬけめ。私の車輪をどうした?」

「おれの車輪ってことかな?」ウォーニックが微笑む。「買ったんだ」

「ありえない。私は売ってないぞ」

「きみの従僕はそうは言ってなかったがな」ひと呼吸入れる。「彼女を従僕と呼んでもいいのかな? それとも、別の呼び方をすべきだろうか? 女従僕というのはちょっとちがうな」またひと呼吸入れ、にんまりする。「言わせてもらえば、いやらしく聞こえるからなくそったれ。

「彼女のことはなんとも呼ぶな」怒りがせり上がってくる。「車輪を返せ」

公爵は首を横にふった。「いやだね。金を払って買ったんだから。かなりの大金を」

「彼女が郵便馬車に乗れるくらいの金だな」

ウォーニックが笑った。「郵便馬車に百回は乗れる金だよ。彼女はやり手だな」

キングが頭をふる。「あのレディには自分のものでない車輪を売る権利はない。きみだってわかってたはずだ」

「ほう、レディなのか?」カーリクルに乗りこむ公爵を見て、キングは殴りつけてやりたくなった。「いずれにしろ、これはきみの問題のようじゃないか、エヴァースリー。おれのではなく。おれは車輪に金を払った。それがおれの取り引きのはじまりであり終わりだ」

「きみはあの車輪を使えない」キングは食い下がった。「私のカーリクル用にあつらえたものだからだ」いまいましいカーリクルの隅々に至るまで、特別注文で作ったものなのだ。そのカーリクル自体がなければ、ウォーニックは車輪を持っていてもどうすることもできない。

「それは重要じゃないんだ。きみを競走に参加させないためにいい買い物をしたと思ってる」ウォーニックはそう言ったあと、ほかの者たちに声をかけた。「準備はいいかな？」

賛同の声があがった。

「本気で車輪なしに私をここに置き去りにするつもりではないよな？」

「いや、本気だよ」公爵はうなずき、手綱を取った。「すばらしい馬車があるのだから、次の宿までそれで行けるじゃないか」

それを聞いて、恐怖がキングの腹部にたまっていった。洞穴のように暗い馬車を思って。キングはかっとなった。「私がまた勝つのがこわいんだろう。だから私を助けようとしないんだ」

ウォーニックは肩をすくめた。「正々堂々と戦わなくてはならないとはだれも言ってない」そして、「やあ！」という大きなかけ声とともに弾丸のごとく宿を出発し、ほかの者たちもあとに続き、キングは土埃のなかに取り残された。壊れたカーリクルと、空っぽの馬車と、煮えたぎる復讐心とともに。

くるりと向きを変えると、御者を探しに向かった。

どうやらレディ・ソフィ・タルボットとはまだ縁が切れていないようだった。

5

郵便馬車での災難

ノース・ロードか？　はたまた北部の無礼者（ノース・ルード）か？

郵便馬車はだれがなんと言おうと快適ではない。

大きいはずなのに、いまや狭すぎるほどの状態になってしまった馬車のなかにいるソフィは、自分を囲むおおぜいの人たちと目を合わせないようにして座席で身じろぎした。あいにく、身じろぎするほどの空間はなく、乗客と目を合わせずにいるのはさらに至難の業だった。車内は女性や子どもたちでぎゅう詰めだったが、そんなにくっつき合っている状態なのに、だれも会話をしようとはしなかった。すぐ目の前の座席に座っている若い女性と目が合った。相手はすぐさま視線をひざに落とした。

「痛っ！」男の子が叫んだ。ソフィがお仕着せの内ポケットから時計を出すときに肘があたってしまったのだ。

「ごめんね」

男の子はソフィを見て目をぱちくりし、時計に目をやった。「それ、なに?」

ソフィは驚いて男の子を見た。「時計」

「なにするもの?」

どう答えたらいいのかわからなかった。「時刻を知るためのもの?」

「なんで?」ソフィの足もとの床に座っている小さな女の子が訊いた。時計を見ようと首を伸ばしている。

「出発してからどれくらい経ったかを知るために」

「なんで?」

男の子に注意を戻す。「目的地まであとどれくらいかを知るため」

床に座っている女の子がまごついた表情になる。「でも、着いたら着いたってわかるんじゃないの?」

「そうだよな」男の子は腕を組み、座席にもたれた。「あとどれくらいかなんて考えるのは意味ないよ」

ここまで徹底した運命論者の子どもには会ったことがなかった。

とはいえ、ソフィはほんとうのことを答えたわけではなかった。単に次の宿にいつ着くかを気にしていたのではなかった。エヴァースリーとの距離がどれほど開いたかを計算していたのだ。北へ行く郵便馬車に乗る代金を手に入れるために車輪を売ったとわかったら、彼が激怒するとわかっていたからだ。

そんな目に遭わされて当然だと思ってくれる可能性はほとんどなさそうだ。

それに、あれが厳密には盗みでないことだって気にもかけないだろう。ソフィはきっちり返すつもりでいたのだが。

でも、まずは北へ行くのが先決だ。

北。

その決断は、明るすぎる干し草置き場で古い新聞紙を毛布代わりにしながら、懸命に眠ろうとしていた真夜中に下したものだった。どうしても眠れずに起き上がると、新聞紙が数カ月前のゴシップ紙であるのに気づいた。〈危険な娘、ドルーリー・レーンのデレクと逢い引き〉という見出しがでかでかと書かれ、セシリーがデレク・ホーキンズの劇場の舞台上部でひどく外聞の悪い行ないをしていたという記事が載っていた。中見出しは〈セシリー、舞台の星を密かに落とす？〉となっていた。その午後についてふくむところがあるような書き方だ。

ほんとうはちがうのに。

あの日、セシリーは外聞の悪いことはなにひとつしていなかった。ソフィがそれを知っているのは、付き添い役として一緒にいて、デレク・ホーキンズが延々と自分の比類なき才能について語り、自分を〝現代における至高の芸術家〟だの〝世紀の天才〟だのと豪語するのを聞いていたからだ。とんでもなくうぬぼれの強い彼は、首相役候補になれるかもしれないと実際に言ってみせた。しかも、おおまじめに。

セシリーがこれまでにしたもっとも恥知らずなことは、自分はあなたのミューズかとホーキンズにたずねたことだ。これに対して彼は、自分はミューズなど必要としないと答えた。ミューズは自身のなかにいるのだと。

あの日の午後に破廉恥なできごとがあったとしたら、ソフィはあの経験すべてをもっと愉快に思えたかもしれない。

けれど、ゴシップ欄は真実になど興味がない。姉たちについての見出しからわかるように、〝タルボット家の秘密の暴露〟にしか興味がないのだ。そして、姉たちはそれを喜んでいた。セシリーがこの記事を声に出して読んでいたのをおぼえている。

けれど、ソフィは喜べなかった。新聞を思いきり握り潰し、自分の選択肢を吟味した。いや、選択肢などではない。選択肢とは、選べる道がふたつ以上あるものだからだ。道はひとつしかなかった。なぜなら、一八三三年のイングランドにいる女性には選択肢などないからだ。歩む道はひとつだけ。ただ歩むよう強いられる道。強いられたことをありがたく思わせられる道。

〈狐と鷹〉亭の玉石敷きの馬車まわしに立ち、ブーツを片方履いていないにもかかわらずなぜか一分の隙もないように見える傲慢そのもののエヴァースリーが大股で歩み去る姿を、ソフィは見送ったのだった。その男――自身をキングと呼ぶほど傲慢な男――がソフィに決意させた。

あの道に戻るつもりはなかった。自らの道を切り開いていく。

北へ向かって。

批判や侮辱や無礼や破滅から遠く離れたところへ。自分自身でいることを許されていた場所へ。地味で、おもしろみがなく、〝非愉快〟なタルボット家の娘ではなく、書店の経営者になる夢を持った幼い少女のソフィでいられた場所へ。

ロンドンの舞踏室のきらびやかさやうわさ話とは、ずっと無縁で暮らしてきた。ゴシップ紙や貴族から遠く離れたところで。喜んであの暮らしを取り戻す。なにが正しくてなにがふさわしいかの規準を設ける、憎らしいエヴァースリー侯爵のような男の人たちがいないところで。

決意を家族に知らせ、カンブリアで暮らすのだ。幸せに。父からお金を送ってもらい、上流階級と無縁の人生をはじめる。

幸せに。

馬車のなかで場所をとっている箱にもたれると、うなじに角が食いこんだがかまわなかった。すばらしい新たな人生を思い描くのに忙しかったから。冷たくて思いやりのない上流階級の目から逃れられる人生を。

モスバンドの目抜き通りにある店の上に部屋を借りよう。わたしをおぼえていて、戻ってきたのを温かく迎えてくれるだろう。紳士用品店、肉屋、パン屋。ランダー夫妻はいまもパン屋をやっているだろうか――ご主人はいつも大きな笑顔で、奥さんは大きな腰をしていた。それに、いまもシナモンと蜂蜜のたっぷりかかった朝食用パンを焼いているだろうか。

ロビーもいまもモスバンドにいるだろうか。

パン屋の息子のロビーは細身の長身で、愛嬌のある笑顔といたずらっぽくきらめく目の持ち主だ。ソフィのふたつ上で、遊び友だちだった。甘くべたべたするパンを店から持ち出してきてくれて、夕食までの時間を指についた砂糖をなめながらふたりで将来の計画を立てたものだ。

そのことばの意味もわからないほど幼いときに、結婚しようとロビーは言ってくれた。いつの日か彼はモスバンドのパン屋になり、ソフィは書店経営者になる。ふたりして日の出前に起き出して、髪や服や本にパンの香りをつけて幸せに一日中働く。

ロンドンや上流階級のしがらみに煩わされずにすめば書店を持てる、と即座に心は決まった。父に資金を送ってもらい、モスバンドを北部一教養のある町にするのだ。周辺には何マイルも書店がない。子どものころは本はロンドンから郵便で届くものか、父が石炭の値段を交渉しにニューカッスルへ行ったときにまとめ買いしてきてくれるかのどちらかだった。父はいつも〝娘っ子〟たちを忘れずにいてくれて、全員にお土産を買ってきてくれた。セラフィーナには髪に結ぶリボンを、セレステには人形用の凝った服を、セシリーにはあらゆる色のシルクの糸を、セリーヌには甘いお菓子を。けれど、ソフィにはいつも本をお土産にしてくれた。

ソフィの父は本を読まなかった。数字は得意なのに、文章の読み方はついぞ身につかなかったので、持ち帰った箱にはいろいろな本が混ざっていた。畜産学の教科書、経済学の論文、旅行記、狩猟入門書、四種類の版の英国国教会祈禱書。一度など、インドの不可解なエッチング画の山を持ち帰ったことがあったが、即座に家庭教師に取り上げられ、二度と戻ってこなかった。

ソフィ以外の女の子にとっては、父の持ち帰る箱は退屈なものだっただろう。けれど、彼女にとっては魔法だった。書籍は革に包まれた冒険で、遠くの世界や驚くべき人々や知識に満ちていた。簡素で純粋な幸福をもたらしてくれる本は、ソフィの寝室に積み上げられていった。はじめのうちは書棚に、その次は床に、そしてついには大型の衣装だんすにまで入れられた。それでも本が送り届けられるのは止まらなかったので、母は娘が自分の考えを持っているのを気にしていないのだとずっと思っていた。そこへリヴァプール家のガーデン・パーティ事件が起き、じつは母がソフィの考えを言語道断だと思っているのがわかった。ロンドン中の貴族と同じように。

いやな記憶が彼女のなかにたまっていった――ロンドンの有力者たちが、ソフィなど存在しないかのように背を向けた。追放した。いや、それ以上だ。彼女を消し去ったのだ。あそこに戻ることはできない。だったら、前に進むのみだ。そして、愛しい思い出のある場所に戻って自分の将来を切り開く。

ロビーがもしまだモスバンドにいたら、遠い昔の約束を果たしてくれるかもしれない。結婚してくれるかもしれない。そう思ったら、胸がうずいた――妻になり、愛されることを思ったら。ロビーはすてきな笑顔の持ち主だ。それに、本や思いつきの話をすると、いつだって耳を傾けてくれた。

もしロビーと結婚したら――幼なじみと結婚する以上にひどいことだってある。もしロビーと結婚しなかったら――少なくとも書店の経営者にはなれる。それ以上にひどい運命だっていくらでもある。

目を開けると、向かい側の席に座った若い女性とまた目が合った。その女性は今度は気恥ずかしそうに目をそらしたりせず、興味深そうに小首を傾げた。その視線がソフィの顔から首へ下がり、ボタンがはち切れそうになっている上着の胸もとで留まった。ソフィはその視線を追い、自分の胸もとを見てみた。

ボタンがはずれて、白いシャンブレー地のシャツと従僕らしくない胸の膨らみがあらわになっていた。

ソフィは上着の前を寄せてボタンを留め、若い女性ともう一度目を合わせた。彼女はソフィの帽子に顎をしゃくった。「ほどけかけてるわ」

そちらに手をやると、長い茶色の巻き毛が帽子からこぼれ落ちていた。

ソフィは口を開きかけたが、説明のことばなどあるわけもなく、そのまま口を閉じた。そして、肩をすくめた。

若い女性は秘密の共有者めいた笑みを浮かべ、顔を寄せてささやいた。「お洒落な使用人がどうして郵便馬車なんかに乗ってるのかと思ってたの」

この世界でお仕着せが注目を集めるとは考えてもいなかった。逃げ出してきた世界では、お仕着せで透明人間になれたからだ。「わたしが使用人でないのはばれてしまったみたいね」

「ちゃんと見ている人にとってはそうだけど、たいていの人はなにも見てないものよ」そう言ってから、ソフィの隣りに座っている男の子に目をやった。「返しなさい、ジョン」

ソフィがそちらを見ると、男の子が手に時計をぶら下げてにやついていた。「本気でいただくつもりじゃなかったのに」

「そんなこと、わからなかったもの」若い女性が言う。「それに、盗みはもうしないと約束したでしょう」

「おれの母ちゃんでもないくせに」

女性が眉根を寄せる。「でも、お母さんにいちばん近い存在だわ」

男の子は時計を返した。

「ありがとう」言ったあとで、もともと自分のだったものを返してもらって礼を言うのは変だと気づいた。

「どういたしまして」ジョンはにっこり笑ってから、体を寄せてきて続けた。「なにか盗むんだったら、あんたの鞄を狙うしね」

ソフィは脚のあいだに置いていた鞄をひざに乗せた。「警告してくれてありがとう」

ジョンが返事代わりに帽子をちょっと傾けた。

向かいの席の女性が髪を耳にかけて、小さな声で短く笑った。それを聞いたソフィは、混み合った郵便馬車のなかではたいした楽しみもないのだと思い出させられた。女性が目を見つめてきた。「メアリっていいます」そして、床に座っている女の子を顎で示した。「この子はベス」ベスがにっこりすると、メアリは男の子を指した。「この子がジョンなのはもう知ってますよね」

ソフィはうなずき、自分も名乗ろうと口を開いたが、メアリが手を上げて制した。「で、あなたはお洒落な使用人」

車内のほかの人たちには、彼女は従僕に見えると思い出させてくれることばだった。ソフィはうなずいた。「マシューです」勝手に名前を使っている従僕に心のなかで謝罪する。

メアリが背もたれに体を戻した。「知り合えてうれしいわ」

においとぎゅう詰めであることをのぞけば、郵便馬車は想像していたほどひどくなかった。ひょっとしたら、この先はうまくいくかもしれない。

その思いが頭に浮かんだ瞬間、馬車が速度をゆるめた。床に座っていたベスが立ち上がる。

「着いたんだ！」

「行き先もわからないくせに」ジョンがぴしゃりと言った。

ベスがむっとした顔になる。「馬車が停まったんだから、どこかには着いたんでしょ」小賢しく言う。

「ふたりとも、静かに」メアリが小声で言い、眠っているふたりの女性越しに首を伸ばして窓の外を見た。ソフィもそれに倣うと、道端の木々が見えた。「どこにも着いてないわ」

外からくぐもった話し声が聞こえてきて、反対側の窓を覗いていたメアリがソフィをふり返った。「だれかがあなたを捜してるのかしら？」

勝手に大金を借りたことを考える。エヴァースリーが追ってきているとしても不思議ではない。体を前のめりにする。「そうじゃなければいいのだけど」

「外に出ろ！」男の声が轟いた。

「参ったわね」メアリがぼそりと言った。

「聞こえてるのはわかってるんだぞ！」

ソフィの胸に恐怖がたまっていく。見つかってしまったのだ。つかまったら、お金を奪い返されて即刻ロンドンに送り帰されるとわかっていた。彼が大目に見てくれたとしたら、だ。もし激怒していたら、自力でなんとかしろと道端に置き去りにされる可能性も考えられた。またしても。

最後に会ったときの彼は、寛大そうにはとても見えなかった。

もちろん、こちらが彼を傲慢で、退屈で、知性がないと言ったのだけれど。正直なところ、そんな風にけなされた彼が寛大な気持ちになるとは思えなかった。

「さっさとするんだ、小娘！　のんびりしている時間はない！」

小娘だなんて言う必要はないし、無礼じゃないの。ソフィはそう思ったが、これまでの経験からすると、エヴァースリーが無礼でないふるまいをしてこなかったとはいえなかった。

車内では女や子どもたちがざわつきはじめ、外にいるのはだれかとか、どうなっているのかと口々に言っていた。隠れる場所はなかった。ぐずぐずしてもしかたない。肩をいからせて席を立つと、床の女の子を慎重に避けて扉に手を伸ばした。

「待って！」メアリが声をあげた。

ソフィがふり向く。「どうしようもないの。彼はわたしを追ってきたのよ」

「扉を開けないで」メアリが不吉なものをにおわす声で言った。「そこを開けたら、二度と閉められなくなるわよ」

ソフィはうなずいた。知り合ってまだ十五分ほどのこの女性が自分を守ろうとしてくれていると思ったら、悲しみがひたひたと迫ってきた。「わかってるわ。でも、わたしはひどいことをしたの。何度も。だから彼は仕返しをしたがっているのよ」

そう言うと、エヴァースリーと対峙するために扉を開けた。

けれど、馬車の外にいた男はエヴァースリーではなかった。

いや、馬車の外にいた男たちは。

安堵はいきなり狼狽に変わった。三人の男は自分を追ってきたのではなかったが、侯爵とくらべて明らかに身なりがよくなかったし、明らかに極悪人の顔つきをしていた。ソフィは目を瞬いた。「あなたたちはだれですか？」

「それはこっちの台詞だ、坊主」いちばん遠くにいる男が答えた。「英雄を気取ろうって根性は見上げたもんだが、そこをどいておれたちの欲しいものを渡せ」

ようやくわかってきた。「追いはぎなんですね」

「ちょっとちがうな」

「強盗を働くために北へ向かっている郵便馬車を停めて、乗客全員を殺すつもりなんだわ」

車内からあがったあえぎ声や悲鳴を無視する。「追いはぎなんでしょう」御者台を見上げた。

「御者をどうしたんですか?」

「御者なんてどいつもこいつもとっとと逃げるもんさ」

困ったわ。望ましい状況とはいえない。

「殺さないで!」車内から小さな悲鳴があがった。

首領が前に進み出た。「おまえたちを殺すつもりはない。いらいらさせるんじゃねえ。いらいらさせられるのは大嫌いなんだ」ソフィを見つめてきた男の目は、冷たい青色で残忍そうだった。「お貴族さまの使い走りにじゃまされるつもりはねえ。殺される前にそこをどくんだ」

どこから勇気が湧いてきたのかわからなかった。「あなたの望みはなんですか?」

「わたしよ」車内から声がした。メアリだった。ソフィの向こうの男に向かって言った。

「ほかの人たちを傷つけないで、ベア」口調は平板だったが、その目のなかに恐怖があった。

「欲しいのはおまえじゃない」ベアと呼ばれた男の声には嫌悪がこもっていた。「おれの望みは坊主だ」

ジョンのことだ。

ソフィはジョンがいた場所をちらりと見た。自分の座席の隣りは空っぽだった——男の子はどこにもいなかった。メアリが郵便馬車を降りた。「あの子はここにはいないわ」

「嘘つきやがれ」ベアが吐き出し、ソフィはひどいことばづかいに息を吞んだ。「おまえが坊主を奪った。あいつはいまもおれのもんだ。最高に腕のいい手下だからな」

「あの子は一緒じゃないと言ったでしょう」

ベアが近づいてくる。「だが、ちびはいるじゃねえか」

ソフィはそのことばに脅しを聞き取った。望みのものが手に入らないのであれば、ベスを傷つけるのもやぶさかではないという冷酷なふくみだ。ソフィも馬車を降りると、メアリと並んで怪物と対峙した。「下がってください」

ベアが目を丸くしてソフィに注意を向けた。「さもなければどうするんだ?」

策に窮したとき、父の声が頭のなかで聞こえた——はったりが本物になるまで続けるんだ。ソフィは肩をいからせた。「あなたを後悔させてみせます」

ベアは笑い、視線を上へ、横へと動かしたあと、怒りの表情をソフィに向けた。「後悔するのはあんたのほうだ」

強烈な拳がすばやく飛んできて、目に星が浮かび、爆発しそうな痛みをこめかみに感じた。気づくと地面にのびていた。メアリがあとずさり、開いた扉を体でふさいだ。「なんてことをするのよ、ベア。だれも傷つけないでと言ったでしょう」

「次のときは、パンチを受けられるくらい強いやつに守ってもらうこったな。言ったはずだ。おれの手下を取り戻す」

ソフィは目を開けた。その位置からだと、馬車の下に縮こまっている小さな体を見逃すのは無理だった。ジョン。彼は恐怖と涙でいっぱいの目を見開き、メアリの足もとを凝視していた。

「こっちも言ったはずだけど」メアリだ。「彼はここにいないって」

ベアの拳が炸裂する音が聞こえた。頬にあたった拳はバシッという音をたて、メアリは苦痛の悲鳴をあげたものの、倒れはしなかった。車内のベスが泣き叫び、ジョンはその声に目を閉じた。「何回言ったらわかるのよ、このろくでなし」メアリはジョンをかばってくり返した。「あの子はここにいないんだってば」

ベアと呼ばれた獣はまたメアリを殴った。先ほどよりも強く殴られ、彼女はついに倒れた。視界の隅でジョンが動き、なにをしようとしているのかをソフィは悟った。メアリを救うために隠れ場所から出ようとしているのだ。そんなことをさせるわけにはいかなかった。

「待って!」大声を出した。

ジョンが動きを止めた。ありがたいことに。

ベアがメアリをまたぎ越して馬車のなかを捜しにかかる前に、ソフィはなんとか立ち上がった。

男がソフィをふり返る。「英雄気取りはやめとけ、坊主。おまえに勝ち目はない」

ソフィは近づいていき、失神しているメアリと悪党のあいだに入った。両手を腰にあててはいたが、どうすれば相手を止められるかわからなかった。わかっているのは、ほかの人たちを傷つけさせるわけにはいかないということだけだった。「あなたが怪物みたいにふるまうのをやめたら、こっちも英雄を演じるのはやめる」顎をつんと上げる。「でも、そう簡単に怪物のふるまいをやめるつもりはないんでしょう?」

ベアがまた笑った。「どうやら死の願望があるらしいな」

ソフィは憎しみをまなざしにこめた。「死ぬのがそっちならね」

彼は両手を大きく広げ、くつくつと笑っている仲間をふり返ったあと、腰に差していた銃を抜いてソフィに向きなおった。

彼女は完全に凍りついた。

「おまえにはもううんざりだ」ベアは腕を上げて銃口をぴたりと彼女の顔に向けた。

恐怖に圧倒されるのを覚悟して、ソフィは目を閉じた。けれど、恐怖はいっこうにやってこなかった。それどころか、ただひとつの冷静な思いで満たされた。

リヴァプール伯爵夫人が金魚をあれほど好きでなければ、こんなことにはならなかったのに。

この世で大型馬車ほどキングが忌み嫌っているものはなかった。

閉じこめられた空間のせいで息苦しくなってクラバットをぐいっと引っ張り、レディ・ソフィ・タルボットを罰する長い罪状のひとつにこの旅をくわえる。彼女はキングの計画――仲間とともにカーリクルでカンブリアまで競走し、自分の人生を破壊した父の最期のことばをさっさと聞く――を甚(はなは)だしく狂わせてくれた。死の床についた公爵に近づいて身をかがめ、十五年の長きにわたるふたりの戦いに最後に勝利をおさめるところを思い描いていたのに。

〝ラインの血筋は私で途絶える〟

私は自分の悪魔を葬るのだ。ついに。

それなのに、とんでもない醜聞の塊であり盗っ人であるレディ・ソフィ・タルボットのおかげで、北へ向かって競走していなかった。代わりに、棺のように感じさせる、巨大で空っぽの馬車に乗っているのだった。すさまじい悪路を行く車輪の音が聞こえていなければ、恐慌を抑えられずにいたかもしれない。

フラシ天のクッションに背を預け、長々と息を吐いた。閉じられた空間が迫ってくる感覚がいやだった。

馬に鞍をつけて乗ってくれればよかった。馬を頻繁に交換しなくてはならないし、悪天候のなかを走る可能性もあったが、少なくとも新鮮な空気は吸えただろう。不快感が刻一刻と募っていき、上着を脱いでクラバットを完全にはずした。目を閉じて何度か深呼吸をし、馬車の揺れに身をゆだねる。「ただの馬車じゃないか、愚かだな」暗がりに向かってぼそりとつぶやく。「ちゃんと動いているだろう」

つかの間、効き目がありそうに思われた。目を閉じたままでいれば、正気を保っていられそうだと思った。そのとき、馬車が特別に深い轍にはまり、キングは片側に投げ出され、狭くて薄暗いなかで目を開けてしまった。

潰れる。

彼女が死んでしまう。

自分のせいだ。

恐慌をきたしたキングは、屋根を叩こうとする自分を止められなかった。だが、叩く直前に、木と金属の巨大な塊が彼の狂気を理解したかのように速度を落とした。

馬車が完全に停まる前に、扉を開けて地面に降り立っていた。

こちらに目を向けた御者の訝しげな表情がすぐさま呆気にとられたものに変わり、キングは顔が熱くなってくるのを感じて不機嫌になった。気まずい思いや恐慌状態を見られたくはなかった。「どうして停まったんだ？」自身の狂気から注意をそらしたいあまり、噛みつくような口調になった。

御者はたじろがなかった。「道に人がいるんです、だんなさま」

御者の視線を追うと、息を切らし、手をめちゃくちゃにふっている男がいた。「だんなさま、助けてください！　追いはぎに襲われました！」

キングはためらった。こういった状況で、助けに呼ばれた旅人が身ぐるみ剝がれたことならいくらでもある。相手をだまして英雄的行為に駆り立てて救出に向かわせ、その間に馬車のなかのものをかっさらっていくのだ。あいにく、キングの馬車に盗む価値のあるものはなかったが。ソフィ・タルボットのせいで。

いずれにしろ、目の前の男はすばらしい役者か、ほんとうに心配でたまらないかのどちらかだ。「郵便馬車には女や子どもたちがおおぜい乗ってます」男が息も絶え絶えに言った。

「怪我をさせられてしまいます。もっとひどい目に遭わせられるかもしれません」

郵便馬車。

くそっ。

おおぜいの女や子どもたちに迫った悲運を無視できたとしても、その郵便馬車にソフィ・タルボットが乗っている可能性が即座に頭に浮かんだ。財産の半分を賭けてもいい。あえいでいる男の目をとらえる。「使用人は乗っているか？　お仕着せを着たやつだ」

男が驚きに目を瞠った。「ええ、じつは――」

男が言い終える前に、キングは動き出していた。彼女にはたしかにひどく困らされたが、グレート・ノース・ロードで追いはぎに極悪な仕打ちをされるがままに放っておくなどできなかった。くそっ、彼女は貴族の娘なんだぞ。家柄については疑問があるものの、どんな貴族のレディだろうと追いはぎに対処できるとは思えなかった。きっと、馬車が停められた瞬間から頭がおかしくなったみたいに金切り声をあげているだろう。動揺のあまり気絶していなければの話だが。

運がよければ、気絶しているだろう。

それなら、厄介なことにならずにすむかもしれない。

悪党はよけいなことをする扱いにくい相手は殺しても、失神している女性を殺す可能性は低い。

だが、よけいなことをする扱いにくい女性がいるとすれば……。

キングはさらに速く走り出した。

彼女のもとに駆けつける。キングは自分に誓った。駆けつけて、助け出す。そうなったら、ロンドンへ連れて帰ってと懇願されるだろう。だがむしろそれは、いまの最悪な状況からすれば暗雲のなかの一条の光明だ。

曲がり角を越えると道の中央に郵便馬車が停まっているのが見えたが、一条の光明など見あたらなかった。それどころか、暗雲は大嵐になっていた。

レディ・ソフィ・タルボットは北へ向かう郵便馬車のなかで気を失ってもいなければ、車内で悲鳴をあげてもいなかった。そもそも車内にいなかった。

エヴァースリー家のお仕着せと不釣り合いな黄色い上靴姿の彼女は、いつもと変わらぬ午後であるかのように両手を腰にあて、大嵐の中心に立っていたのだ。

相手が落ち着いて銃を持ち上げ、自分の頭部を狙ってなどいないかのように。

なんてことだ。

キングはさらに急いだ。もはや彼女のことしか考えられない。

「やめろ！」

ソフィが逃げるあいだだけ、悪党の注意をそらそうとして叫んだ。ところが、悪党がこちらをふり向く前に、子どもが馬車の下から飛び出して彼女のほうに向かった。

その子が自分と同じように「やめて！」と叫んだように思ったが、心臓の轟きと耳もとで血がどくどくいう音でよくわからなかった。

あるいは、叫んだのはソフィだったのかもしれない。彼女は自分が銃口を突きつけられていることなど無視して、飛びついてきた子どもをつかまえ、無敵であるとばかりにその子の盾になった。

キングはことばにならない声でわめきながら、必死で駆けつけようとした。さらに速く。しかし、間に合いそうになかった。地面にうずくまる彼女を銃口が追っていくのを目にした瞬間、確信した。すべてがゆっくりになり、撃鉄がのろのろと下ろされていくのが見え、何分、あるいは何時間にも感じられる時が経ったあとに銃声がイングランドの田舎に響き渡るのを耳にするだろう。

それでも、自分はソフィのもとには駆けつけられないだろう。

だれかが悲鳴をあげた。ひとりではなかったかもしれない。キングは一瞬遅く現場に着き、雄叫びとともに悪党に飛びかかって倒し、馬乗りになって何発も顔を殴って気絶させた。立ち上がり、賊の仲間も手早く倒すと、残りのひとりは逃げ出した。悪党ども全員を懲らしめたくて追いかけようかと考えた。女性や子どもを襲い、銃をぶっ放すとは——。しまった。

銃をぶっ放す。

ソフィは撃たれたのだろうか？　キングは馬車に目をやり、直接の危険が去ったのを機に扉から顔を覗かせている人たちを無視した。そちらへ急ぐ——意識を取り戻しかけている女性と、別のふたりがかたまっている。

ソフィは馬車のそばにうずくまっており、七歳か八歳より上には見えない男の子をきつく抱きしめていた。「怪我はない？」近づいていくとソフィがそうたずねる声が聞こえた。彼女は話ができる状態だとわかり、強烈な安堵を感じた。しかし、安堵はすぐさま憤怒に変わった。

全身を駆けめぐる筋の通らない怒りをこらえようとしていると、男の子の手脚をソフィが触ってたしかめた。「ほんとうに？　あなたは撃たれてないのね？」

男の子は首を横にふった。

「怪我はないのね？」念を押すソフィの気持ちがキングにはよくわかった。彼もまた同じようなことばを内心でくり返していたからだ。ソフィが男の子の心配をしているのなら、彼女も撃たれていないということだ。

ようやく息が落ち着いてくると、倒れている悪党ふたりを縛るよう郵便馬車の御者に指示し、それからソフィに注意を戻した。彼女に抱かれた男の子は、みんなに心配されて気まずそうに体をよじった。「やめてよ！」男の子は触れようとするソフィの手を逃れた。「怪我はしてないって！」

「そういう言い方はやめなさい、ジョナサン・モートン」倒れていた女性が起き上がりながらぴしゃりと言った。「彼女はあなたの命の恩人なのよ」

男の子が目をぱちくりしてソフィを見た。「彼女って？」

ソフィはにっこりした。「わたしもあなたに命を救われたわ。友だち同士のあいだで秘密はよくないものね」

男の子が眉根を寄せた。「女の人だったんだ」

ソフィがうなずく。「そうなの」

困惑の表情が尊敬の念に変わった。「ベアと堂々とやり合ったんだね」キングの足もとで気を失ったままの男に目をやる。「おれたちを守るために」

男の子の視線を追ったソフィがブーツに気づいて顔を上げていき、キングと目が合った。彼女の右目は腫れて半分ふさがり、青黒いあざができはじめていた。殴られたのだ。キングはまた怒りがこみ上げてくるのを感じたが、今度の怒りは彼女に向けられたものではなかった。もう一度悪党をこてんぱんにのしてやりたかった。

彼女に一歩近づく。ソフィが顔を背け、男の子に向かって返事をした。「そんなところかしら」

「おれたちは知らない人間なのに」

「あなただってわたしを知らなかったのに、助けようとしてくれたでしょう?」ソフィは長々と彼を見つめた。「相手を知らなくても、その人に正しい行ないをすることはできるの」

どうやらそれで納得したらしく、しばしの沈黙ののち、男の子はうなずいて立ち上がり、頭をひどく殴られたらしい若い女性に手を貸した。

キングはそれ以上待っていられなかった。前に進み出て、恐怖と憤怒によって頭に最初に浮かんだことばを口にしていた。「よくもあそこまで愚かなふるまいができたものだな」

ソフィがゆっくり立ち上がった。「あなたの侮辱のことばには懐かしさをおぼえるわ」そう言われてキングは罪悪感にぐさりとやられたが、無視した。長い間があったあと、彼女が吐息をついた。「お金を取り戻しにいらしたんでしょうね」

〝きみを助けにきたのに、頭がどうかしてるんじゃないのか〟どういうわけか、不意にそう言いたくてたまらなくなった。〝きみを守りたかったんだ〟

だが、それは真実ではなかった。たしかに、追いかけてきたのは金を取り戻すためだった。前夜の子どもじみたソフィのふるまいに仕返しをするために。

彼女は自分の問題ではないと考えながら、ここまで来た。

ありがたいことに彼女に怪我はなく、自分の問題にもなっていなかった。「それだけではないがね」

ソフィは頭をふった。「全部お返しするのは無理です。いくらか必要なんです。北へ行くために。父がお金を送ってくれるまでしのぐだけの分も」しばしためらう。「お金はお返しします。利息をつけて」

キングは腕を組んだ。「いますぐ返してもらいたい。ロンドンに戻る旅費は私が持とう。今日。郵便馬車ではないぞ。安全な馬車に乗って、ロンドンの境界に差しかかるまで、私から遠く離れるまで、地面に足をついてもらいたくない」

ソフィが顎をつんと上げた。「いやです」

キングが首を横にふる。「きみに選ぶ権利はない。私のものを盗んだのだからな。この追いはぎどもの件で治安判事を呼ぶ」縛られている男ふたりを示す。「きみの態度次第で、逮捕者は三人になる」

ソフィは体をこわばらせた。「わたしをそんな目に遭わせたりしませんよね」

キングの目が険しくなる。「試したければやってみるといい」

「あなたのせいで計画が台なしだわ」

キングは両手を広げた。脅しのことばを聞いて彼女が青ざめたのを楽しんでいた。「それが私の得意とすることだ、愛しい人」

そのときソフィがよろつき、彼女が単に青ざめたのではなかったのにキングは気づいた。蒼白だった。支えようと近づいた彼の胸に恐怖が募っていく。ソフィの目が焦点を失い、しばらく経ってからふつうに戻った。「ソフィ？」

彼女が頭をふる。「馴れ馴れしく……していいと……言ったおぼえはありません」

「こんなことをしたらもっと気に入らないだろう」片腕で彼女を支え、反対の手でお仕着せの上着のボタンをはずした。

ソフィは彼の手を払いのけた。「頭がどうかしたんですか？」

キングは聞こえないふりをして、お仕着せを開いた。「くそっ」

「おまけにわたしの前で悪態をつくなんて」ソフィがまた目を閉じた。「なんだか気分が悪いわ」

「そうだろうな。撃たれてるんだから」

「なんですって？　撃たれてなどいません」地面に寝かされてもがいたが、上着はあっという間に脱げた。彼の手をきつくつかんで目を合わさせた。「撃たれていません」

「わかった」キングはまたやりかけていたことに注意を戻した。「きみは撃たれていない」

「撃たれたらわかります」

「そうだろうな」傷口をあらわにしようと、リネンのシャツの端を握って引き裂いた。

「やめて！」金切り声をあげ、さらされた肌を両手で隠した。「放蕩者！　いつだって女性の胸を見ずにはいられないんでしょう！」

これほど心配していなければ、キングは大笑いしていたところだ。「女性の胸を見るのに服を引き裂かなければならないことはまずないよ」

ソフィは自分の体に目をやった。一瞬の沈黙があった。「血が出てるわ」

「撃たれたせいだ」ポケットからきれいなハンカチを取り出して、肩の傷に強く押しあてた。上半身を抱き起こして、背中を調べる。「弾はなかに留まってるな。きみを医者に連れていかなければ」

返事がなかったので顔を上げると、ソフィは気を失っていた。「くそっ」また悪態が出る。「おい、ソフィ」頬を軽く叩く。「ソフィ。起きるんだ」

一瞬目を開けたものの、彼女はまた目を閉じてしまった。

くそったれ。

「嘘よ！」女性が叫んだ。「怪我なんてしてるはずないわ！　さっきまでなんともなかったのよ！　ふつうにしゃべってたんだから！」

なんともない人間にしては、大量の出血だった。

参ったな。

これは私の問題だ。

彼女は私の問題だ。

「死なないで！」若い女性が泣き叫ぶ。

ソフィを死なせはしない。

「死にはしない」キングはソフィを抱き上げると、自分の馬車へと運びながら最寄りの町までの距離を計算した。最寄りの外科医までの距離を。

「ちょっと！」若い女性が声をかけてきたが、キングはふり返らなかった。踏み固められた土の道を追いかけてくる足音が聞こえた。「彼女をどこへ連れていくんですか？」

「医者に診てもらう必要がある」

「わたしたちの友だちなんです。だから、わたしたちが連れていきます」

ようやく追いついた彼女をキングはふり返った。「きみはこの人を知らないだろう」

「ジョンの命を救ってくれたってことは知ってます。わたしの命も」

「心配はいらない。彼女の安全は守る」

「あなたと一緒で安全かどうか、わかりません」

こちらを犯罪者だと、信頼できない人物だとほのめかすことばに腹を立てている時間はなかった。ソフィには治療が必要なのだ。「私といれば安全だ」

「だから、どうしたらそれがほんとうだとわかるんですか？」

出会った瞬間から厄介ごとしか起こしていない、腕のなかで気を失っている女性にキングは目をやった。そして、この会話を終わらせるただひとつのことばを思いついた。彼らをなだめる唯一のことばを。それが嘘であるのも、いずれ跳ね返ってきて自分たちを破壊することばなのも、どうでもよかった。

「彼女は私の妻だからだ」

6

ソフィ、撃たれる
外科医の探索開始

キリスト教世界で最悪とおぼしき道を、右へ左へと傾きながら猛烈に疾駆する馬車のなかで、ソフィは半裸の状態で目が覚めた。

かなりひどい場所を通ったらしく、馬車全体が跳ねて肩に激痛が走った。目を開けると、きしむような不快感が驚愕に変わった。

エヴァースリー侯爵の腕のなかにいたのだ。彼のひざに乗って。薄暗い馬車のなかで。

起き上がろうともがいた。

鋼のような腕で止められた。「動かないで」

ふたたびもがいた。「これはあまり……」また激痛が走り、続きはあえぎながらになってしまった。「体裁がよくないわ」

薄明かりのなかでエヴァースリーが悪態をついた。「動くなと言っただろう」ソフィの口に瓶を押しあてる。「飲むんだ」

ためらわずに飲んだが、それは水ではなかった。喉を焼く液体を吐き出す。「お酒じゃないの」

「イングランド一うまいスコッチだ。むだにするのはやめてくれ」

ソフィは首を横にふった。「いりません」

「外科医が弾を探してきみの肩をこねくりまわすときには、飲んでおいてよかったと思うぞ」

そのことばとともに記憶がよみがえった。郵便馬車。子どもたち。彼らを捜しにきた無法者。銃。服を引き裂いたエヴァースリー。

肩に目をやると、彼の血まみれの手がむき出しの肌を押さえていた。

どうしよう。

ソフィは瓶をつかみ、彼に取り上げられるまで大きくあおった。

「わたしは死ぬんですか？」

「いいや」なんの躊躇もなく発せられた。かすかな疑念すらそこにはなかった。

血だらけの彼の手がしっかりと抑えている場所にもう一度目をやる。「死にそうに見えるわ」

「きみは死なない」彼の唇の動きを見ていると、そのことばが大きな馬車のなかでこだました。エヴァースリーのすべてがいまのことばのたしかさを強調していた。角張った顎、断固とした唇、傷口をしっかり押さえている手。彼の意志に逆らって死ぬなど許さないかのように。

「ご自分をキングと名乗っているからといって、わたしの支配者になるわけじゃありませんからね」

「この件に関しては、私がきみの支配者だ」

「どこまで傲慢な人なの。あなたがまちがっていると証明するために、死んでやろうかとすら思ってしまうわ」

彼が目を合わせてきた。緑色の瞳に驚きと、恐怖と呼べるようなものが走った。長々とソフィを見つめたあと、静かながらすごみのある声で言った。「支配者など必要ないと証明しようとしているのなら、あまりうまくいってないな」

馬車に沈黙が落ち、ソフィは自分の将来に思いを馳せた。短い将来かもしれない。長いかもしれない。姉たちに二度と会えないかもしれない。ここで、馬車のなかで、こちらのことなどなんとも思っていないこの人の腕のなかで死ぬのかもしれない。

少なくとも、彼はわたしをひとりきりにせずにいてくれた。

涙があふれそうになり、鼻をすすってこらえようとした。

「どうして北なんだ?」エヴァースリーは彼女の気をそらそうとしてくれているらしい。

意識を集中するのにしばらくかかった。「北?」

「そうだ。どうしてカンブリアに行こうとしてるんだ?」

将来。過去から遠く離れた場所。「ロンドンはわたしを望んでいないから」

エヴァースリーは窓の外に目を向けた。「そんなことは信じない」

「ロンドンにはもううんざりなの」

「そっちのほうがましだな。北へ行くのを急いでいるようなのには理由があるのか？」

どうせ死ぬのだから、ガーデン・パーティでのできごとを打ち明けても問題ないだろうと思った。「ヘイヴン公爵をふしだら男と呼んだの。おおぜいの前で」

重々しい声で返事が来ると思っていたのに、そうはならなかった。エヴァースリーは笑ったのだ。ソフィの下で彼の笑い声がごろごろと鳴った。「公爵はきっと怒り狂ったんだろうな」

あの日の午後のできごとをすべて話してしまおうかと思ったとき、馬車が深い轍にはまったせいでつかの間浮き上がり、そのあとすさまじい音とともに道に戻った。ひどい痛みに襲われ、そのあまりの強烈さと鋭さにソフィは叫んでしまった。エヴァースリーがののしりの声を発し、彼女をしっかりと抱き寄せた。「もうすぐ着くから」まるで彼自身が苦痛に耐えているかのように歯を食いしばって言うのを聞いて、現実が戻ってきた。

「もうすぐ着くって、どこに？」痛みが引いてきてしゃべれるようになるとたずねた。

「スプロットボローだ」

それがどこなのかソフィにはまるで見当もつかなかったけれど、どうでもいいように思われた。また沈黙が落ち、死というものから気をそらすためになにか話すことを探した。「馬車のなかでレディ・グレイス・マスターソンと情事を持ったといううわさはほんとう?」

エヴァースリーがにらんだ。「きみはゴシップ紙を読まないんだと思っていたが」

「姉がいますもの。いちいち話して聞かせてくれるんです」

「記憶が正しければ、レディ・グレイス・マスターソンはいまではワイル侯爵夫人になっているはずだ」

「ええ。ノース公爵夫人になると言われていたのにね」

「ノース公爵は彼女の祖父といっても通るくらいの年齢だ」

「ワイル侯爵は教会堂のネズミに負けないくらい貧乏だわ」

エヴァースリーは小首を傾げてじっと彼女を見つめた。「それでも彼女はワイルが好きだった」

「彼女のお父さまは相手が裕福でないのを気に入らなかったでしょうね」

「父親が口を出すことではないと思うが」

数秒ののちにソフィは言った。「公爵のために彼女を破滅させたのね」

「侯爵のために彼女を破滅させたというのは考えられないのかな?」そこにはソフィが理解すべきなにかがあったのだが、肩の痛みが激しすぎてまともに考えられなかった。起き上がろうとしてエヴァースリーの太腿に手をついて、脚を包んでいる革に気をそらされた。

なめらかなズボンに目をやる。エヴァースリーの眉が上がり、彼女は顔を赤らめた。「ごめんなさい。こんな体勢でいるなんて」

「なにがだ？」

「慎みに欠けるもの」

ソフィに向けたまなざしは鋭かった。「きみは銃創から出血しているんだ。いまは慎みなど考えている場合ではないだろう」

「でも……」

「きみにはブーツがいるな」

急に話題が変わって、ソフィの頭はぐるぐるまわった。「わたし――」

彼が上靴に手を伸ばし、すり切れてだめになったシルクをなでた。「ブーツを履かずに来てはいけなかったんだ。従僕のをもらっておくべきだったんだよ」

汚れてしまった黄色の上靴に目をやりながら、ソフィは頭をふった。「履けなかったの。わたしの足が大きすぎて」

エヴァースリーがきつく抱き寄せる。「着いたらブーツを手に入れてあげよう」

「あなたはご自分のブーツを見つけた？」

「幸い私の側仕えは用意周到でね」

「どうして側仕えはここにいないの？」

彼は窓の外に目を向けた。「だれかと一緒に旅をするのが好きではないんだ。次の宿で合流する予定だ」

「そう」それなら、この状況はかなり気に入らないと思ってまちがいないだろう。「スプロットボローってどこなんですか？」

彼は難なく話題の変化についてきた。「人里離れた場所だ」

「有能な外科医の一団が手ぐすね引いて待ってそうね」

エヴァースリーがこちらを向いた。別の時であったなら、彼を驚かせたことを誇らしく思っただろう。「辛辣なことを言う人だとだれかに指摘されたことは？」

ソフィは少しだけ微笑んでみせた。「じゃあ、退屈な人間だというのは取り消してくれます？」

エヴァースリーは大まじめだった。「ああ。きみを退屈だなんて思ったりしない。まったく」

なにかがソフィの胸のなかで揺らめいた。肩に深く埋もれている弾の痛みではなく、死ぬのではないかという恐怖でもない。けれど、それがなにかはわからなかった。

「じゃあ、どう思ってらっしゃるの？」

車内の時間の流れがゆっくりになった。赤みがかった金色の陽光がエヴァースリーの顔に影と明るい場所を作っていて、ソフィは不意に返事を聞きたくてたまらなくなった。彼は唇をぎゅっと結んで考えている。ついに口を開くと、きっぱりと言い放った。「愚か、だな」

ソフィはあえいだ。なんと言われるかはわからなかったけれど、まさかこんなことを言われるとは思ってもみなかった。「失礼だわ。ろくでなしの追いはぎはあの男の子を連れ去って、どんなひどいことをするかわからなかったのよ。わたしは正しい行ないをしただけだわ」

「すばらしく勇敢な行ないではなかったとは言ってない」

そのことばに温かいものを感じると同時に、突然疲労感が波となって襲ってきた。大きく息をしたが、肺いっぱいに吸いこめなかった。意識を回復したときにもたれていた彼の肩に、また頭が吸い寄せられていった。「尊敬の念のようなものを聞き取った気がするわ」

誘惑的なリズムでエヴァースリーの胸が上下したあと、やさしい声が聞こえた。「ほんとうにささやかだけどね。たぶん」

スプロットボローに着くころには暗くなっていた。そこはかろうじて町と呼べる場所で、羽目板張りの建物が六つに、メイフェアにあるキングの町屋敷の台所よりも小さな広場があるだけだった。

だが、外科医はいるだろう。なにもないところから召喚などできないのだから、この存在するかしないかの情けない町にいまいましい外科医がいてくれなくては困る。

暗闇に向かってざらついた声で激しく悪態を吐き、扉を開けて踏み台を投げ下ろした。御者がランタンを持ってくると、不安になるほど青白い顔をしてじっと動かないソフィを黄金色の明かりが浮き上がらせた。

「いまでもこの人が女性だなんて信じられませんよ」

キングは一時間以上も傷口からの出血を押さえながら彼女を抱き続け、長いまつげやふっくらした唇、それに体の曲線を見つめてきたのだった。彼女が女性であるのにすぐさま気づけない者がいるなど信じられなかった。だが、なにも言わず、この先にそなえて彼女を抱きなおした。

「この女性は――」御者は口ごもったが、どんなことばが続くのかはふたりともわかっていた。

キングはそんなことばを聞きたくなかった。「いいや」

死にはしないと彼女に約束したのだ。今度こそ、それは真実になる。自分が助けられなかったせいで、また目の前で女性を暗がりのなかで死なせるわけにはいかない。自分が無謀だったせいで。

自分が守れなかったせいで。

ソフィをしっかりと抱いて馬車を降りるとき、その重みのせいで少しだけふらついてしまった。御者が手を貸そうとした。「いい」だれにも彼女を触れさせたくなかった。そんな危険は冒せない。「私が運ぶ」

地面に降り立って背筋を伸ばすと、数ヤード離れたところにいる若者がなにごとかとこちらを見ていた。この場所にだれかが来ただけでも驚きなのに、それが貴族と気絶した女性だったからだろう。「外科医が必要だ」キングは言った。

若者はうなずいて通りを指さした。「角を曲がったところです。左手の藁葺きのコテージです」

外科医はいた。若者が言い終わる前にキングは動き出し、御者に言いつけた。「宿を見つけて部屋を取っておいてくれ」

「ひと部屋でよろしいですか？」

キングはその質問の意図を理解した。御者はふた部屋はいらないだろうと考えたのだ。ソフィが今夜を乗り切れるとは思っていないからだ。キングは彼をにらみつけた。「ふた部屋だ」

すべてを頭から追い出して――腕のなかの女性を医者に連れていくことだけに集中して――角を曲がる。

ソフィを抱いているせいでドアをノックできなかったので、ブーツを履いた足を使った。医者に助けを求める立場としては失礼で乱暴で騒々しすぎであることなどかまっていられず、ドアを蹴ったのだ。金で償えばいい。いつだって金が物を言う。

返事がなかったので、もっと強く蹴った。三度めに蹴るころには、怒りといらだちのせいで、そういった場合にありがちなことが起こった。ドアがはずれてコテージの内側に倒れたのだ。

それも金で償おうと頭に留め、大きく口を開けた戸口から入ったとき、眼鏡をかけた長身の男が見えた。想像していたよりも若く、せいぜい二十五歳くらいにしか見えなかった。おまけにずば抜けて容姿端麗だった。

「医者が必要だ」

貴重な時間を使って、若者は眼鏡をはずして拭いた。「ドアを壊してくれましたね」命を救うどころか、ひげが生えるほどの年齢にも見えなかった。

「弁償する」キングは若者に近づいた。「彼女が怪我をしているんだ」

医者はソフィをほとんど見もしなかった。「そもそも壊されたくはなかったですね」隣室の食卓を手ぶりで示す。「その人をあそこに寝かせてください」

キングは言われたとおりにし、ソフィを下ろしたときに感じた不安のうずきを無視した。診察してもらえるように彼女の足もとへと下がるときに、触れていれば大丈夫とでもいうようにその脚を指でたどらずにはいられなかったのも無視した。

医者が眼鏡をかけなおしてソフィを覗きこんだ。「ずいぶん出血してますね。なにがあったんですか？」

「撃たれたんだ」

医者はうなずき、ソフィを横向きにして背中を調べた。あおむけに戻すと、ソフィの頭がぐらついた。「弾はなかに入ったままですね」大きな革の鞄のところに行き、なにかの瓶と細い道具を取り出した。キングはその道具が気に入らなかった。「意識がないのが気になります」

「私もだ」キングは言い、傷口を見るために医者が服をどけるのを見つめた。

医者がそばの棚のほうに手をふった。「そこにリネン類が入っています。水の入った洗面器はいちばん上です。持ってきてください。弾を摘出したら、ひどく出血しますよ」

キングはその響きが気に入らなかった。リネンと洗面器を持ってくると、たずねた。「この町の医者はきみだけか？」

医者が顔を上げた。「二十マイル四方でただひとりの医者ですよ」

キングが渋面になる。「医学はどこで学んだ？」

「あなたはうちのドアを蹴破ったんですよ。私の腕前をどうこう言える立場にはないと思いますが」

キングは唾を飲んだ。医者の言うとおりだとわかっていた。「ずいぶん若いようだが」

「それほど若くはないですよ。あなたの……」医者はことばを切り、ソフィのとんでもない服を見た。「従僕ですか？」

「妻だ」ためらうことなく言う。

「なるほど」医者は眼鏡を押し上げた。「あなたの奥さまの肩に入ったままの弾を取り出さなければならないことくらいはわかります。外に出て、もっと経験のある医者が通りかかるのを待たれますか？」

返事をする必要もなかった。

「彼女は死ぬのか？」質問も、それを発したときに声に不安がにじんでしまったのも気に入らなかった。彼女は死なない。そうだろう？

「肩は命にかかわる部位ではありません。その点では、奥さまは運がよかった」

「それなら、死なないんだな」

「銃創のせいでは死にません。でも、さっきも言いましたが、奥さまの意識がないのが気になります」医者は瓶をソフィの肩の上に持っていった。「これが効くはずです」

「それはなんだ？」

「ジンです」

キングは前に出た。「それが薬だっていうのか？」

「驚くほど痛む薬ですね」キングが止める間もなく、医者が瓶の半分もソフィの肩に注いだ。

ソフィがぱっと目を開き、上半身をがばっと起こして荒々しく叫んだ。

それを聞いた医者がにっこりする。「ふむ。たいした効果ですね」

ソフィの目は取り乱しているうえに焦点が合っていなかった。「すごく痛い」

「そうでしょうね」医者が言う。「でも、これで意識が回復しました。うれしいですよ」

「どなた？」ソフィがたずねた。

「外科医だ」答えたのはキングだ。

ソフィが彼を見る。「ほんとうに？」

「腕前はよくわからない」

彼女は医者に注意を戻した。「いまのはいったい……」

「アルコールが感染を防いでくれるという見解があるんですよ」医者が答える。「そうであることを願っています。たいせつなジンを半分も使ったんですからね」

ソフィもキングもその冗談をおもしろいと思えなかった。医者は気にしていないようで、奇妙な道具を持ち上げてキングに言った。「体を押さえていてください」そのあとソフィにも声をかけた。「これも痛いと思います」

キングがソフィの体を押さえにかかったとき、医者が早くも弾の摘出をはじめ、彼女が悲鳴をあげ、血がにじみ出てきて、こんな状況になるのを許してしまった自分を千倍はろくでなしに感じた。彼女にめちゃくちゃにもがかれ、キングは医者を引き離して苦痛を止めてやりたい気持ちをこらえ、動かないよう押さえる仕事に集中した。

「終わりましたよ」ついに医者が言い、器具を引き抜いてキングに弾を見せ、流れ出た血を拭いたあと鞄のところに戻った。

キングはソフィに視線を据えたままで、目を閉じて横になった彼女が低くすすり泣くような吐息をついたのを聞いて、もう少しでわれを忘れそうになった。自称医者のハンサムなおとな子どもの首を絞めてやりたい気持ちをかろうじてこらえる。医者が針と糸を手に戻ってこなければ、首を絞めていたかもしれない。「傷を縫う前に酒を飲まれますか？　飲めば痛みが和らぐかもしれません」

すでに青白かった顔からさらに血の気が引き、ソフィはうなずいた。医者がサイドボードに顎をしゃくった。「そこにウイスキーがあります」

それならキングにもできる。瓶をつかんで栓を開けた。「これは楽しみではなく医療に使われるものだから、グラスには入れないでおく」そう言って瓶をソフィの唇にあてた。彼女は顔をあおむけて大きく飲んだ。「いい子だ」静かに言うと、喉を焼かれたソフィが咳きこんだ。

「これでもう、上流階級には受け入れてもらえないわね。銃創のある女なんて」

キングの笑い声に、ソフィの苦痛にあえぐ声がかぶさった。医者が傷口を縫いはじめたのだ。キングは彼女の気をそらそうと懸命になった。「恋しいかい？」

青い瞳がキングの目をとらえた。「ロンドン以前の人生のこと？」彼がうなずくと、ソフィは針に視線を移した。「ええ。ロンドンにはけっしてなじめなかったわ」笑みを浮かべる。

ソフィ・タルボットがロンドンに戻る気になったら、簡単に上流階級に受け入れさせてしまいそうだと想像して、キングは笑みを浮かべた。「リヴァプール家のパーティでなにがあったんだい？」

ソフィは彼の目を見た。「あなたのことを先に話して」

キングが眉を吊り上げた。「なにがあったかは知ってるだろう」

「その前よ」

「想像はつくと思うが」曖昧な返事で逃げる。

「そうね」その口調にはなにかがかすかににじんでいた。非難。失望。

そういった軽蔑をキングが受けるのははじめてではなかった。ただ、気にしたことがなかっただけだ。それを利用して評判を築いてきた。それなのに、ソフィには虫けらになった気にさせられた。悪いことはなにもしていないというのに。

「すばらしい」ふたりの会話が聞こえていなかったのか、医者がきれいな縫い目の端で糸を切り、蜂蜜の壺を取り出してキングをわれに返らせた。

「それはなんのためだ？」彼はたずねた。

「傷口に塗るんです」さらりと言って、ごくふつうのことであるかのように黄金色の蜂蜜を塗った。

「彼女はパンじゃないぞ」

「古代エジプト人は、感染予防に蜂蜜を使っていたんです」

「現代でも同じことをするのが理にかなっていると思えと？」

「もっといい考えがありますか？」

キングはこの医者が気に入らなかった。「効果はあるのか？」

医者が肩をすくめる。「害にはなりません」

キングは目を瞬いた。「頭がどうかしてる」

「王立外科医師会からはそう思われています」

「そこはきみについてなにを知ってる？」

「会員権は去年無効にされました。私がどうしてスプロットボローにいると思いますか？」

「きみが愚かなのだとわかったよ」キングは医者の首根っこをつかんだ。「はっきり言っておく。彼女を死なせるのは許さない」

「私を殺したら、それもかなわなくなりますが」医者は落ち着ききっていた。

くそったれ。キングは医者から手を放した。「彼女を死なせるのは許さない」

「銃創では死にませんよ」医者が言う。

「銃創では死なない。さっきもそう言ったな」

「それが真実です。銃創が原因で死ぬことはありません」

「だが？」

医者が包帯を巻くあいだ、長い沈黙があった。それを終えると、背を向けてそばの洗面器で手を洗った。「このあとのことが原因で亡くならないとは保証できません」

ソフィが目を開け、うっすらと笑みを浮かべて医者を見た。「その返事では、彼は気に入らないと思いますわ」

医者も笑みを返す。「想像はつきます」

ソフィが目をぱちくりさせた。「お医者さまにしてはとてもハンサムですね」

医者が笑った。「ありがとうございます。〝医者にしては〟の部分がなければもっと喜べたんですけどね」

長々と彼を見つめたあと、ソフィはうなずいた。「たしかに。では、あなたはとてもハンサムですね」

医者が笑うと、キングはなにかを壊してやりたくなった。「そのほうがうんといい」

ばかげていた。ソフィがいまいましい医者に愛想をふりまこうと気にもならない。望むなら、ここで一生過ごせばいい。自分にとっても好都合だ。彼女をここに置き去りにして北へ向かい、厄介な彼女なしで生きていけ――。

医者がソフィの額に手をあてると、キングはだれかを傷つけたい衝動に駆られた。ある特定のだれかを。「そんなに触れる必要があるのか？」

医者は少しも慌てなかった。「熱があるかどうかをたしかめるためには、触れなくてはなりませんよ」

「あるのか？」

「いいえ」医者はそれ以上なにも言わずに部屋を出ていった。

キングがあっさりとお払い箱にされるなどそうあることではなく、医者を追いかけていってだれに向かってそんなに失礼な態度をとったのかを言ってやりたくなった。しかし、ソフィに目をやってすべてが変わった。

すべてを見透かす青い目で見つめられていた。その唇が小さな笑みを浮かべてひくついていた。「おわかりになった？　結局のところ、宇宙はあなたの気まぐれに従ってくれるわけではないって。わたしはほんとうに死ぬかもしれないわ」

「悦に入ってるんだろうな」

「ほかの気持ちを抱くよりはましだもの」

訊くべきではない。それなのに訊いてしまったのはなぜだろうと、キングは訝った。「ほかの気持ちとは？」

ソフィの目に浮かんだ感情は明確で、心を乱すものだった。「恐怖よ」

そのことばがキングの胸をぐさりと刺し、別の時を思い出してしまった。別の女性を。やはりおびえて、助けてくれと懇願してきた。だが、当時の彼はおとなの男ではなく、ただの若造だった。彼女は死んだが、ソフィは死なせない。「きみはぜったいに――」

ソフィは頭をふり、安心させようとすることばをさえぎった。「ぜったいなんてないのよ」

「私は――」

ふたたびキングの視線をとらえた彼女の目は、確信に満ちていた。「いいえ。ないの。高熱についてなら知ってます」

キングは無言のままちらりと彼女の肩の包帯を、服や肌――なめらかで、どぎまぎするほどやわらかな肌――にこびりついた乾いた血を見た。血などついていてはならない肌。彼女は若く裕福で、伯爵令嬢なのだ。無傷できれいであるべきなのだ。こんな場所から遠く離れたところで、姉たちと一緒に笑っているべきなのだ。

私などから遠く離れたところで。

頭をもたげた罪悪感にいたたまれなくなり、キングは顔を背け、彼女の血でピンクに染まった洗面器の水に長いリネンを浸した。それを絞ると、血のついた肌を拭いはじめた。

リネンが触れたとき、ソフィははっとした。力があれば、身を引いていたところだろう。あるいは、部屋から逃げ出したか。彼女は怪我をしていないほうの腕を上げてキングの手首をつかんだ。その手は、この数時間のできごとを思えば、予想以上にひんやりして力が強かった。「なにをしているの?」

「きみは血まみれだから、きれいにしている」

「自分でできます」

「体を動かさずには無理だな」

ふたりは長いあいだ見つめ合った。彼女は私にやらせてくれるだろうか。どうしても言いたいことばをキングはこらえた。〝私に世話をさせてくれ〟

彼女はそのことばを気に入らないだろう。まったく。私だって気に入らない。

だが、言いたくてたまらなかった。

看病させてくれと懇願したくてたまらなかった。

ありがたいことに、それを言わずにすんだ。ソフィが手を放したのだ。キングは慎重に腕や胸についた血を拭いながら、この血をすべて彼女のなかに戻せればいいのにと思っていた。時間を巻き戻せればいいのに。こんな事態にならないように、運命を変えられればいいのに。

「行ってください」ソフィが静かに言った。

キングがはっと彼女の顔を見る。「なんと言った?」

「わたしをここに置いて、行ってください。あなたにはあなたの人生があるでしょう。こんなことに巻きこまれる前は、どこかへ向かっていたのでしょう」

「その旅が私をここに連れてきた」

「ひとりでなんとかなると言いたかったんです。わたしはあなたの問題ではないわ」

そのことばには傷ついた——自分自身に何度言い聞かせてきただろう? 彼女に何度そう言ってきただろう? 「きみをひとりで置いていくなどできない」

「お医者さまは親切そうな方だわ。きっとしばらく置いてくださると――」

死んで腐ったってそんなことはさせるものか。「きみは医者のところに世話にならない」

ソフィが大きく息を吸うと、彼はそこに疲労を聞き取った。「あなたのお金は持っていません」

「それはどういう意味だ？」

「それが理由であなたはここにいるのかと思って。お金は鞄のなかに入れていました。でも、馬車に置いてきてしまったの。もうとっくになくなっているでしょうね」

キングは金などどうでもよかった。

「だからわたしを追ってきたんでしょう？　お金を取り戻すために」

「ちがう。道義的見地から追ってきたんだ。勝手に人のカーリクルの車輪を売り払うなどしてはならない。その人が車輪を必要とするかもしれないだろう」

「どうしてあんなにたくさん運んでいたんですか？」

「疑うことを知らない女性を追いはぎから救うときに、車輪が壊れてしまったら交換できるようにだ」

ソフィが小さく笑ったが、肩に響いて最後はあえいだ。キングはさっと手を伸ばし、ひどい痛みを消してやれればいいのにと思った。「ソフィ――」

彼女は顔を背けた。「行ってください」

キングが首を横にふる。「きみを置いてはいかない」

「なぜ？　わたしを好きですらないのに」

出会った瞬間から彼女は頭痛の種だった。ブーツを盗み、カーリクルの車輪を盗み、六回分の競走をできなくし、彼の正気の大半も失わせてくれた。昨日は放っておいてくれと彼女に言った。

だが、今日は……。

「きみを置いてはいかない」

そのとき、医者が戻ってきた。片手にマグカップを、もう一方の手には小袋を持っている。

「いま熱が出ていないからといって、今後出ないという保証はありませんからね」キングがいないかのように、ソフィに向かって言った。小袋を掲げる。「この薬草が発熱を抑えてくれるかもしれません」

「かもしれない？」キングだ。「王立外科医師会から追放された理由を教えてもらおうか」

「目に見えない生物が感染を引き起こすと信じている少数派だからです」キングが眉を吊り上げると、医者が笑みになった。「私の治療を断るには遅すぎますよ。もう弾を摘出しましたからね」ソフィに手を貸して起き上がらせる。「薬草がその生物を殺して、発熱を防いでくれるかもしれません。毎日三回、お湯に溶かして飲んでください。これが一回めの分です」湯気の立つマグからソフィが飲むと、医者はキングをふり返った。「頭のおかしくない医者であっても、数日はここに滞在するよう勧めるでしょう」

キングはうなずき、ソフィに目をやった。「きみの患者にそう話していたところだ」

ソフィはわざと彼を見ず、医者に意識を向けた。医者がうなずいた。「すばらしい。滞在する場所が必要になりますね」

キングがうなずく。「もう手配ずみだ」

それを聞いてソフィがはっとした。続く医者のことばを聞いて、さらに体をこわばらせる。

「あなたのご主人はとても有能な方ですね」

彼女は薬草を噴き出した。「わたしの……なんですって？」

嘘をこんな形でソフィに知られたくはなかったが、宇宙は彼の味方だった。医者にはいまのことばをくり返す機会がなかったのだ。

「ミセス・マシュー？」

突然、だれかの声が小さなコテージに響いた。いまや開きっ放しとなった戸口に男の子が姿を現わし、その後ろから男の子よりも少しだけ小さい女の子も現われた。

「ジョンったら、人の家に勝手に入ってはだめでしょう」最後にやってきた若い女性が男の子を叱った。キングはすぐさま、ソフィが道端で死にかけている場にいた子どもたちだと気づいた。若い女性が医者を見て、その目を見開いた。

だれもかれも、いまいましい医者に注目しなくてはならないのか？

「ドアは開いてたもん」ジョンだ。

「そもそもドアはありませんからね」医者の口調はそっけない。「患者の見舞いにいらしたんですか？」

「ミセス・マシュー！」ソフィの姿を認めて、男の子が叫んだ。「生きてたんだね！」

ミセス・マシューとはいったいだれなんだ？

ソフィがにっこりする。「ジョン、あなたと、こちらのすばらしいお医者さまのおかげでね」

「あなたは死んじゃったと思ってたの」小さな女の子はソフィの真ん前に顔を突き出した。

「すっごくたくさん血が出てたから」

「見てのとおり、わたしは死んでないわ」ソフィが安心させる。

「まだわかんないよ」ジョンが指摘し、驚いているキングを押しやって近づいた。

「ジョン！」若い女性が言う。「そんなことは言うものじゃないの」

「でも、ほんとうだもん、メアリ」ジョンはソフィに向きなおって説明した。「母ちゃんは、ナイフで刺されたあとに熱を出して死んだんだ。そういうことってあるんだよ。そうでしょ、先生？」

「ありうるね」

なんてことだ。サーカスみたいなこの騒ぎを鎮めなければ。「どうやってここがわかった？」キングは口をはさみ、子どもたちに近づいた。

「落ち着いてください」メアリだ。「彼女は怪我をしていて、あなたは慌ててお医者さまを探しに行ったでしょう。ここがいちばん近い町なんですよ」

「それでこうやってここに来たってわけ！」ジョンは誇らしげだ。

「すてき」ソフィは空になったマグを医者に渡してテーブルに体を横たえた。

「どうしてだ？」キングはたずねずにはいられなかった。

メアリはキング、ソフィ、医者と順番に見ていった。「あなたの奥さんが心配だったからです」

「彼のなんですって？」ソフィの視線がキングに向けられる。

「私の妻だ」キングはさらりと言い、話題を変えた。「先生が手当てしてくれたから、もう心配はいらないよ」

医者が割りこむ。「弾を取り出して、傷口を縫いました。治り具合を診られるよう、マシュー夫妻にはしばらくここに滞在してもらうことになりました」

メアリはうなずいた。「よかった。わたしたちもこの町にいます」

「必要ない」キングが言う。

「まあ、あなたったら」ソフィがキングに言う。「この人たちもいてくれたらうれしいわ」

端から見たら、大きく見開いた彼女の目は糖蜜のように甘い表情を浮かべているように映っただろう。だが、キングだけはその青い目にいらだちを見て取った。「メアリ、あなたたちの部屋代はわたしの夫に払わせてちょうだい」

肩に銃弾を受けても、彼女はキングを身ぐるみ剝がすつもりのようだった。

「とんでもない」メアリが言う。

「そうさせてちょうだい。夫はとっても裕福なの。それに、彼の妻の命を救うのにあなたたちは大きな役割を果たしてくれたのだもの」

くそったれ。

「そうだな」どうしようもなくなったキングはそう言った。「私が部屋代を持とう。当然のことだ」

「よかったわ」ほとんど聞こえないくらい小さな声で言ったあと、ソフィは眠りに落ちていった。それに驚いていなければ、彼女の顔に浮かんだ笑みは悦に入っている、とキングは思っただろう。心配そうな目を医者に向ける。

「眠りを促す薬草も入っていたんですよ」医者は言った。「奥さまを宿まで運ぶのに助けがいりますか？」

「いいや」そっけない返事だった。偽りの妻くらい自分で運べる。できるだけ早く頭のいかれた医者から離れたかった。「治療代はいくらだ？」

メアリに気を取られていた医者は返事をしなかった。「顔の横にひどいあざができていますよ」

メアリは言われた場所に触れて頬をピンクに染めた。「なんでもありません」

医者は向きを変え、引き出しを開けた。「なんでもなくないでしょう」小さな壺を手にしてメアリに向きなおり、蓋を開けて彼女に手を伸ばした。彼女がぎくりとするのを見て、彼は手を止めて小さな声で言った。「あなたを傷つけはしません」

ピンクだった頬がまっ赤になる。医者が白い軟膏をメアリの頬に塗ると、キングはなぜか顔を背けなくてはいけないような気になった。

彼は咳払いをして、医者に支払いをしようと財布に手を伸ばした……が、財布はなくなっていた。一時間前には硬貨を入れた財布があった場所に目をやる。

「財布がないんですか？」ジョンがふんぞり返ってたずねた。

「ジョン」医者からすばやく離れたメアリの声は、どこか息切れしているように聞こえた。「奥さんの望みをかなえられるなんて、やさしい方なんですね、ミスター・マシュー」金がなくなって動転しているキングの耳に、メアリの声が聞こえてきた。「ジョンがあなたの財布を掏ったとわかっても、やさしいままでいてくださるといいのですけど」

ジョンが財布を差し出した。「盗ったままにするつもりはなかったんだよ」

頭のいかれた医者に泥棒の一団か。ソフィのことだ、この愉快な集団を私に押しつけるのも当然だな。ソフィ・タルボットの行くところ厄介ごとあり、だ。彼女が危険な娘と呼ばれるのを何度耳にしただろう？

たしかに彼女は危険だ。だが、キングは自分の評判を心配していなかった。心配なのは自分の快適な暮らしだ。

キングは男の子に向かって眉を上げた。「戦利品を自分のものにする意図のない掏摸にお目にかかるのははじめてだ」

男の子は頭を垂れた。「癖なんだ」

「悪い癖だな」

ジョンは医者に金の長い鎖を差し出した。「はい、これは先生の」

医者はチョッキのポケットに手を入れた。「全然気づかなかった」

ジョンがにやりとする。「ロンドン一の腕前なんだ。足を洗うのが残念だよ」

キングは少しも感服しなかった。「改心の念をもっと強く持て」

硬貨を数枚手に取って医者に支払いをすると、財布をしまい、ソフィをやさしく抱き上げた。

ほかの者は脇によけたが、女の子は注意深く見つめてこう言った。「茨姫みたい」

ソフィの閉じた目と青白い肌をキングは見た。たしかに童話の眠れる森の美女のように見える。つかの間、その比喩の意味を考える。彼女はお姫さまかもしれないが、自分は王子ではない。

「茨姫とはちがって、このレディは目を覚ます」女の子にというよりも自分に向かって断言した。

「目が覚めるに決まってるでしょ。キスすればいいんだよ」

この雑多な一団にうんざりしていなければ、キングは笑っていたかもしれない。ソフィ・タルボットにキスするつもりなどない。そちらに向かえば、まったく異なる危険が待っているのだから。

7

眠りの森の美女、目覚める
寄り添う必要なし

ソフィは翌日目を覚ました。遅い午後の陽光が薄汚れた窓を通して射しこみ、その光のなかで埃が舞っていて、〈鷦鷯のさえずり〉亭上階のあまり清潔でない部屋の心騒がすにおいが顕著に感じられた。

「目が覚めたみたいだな」部屋の反対側から声がしたが、そこは陰になっていたため、椅子に座っている人物は見えなかった。けれど、見えなくても問題なかった。だれなのかははっきりとわかった。

彼は一緒にいてくれたのだ。

うれしい気持ちを抑えこむ。一緒にいてもらいたくなどない。その必要だってない。彼は放蕩者で不埒者だ。彼がいなければ、自分がこうしてここにいることもなかったのだ。

それでも、彼はここに留まってくれた。

なにも考えずに上半身を起こすと肩に鋭い痛みが走り、声をあげてしまった。反射的に包帯に手が行ったが、それがよくなかった。ほんのかすかに触れただけでも、焼けつくような痛みに襲われたからだ。

エヴァースリーが即座にそばにやってきた。「なにをしているんだ。気をつけるってことができないのか？」背中に腕をまわす。「横になって」

ソフィは助けようとしてくれた彼を払いのけた。「じゅうぶん気をつけていました。目が覚めたときに放蕩者が部屋にいたら、女性はすぐにベッドから出るものです」

彼の返事はとてもそっけないものだった。「私の経験から言えば、その正反対のことが起きるものだが」

「あらそう。あなたの交友関係は芳しくなさそうね」肩がずきずきとうずきはじめた。「どれくらい眠っていたのかしら？」

「ざっと十八時間だな。起きてお茶を飲んだのをおぼえているか？」

ぼんやりと記憶がよみがえった。ティーカップを持ってこちらに身を寄せているメアリの姿が思い浮かぶ。「なんとなく」

「痛みは？」

身じろぎをし、痛さで縮み上がりそうになるのをこらえた。「なんとか耐えられる程度だわ」

「ひどく痛いはずなんだが」

「女性は痛みに強いと言われているわ」

「ふうむ。女性はか弱いと言われてるのにな」

ソフィはきっとにらんだ。「出産なんて見たこともない男性が勝手にそう決めつけたんでしょうね」

彼の唇の片側がくいっと上がって小さな笑みを作った。「どうやら気分がよくなりつつあるらしいな」そのことばににじむ温もりのせいで、ソフィはうれしさを感じた。彼が立ち上がってドアを開け、だれかとことばを交わしているあいだに、落ち着きを取り戻す時間を持てた。エヴァースリーがドアを閉めてこちらに向きなおった。「不本意ではあるが、あの頭のいかれた医者を呼んでもらうよう頼んだ。お茶もまた頼んでおいたよ」

ソフィは外科医を思い出した。「頭がおかしいようには見えませんでしたけど」

「彼はきみにジンをかけ、蜂蜜をこれでもかと塗りたくったんだぞ。そういうものをかけられたケーキなら断らないだろうが、治療に使うのはちょっとばかり奇妙じゃないか」彼が近づいてくる。「起きたのなら、肩の具合を見させてくれ」

ソフィは肩に顔を寄せてそっと嗅いでみた。ジンと蜂蜜だなんて。

では、奇妙なにおいは宿のせいではなかったのだ。

いやだわ。

身を引いて、近づいてくる彼を手を上げて制した。「やめて！」

エヴァースリーがはっと立ち止まり、目を丸くした。「なんだって？」

彼にこのにおいを嗅がれてしまう。「近づかないで！」

「どうして？」

「体裁がよくないもの」

「なにが？」

「あなたがここにいるのが。こんなに近くに。わたしはベッドにいるのに」

黒い眉が片方上がった。「きみを誘惑する気はまったくないと断言する」

このところの自分の状況を考えれば、そう言われるのも当然だとは思ったが、ほんとうのことを話すなどできなかった。「それでも、一点の曇りもないくらい礼儀正しくしてもらいたいの」

「昨日一日だれがきみの世話をしたと思ってるんだ？」

彼の言うとおりだ。ずっとそばにいてくれた。においにだってとっくに気づいているはずだ。でも、そのままでなくてはならないわけではない。左肩の痛みを押して背筋を伸ばした。

「自分の評判を守りたいんです」

エヴァースリーが目を瞬いた。「きみはグレート・ノース・ロードで撃たれ、そのときには盗んだお仕着せを着ていて――」

「盗んだのではなくて買い取ったのだと、何度言えばわかってくれるんですか？」

「いいだろう。きみはグレート・ノース・ロードで撃たれ、そのときには盗んだ従僕から買い取ったお仕着せを着ていて、その前は独身の紳士の馬車に隠れて乗りこんだ」

「紳士は言いすぎでは？」

彼はソフィのことばを聞き流した。「きみの評判はとっくにめちゃくちゃになってるんじゃないのか？」

この四日間のさまざまなできごとのせいで、ソフィの評判はたしかに地に落ちていたが、それを持ち出すつもりはさらさらなかった。ふたたび手を上げながら、だれにもにおわれないでお風呂を用意してもらうにはどうしたらよいのだろうと考えた。「それは認識できる悪影響であって、実害ではないわ」

またあの眉が吊り上がった。「きみはどれくらいロンドンで暮らした？」

「十年です」

「それなのに、こと醜聞に関しては、真実と嘘にちがいがあるといまだに信じているのか。かわいらしいな」

そっけない口調で言われて、ソフィは眉をひそめた。「わたしが言いたいのは、距離をおいていただきたいということです」

彼は言い返しかけたようだが、結局はソフィにというよりは自分自身に言い聞かせるようにこう言っただけだった。「いずれにしろ、医者がもうすぐ来る」

ありがたいことに、エヴァースリーに召喚されたかのごとくその瞬間に医者がやってきた。そのすぐ後ろに湯気の立つお茶を持ったメアリもいた。

そのときになって、ソフィは医者がとてもハンサムだったのを思い出した。災難は重なるものと決まっている。そして、彼女が淑女などではないと気づくのにかかる半秒より長く、ハンサムな紳士の注意を引けたためしのないソフィは、ふたりの紳士を前にしているというのに、風呂にも入っていない状態で床に伏せている。とことん運に見放されているとしか思えない。

「ミセス・マシュー！」医者がほがらかに言った。「たっぷりお休みになれたようですね」

その名前で呼ばれているのを忘れていた。「そうみたいですわ、ドクター……」口ごもる。

「ごめんなさい、お名前を忘れてしまいました」

「名乗りはしませんでした」さらりと言うと、まばゆい笑みを浮かべてメアリからお茶を受け取った。「ありがとう」

メアリが頬を染める。「いいえ、先生」

エヴァースリーがいらだちに鼻を鳴らした。それとも別の感情だろうか？　女性におよぼす医者の影響に嫉妬している？　まさか。エヴァースリーだってとんでもなく魅力的なのに。

わたしは気づいたりしていないけれど。

それに気づくには、まず彼に好意を持たなければ。

そして、わたしは彼に好意など持っていない。

医者がベッドまで来て、薬草茶をソフィに渡した。そして、たっぷり飲むのを待ってからたずねた。「ご気分はいかがですか？」

ソフィは彼がいまも名乗っていないことにぼんやりと気づいた。けれど、ほかのだれも気にしていないようだったので、エヴァースリーからじっと見つめられているのを強く意識しながら質問に答えた。「かなりいいです」

「ふむ、心からのことばではありませんね」医者はマグを受け取ってメアリに渡すと、ベッドに腰を下ろして眼鏡をかけた。「では、ちょっと診せてもらいましょう」

においのことしか考えられず、ソフィは枕に身を縮めた。「できればそれは――」

医者は彼女を完全に無視して額に手をあてた。「いいですね。熱は出ていません」そのことばをソフィが喜ぶ間もなく、彼が続けた。「もっとひどいにおいを嗅いだことだってありますから、安心してください」少しも声を落とさなかったので、部屋中に響いた。

ソフィが顔をまっ赤にし、エヴァースリーはいらいらと天井を見上げた。「だからそばに寄るなと言ったのか？」

「わたしがジンと蜂蜜を浴びたと言ったのは、あなたでしょう」ソフィが弁解する。

「この男のいかれ具合を強調するためで、きみが臭いと言いたかったわけじゃないぞ！」

メアリの口があんぐりと開いた。

こんなに怒っていなければ、ソフィも同じようになっていたはずだ。「わたしが臭いですって？」彼をきっとにらみつける。

エヴァースリーはどうするか思案するように、体をのけぞらせた。「そういう意味で言ったのでは――」

もううんざりだった。「あなたからは紳士にあるまじきことばをさんざん投げつけられてきましたけど――ほんとうにたくさんのことばよ――いまのが最悪かもしれないわ」

エヴァースリーはなにか言いたそうだったが、控えた。それでよかった。ちょうどそのとき医者が包帯をほどき、痛みのあまりソフィが悲鳴をあげたからだ。

エヴァースリーが前に出た。「痛い思いをさせたな」

「ええ、わかってますよ」医者は手もとから目も上げずに返事をした。「でも、感染の徴候はありません」

ソフィはどっと安堵に襲われた。「では、死なずにすむんですね?」

医者が目を合わせてきた。「今日のところは」

「なんなんだ」エヴァースリーがぶつぶつと言う。「もっとましな慰め方はできないのか?」

医者が彼をふり返った。「私は真実を話すだけです。怪我をした翌日に発熱も感染も見られないのはいいことです。ですが、医学は科学というよりも芸術なんです。奥さまが明日亡くなる可能性はまだあります」ソフィに顔を戻す。「まだ死ぬ可能性はあります」

ソフィはなんと言えばいいのかわからず、あいまいな返事をした。

医者は鞄から茶葉を取り出してベッド脇のテーブルに置いた。「薬草をもう少し持ってきました。ですが、見通しは明るいと思っています」

将来があると安心させようとしてくれているのだろうとソフィは思ったが、その直前のことばがあったので、どう取っていいかよくわからなかった。

医者は話を続けた。「お茶を飲み続けてください。この配合は、前のものよりも眠くならないものです。それと、傷口を清潔に保ってください」蜂蜜の壺を薬草茶の横に置き、エヴァースリーをふり返った。「蜂蜜はぜったいに塗ってください。毎入浴後に」

その指示がこの状況のそもそもの原因である男性に向かって発せられたことに文句を言いたいところだったが、ソフィはそれ以上に魅惑的なことばに気を取られた。「お風呂に入っていいんですか？」

医者がまたソフィに顔を向けた。「もちろんです。毎日清潔で熱いお湯に浸かるのをお勧めします。ただし、気分が悪くなったり、傷口のようすに変化が見られたら、すぐに私を呼んでください」

ということは、まだこの町を出ていけないらしい。「いつここを離れられますか？」全員がぎょっとした顔で彼女を見た。

「いつでもお好きなときに、ミセス・マシュー。ですが、できれば最低でも一週間はいていただきたいと思っています」

「一週間も」ソフィはうめいた。一週間以内に北に着いている予定だったのに。将来をはじめるために。

「私たちのこの小さな町がお気に召さないのですか？」

ソフィはエヴァースリーを見た。彼だって北へ行かなくてはならないのだ。「一週間は長すぎます。夫は——」彼が目で警告してくるのを無視する。「——わたしもですけど、カンブリアでしなければならないことが山ほどあるんです」

医者は痩せた肩をすくめた。「それなら、この町を離れてくださってけっこうです」

「彼女が元気になるまではだめだ」エヴァースリーが口をはさんだ。「それはいつわかる？」

医者が立ち上がり、道具を片づけはじめた。「傷が治り、奥さまが死ななかったときに」

エヴァースリーは医者の首を絞めたそうな顔になった。ソフィが微笑む。「ありがとうございます、先生」

医者も愛想よく言った。「いつ出発なさるにしろ、ご挨拶できるでしょう、ミセス・マシュー」部屋を出ていきかけ、足を止めてエヴァースリーに会釈した。「失礼します」

「お見送りします」メアリはうっとりしたまなざしでハンサムな医師についていった。

ソフィはドアが閉まるのを見ていた。「ふう。いま生きていられるのをこれほど感謝したい男性にお目にかかるのははじめてだわ」

エヴァースリーが渋面になる。「どうしてみんなは私たちをマシューと呼ぶんだ？」

「わたしの従僕の名前なの」最後はあくびをしながらになってしまい、慌ててごまかした。

彼がきょとんとする。「私の従僕のまちがいだろう」

ソフィは手をひらひらとさせた。「どっちでもいいわ。郵便馬車で彼の名前を借りたの」

「そして私はきみと結婚していると言ったわけだ」

「ばかなことをしたものよね」

「ああ、従僕の名前をつけられたとわかって、そう思いはじめているところだ」

「いい従僕なのに」ソフィはまたあくびをした。疲労に負けつつあった。

「ひどい従僕だよ」エヴァースリーはそばに行ってソフィが横たわるのに手を貸した。「ちゃんとした従僕なら、身分の高い女性とはことばを交わせないと断って仕事に戻っていたはずだ。探し出して、叱りつけてやりたいよ。彼が正しい作法を身につけていれば、きみは怪我を負っていなかったんだから」

気づかってくれているの？「わたしはなんともないわ」うれしい気持ちを無視して、静かに言う。「お風呂に入る必要はあるかもしれないけれど」

「すまない。きみが臭いと言うつもりはなかったんだ」

ソフィは目を閉じてため息をついた。「気をつけたほうがいいわ。道はふたつしかないのですから。ひとつは、わたしを怒らせる道。もうひとつは、嘘をつく道」

うとうとと眠りに落ちかけていたとき、彼の声が聞こえた。「どうして北を目指しているんだ？　北になにがある？」

「わたしの書店」思いが浮かぶかどうかのうちに、ことばが口から出ていた。「モスバンド……べたべたするパン……ロビー」

「ロビー？」

「うん？」会話についていくのはひと苦労だった。

「ロビーとは何者なんだ？」

ブロンドの髪と赤い頬のうれしい記憶がぼんやりとよみがえる。友だち。真に友だちと呼べるたったひとりの人。「結婚するの」ずっと昔に約束してくれた。

ソフィの顔に笑みが浮かぶ。友だちと結婚できたらすてきかもしれない。ひょっとしたら彼はわたしを愛してくれるようになるかもしれない。愛されたらすてきだろう。うまくいけば結婚できるかも。幸せになれるかもしれない。

なんといっても、ずっと昔に約束を交わしたのだから。わたしも約束した。「結婚するわ」ソフィはそのことばを口にした。エヴァースリー侯爵が見守るなかで。

8

計画失敗

起きて……洗って……お近づきになる？

夜になり、ソフィが何時間か眠っているあいだに浴槽と冷たい水を用意させ、彼女がもぞもぞと動きはじめると湯を用意させた。銅製の浴槽に湯気が立ち、桶で湯を運んできたメイドに金を渡すと、ろうそくの明かりのなかでキングはソフィが目を覚ますのを待った。狭い部屋の壁にもたれ、肩の痛みを感じて深く心地よい眠りから目覚めつつある彼女を見つめた。

父はもう亡くなっただろうか。

アグネスの手紙は切迫していた。すでに自分がライン公爵になっている可能性はある。こちらを徹底的に罰してくれた男に、最後の手ひどいことばを投げつける機会を失ってしまったかもしれない。

家族を持てたかもしれない機会を潰してくれた男。幸福を、愛を手に入れられたかもしれなかったのに。

ある記憶がよみがえった。キングはライン家の生け垣の迷路にいて、父が背後から道順を教えている。「左に二回、右に一回、それから左と右に一回ずつ曲がる。それで中央に出られる」公爵が息子を促した。「ほら、行ってごらん。中央へ」

キングが先に立って中央に出ると、父がテセウスとミノタウロスの物語を聞かせてくれた。

「ぼくたちはどっちなの?」彼はたずねた。

「テセウスに決まっているだろう!」父は自慢げに答えた。「偉大なる英雄だよ」

キングは壁から体を起こした。

なにが英雄だ。図々しい嘘じゃないか。

そばへ行ってソフィを覗きこむ。醜聞の大竜巻の正体を明かしつつあるこの女性に時間を割くわけにはいかない。ロンドンの人間は彼女を地味で退屈なタルボット家の娘と呼んでいる。キングは、はは、と短く笑った。肩に銃創を負い、偽名を使って人里離れた宿で眠っているいまの彼女を見せてやりたいものだ。

ソフィ・タルボットに退屈なところなどみじんもない。

彼女が結婚する。

どうして最初にそう言ってくれなかったのだ?

愛する男との結婚を夢見る女性たちについてならよく知っていた。

彼だって、かつては女性から愛される男だったことがあるのだ。

ソフィの愛の相手はだれなのだろう？　ロンドンを逃げ出したのがこのロビーという男との将来のためだったのなら――ロビーなどという名前を使う成人男性の男らしさには疑問があるが――なぜこれまでソフィはそう言わなかったのだ？

彼女の夫には、ロバートのほうがふさわしい。頼りがいがありそうな響きじゃないか。彼女の面倒をちゃんとみてくれそうだ。

それがあたっていようといまいと、気にもならないが。

そのとき、ソフィの眉根が寄せられ、呼吸が忙しくなった。じきに目を覚ましそうだ。眠りから覚めたらいやな気分になるだろう。

キングはベッドの端に腰を下ろした。熱をたしかめているだけだと言い訳して、手の甲を彼女の額にあて、熱くないのがわかると大きく安堵した。眉間のしわが深くなったのを見て、がまんできずに親指でそのしわを伸ばす。

ソフィの体から力が抜けると、自分の手柄だと誇らしくなりそうな気持ちを抑えこみ、彼女の頬を包んだ。彼女に慰めをあたえる男にはなりたくない。彼女は厄介な女性で、厄介ごとなら彼女抜きでもすでにじゅうぶん抱えているのだ。

それでも、手を離さなかった。

「ソフィ」そっと声をかける。深く青い瞳を見たいのではなく、彼女がなにがなんでも入浴したがっていたから起こそうとしているだけだ、と自分に言い聞かせながら。

ソフィが吐息をついて彼の手に頬をすり寄せたが、目は覚まさなかった。

「ソフィ」自分の口から出るその響きの心地よさも、触れ続けてはいけないという思いも無視し、手を引っこめなかった。そして、感嘆した。肌のやわらかさ、シルクの糸のような眉、青白い頬に休む黒っぽいまつげ、ピンクの唇――。

火傷をしたかのようにはっと手を離し、慌てて立ち上がる。

彼女の唇の色になど気づくべきではない。

ソフィは風呂に入りたいと言い、自分はそれを用意してやった。この瞬間は、それ以上のことがあってはならない。両手を――それに注意も――さまよわせない。「ソフィ」先ほどよりも大きく、断固とした口調で言った。

彼女の目がぱっと開き、すぐさまキングを見た。

「風呂の用意ができた」

上掛けを握りしめて顎まで引き上げ、部屋の反対側にさっと視線を向ける。「眠っているあいだに運ばれてきたの？」

「そうだ」

ソフィの声がささやきにまで落ちる。「眠っている姿を見られた？」

それを聞いてキングが笑みになった。「気になるのか？」

彼女が目を丸くする。「あたりまえです！」

「使用人たちには見られていない。着替え用の衝立をベッドのそばに立てておいた」

ソフィはうなずいた。「ありがとうございます」

「だが、私はきみを見たぞ」からかわずにはいられなかった。「それは気にならないのか？」

「あなたは数に入らないもの」

そのことばは気に入らなかった。「なんだって？」

「あなたはわたしを好きじゃないから」

「そうなのか？」

ソフィがうなずく。「ええ。どうしてなのか、理由を挙げる以上のことをしてくれたでしょう」起き上がり、たじろぐ。「それでも、いちばんひどいことを言わずにおいてくれたのは感謝してます」

「きみのことはそれなりに好きだぞ」

「熱烈な告白をどうも」

腹立たしくないときの彼女は嫌いではない。キングは話題を変えた。「ドレスも用意しておいた」

着替え用の衝立にかかっている灰色の簡素なドレスにソフィは目をやり、うなずいた。

「メアリを呼んでくださる？」

「どうして？」

「手伝ってくれる人が必要だから」

「手伝いなら私ができるが」

ソフィは首を横にふった。「これに関してはだめです」

「これとは？」

彼女の頬が赤くなる。「あなたのいる前でお風呂に入るなんてできません」

それは誘惑しようとすることばではなかった。くそっ、彼女は冒険の名残にまみれているんだぞ——血とジンと泥と、ほかにもなににまみれているかわかったものではない。それに、そう、風呂に入るなら服を脱がなくてはならない。だが、どういうわけか、裸をほのめかされたせいで、即座に体が硬くなり、心がざわついた。

彼女は結婚する身なんだぞ。

「手伝いならできる」必要以上にきつい口調になってしまった。

ソフィが首を横にふる。「けっこうだわ」

「どうして？」

頭の悪い人間を見るようなまなざしを向ける。「あなたは男の人だから」

「私は数に入らないんじゃなかったのか」

ソフィが呆れ顔になった。「これに関しては数に入るの」

彼女の言うとおりにすべきだった。メアリを呼んできて、あとは任せるのだ。それなのに、この数日のせいでそうできない気持ちになった。「メアリは来られない」

ソフィは目を瞬いた。「どこにいるの？」

「きみに頼まれて私が料金を払うはめになった部屋にいる」

「わたしに断りもなく夫婦だなんて言ったのだから、それくらいされて当然よ」

「きみの意識が戻るのを待ってから、どういう関係かを決めればよかったのか?」

「真実を話すことだってできたでしょうに」

「そうかな? それできみの状況がよくなっていたと思うか?」

ソフィがため息をつき、キングは自分の勝ちを確信した。「もう夜も遅い時間だし、メアリはふたりの子どもの世話をしているだろう」淡々とした口調だ。「風呂に入りたいなら、私の手伝いを受けるしかないな」

ソフィは唇をすぼめ、思い焦がれる目を浴槽に向けた。「ぜったいに見ないで」

「見ようなんて夢にも思わない」これまでついたなかでもっともあからさまな嘘だったかもしれない。

だが、ソフィは信じたようで、こくりとうなずくと上掛けを払ってベッドを降りた。キングは彼女の頭のてっぺんが顎の下までしか届かないのに気づき、浴槽まで手を貸したくてたまらなくなった。「気分はどうだい?」ざらついた声になり、咳払いをする。

「撃たれたみたいな感じ、かしら」

彼は片方の眉をくいっと上げた。「小賢(こざか)しい人だな」

ソフィがにっこりする。「肩は痛いけれど、一週間分の睡眠をとった気分だわ」

浴槽の横で赤々と燃えている暖炉へ行ったキングは、やかんをかけた。「風呂を出たら、またお茶を飲むんだ」彼女のそばに戻る。「食事もある」お腹が低く鳴り、ソフィは慌てて手で押さえた。まっ赤になった頬を見て、彼はにっこりした。「腹が空いているようだな」

「そうみたい」

「食事は風呂のあとだ。それからお茶にしよう。そのあとは眠るんだ」

ソフィは彼の目を見た。「ずいぶん威張ってるのね」

「特別な才能さ」

「キングと呼ばれているだけあるわ」

「当然の名前だ」

ソフィは彼のことばを無視して横を通り、背の高い銅製の浴槽まで行くとふり向いた。

「ありがとう」

キングはまた壁にもたれ、腕を組んで彼女を注意深く見た。「どういたしまして」

ソフィは長い指を湯に入れ、うれしそうな吐息をついた。その音が銃声のように感じられた――純粋で本物の喜びの吐息だった。すばらしかった。

キングは体をこわばらせた。女性の喜びになど興味はない。

体がそれをわかってくれないのが残念だ。

借り物の寝間着が胸のあたりできつそうなのも、腰のところでよれているのも、そこから脚へと続く曲線をあらわにしているのも、興味がないと体はわかってくれていない。あの指がどこをつかもうとするかも。

懸命に視線を上げると、ソフィからじっと見つめられていた。

キングは咳払いをした。「風呂に入らないのか?」

ソフィの眉が上がる。「あなたがあっちを向いてくれたらすぐに入るわ」

背を向けたくなどなかった。「入るのに手助けが必要になったら？」

彼女が首を横にふった。「その必要はないわ」

目を険しくする。「必要になるかもしれない」

「あなたはすぐそばにいるでしょう。不本意ながらも、わたしの救世主になろうと心がまえをして」

キングは眉根を寄せたが、言われたとおりにした。ソフィ・タルボットに触れるつもりはないのだから、服を脱ぐのを見ているのはこれ以上ないほどの自虐行為になるだろう。背を向けるのが最善だ。

だが、そうではなかった。

完全なる拷問だった。

彼女が寝間着を脱ぎはじめた瞬間、キングはまちがいを悟った。肌をすべる布地の音、傷口をよけるときに荒くなった息づかい、ぎこちなく腕を動かしたときにほとんど聞こえないくらいに出された声。

「手伝おうか？」静かな部屋に彼の声がとげとげしく響いた。

しばらくしてから小さな返事があった。「けっこうよ」

キングが咳払いをする。「腕に気をつけるんだぞ」

「気をつけました」

過去形か。くそっ。肩はもうむき出しになっているんだ。

その瞬間、それが正しいことを証明する物音が聞こえた。律動的な布地の音は、服を腰から押し下げようとしているのだ。波打たせながら。

キングは両手を拳に握って壁にもたれた。想像力が暴走していた。

ソフィの息はやや荒くなっていたが、キングの息のほうが遥かに荒かった。心臓も遥かに激しく打っていた。

体のほかの部分も遥かに激しくうずいていた。

そのとき、腰掛けを引いて浴槽のそばに置く音が聞こえた。続いてそこを上るソフィの小さな足音と、湯に入って漏らした、どきりとするほどすばらしいため息も。それはまるで、まごうことなき快感のなかに身を沈めたかのようなため息だった。

キングの人生で極端に最悪の夜だった。

彼女をふり返らずにいるのには、ありったけの力をかき集めなければならなかった。彼女のところへ行かずにいるのには。いまいましい浴槽を覗きこみ、湯と自分に見つめられたせいでほんのり赤らんだ彼女の体を凝視せずにいるのは。

ああ。

彼女など欲しくない。

だが、欲しかった。

彼女は結婚するんだぞ。

ロビーという名の田舎者と。

いったい彼女はどこでそいつと知り合ったのだ？　どうやってカンブリアにいる男と結婚するつもりなのだ？　キングは両手をポケットに突っこんだ。どうだっていい。

彼女は地味で、澄まし返っていて、おもしろみがない。

嘘つきめ。

ソフィが体を洗いはじめ、その体や浴槽に湯があたったり跳ねたりする音にいらだちのわめき声をあげたくなるのを懸命にこらえた。腕や脚が浴槽の縁から覗き、濡れた布が白く完璧な肌をなでていくところを想像した。首や胸を洗うときには頭をのけぞらせ、無限の快感を味わいながら両手を湯のなかへとゆっくりと動かし、曲線や谷間を通って下へ下へと向かわせ、ついには指を——。

「なぜみんなはあなたをキングと呼ぶの？」

彼は思わず飛び上がりそうになった。

目を閉じ、両手をきつく拳に握り、なんとか声を出した。「それが私の名前だからだ」

湯が揺れた。「ご両親がキングと名づけたの？」

キングは息を吐いた。彼女の入浴を長引かせたくはなかった。「キングズコートだ」

「なるほど」そう言ったあとしばらく無言だった。身じろぎもしなかった。「ずいぶん法外な名前よね」

「うちの家族は法外であるのを誇りにしている」

「昔、ライン・キャッスルの敷地に入ったことがあるの」キングの生家が好ましくない場所であるのを思い出させることばだった。彼はなにも言わなかったが、いずれにしろソフィは話を続けた。「理由はわからないけれど、公爵さまが地所を解放されたのよ。迷路があったわ」彼も思い出したばかりの場所について話すソフィの声には笑みがにじんでいた。「姉たちと一緒に、半日も迷路のなかで迷ってしまったの――わたしは中心を見つけて、そこで一時間か二時間、本を読んだわ。姉たちには最後まで見つからなかった」

「国内でも有数のむずかしい迷路と言われている。きみが中央にたどり着いたのが驚きだ。いくつのときだったんだい?」

「七歳? 八歳だったかしら? 魔法みたいだったわ。あんな迷路のあるお屋敷に住めるのはうれしかったでしょうね」

あの迷路は何世代も前から存在し、完璧に手入れをされてほとんど使われていなかった。キングは数えきれないほどの午後を迷路で過ごし、あちこちを曲がって探検し、家庭教師や乳母たちを苦もなくまいた。キングを見つけられたのは父だけだった。

彼は咳払いをした。「地所内ではあの迷路がお気に入りの場所だった」

「想像がつくわ。ほんとうに魔法みたいな場所ですもの」

敬意のこもったことばだった。キングは不本意ながら迷路中央の噴水池のところにいるソフィを思い浮かべた。頭上には、荒々しい姿をした大理石のミノタウロス像がある。いまあの場にいたら、彼女は本を読んでなどいないだろう。

キングは髪に手を突っこんだ。彼女をあの中心にいさせることはない。けっして。

彼女が回復したら、厄介払いをする。

ついに。

「本邸にはよく帰るの？」

どうして彼女は会話をせずにはいられないんだ？　話をしていては、彼女の体に寄せる湯の音が聞こえにくくなるじゃないか。

キングは歯を食いしばった。「いいや」

「そう」彼がもっと話してくれるのを期待していた口調だった。「最後に帰ったのはいつ？」

「十五年前だ」

「そう」同じことばだったが、今度のほうが小さくて、驚いた声だった。「どうしていま帰るの？」

「きみはほんとうにゴシップ欄を読まないんだな」刺繍とお茶の合間にゴシップ欄を読むのが、貴族の女性のすることではないのか？

「母をやきもきさせる真実ね」その声には笑みがにじんでいた。ほんとうに微笑んでいるのかどうか、キングはふり返って自分の目でたしかめたくなった。「姉たちの書かれようがいやなの」

「家族に忠実なんだな」

ソフィは顔を背けた。「あまり気にするべきではないとわかってはいるの。姉たちは〝タルボット家の秘密の暴露〟が大好きなんですもの。いつだって、いちばん扇情的に書かれようと競い合っているわ」

「だれが優勢なんだい？」

湯の跳ねる音がして、ソフィが体を動かしたとわかった。「最近ではセリーヌね。マーク・ランドリーと婚約している姉よ。彼のことはご存じ？」

「ああ」

「ミスター・ランドリーがすばらしい雌の黒馬を使ってセリーヌに乗り方を教えて、その馬を贈ったから、ふたりは結婚すべきだと父が譲らなかった、と数週間前の『ザ・スキャンダル・シート』で報じられたの」

「贈り物が法外だったからか？」

「馬の名前がゴダイヴァだったから。セリーヌはランドリーの地所の飼育訓練場で裸で乗馬の仕方を習ったというふくみがこめられていたの」

「いかにも嘘っぽいな」

それに答えたソフィは微笑んでいるようだった。「すごく乗り心地が悪そうよね」

キングが笑った。

「言うまでもないけれど」ソフィも笑っていた。「セリーヌはそのばかげた記事をすごく気に入っていたわ。ミスター・ランドリーも」

「ランドリーが厚顔無恥でないとは言えないな」

「それだから、姉との相性がいいのよ。あなたもミスター・ランドリーから馬を買ったことがあるんでしょうね」

「ああ。それに、同じクラブの会員仲間でもある」

「ミスター・ランドリーが〈ホワイツ〉で歓迎されるとは信じがたいわ」ソフィの口調は淡々としている。「口を開けばかならず相手をぎょっとさせる人なんですもの」

「〈ホワイツ〉じゃないんだ。同じ賭博場によく足を運んでいるんだよ」

「そう」ソフィが小さく言った。「賭博場についてはほとんど知らないわ」

「きみなら気に入るだろう。うわさ話と醜聞に満ちていて、銃で撃たれないという保証もない」

ソフィは笑った。「歓迎されないに決まっているわ。そこに入れるほどうわさ話を知らないもの」しばしの間があったあと、彼女は続けた。「話は戻るけれど、どうしてライン・キャッスルに帰ろうとしているの?」

その問いとともに浮かれた雰囲気は消えた。それを残念に思ったキングはなかなか返事をしなかったが、その雰囲気はもう戻ってこなかった。「父の死期が迫っているんだ」

浴槽のなかでソフィははっと動きを止めた。重く、耳をつんざくような沈黙がふたりを取り囲んだ。「そう」静かに告げる。「お気の毒に」

誠実なことばを聞いて、キングは背筋を伸ばした。「私はそうは思ってない」

どうして彼女にならほんとうのことをこんなに簡単に話せるのだろう？

ソフィは長いあいだ黙りこみ、湯音もしなくなった。「そうなの？」

「ああ。父はろくでなしなんだ」

「それでも家に戻るの？」

キングは彼女のことばをじっくり考え、それから何年も前に自分の将来を破壊してくれた父のことを考えた。父はキングの望みを奪い取って破壊したのだ。だからキングは全人生を懸けて復讐を誓った――公爵のただひとつの望みを破壊してやると。

なぜソフィに話したのか、ふり返っても理解できなかった。「呼ばれたからだ。それに、父に言いたいことがあるからだ」

さらなる沈黙。そして、やっと小さな声が返ってきた。「終わったわ」

ありがたい。

浴槽からソフィが立ち上がったとき、キングはふり返らなかった。彼女が小さくきゃっと言って湯のなかに戻ったときも。もう一度、それがくり返されたときも。自分のとてつもない紳士らしいふるまいを誇らしく思った。

「どうかしたのか？」

「どうもしません」ソフィはそう言ったが、また同じ声が聞こえた。

肩越しをちらりと見た。

まちがいだった。

背の高い銅製の浴槽から見えているのは顔だけだったが、その頬はすっかりきれいになって、ピンクで、完璧だった。

「見ないで！」ソフィが叫んだ。

「どうしたんだ？」

「出……出られないの」

どういう意味だ？「どうして？」

「つるつるすべってしまって」気落ちした声だ。「それに、肩が——腕に力を入れられないの」

言われてみれば当然だった。手を貸すしかなさそうだった。

キングは上着を脱ぎながら浴槽に向きなおった。

「こっちを向かないで！」ソフィは浴槽の縁に顔を引っこめた。

彼はそれを無視して近づいていき、いらだちを募らせながらシャツの袖をまくり上げた。

「きみが手伝いを望んでいないのと同じくらい、私だって手伝いたくはないんだ」

ほんの少し正直ではなかったかもしれないが、真実ではあった。

ソフィが浴槽の縁から顔を覗かせた。「そんなに失礼な言い方をしなくたっていいじゃないの」

自衛ではなく侮辱のことばと彼女が受け取ったことに対し、ほかの男なら良心の呵責を感じたかもしれない。

ソフィはだいじな場所を両手で懸命に隠そうとしたが、うまくいっていなかった。それどころか、逆にキングの視線は、こぼれた長い髪がうねりながら、こちらを誘うように肩から湯のなかへと消えていく光景に引きつけられ、その髪を完全にどけたくてたまらない気持ちにさせられた。それからそこに唇をつけたい気持ちに。

これは狂気の沙汰だ。

彼はソフィの顔から視線を離さなかった――正気を保つにはそうするしかなかった。「きみを浴槽から出す」

ソフィが目を瞠った。「でも、わたしは――」

「きみがどういう状態なのかはよくわかっている、マイ・レディ」敬称を口にすれば、いまいましい浴槽にそれほど一緒に入りたくなくなるかもしれない。

「目を閉じて」ソフィが言った。

「いやだ」

「どうして？」

「きみを逆さに落とすはめになりたくないからだ。どうしても目を閉じろと言うのなら、きみが閉じればいい」

さらになにか言われる前に体をかがめてソフィを抱き上げると、滴り落ちる湯がシャツとズボンをびしょ濡れにし、床にたまった。

抱き上げられたソフィは悲鳴をあげ、目を閉じると同時に支えを求めてキングの肩に両手でしがみついた。反射的な行動だというのはキングにはわかっていたが、それでもまちがいだった。なぜなら、そのせいで両手が隠していた体があらわになってしまったからだ。

やわらかでピンクの体が。

キングはもう彼女の顔を見てはいなかった。

目を開けたソフィはそれを知り、すでにピンクに染まっていた肌がまっ赤になった。「下ろしてください！」彼女の体が炎に包まれているとばかりにキングが下ろすと、すぐにタオルで体を隠した。「見ないと言ったのに！」

「ちがう。見ようなんて夢にも思わないと言ったんだ」

ソフィはすたすたと離れ、ベッドの反対側にまわった。なにも考えずにそうしたらしいが、ほてった肌とベッドが近づくのは、キングの思考を止める役に立つとは言いがたかった。

それを行動に移すつもりはないが。

レディ・ソフィ・タルボットなど欲しくない。

いや、彼女が欲しかった。ただ、欲しいと思いたくなかった。

「そんなのは単なる意味論だわ」

私は声に出して言ってしまったのか？　ああ、そうか。彼女は〝見る〟〝見ない〟について言ったのか。

「お嬢さん」真剣そのものの声で言った。「そんな約束を守る正気の男はいないよ」

ソフィは体を隠しているタオルをさらにきつく巻いた。「紳士なら守るはずだわ」

キングは笑ったが、欲求不満のせいでしゃがれ声になってしまった。「それはないと断言しよう。最高に敬虔な聖職者だって守らない」

彼女の唇がぎゅっと結ばれる。「びしょ濡れになっているわ。乾いた服に着替えたらいかがかしら」

お払い箱にされたのだ。タオルしか巻いていない横柄な小娘に。

キングほどの男でなければその場を立ち去っただろう。キングだってそうすべきだ。寝間着を着てベッドに入る時間を彼女にあたえてやらなくては。さっぱりした気分をしばし味わわせてやるべきなのだ。食事を持ってきてやればいい。身なりを整えるのだ。

紳士ならそうするはずだ。

だが、キングは紳士ではなかった。彼女が入浴する音の誘惑にさらされて苦しむだけでは足りないとでもいうのか、一糸まとわぬ彼女を抱き上げるはめになったうえ、なんの影響も受けていないふりをするはめになった。実際のところは、濡れたズボンが隠しきれないくらいに体が反応していたというのに。

こんな目に遭うことを頼んだおぼえはなかった。

彼女とこうなることも。

彼女にはいらいらさせられた。そしていまは、そうすべきでないとわかっているのに、こちらがいらだたせて仕返しをしてやりたかった。

「乾いた服だな」ソフィが青い目に勝ち誇った色を浮かべてうなずいたので、シャツをズボンから引っ張り出して頭から脱ぎ、彼女の目に浮かんでいたものが衝撃に変わるのを見て楽しんだ。

「なにをしているの？」ほとんど金切り声だった。

「乾いた服に着替えるんだ」

「ご自分の部屋で着替えてください！」

キングは壁ぎわの小ぶりの鞄を指さした。「ここが私の部屋だ」

ソフィが目を丸くする。「わたしと一緒の部屋を使ってらしたの？」

「使っていただけじゃない」追い討ちをかける。「ベッドはひとつだけだ」

彼女がキングをにらむ。「嘘でしょう」

「ああ。ほら、においがね」嘘だった。ソフィが目覚めないのではないかと心配するあまり、眠れなかったのだ。だが、それを知られたくはなかった。

あまりに癪に障る女性だから、話す気になれなかった。だから、ズボンの前垂れに手を伸ばし、彼女の視線がその動きを追うのを楽しんだ。「レディは目をそらすものだぞ、ソフィ」彼女がはっと顔を上げ、頬をまっ赤にした。これほどいらだっていなければ、上機嫌になっていたところだ。「今度はきみが背を向ける番だと思うが」

言われたとおりにしないソフィを見て、地味でおもしろみがないとされているこの女性は見かけ以上に強いのかもしれない、とキングは思った。彼女が険しい目つきになった。「そんなことはしません、不快で傲慢な放蕩者さん。あなたが無頼漢風（ラプスカリオネスク）の勝手なふるまいをしているここは、わたしの部屋ですから」

キングは片方の眉を吊り上げた。「ラプスカリオネスクなんてことばはない」

ソフィは臆さなかった。「あなたに会いさえすれば、ことばを作る人たちはすぐさまそれを思いつくはずだわ。〝非愉快〟ということばだって、辞書に載せてもらえるかも」ひと息入れて背筋を伸ばす。「別の部屋に行ってください。ここにはいてほしくありません」

この一風変わった予想外の女性には怒りがよく似合っていた。キングの目の前に立っている彼女は、怪我をして体が濡れそぼっているのに、それでもなぜか戦士だった。

彼はソフィが欲しかった。

それはあまりにも危険な思いだった。双方にとって。

彼がここにいるのは、ソフィを死なせないためだ。それだけだ。

キングは暖炉へ行ってお茶を注ぎ、沈黙が長引くに任せた。それからベッドをまわって近づいていったが、ソフィは肩をいからせ、体に巻いたタオルを関節が白くなるほどきつく握りしめながら、一歩も引かなかった。キングは彼女の体の向こうに手を伸ばし、湯気の立つマグカップを脇テーブルに置くと、入れ替えに蜂蜜の壺を手に取った。裸の胸を彼女にかすめるようにして。

触れずにいられたのは、おおいなる自制心を発揮できたおかげだ。

ところが、こちらと同じように心臓が激しく打っていたはずなのに、その瞬間にソフィはあとずさらなかった。顎をつんと上げ、ことばは発しなかったもののその目に感情が渦巻いていた。不信感。いらだち。それに名づけるのがこわいようななにか。

「座るんだ」きついことばが部屋にこだました。

ソフィが横目でベッドを見る。「なぜ？」

「私の見ているところできみを死なせはしないと誓ったからだ」壺を見せる。「それに約束も守るつもりだからだ」キングは肩の傷に目をやったが、ありがたいことにいまも感染の徴候は出ていなかった。頭のおかしな医者はかなりの運に恵まれたか、かなり有能かのどちらかだろう。

「自分でできます」

キングはそのことばを聞かなかったことにした。「座って」

タオルをしっかり巻きつけたまま腰を下ろしたソフィに、彼は指で蜂蜜を塗った。沈黙が落ち、ふたりともその動きを見つめた。なめらかな蜂蜜も、彼女の肌にはかなわない。もうじゅうぶん塗ったと思ったものの、キングは彼女に触れるのをやめられずになでつけた。触れているのが肩だけでなければよかったのにと思いながら。きれいで、ピンクで、耐えがたいほどやわらかな肌にくまなく触れたかった。

われを忘れそうになった彼は、安全な話題を探した。「ロビーとはだれなんだい？」

しばしの間があった。「ロビー？」

正直なところ、キングはロビーの話などしたくなかった。風呂に入ってきれいになって、夏のような香りのする裸の彼女が目の前にいるときには。「そうだ。ロビーだ。きみの婚約者の」

ソフィがはっと彼の目を見た。その目にあるのは困惑だろうか？　キングが逡巡しているあいだに、それは消えた。「そうだったわ。ロビーね。幼なじみなの」気のない言い方だった。

「何者なんだ？」キングが食い下がる。

「モスバンドでパン屋をやっているの」

パン屋か。短足で弱々しい顎をした男なのだろう。

「そして、きみは書店を経営するんだな」これで話は終わりだった。そうすべきだ。

ソフィが大きくうなずく。「書店を経営するつもりです」

彼女にとっては完璧な人生だ。結婚して書店を持つ。髪を乱し埃にまみれた彼女の姿が浮かび、思いのほかそれを好ましく思った。

指を上げて蜂蜜でてかっているのを見つめる。ソフィも同じようにした。「手を洗ったほうがいいわ」そっと言う。

そうすべきだ。すぐそこに湯の入った浴槽がある。きれいな水の入った洗面器はもっとそばにある。だが、キングはどちらにも行かず、彼女の目を見つめながら口に入れて蜂蜜をなめ取った。目をそらしてみろと念じながら。

ソフィが目を見開いた。翳（かげ）っていた。けれど、揺らがなかった。キングはそれで悟った。キスをしても、彼女は止めないだろう。

キスをしたら、やめられなくなるだろう。

まさに危険な娘だ。

「着替えを用意してある」彼は言った。

「な、なんですって？」

「着替えだよ」くるりと背を向けてシャツを頭からかぶり、続ける。「それにブーツも」力任せにドアを開ける。「ちゃんとブーツを履くんだ」

そして彼は部屋を出ていった。

9

スプロットボローで目撃情報あり

三日後、エヴァースリーが用意しておいてくれた簡素な灰色のドレスを着たソフィが上階の部屋から下りていくと、朝食時間の〈鵯鶲のさえずり〉亭の食堂は、想像以上に混んでいた。

〝入浴大災害〟と考えるようになったあの晩以来、彼の姿を見ていなかった。彼は言われたとおりに自分をここに置き去りにして、父親のもとへ行こうと北に向かったとしてもおかしくなかった。けれど、メアリや、この二日間夜明けとともに往診してくれた医師の話からすると、この町に留まっているらしい。こちらの回復状況にはなんの関心もないようなのに。

ソフィとしてはそれでなんの問題もなかった。

関心を持たれていないと思ったらかすかに失望を感じたが、それを押しやった。失望などではないと否定した。単に気分がよくなって、空腹を感じはじめているだけだ。

食堂に入ると、奥の窓際でエヴァースリーが朝食をとっているのが見えた。顔を上げてこちらを見もしなかったので、ソフィはつんけんとそっぽを向いた。結局のところ、わたしたちは友だちではないのだ。知り合いともいえないくらいだ。

でも、彼はあなたの命を救ってくれたでしょう。

そんな声が頭のなかでして、ソフィは体をこわばらせた。彼はそれをなんとも思っていないようなのに、なぜわたしが気にしなくてはならないの？

彼にキスしてほしかったんでしょう。

頭のなかの声を押しやる。疲れきっていたのと、お風呂を用意してくれてありがたいと思ったせいで、あんな風に感じてしまっただけ。いまは完全に回復した。

彼の姿などほとんど目に入らない。

シャツの袖を肘までまくり上げているのも、筋肉質のたくましそうな前腕がすてきに日焼けしているのも、黒髪が額にかかっているのも、目に入っていない。窓の外のすべてをあの緑色の目が見て取っているのだって。

わたしにとって、彼は透明人間も同然よ。

新たな目的を持って歩を進めた。カウンターにいる恰幅のいい男性に近づく。「すみません、ロンドンに手紙を運んでくれる配達人を探しているんですけど」

男性がうめいた。

ソフィは動じなかった。「お駄賃ははずみます」

お金がいっぱいに入った手つかずの財布をメアリが昨日返してくれたのだった。郵便馬車が停まる前に、ジョンがくすねていたらしい。彼の手癖が悪くなければ、一文なしのままになるところだった。

わたしのお金ではない。彼のだ。

罪悪感が頭をもたげ、思わず知らず奥の彼に目をやってしまった。ソフィなどいないかの

ように、新聞を広げて読んでいた。出会ったこともないかのように。罪悪感を押し潰し、使

ったお金はきっちり返すと誓う。

でも、背に腹は代えられないというし。

カウンターの男性との会話ともいえない会話に戻る。声を落とした。「あなたと配達人に

たっぷりお駄賃をお支払いします」

男性は顔も上げずに答えた。「二ポンドだ」

ソフィは目をぱちくりした。「とんでもない大金だわ」

男性が肩をすくめた。「それだけの金がかかる」

少し間をおいてから彼女は言った。「郵便馬車の手配もお願いします。北行きの」

うなり声が返ってきた。「わかった」

「無代で」

男性が目を瞬いた。

「ただで、という意味です」ソフィはわかりやすく伝えた。

男性がうなずく。「ただで」

よかった。なんとかなったわ。ソフィはカウンターに硬貨と封をした封筒を置いた。「この手紙を明日中に届けてほしいの」

男性は傷ついた表情をした。「わかった」

ソフィが眉をくいっと上げる。「謝ります。信頼のおける公正な人のようなのに、あなたがお金を着服するとほのめかしたりすべきではありませんでした」

男性は彼女の皮肉には気づかなかった。「おれはまっとうな人間だ」

「もちろんだわ。次の郵便馬車はいつ来るのかしら?」

「明日の予定だ」

よかった。そろそろ馬車で移動してもかまわないだろう。

不快な肩のうずきは無視した。食堂の奥にいる男性がこちらの存在を気にも留めていないようすなのにもむっとしていた。「それに乗るわ」

男性はカウンターの下に手を伸ばし、切符を取り出した。ソフィはそれをポケットにしまい、次にどうするかを考えた。

「質問が三つある」突然、低くやわらかな声が耳もとでして、ソフィの体に震えが走った。彼にもたれかかりたいという衝動をこらえてふり返る。「あら、おはようございます」

彼が眉を上げる。「おはよう」

「わたしがここにいるのを認める気になったんですね」

「マイ・レディ、きみがいなかったら、スプロットボローにぐずぐずしていたりしないと断言するよ」

ソフィの唇が真一文字に結ばれた。彼にとってわたしは厄介な存在以外のなにものでもないのだ。明らかに。「質問はなんですか？」

「どうしてカウンターの男に金を渡したんだ？」

ソフィは彼を押しのけてサイドボードから堅パンとお茶を取り、撃たれてからの何日かでなぜか婚約者になっていたロビーについてもっと訊かれたのでなくてよかったと安堵していた。

ロビーに関しては真実をエヴァースリーに話しておくべきだった。けれど、結婚が決まっていると思われたかった。ちゃんと目的のある女だと思われたかった。

望まれる女だと思われたかった。

彼に望まれたかった。

その思いが浮かんだとたん、脇へ押しやった。なんてことなの。エヴァースリーに欲してもらいたいなんて思っていない。わたしは頭がおかしいわけではない。彼と一緒に過ごす時間だって楽しんでいないのに。あちらも同じみたいだけれど。

皿とカップを持ってふり向くと、エヴァースリーが待っていて、肘に手を添えてテーブルへと連れていってくれた。そこには彼の朝食と、一週間遅れらしき新聞が乗っていた。「それで？」ソフィが座ると彼が促した。「カウンターの男にやった金だが？」

「なぜ知りたいの？」

「夫としての好奇心だ」

ソフィはお茶をすすった。「おたがいにとって運のいいことに、わたしがなにを買おうとあなたにはどうこう言う権利はありません」

「ないのか？」エヴァースリーはさりげなく言って椅子に背を預けた。「だれの金で支払いをしたのかな？」

ソフィの頬が熱くなる。「それがふたつめの質問かしら？」

「そうだが、形式的な質問ということにしておこう。われわれの若い掏摸の英雄がきみの財布と私の金を返してくれたのかな？」

もともとぱさぱさだったパンが、口のなかで砂のように感じられた。無理やり呑みこむと、財布をテーブルの上に置いた。「何ポンドか使いました」ささやき声で言う。「あとでお返しします」

彼は財布に触れなかった。「どうやって？　きみは私の金しか持ってないだろう」

ソフィは体を前に乗り出した。「じきにそうではなくなります。状況を知らせ、お金を送ってほしいと書いた父への手紙を配達してもらうよう頼みましたから」

彼も身を乗り出した。「父上がすでにきみを捜しているとは考えてないのか？」

「父がそうする理由が思いつきません」

黒い眉が上がった。「思いつかない？」

ソフィはうなずいた。「わたしは姉たちとはちがいますから」

「それはどういう意味だ？」エヴァースリーという人を知らなかったら、いらだっていると思うような口調だった。

「姉たちのほうがずっと人の関心を引くという意味です。姉たちは全員よい結婚をして、美しくて裕福な子どもを産み、その子たちは藤のように貴族社会の格子垣を上っていくんです」ソフィは窓の外に目をやった。二頭の雄牛が大きな荷車を引いていくと、通りの反対側で馬をつないでいる埃だらけの男ふたりが見えた。「わたしは上を目指したいなんて思っていないの」彼に無言のまま長々と見つめられ、先を続けなければならないような気になった。

「言ったでしょう？　あなたとの結婚を狙ってなどいないと」

「記憶が正しければ、キリスト教世界で最後の男だったとしても、私とは結婚しない、と言ったんだ」

「きつい言い方だったかもしれないけれど、ほんとうのことです」

「理由を訊いてもいいんだが、きみの正直なことばに傷つきたくはないな」エヴァースリーは椅子にもたれた。「賭けをしないか？」

「どんな賭けかしら？」

「お父上はすでにきみを捜していると賭ける」

ソフィはにっこりした。「捜していないと思うわ。あなたの馬車にわたしが乗りこむところをマシューが見ているもの。彼から話を聞いて、父はわたしが元気でいるのを知っているわ」

エヴァースリーが眉を上げた。「少なく見積もっても、お父上は私がきみを破滅させたと思っているだろう」

ソフィが首を横にふる。「それについては心配いりません。父は道理のわかる人だから、わたしの説明を聞けばすべて理解してくれます。あなたが妻を押しつけられるおそれはないわ」

「いや、妻を押しつけられるかもしれないとは心配していない」

ソフィは彼のことばをじっくり考えた。「きっとそうでしょうね。これまでも、女性を破滅させておきながら結婚を避けられていますもの」

「避けるというよりは、近寄らないというのが正しい。私はぜったいに結婚しない。怒った父親などこわくもない」

「なぜなの？」思わずたずねていたが、エヴァースリーの表情がすごみのあるものになったのを見て、すぐさま後悔した。「いいえ、忘れて。訊いてはいけなかったんだわ」

しばしの間があった。「お父上はすでにきみを捜しはじめている、マイ・レディ。それが賭けだ」

勝利感がほとばしった。父が自分を捜していたとしても、明日になれば手紙を受け取り、捜索を打ち切るはずだ。負ける可能性はない。ソフィはにっこりしてその瞬間を楽しんだ。

「父はそんなことをしていないと言い切れるわ。わたしが勝ったら、なにをくれるのかしら？」

「なにが欲しい？」

「書店。モスバンドの目抜き通りに」

「いいだろう。私が勝ったら、私の望むものをもらう」

ソフィの眉がぎゅっと寄せられた。「ずいぶん高くつきそう」

「書店よりもか？」

ソフィは小首を傾げた。「それはなさそうね。わかりました。その条件で手を打ちます」

エヴァースリーはきざな笑みを浮かべると、彼女のパンをちょうだいした。「言っておくが、お父上がきみを家に連れ帰るために二十人以上の人間を雇って国内をくまなく捜索させてなどいないと思ってるなんて、きみは愚かだよ」

「家には帰ります」

「ロンドンの家にだ」

「ロンドンにはわたしの家はありません」

「モスバンドにはあるのか？」

「ええ」なければ困る。そこしか頼る場所がないのだから。

「ずいぶん前のことだろう」

「それでも、しっかりおぼえています。町の広場も、パン屋さんも、紳士用品店も、貸し馬屋さんも。リボンで飾られた五月柱（メイポール）や、丘や川の向こうに太陽がゆっくりと沈んでいく夏の日々だっておぼえているわ。ロンドンのどんなものよりも美しくて、おもしろくて……」ふさわしいことばを探して口ごもる。「……偽りがないことをおぼえている」

「なんてロマンティックなんだ。いまのはモスバンドについてだったのか、それとも婚約者についてだったのかな？」

ソフィはまなざしを険しくした。あざけられたのも、守勢にまわったように感じさせられたのも、腹が立った。まるで、自分がなにをしているかも、そうしている理由もわかっていないと言われたみたいだった。

ひどく軽率なことをしていると。

ほかに選べる道なんてないのに。

「あなたとロンドンの両方とくらべて、です」

家に向かっているのは軽率だからではなかった。それ以外に道がなかったからだ。ロンドンはけっして自分を受け入れようとしないだろう。そもそもの最初から、受け入れたがっていなかったのだ。モスバンドが歓迎してくれるのを願うばかりだ。

エヴァースリーがお茶を飲み終えた。「気前のいい私のおかげで宿の部屋でのんびりくつろいでいられる身なのだから、レディ・ソフィ、私に対してもっと行儀よくふるまったって罰はあたらないんじゃないかな」

ソフィはわざとらしく微笑んだ。「あいにく、わたしはあなたがいつも親しくしている女性たちとはちがうんです」

エヴァースリーが新聞に手を伸ばした。「それについては反論はないな」

なんてひどい人なのだろう。ソフィはいらだちの息を吐いた。「三つめは?」

彼が顔を上げた。「三つめ?」

「質問が三つあるとおっしゃったでしょう」

「ああ」エヴァースリーはまた新聞に視線を落とした。「そうだ」

「それで?」

「ヘイヴン公爵にいったいなにをしたんだ?」

ああ、どうしよう。「どうやって知――」自分が公爵になにかをしたと認めることばだと気づき、言い換えた。「もう話したはずよ」

エヴァースリーが首を横にふる。「いいや。ガーデン・パーティの出席者全員の前で公爵を侮辱したと言っただけだ」

「侮辱したわ」

おいしくないパンの上に彼が新聞を放った。「その前にはなにをした、ソフィ?」

新聞に視線を落とすと、大きな太字で書かれた見出しが飛びこんできた。〈危険な娘、公爵を濡れネズミにする!〉

どうやら、それは古い新聞ではないようだった。「その新聞は驚くほど早く印刷されてスプロットボローまで届けられたのね」

「ここはそれほどの大都市だとは思えないのにな」

「感嘆符は不要じゃないかしら」ソフィは小さな声で言った。

「記者に苦情の手紙を書けばいい。きみはなにをしたんだ?」

ソフィは新聞を彼に返した。「記事を読めばおわかりになるわ」

「記事には、きみが彼を溺れさせかけたと書かれている。彼を殺そうとしたとも言われているようだ」

ソフィは呆れて天を仰いだ。「勘弁してもらいたいわ。たった二フィートの池に尻もちをついただけなのに」

それを聞いたエヴァースリーが笑った。温かみのある心からの笑い声で、ソフィは驚いた。もっと笑ってもらいたいと思ってしまった。なんの話をしていたのかを忘れた。やがてエヴァースリーが疑い深そうにこうたずねた。「きみがやったのか?」

「そうされて当然だったのよ」むっとした口調で答える。

「横柄な男だから、きみの言うとおりなんだろう。彼はきみになにをしたんだ?」

「わたしじゃないの。もしそうだったなら、あんなことはしなかったわ」

彼はしげしげとソフィを見た。「だったら、だれに?」

「あの人は温室に隠れていたのよ。女性と」

「それで?」

彼は詳しく聞き出すつもりなのだ。「その女性は姉ではなかったの」

「ああ」

それだけだった。そのことばに非難の色はなかった。理解の色もなかった。「あなたは公爵があんな目に遭わされて当然だとは思わないのね」

「そうは言ってない」

「当然だとも言わなかったわ」返事がなかったので、かっとなった。「どうせあなた方はみんな、秘密クラブみたいなもので結託してるのでしょうね」

「私たちみんな？」

ソフィはしかめ面を浮かべた。「結婚生活を破壊することになんの呵責も感じない女たらしたち」

「私は既婚女性は相手にしないと言ったはずだぞ」

「相手にするのは、結婚を目前にした女性だけだったわね」

「そこにはちがいがあるだろう」

彼はなかなかりっぱな人だと思うたび、真実を思い出させられる。ソフィはエヴァースリーに新聞を投げつけた。「いいえ、ちがいなんてありません」少し間をおいて続ける。「トウイラリー侯爵令嬢のレディ・エリザベス」

「聞きおぼえのある名前だな」

「あたりまえでしょう。彼女とエクセター伯爵との婚約をだめにしたのはあなたですもの」

「ああ、そうだった。思い出してきたぞ」椅子の上ですっかりくつろいでいる。

「結局、彼女は馬丁頭と結婚したわ」

「たしか、喜んで、じゃなかったかな」

「あなたのせいで婚約が破棄されたから、ほかにどうしようもなかったのよ」

「愛が勝ったんだよ。重要なのはそこじゃないのか？」彼は少しも動じていなかった。

「あなたは無責任なことを言えるわよね。男の人だから」

「それがどう関係するんだ？」

「言語道断なふるまいをしても、あなたの評判は上がるばかり。でも、かわいそうなレディ・エリザベスは永遠に破滅の身となったのよ」

「レディ・エリザベスはいまのことばに反論するかもしれないな」エヴァースリーは、ソフィとヘイヴンの口論について書かれた記事に注意を戻した。「どうやらきみ自身が破滅した身のようだね」

「あそこにいた人たちはおもしろがっていなかったわ」

彼が作り笑いをした。「想像がつくよ。さて、これでわかったわけだ」

ソフィは困惑の表情を浮かべた。「なにがわかったの？」

「きみがなにから逃げているかが」

「逃げているんじゃありません」きっぱりと言う。「いずれにしても、あなたに心配していただく必要はないわ。明日の郵便馬車の切符を買ったの。あなたを厄介払いできるのが待ち遠しいわ。そちらも同じ気持ちでしょうけれど」

「郵便馬車でどこかへ行こうなんてとんでもない」まるでソフィが許可をもらおうとしているかのように、さらりとエヴァースリーが言った。

ソフィは彼をにらんだ。「キングという名前のせいで、わたしに対して特別な力を持っているみたいにふるまうのね。またしても。気に入らないわ」

ちょうどそのとき、彼女の背後の通りに面したドアが開き、エヴァースリーがちらりと新参者らを見て新聞を伏せた。彼らの動きをじっと追っているので、ソフィはふり返って見てみたい気持ちをこらえなければならなかった。

そこで、前のめりになって彼に話しかけた。「本物の陛下(キング)が入ってきたのではないでしょうね？」

彼がソフィをにらんだ。「私の名前をばかにするのが楽しいのか？」

ソフィはほくそ笑んだ。「じつはそうなの」

「飼い主の手を嚙むのはよくないぞ」

「わたしを犬だとおっしゃってるの？」

「ちがう。犬のほうが、きみには一生まねできないくらいおとなしくて従順だ」

ふたりのうちのどちらのほうが犬に近いかをソフィが言ってやろうとしたとき、ごくあたりまえのように手を握られ、目を覗きこまれ、微笑まれた。

ソフィの息が詰まる。彼は美しくてたくましく、笑顔ときたら——放蕩者として有名なのも無理もない。彼を嫌いなことも忘れて、なんでも好きなようにさせてしまいそうになった。たとえば、手を握らせるとか。彼の温かな手に触れられて鼓動が速まり、たがいに手袋をしていないのを後悔すると同時に喜んだ。すぐさま手を引っこめようとする。たとえ夫婦だったとしても、人前でこんな風に触れ合うのははしたないからだ。

けれど、彼は手に力をこめて放してくれず、食堂にいるほかの人たちにも聞こえるくらい大きな声でこう言った。「私の勝ちだ、愛しい人」

ソフィは眉をひそめた。彼はなにに勝ったの？　愛しい人？　前かがみになる。「頭がおかしくなったのでは？」

エヴァースリーがまた微笑んだ。親密さと約束に満ちた笑みで、たがいに好き合っているだけでなく、生涯の秘密を分かち合っているかのようだった。彼がソフィの手を持ち上げて、関節に何度もキスをした。ソフィは口を開け、そのまま閉じた。胸がどきどきし、彼がキスをしている場所に目が釘づけになる。

いったいどうなっているの？

「おじゃましてすみません」

テーブルの向かい側にいる奇妙で誘惑的な男性に気を取られていたソフィは、つかの間その声に気づかなかった。けれどエヴァースリーには聞こえたようで、彼女から視線をはずさないまま返事をした。「なんだ？」

「失踪中の女性を捜しているんですが」

わたしを捜しにきたんだわ。

エヴァースリーの手はぴくりとも反応せず、その手にしっかりと握られていたおかげであえぎ声を漏らさずにすんだ。彼の目を覗きこんで、そこにある問いを読み取る。正体を明かすかどうかの判断をこちらにゆだねてくれているのだ。顔を上げると、先ほど見かけた、馬を連れた埃まみれのふたり組だった。「失踪中の女性ですか」嵐のなかの港であるかのようにエヴァースリーの手をきつく握る。「なんておそろしいの」

ひょっとしたら、捜している女性はわたしではないかもしれない。その思いが浮かびきる直前に、男性が言った。「レディ・ソフィ・タルボットです」見つかってしまった。

計画は失敗に終わった。エヴァースリーが正しかった——お父さまがわたしの捜索に人を送り出したのだ。彼らの手でロンドンの家族のもとへと連れ戻され、着飾らされ、死ぬほど恥ずかしい思いとともに上流社会に放りこまれるのだ。

〝非愉快〟な危険な娘のソフィにさせられてしまう。

何日も前だったなら、それでもかまわなかったかもしれない……けれどいまは、ほかの可能性があると知ってしまった。自由があった。モスバンドがあった。ロビーとの将来の可能性だってあった。適齢期になったわたしと再会したら、彼は約束を守ってくれたかもしれないのに。ひょっとしたら、彼はずっとわたしを待ってくれているかもしれないのに。わたしがいなくて絶望していたかもしれない。

でも、そうではないかもしれない。

エヴァースリーもいる。

ちらりと彼を見て、うつむいた。彼らに保護されてしまったら、だれと口論すればいいの？　ふたたびエヴァースリーに会う機会はある？

彼にまた会いたい？

答えが頭に浮かんだが、声に出すのはいやだった。それでも、もうあと戻りはできない。逃げおおせる機会はあったのに。ロンドンと、望んでもいなかった将来から遠く離れた場所で、質素で幸せな人生を送れたはずなのに。

それがだめになってしまった。

父からは〝負けたときは潔く認めることだ〟と何度も何度も教わった。〝損失の少ないうちに手を引く。握手をする。それから相手を改めて破壊する〟

父の声が頭のなかでこだまするなか、ソフィは黙って勇気をかき集めた。何度も浮かぶ〝わたしを無理やり連れ戻さないで〟という思いを抑えこもうとしていると、ふたり組のひとりが続けた。「エヴァースリー侯爵と一緒に旅をしていると考えられています」

ソフィははっとした。どうしてそれを知っているの？

マシューだ。

あの従僕がタルボット家に行って、わたしからの手紙を見せたのだろう――そしてお父さまは即刻かわいそうな彼を質問攻めにした。マシューは無事かをたずねたい気持ちをこらえた。

「ほう？」エヴァースリーはなんの心配もなさそうに落ち着いていた。「駆け落ちなのかな？」

「そうだとしても、われわれが阻止します」男が顔を近づけた。「あなたのお名前は？　差し支えなければ教えてもらえますか？」

ソフィがはっとエヴァースリーを見ると、彼は男を見つめたまま手をきつく握ってきた。ごまかして、と念じる。わたしを守って、と。そんなことをする義理が彼にないのはじゅうぶんわかっていたけれど。きみは私の問題ではない。彼から何度そう言われただろう？　自分が彼の問題だったらよかったのにとは思ったが、それは関係ない。

そのとき、エヴァースリーが答えた。「マシューだ」落ち着き払った声だった。「マシュー夫妻だよ」そう言って、まばゆいばかりの笑みをふたり組に向けた。「新婚なんだ」

男はふたりを長々と見つめたので、ソフィは自由なほうの手を彼と握っている手に重ねて精一杯やさしい笑顔を作った。

なぜかはわからないけれど、エヴァースリーはわたしを助けようとしてくれている。またしても。

おまけに、わたしは彼を好きになりはじめている。


ソフィの笑顔は美しかった。

そんなことに気づいている場合ではなかったが、今朝はずっと彼女が気になっていた――宿の主人の奥さんが一年ほど着たらしい服を身につけて食堂に入ってきた瞬間から。そのドレスはまったく魅力的ではないのに、彼女から注意をそらせなかった。

それから口論を吹っかけてきた——顔を合わせれば口論をしているのだから、驚くにはあたらないが。彼女とやり合うのは、これまで女性としてきたどんなことよりも刺激的だった。

ふたり組が入ってきたとき、なにも聞かなくてもソフィを捜しているのだとわかった。キングはソフィを引き渡そうとした——レディ・ソフィ・タルボットは迷惑以外のなにものでもないと説明し、彼女とその傍迷惑な人生からきっぱり手を引こうとしたとき、彼女を見るという過ちを犯した。

打ちのめされた顔をして、青い瞳は悲しみと諦めにあふれていた。だが、そこにはほんのかすかながら希望も覗いていた。

この苦境から救ってもらえるのではないかという希望が。

だから彼はそうした。愚か者のように、夫婦だという作り話を続けて彼女と自分をさらに縛り、賞金稼ぎのふたりを追い払ってしまった。まったくばかげた話だ。ソフィは父親に手紙を送り、そのなかでいまの状況を説明しているはずなのだ。今後の計画についても言及したのだろう。ソフィが自分を地味で退屈でどうでもいい存在だとどれだけ信じていようとも、末娘のそんな計画をワイト伯爵が許すはずもない。

ソフィは自分を過小評価しており、キングは不意にそんな彼女の気持ちを変えてやりたいと思った。どう考えてもいかれた思いではあったが。

彼女の美しい笑みのせいだ。

当然ながら、気づいてはいけないときにそれに気づいてしまったのだ。

くそっ。

男がテーブルを離れてカウンターの席についた瞬間、キングは立ち上がった。たがいに夢中の新婚夫婦だと完全に納得させられたわけでないのはわかっていた。男がカウンターで金を払って情報を手に入れようとしているのも。ソフィはロンドンに至急の手紙を頼んでいた。小さく毒づくと、ソフィの手を放さずに立ち上がらせ、耳もとでささやいた。「ふたり組は納得していない。愛し合っているふりをするんだ」

ソフィは目を瞬いて彼を見た。「どうすればいいの？」

ほんとうに無垢な女性だ。キングは胸を衝かれた。ふたたび顔を寄せて耳もとに唇をつけ、彼女がよろりとしたのを楽しんだ。「私をロビーだと思えばいい」

ソフィの目に困惑が浮かんだのを見て彼は真実を悟り、かすかな安堵を感じた。彼女はロビーを愛してはいないのだ。

そんなことはどうでもいいが。

体裁がよくないほどソフィをそばに引き寄せて奥のドアから食堂を出た。暗い廊下に出ると、階上の部屋へと続く階段のところでためらう。

時間はあまりないだろうと考え、少しばかり乱暴にソフィを壁に押しつけた。「肩の具合はどうだい？」たしかめていなかったと気づいてたずねた。メアリと頭のいかれた医者とは毎日話していたが、ソフィに会うのは三日ぶりだった。もっと早く怪我の具合をたずねるべきだったのだ。

いや、単に気分はどうかとたずねるべきだった。

訊かれたソフィは困惑したが、それでも返事をした。「大丈夫です、ありがとう。あまり動かせないけれど、感染はしていません」

キングはうなずいた。「よかった」

「あの人たちがここにいるのを知っていたのね」小声で噛みつくように言う。「だから賭けをしたんだわ」

そうではなかったが、訂正せずにおいた。「きみは賭けに応じるべきではなかったんだ」

「あなたが不埒者だから?」

「私は負けないからだ」食堂で椅子のこすれる音がした。男が近づいてきた。キングはソフィの腰に手をあてて体を寄せた。彼女が驚いてきゃっと声をあげる。事情を話している時間はなかった。計画を変更している時間も。低い声でこう言うのが精一杯だった。「賭けの支払いをしてもらおう。本物らしく見せてくれよ、ミセス・マシュー」そして唇を重ねた。

一瞬、ソフィは凍りつき、唇をきっと結んで抵抗の声を喉の奥で小さく漏らし、両手で彼の肩を押し戻そうとした。だが、キングが彼女の顎を親指でたどり、うなじを愛撫すると、力を抜いて悦びの吐息をついた。

ソフィ・タルボットとのキスを楽しむつもりは彼にはなかった。うわべの愛撫に留めておくつもりだった――追っ手を納得させるだけのおざなりなものしか考えていなかった。

ところが、彼女の吐息にやられた。その吐息を唇でとらえ、角度を変え、さらにきつく抱き寄せ、持てる技のすべてを注ぎこんだ――彼女がこれまでほかの男にキスをされた経験があったとしても、こんな風にではなかっただろうと直感しながら。なぜなら、キングがこの世で楽しめるものがあるとすれば、それはキスをすることだからだ。その親密さが好きだった。口づけは試し、からかい、誘い、より強烈な行為の先触れとなるからだ。

ソフィの口が開き、彼女自身もなにを差し出しているかわかっていないものをキングは受け取った。美しい下唇を甘嚙みし、舌でなだめ、彼女の飲んだお茶のぴりっとするベルガモットと、想像もつかないほど甘美なものを味わった。

ソフィがまたため息をついた。さらにきつく抱き寄せると、彼女がはっとあえいだあと身をゆだねてきて、両手を彼のうなじにまわして髪の毛をもてあそんだのがうれしかった。ああ、なんていい気持ちなんだ。

彼女の感触がたまらなかった。

向こうから舌をからませてくると、もっといい気持ちになった。

彼女はすばらしい生徒だ。

キスが手に負えないものになっていく。

キングはキスをやめて顔を起こした。ふたりともがわれを忘れてしまう前に終わりにしておくつもりだった。ところがソフィが目を閉じたままで、両手も彼の髪を握ったままだったので、突き放せなくなってしまった。唇で彼女の頰、顎をたどり、首筋に軽く歯を立てていってつけ根にもキスをし、やさしく舌を這わせたあと吸うと、かわいらしいぐずり声を引き出せた。

その声に刺激され、キングもうめいた。

ソフィの手に力がこもり、彼の名前をささやいた。称号ではない——何度も何度もからかった名前だ。「キング」

彼はおおいなる喜びを感じ、ソフィの肌に向かって微笑んだ。「私をなんと呼んだのかな?」

ソフィが目を開けた——瞳の青色がとろけ、欲望に満ちた目を。彼のことばを理解するのにしばらくかかった。そこにこめられたからかいも。「いい気にならないで」

「もう手遅れだ」たっぷりといい気にさせてもらった。そして、それがおおいに気に入った。彼女の背中をなで下ろし、臀部の膨らみを越え、太腿をつかんで持ち上げてぴたりと抱き寄せる。

ソフィはあえぎ声を出したが、離れようとはしなかった。反対に、低く歌うようなうめきとともに体を弓なりにしてすり寄ってきた。経験のなさを補ってあまりあるほどの、神々しいまでの興奮具合だった。キングは彼女とふたりで階上の部屋に閉じこもり、一週間をかけて、あえがせたり、もだえさせたり、吐息をつかせたり、うめかせたりするすべてを突き止めたくなった。

だが、ソフィを捜している男がすぐそばにいる。女性にそそられている時でも場所でもない。先ほど声をかけてきた男が姿を現わし、キングの懸念が正しかったとわかった。男は薄暗い廊下に足を踏み入れると、遠慮会釈もなくふたりを凝視した。

キングは彼女が見えないよう体勢を変えた。この状況を自分だけのものにしておきたい気持ちが急に湧いてきたのだ。「じゃまをするな」男に向かって言った。相手は長いあいだ動こうともしなかった――いやな予感がするほど長いあいだ。

キングは男をふり返った。「聞こえなかったのか?」

「いいえ」男が言う。「ただ、あなたの奥さんがレディ・ソフィに似てらっしゃるので」

「妻はミセス・ルイス・マシューだ。はっきり言ったはずだが。ちょろちょろされて、きみが思っている以上に私はいらいらしている」

男の視線はソフィに留まったままだったが、彼女ははじめておとなしくその場を動かずにいた。ありがたいことに。すると、男が帽子を傾けた。「ミセス・マシュー、おじゃまして申し訳ありませんでした」

「いいえ」ソフィは小さく答えた。

男がキングに視線を転じた。「もう少し人目のない場所を選ばれたほうがいいですよ。新婚だろうとなかろうと」

このときほど相手を殴ってやりたい気持ちを強く持ったのは、キングにとってははじめてだった。その気持ちをこらえたのだから、特別な褒美をもらいたいところだ。「ご忠告に感謝する」感謝など少しもしていない口調だった。

男が食堂に戻ると、キングはソフィの手をつかんで階段を上がり、彼女の部屋に入った。

一刻も早くあのならず者から彼女を遠ざけたかったのだ。

ソフィは壁に背をつけ、胸の前でしっかりと腕を組んだ。「彼に知られたわ」

キングは手で顔をこすった。「おそらく」

彼女がキングを見上げる。「なぜあの人にほんとうのことを話さなかったの?」

「たがいに相手を好きでもないふたりが、ただ一緒に旅をしているだけだと?」それを聞いてソフィがはっとしたので、キングは彼女の味が残る唇でそんなことを言ってしまった自分を蹴りたくなった。「ソフィ――」

「やめて」彼のことばを払いのけるように手をふる。「まちがってはいないもの。それに、そんな話は信じてもらえないでしょうし」

そうではなかったが、敢えて訂正しなかった。「そうだな」

ソフィはうなずいた。「ありがとう。あと一日だけふりを続けるわ。郵便馬車が来るまで」

キングは天を仰いだ。「きみは郵便馬車には乗らない。こうなったからにはなおさらだ」

「なぜ? あの人たちはわたしを捜して郵便馬車を調べたりはしないわ」

そうかもしれないが、キングは彼女にも、その軽率な生き方にも、もううんざりだった。

「きみは郵便馬車に乗っていて撃たれる癖があるからだ」

「郵便馬車に乗っていて撃たれたのではないわ」

「今度はきみが意味論を云々するのか?」ソフィは口を閉じた。「私がモスバンドまで送っていく」彼女が嘘をついていたとほぼ確信できたいま、続けてこう言わずにはいられなかった。「きみのパン屋の生焼けみたいな腕のなかに入るのを見届けるまで」

「如才ないこと」

「そうだろう」

パン屋などいないことに全財産を賭けたっていい。それはつまり、逃げている彼女を助けられる人間は自分しかいないということだ。永遠とも思えるほど昔の、あの女性にとってそうだったように。

ソフィまで見殺しにするつもりはぜったいにない。

ドアを短くノックする音が聞こえ、彼が出るとメアリとジョンとベスがいた。なにも言っていないのに、三人は勝手に入ってきた。メアリが早口で言った。「失踪中の女性について訊きまわっている人がいるの」

「ああ、もう会った」キングが答えた。

メアリはソフィを見た。「その人の話だと、女性の名前はソフィっていうんですって。貴族だとか」

ソフィはしげしげと彼女を見たが、なにも言わなかった。

メアリがキングに向きなおる。「彼女が一緒にいる人も貴族だって言ってたわ」

彼は答えなかった。

ジョンが口をはさんだ。「それってあんたたちのことだと思うんだ」

キングがようやく答えた。「それを男に話したのか？」

「まさか。友だちの秘密は守るよ」

ソフィがうなずいた。「ありがとう」

「なにをやらかして追われてるの?」

ソフィが浮かべた笑みはかすかで悲しげで、キングはそばへ行って抱きしめてやりたくなった。「望んでいない人生から逃げてきたのよ」

「その気持ちはよくわかるわ」メアリがベスの肩に手をかけて引き寄せた。

くそっ。私はこの三人の面倒もみなくてはならないらしい。ここへ置き去りにするわけにはいかなかった。メアリはまだ若いし、ほかのふたりはほんの子どもだ。

小賢しくて、抜け目がなくて、手癖の悪い子どもたちだが、子どもは子どもだ。

「急いでここを出たほうがいいわ」メアリが言った。

キングはポケットから財布を取り出し、硬貨をつかんでメアリに差し出した。「ついてきてくれ。私の馬車で」

メアリが眉を吊り上げる。「どうしてですか?」

彼女の目に浮かんだものは自尊心だとキングは気づいた。なにがあろうと施しは受けないだろう。ソフィに言われて代金を支払った部屋だって、なかなか泊まろうとしなかったのだ。

「もう一台馬車を借りるからだ。うちの馬車に乗っているきみたち三人を私たちだと彼らに思わせるためだ。スコットランドへ急いでいると」

「駆け落ちね!」ベスがはじめて口を開いた。

ソフィが彼女に目をやる。「駆け落ちがなにか知っているの？」

「知らない」正直な答えが返ってきた。「でも、スコットランドに駆け落ちするっていうのは知ってるよ」

「じつはね、私たちが駆け落ちしようとしていると、彼らに思いこませたいんだ」キングはベスに言った。

「そうしようとしているんですか？」メアリがたずねた。

「まさか！」ソフィが即座に否定した。

キングはそんな彼女をふり向いた。「そんなにすばやく否定されたら、私以外の男なら気を悪くしていただろうな」

ソフィは両の眉をくいっと上げた。「ほかの男性はあなたほど質が悪くないかもしれないでしょう」

キングは食堂外の廊下でのできごとを思い浮かべ、言い合うのはやめておいた。

「あなた方はどこへ？」メアリがたずねた。

「北へ急ぐ」

メアリは下唇を噛み、ふたりを見た。「付き添い人も連れずに行くのが正しいかどうかわからないわ」

キングは自分の耳を疑った。

ソフィが首を横にふる。「わたしはミセス・マシューということになっているのよ」

「でも、あなたはミセス・マシューじゃないでしょう。伯爵令嬢だわ。付き添いを連れるべきよ」

「侯爵が一緒だわ」

メアリは険しいまなざしをキングに向けた。「わたしは上流階級の人間じゃないけど、この人が付き添い人として通らないくらいはわかってるわ」

なかなか鋭い指摘だった。

「彼なら大丈夫よ」ソフィが言う。「わたしのことをなんとも思ってないのだから」

メアリはソフィからキングに視線を移した。ソフィのことばを信じていないらしい。「わたしたちがこのお嬢さんをとてもたいせつに思ってるのはおわかりですよね。命の恩人ですから」

キングはきっぱりとうなずいた。「ああ」

「それなら、彼女を傷つけるようなまねをしたら、わたしがあなたのはらわたをえぐり出すのもおわかりになりますよね」

キングは目を瞬き、メアリがすべてを知らないことに感謝した。なぜなら、彼女は本気だったからだ。メアリに脅しを実行に移す気概と技術があってもおかしくない。「ああ」

満足したメアリがうなずいた。「わたしたちはどうすれば？」

「ここにいてくれ。私たちが逃げ出すだけの時間を稼いでほしい。必要なら、二、三日泊まってくれてもいい」金を渡した。「これだけあれば、何週間かもつだろう。準備ができたら、御者がきみたちと私の荷物を領地に運んでくれる」

メアリは不安そうだった。「わたしたちはヨークシャーへ行くところだったんです。そこに安全な場所があると聞いて」

キングが頭をふる。「カンブリアにもきみたちの暮らせる場所はある。ウェールズにも。ほかにもそんな場所はある。きみたち三人はライン公爵が守る」

「すげえ！」ジョンだ。

「公爵ですって！」メアリが言う。

じきにそうなる。自分で自分を守れない者たちを、キングは守ってやりたかった。ひょっとしたら、ようやくそれがかなうかもしれない。

ソフィが彼を見た。「ありがとうございます」

「礼はここを無事に抜け出せるまで取っておいてくれ」キングはそばのたんすへと彼女を押しやった。「着替えてくれ。ここに来たときと同じ状態で出ていくんだ」

「撃たれて気絶した状態ってこと？」ジョンがたずねた。

キングは鞄の上に置かれていたお仕着せを手に取り、ソフィに渡した。血痕は落ちていなかったものの、洗濯してきれいになっていた。「従僕としてだ」

10

馬車酔いの特効薬

ソフィとキングは一時間もしないうちに出発した。ソフィは来たときの経験に感謝しながら貸し馬車の後部に立ってしがみつき、メアリとジョンは男たちの気をそらすのに全力を尽くした。

数分走ると馬車が停まり、ソフィがよろよろとなかに乗りこむと、キングが屋根を鋭く叩いてまた馬車を走らせる指示を出した。「カンブリアに着くまで停まらずに行く」彼は言った。「馬を交換するときは別だが。そのときも、きみはなかに隠れているんだ。うまくいけば、お父上の送り出した男たちに見つかるまで二、三日は稼げるだろう。きみが私と一緒だと思い至ったら、彼らはすでにライン・キャッスルに向かっているかもしれない」

ソフィは首を横にふった。「父はわたしがモスバンドに向かうつもりでいると知らせる手紙を明日受け取るはず。そのあとは、あなたを放っておいてくれるでしょう」

キングは両の眉を吊り上げた。「お父上は私の皮を剥ぎたがるんじゃないかな。きみが撃たれたのが私の目の前だったと知ったら、それだけではすまないかもしれない」

「ばかげているわ。あなたはあの場にいなかったでしょう。だから、あなたの目の前で撃たれたわけではないわ」

「あの場にいるべきだったんだ」席に背を預け、ソフィがなにか言う前に続けた。「お茶を持ってきたかい？」

ソフィはうなずいた。「ええ」

「蜂蜜も？」

「持ってきたわ」

「包帯は？」

「わたしは子どもじゃありません。必要なものはちゃんと全部持ってきました」

向かいに座っている彼が窓の外に顔を向けたので、ソフィは席にもたれ、今日のことを考えまいとした。なにひとつ。

けれど、それは無理だった。「またわたしを助けてくださったのね」

「助けたというのではない」

「いいえ、助けてくださったのよ。わたしがロンドンに戻りたがっていないのを知っていたから」

返事はなかなか来なかった。ようやく彼が口を開いた。「いつの日か、きみを放っておく術を学べるだろう」

でも、それは今日ではない。

今日、彼はわたしがロンドンへ連れ帰られてしまいそうなところを助けてくれた。今日、彼はわたしに自由を手に入れる機会をあたえてくれた。

今日、彼はわたしにキスをした。食堂裏の薄暗い廊下で、父の放った賞金稼ぎの男たちがすぐそこにいる場所で。それは、はじめてのキスとして思い描いていたものとはいいがたかった。

けれど、すばらしかった。

ソフィはその思いを無視した。

彼はキスに少しも影響を受けているように見えない。こっちだってそうあるべきだ。そうでしょう？　あのキスは、追っ手が迫っていたからだ。ソフィを疑って。もう少しで見破られるところだった。彼はふたりが夫婦だと本物らしく見せるためにキスをしたのだ。

あのキスはたしかに本物らしく感じられた。

でも、それはきっとわたしの勝手な思いこみね。

あのキスについては二度と考えないほうがよさそうだ。

ちらりと彼を見ると、目を閉じ、腕を組んで、長い脚を偉そうに伸ばしていて、おかげでこちらは隅に追いやられている格好だ。かぎられた空間も彼のために拡張せよとばかりだ。

ソフィはもぞもぞと動き、彼が残してくれたわずかばかりの空間に縮こまった。

彼がこんな風にふるまい続けるのなら、キスを忘れるのも簡単かもしれない。

キングが片目を開けた。「座り心地が悪いのかい？」

「いいえ」ソフィはこれ見よがしに両脚を自分の席に引き寄せた。

彼はじっと見つめたあと、こう言った。「そうか」そしてまた目を閉じた。

ソフィが咳をする。

彼はまた目を開けたが、そこにはいらだちがあった。「ごめんなさい」わざと甘い声を出す。「気に障ったかしら？」

「いいや」つっけんどんに言うと、ふたたび目を閉じた。ソフィは彼のことばに嘘を聞き取った。どうすればいいの？　だから郵便馬車に乗ると言ったのに。このとんでもない計画を押し切ったのは彼のほうなのよ。

ソフィはつるつるすべる木の座席に脚を上げて伸ばした。その瞬間に馬車が深い轍を踏み、座席から落ちかけた。

「勘弁してくれよ、ソフィ。ちゃんと座ってじっとしてろ」今度は目も開けなかった。

信じられない思いでソフィは彼を見た。「これはあなたがいつも乗っているばかみたいに大きな馬車とはちがうのをおわかりかしら？　あなたが床を占領してしまったから、わたしには座席しか足の置き場がなくなってしまったの。おぼえていらっしゃるとは思うけれど、肩の怪我が治りきっていないから、座席から落ちたら……控えめに言っても傷に響くと思ったんです」

キングがにらんできた。「座り心地が悪いのかとたずねたら、いいえと答えたじゃないか」

ソフィは眉間にしわを寄せた。「嘘だったの」

彼が体を起こしたとき、馬車が角を曲がった。「くそっ」ぼやいて頭に手をやった。

顔色が見る見る青ざめていく。

ソフィは脚を床に下ろした。「気分が悪いの？」

彼は首を横にふり、揺れる馬車の側面に片手をついた。

「酔っているのではありませんか？」返事がなかったので、ソフィは続けた。「姉のセシリーも馬車酔いするんです」

「それは何番めだ？」彼の具合がこれほど悪そうに見えなければ、姉たちは似ていないから見分けるのは簡単なはずだと言っていただろう。

ソフィは彼のために説明した。「次女です」いったんことばを切ったあと、続けた。「放蕩者のあなたのことだから、姉が陰でどう呼ばれているか、知っていると思うわ」

「なんと呼ばれているんだ？」

「聞いたことがないふりをしてくださらなくてもけっこうよ。わたしだって聞いたことがあるくらいなのだから、あなたはぜったいにあるはずだもの」

彼はソフィをにらんだ。「私はきみに嘘をついてきたか？」

困ったわ。ソフィは自分の口から言うつもりはなかった。顔が赤らむ。「忘れてください」

「教えてくれ」

ソフィは頭をふった。「意地悪なことばですもの」

「姉上に面と向かって言わないなら、そうだろうな」

ソフィは窓の外に目をやった。「姉の名前はセシリーなの」

「ああ。さっきそう言ってたじゃないか」

むっとした顔を彼に向ける。「セス・イリー」

彼は片方の眉を上げただけで、なにも言わなかった。

「わたしにはっきり言わせたいのね」

彼が目を閉じた。「正直なところ、どうでもよくなってきたよ」

「色情狂(セクシリー)よ」そっけない口調だ。「みんなは姉をレディ・セクシリーと呼んでいるの。陰で」

つかの間、彼は返事をしなかった。身じろぎもしなかった。それから目を開け、怒りに満ちた突き刺すようなまなざしをソフィに向けてきた。「そんなことを言うやつは、大ばか者だ。それに、きみの前でそれを口にするやつは、顔を殴られて当然だ」身を乗り出してくる。

「だれがきみにそう言ったんだ?」

驚いたソフィは思わず言っていた。「それはどうでもいいの」

「どうでもよくなどない。きみはもっと敬意を払われて当然なのだから」

敬意。なんてなじみのないことばだろう。ソフィは顔を背けた。「危険な娘たちは敬意を集めようとはしないんです。ほかのだれよりもあなたはそれをよくご存じのはずだわ」

静けさのなかで彼が悪態をついた。「これまで言ったあれこれについては、申し訳ないと思っている」

「ほんとうに？」

「そんなに驚かなくてもいいだろう」

「ただ――姉たちが気にしていないから、上流階級の人たちはそういうことを言うのをやめようとしないんです」

「だが、きみは気にしている」

ソフィは肩をすくめた。「前にも言いましたけど、わたしはゴシップ欄が好きではないので」

キングは長々と彼女を見つめてから言った。「きみが気にしているのはそれが理由じゃないだろう」

「ええ。わたしたちを貶めるものだからです。彼女たちはわたしの姉なんですよ。わたしたちだって人間なんです。感情があるんです。存在しているんです。それなのに、世間にはそれが見えていないみたいで。姉たちが見えていないんです」

「きみのことも見えていない」

そうよ。

「見てもらいたくなんてないわ」嘘だった。「そういうものから解き放たれたいだけなの」

キングの緑色の瞳が一心に彼女を見つめた。「私はきみという人を見ているよ、ソフィ」

そのことばにはっと息を呑む。もちろん、真実ではない。けれど、真実であってほしいと思ってしまった。

頭をふり、もっと安全で心のざわつかない話題に戻る。「姉の話をしていたのは男性の一団だったわ。ある舞踏会で偶然耳に入ってしまったの。こちらの姿は見られていなかった。姉を見るのに忙しかったから」ソフィは怪我をしていないほうの肩をすくめた。「セシリーの体つきは……その、男性が気づくようなものなの。わたしたちに貴族の血が流れていないせいで、あなたと同類の男性は――」口をつぐむ。考えなおす。「わたしたちよりも上だと考える男性は……それについて躊躇なく話すものなの。きっと自分たちは頭がいいと思っているんでしょうね。ひょっとしたら、ほんとうにそうなのかもしれない。でも、あまり頭がいいようには感じられないけれど」ソフィはキングを見た。「すごくおぞましく感じるわ」

「そいつらにひとり残らずおぞましい思いをさせてやりたい」つかの間、それが彼の本心だとソフィは思った。でも、そんなはずはなかった。彼はわたしにはかかわりたがっていないのだから。キングはためらった。「姉上の醜聞の相手は？」

彼女の眉がひそめられた。「話が見えないのだけれど」

「きみたちひとりひとりに芳しくない交際相手がいるだろう。セシリーの相手はだれなんだ？」

当然ながら、薄汚れたSのあだ名がついたのは求婚者のせいだ。「デレク・ホーキンズよ」

「彼は正真正銘の愚か者だ」そう言ったあと、キングは目を閉じてまた座席にもたれかかった。「姉上とまだ結婚していないし、彼女の体つきに気づいた男たちに手当たり次第に喧嘩を吹っかけるのだから」

ソフィもその意見には賛成だったが、言及は控えた。「わたしにはうわさされるような芳しくない男性はいません」

キングはきついまなざしを彼女にくれた。「いまはいる」

そのことばでキスが思い出され、彼女の頬が熱くなった。なにを言えばいいのかわからなかったので、もともとの話題を蒸し返した。「いずれにしても、セシリーの長い道のりは困難なものになるわね」彼が嘔吐したときのために、受け止める容器はないかと探した。彼の横にあった帽子をひっくり返して顎の下にあてがう。「気分が悪くなったら、これを使って」

キングが片目を開けた。「帽子にもどせというのか」

「ふさわしいものではないけれど、背に腹は代えられないって言うでしょう?」

彼は頭をふると、もとの場所に戻した。「嘔吐はしない。馬車酔いはしない。馬車のなかにいるのではなければいいのにと思うだけだ」

「わけがわからないわ」

「私は……馬車のなかにいると……落ち着かない気分になるんだ」

「じゃあ、旅はなさらないの?」

キングが眉を上げる。「もちろん旅はする。見てのとおりだ」

「そうね。でも、長旅は骨が折れるでしょう」

しばしの間があった。「骨の折れる人間にはなりたくない」

それを聞いてソフィはくすりと笑った。「馬車が嫌いだから骨の折れる人間だと思ってるの？」

　彼女の冗談を受け、キングはいつもはきつく結ばれている唇をかすかに引きつらせた。

「最近の私が骨の折れる人間なのは、きみのせいだ」

「まさか」ソフィがからかう。「わたしは安息日の教会みたいに安らげる人間なのに」

キングがうなって目を閉じた。「私は教会には行かない」

「では、あなたの永遠の魂のためにわたしが祈ってあげましょうか？」

「そんな祈りを聞いてくれる者などいないさ。私は放蕩者で、救済の見こみのない人間なんだ」

　ふたりは長いあいだ無言のままだった。キングはますますそわそわと落ち着きがなくなり、不機嫌になっていった。ついにソフィが口を開いた。「御者と一緒に外に座ったらどうかしら？」

　キングが首を横にふる。「ここで大丈夫だ」

「でも、だれかと一緒に旅をするのは嫌いなんでしょう。スプロットボローに向かっているときにそう言っていたわ」

「あれから気持ちが変わったんだ」馬車が跳ねてソフィは座席をすべり、壁に肩をぶつけて痛みにあえいだ。

　キングが激しく悪態をつき、彼女を軽々と抱き上げて自分の隣りに下ろした。なにが起こっているのかもわからないうちに、ソフィは彼の体と脚にはさまれていた。

さっと彼を見ると、目は閉じられていた。「離れてください」

彼女を無視したまま目も開けず、くつろいだ体勢に戻った。「ごそごそ動くな。きみの肩と私の正気のためによくない」

でも、こんなに彼の近くにいては、わたしの正気のためによくない。

彼は気にもしていないようだけれど。

しかたなく、自分も目を閉じて彼を頭のなかから追い出した。数秒間はそれでうまくいったが、やがて太腿が触れ合っているところからキングの温もりに包まれていき、寄りかかりたくなってしまった。けれど、その気持ちをこらえてできるだけ体を離し、〝またキスをして、お願い。もしもそれほどいやでなければ〟以外に言うことを必死で探した。

とても丁寧に頼んだら、キスをしてくれるかしら。

そんな手に負えない考えをふり払うように、体をこわばらせる。「カーリクルは？」

「それがどうしたって？」こちらを見もせずに彼は言った。

「この馬車に乗らず、カーリクルを走らせればよかったのでは？」

「あれは分解してライン・キャッスルに送った」

ソフィは目を丸くした。「どうして？」わたしを思いやってのことではないだろう。たしかに同乗者がいてくれてよかったけれど。

「壊れてない車輪がないからだ」そっけない返事だった。

忘れていた。「ごめんなさい」

彼が目を開けると、驚きの色がそこにあった。「当然のことばだな」

ソフィはうなずいた。「驚くほどのこと？」

「謝ってもらった経験はほとんどない」さらりと言う。「策を弄(ろう)さずにすなおに謝ってもらったことはもっと少ない」

どう返事をしたらいいのかわからなかったので、ソフィはもっと安全な話題に戻した。

「あなたほど向こう見ずにカーリクルを操る人は見たことがないわ」

「向こう見ずに見えたかい？」

「車輪ひとつで車体を傾けて走っていたでしょう。横倒しになってもおかしくなかったわ」

キングは顔を背けた。「前にも経験があるし、それを生き延びた」

彼がカーリクルから放り出されて血を流して倒れている場面を想像してしまい、いやな気分になって眉をひそめた。「死んでいてもおかしくなかったのよ」

「でも、死ななかった」そこには、ソフィが考えたくもないような暗いなにかがあった。目を開けてくれればいいのに。そうすれば、彼をもっとよく理解できるかもしれないのに。

「でも、死んでいたかもしれないわ」

「それが楽しみの一部なんだ」

「死ぬかもしれないと思うことが？」

「きみには想像できないのか？」

「数日前に銃で撃たれて死にかけた身としては、ええ、楽しみの一部だなんて思えません」

こちらを向いた彼の目には、おもしろがっているようすはまったくなかった。「それは同じじゃない」

「自分でしたことではないから？」

「そうだという人間は多いな」馬車がでこぼこ道を行き、キングは歯を食いしばった。

「死ぬかもしれないのがこわいの？　いま？　だから馬車が嫌いなの？」

キングはためらった。「この馬車は小さすぎる」

ごくごくふつうの大きさの馬車だった。「なぜ？」

つかの間、彼の目が翳り、内にこもってしまったように見えた——なにか不快なことを考えているようだった。忘れたくても忘れられないなにかを。思わず手を伸ばし、その記憶のつらさを和らげてあげたくなった。彼がようやく口を開いた。「ただ好きじゃないんだ」少し間をおく。「この話はこれ以上したくない」

ソフィはうなずいた。「じゃあ、なんの話をしましょうか？」

「眠りたいとは言えないんだろうね？」

「あなたはいまにも馬車から飛び降りそうに見えるもの。わたしが空を飛べないのと同じくらい、眠るなんてできないはずよ」

キングは目を険しくした。「きみが男だったら、嫌いになりそうだ」

ソフィが両の眉を吊り上げる。「どのみちわたしを好きじゃないでしょうに」

彼はソフィをじっと見つめた。「温かい気持ちを抱きはじめてたところなんだが」

それを聞いて、〈鶺鴒のさえずり〉亭の薄暗い廊下でキスをしたことが思い出され、ソフィはぞくぞくする興奮をおぼえた。手と唇で触れられ、この手で彼の髪に触れた。わたしもキングに温かい気持ちを抱きはじめている。

ソフィは咳払いをした。「あなたのお好きな話をしましょう」キングが返事をしないまま沈黙が長引き、ついに彼女は諦めた。「ひどい社交嫌いなのね。だれかにそう言われたことは？」

「ない」

頑固な人ね。ソフィは床に置いてあった袋をつかんで本を取り出した。彼などいないふりをして、気晴らしになるのを願って本を開いた。

彼が身を乗り出してきて、よくわからないぴりっとした清潔な香りがした。すてきだった。ソフィは咳払いをして本に目をやった。『石工術と石切りに関する一般的かつ実践的論文』まあ。これでは気晴らしにならない。

なにもかもが思うようになってくれないの？

とにかく読みはじめた。おざなりに。キングの太腿でぴんと張っているズボンに気を散らされた。彼の太腿は思っていた以上にたくましかった。カーリクルで競走しているのだから、たくましくても当然なのかもしれない。

すぐそばの太腿に触れたくて指がうずいた。こちらに触れている太腿に。先刻、自分の脚をからめた太腿。

馬車のなかはむっとするほど暑かった。

「本なんてどこで手に入れたんだ？」

そのことばにわれに返り、頬がかっと熱くなった。ソフィは顔を上げなかった。「おしゃべりはしたくないのだと思ってましたけど」

「そうだ。だが、だからといって返事を望んでいないというわけではない」

「部屋のテーブルの引き出し奥に入ってたんです」力をこめてページをめくった。そうすれば彼を小さくしてしまえるとばかりに。抗しがたさが減じるとばかりに。

魅力が減じるとばかりに。

そうはならなかった。

石工術と石切りの論文にくらべたら、どんなものだって魅力的に思えるのは当然だ。でも、ほかにどうしようもなかった。だから読み続けた。

沈黙が支配するなか、馬車はグレート・ノース・ロードを北へ向かって疾走した。スプロットボローから将来に向かって。馬車が揺れるたびに体が彼にかすめ、気が散ってゆっくりとしか読み進められなかった。

けれど、キングはまったく動じなかった。

ソフィは話がしたくて何度か声をかけかけたが、自分が先に沈黙を破るのはいやだった。

長い時間が経ったあと、報われた。

「いい本かい？」キングがたずねた。

「かなり」嘘をついた。「石工術がこんなにおもしろいものだとは思ってもみなかったわ」

「へえ」乾ききった口調だった。「まあ、きみがその本をおもしろいと思ったことに驚くべきでもないのかもしれないな。〝非愉快〟な人なんだから」

彼をにらんだソフィは、その唇に作り笑いが浮かんでいるのを見て取り、あちらが感じよくしないのなら自分も同じようにしようと思った。「この本には〝非愉快〟なことはひとつもありません」大きく息を吸って雄々しく前進した。「半球状壁龕（へきがん）や半球状天蓋や円筒状穹稜（グローイン）についてわかりやすく説明してあるんですよ。学ぶことがたくさんあるわ」

作り笑いが大きくなった。「特に脚（グローイン）のつけ根について、だろうね」

ソフィはそのことばを無視し、声に出して読むことで彼を手ひどく罰した。「〝本書は石切りの技術を取り上げたイングランド初にして唯一のものであり、このような書籍の発行が長く切望されていた〟」

「むろんそうだろう」キングが手を伸ばしてきて本を閉じ、表紙を見た。「ピーター・ニコルソンはそうひとり合点したんだな」

彼の手がかすめたときに喜びを感じたがそれを無視し、ふたたび本を開いた。「著者の言うとおりかもしれないわ。適切に石細工を行なうために必要な、基本的で複雑な幾何学の説明に何章か割いているの。すばらしくないこと？　これを知っていた？　〝壁を作る際の石の準備においては、八つの立体角のそれぞれが三つの直角にはさまれるように、石を寸法に合わせて削る以上のことは必要ない〟」

キングの作り笑いがしかめ面になり、〈鵜鶘のさえずり〉亭には本がこの一冊しかなくてよかった、とソフィはうれしくなった。彼をむっとさせられた勝利感に浸る。「それと、次に書かれているドルイドと立石の建造物についても聞いてちょうだい」

「けっこうだ」

「だれもが興味を持っているドルイドの話なのに」

「だれもが、ではないのは断言するよ」

「趣味のよい人はだれもが、ということよ。この建造物はティンキンズウッドと呼ばれているのよ」

「すてきな名前だ」

その言い方からすると、キングはティンキンズウッドを黄泉の国も同然だと思っているようだ。ソフィはだんだん楽しくなってきた。「そうでしょう？　趣があるわよね。すばらしい描写のところを読むわね。〝ウェールズのこの空積み石工術は、三十トンを超える重量の石を用いた突き出し前庭を可能にしており、石を所定の位置まで持ち上げてこの構造物を造るには二百人のドルイドが必要だったであろう〟すごいわね！」

「白いローブを着た者たちが一箇所に集まった場所だな」退屈で死にそうな口調だった。

ソフィはページをめくった。「まあ！　環状遺跡だわ！　これについても声に出して読みましょうか？」

キングの堪忍袋の緒がついに切れた。「やめろ。頼むから。自分の悪魔のせいではなく、突き出し穹稜にきみが熱を入れすぎるせいで、馬車から飛び降りたくなる前に」

「突き出し前庭です」

「どっちだっていいさ。これ以上つまらない石工術について聞かされるのでなければ」

ソフィは本を閉じ、強く言われてしぶしぶそうしたという表情を繕って彼を見た。「ほかに話したいことはあります？」

彼の緑色の瞳に理解が宿り、いらだちの色に変わり、そのあと尊敬の念としか思えないものが浮かんだ。「ずる賢い生意気娘め」

ソフィは目をぱちくりしてみせた。「いまなんておっしゃいました？」

「わざとやったんだろう」

「なにをおっしゃってるのか、わからないわ」

「私に話題を選ばせるよう仕向けた」

ソフィは目が飛び出るのではないかと思うまで大きく見開いた。「もちろん、あなたが話題を選びたいのなら……わたしは喜んでお任せしますわ」

キングは小さく笑い、脚を伸ばして向かい側の座席に乗せた。「では、話題を選ばせてもらおう」

ソフィも脚を伸ばして同じようにした。ひざに置いた本をしっかりとつかむ。「石細工についてではなさそうね」

「そうだ」ふたりの足に目をやる。「ブーツの履き心地は悪くないかい？」

彼の黒い大きなヘシアン・ブーツの隣りに置いた、機能よりも流行を重視した作りのくるぶし丈の小さい灰色のブーツを見る。新品でないのをいやがるべきだったが、彼がわざわざ用意してくれたことでどういうわけか完璧に感じられた。「まったく」

彼がうなずいた。「医者に足も診てもらうよう言えばよかったな」

「足はなんともありません」

「もっとちゃんとした靴を履いてなくてはいけなかったんだぞ」

「冒険をするとは思っていなかったんですもの」

そのとき、彼がソフィに目を転じた。「思いつきで将来の夫のもとへ行こうと決めたのか？」

しまった。

それについては話したくなかった。彼に嘘をつくつもりはなかったのに。けれど、いまになって真実を打ち明けるのはばかげているように思われた。ロビーがこの旅の目的ではないと言うのは。自由を求めていたのかもしれないと気づくまで、この旅には目的などなかったのだ。

けれど、追いはぎや賞金稼ぎから自分を救ったのがわずかな自由のためだったとわかったら、キングは機嫌を悪くするだろう。だから、うなずいて嘘を続けた。「ええ。あることを思いついたら、それをやってみなければならないときもあるのよ」

彼の眉が片方上がった。「どうするつもりなんだ？　その男に求婚するのか？　言い寄るのか？」

　ソフィはうつむき、本の端をもてあそんだ。「どうして彼がまだ言い寄られてないと思ったのかしら？」

　彼が交差させた足が、ソフィの足をかすめた。「母上や姉上たちを連れてりっぱな馬車でモスバンドに向かっているのではないからだ」

　その場面を想像して、ソフィはくすりと笑ってしまった。

「いまのがおもしろいのか？」

「たとえわたしの結婚式のためでも、母や姉がロンドンを離れて小さな町のモスバンドに行くなんてありえないもの」ソフィは頭をふった。「十年前にロンドンに移って以来、わたしたち家族はモスバンドに戻っていないの」

　彼はソフィを長々と見つめた。「十年もロビーと会っていないのか？」

「ええ」罠にはまった気分だった。

「ずっと手紙のやりとりをしていたのかい？」

　嘘をつくよりはと、その問いを無視した。

　彼が声を和らげ、思わせぶりにさらに訊いてきた。「どうして家に帰らない？」

　ここまで来ても、ソフィは彼に真実を打ち明けられなかった。「家に帰ろうとしているわ」

「ロンドンの家のことを言ったんだ。メイフェアの大きな町屋敷のことを」

　ソフィは首を横にふった。「あそこは家じゃないわ」

「農夫だらけのひなびた町が家だと？」

ソフィは時間をかけてそれについて考えてみた。モスバンドの飾らない古風さ。そこで暮らし、働いている人々。父が伯爵になる前の日々。取り戻せるかもしれない日々。真実を話したのは、馬車の揺れのせいだったのかもしれない。あるいは、辛抱強く返事を待っていたキングのせいだったのかもしれない。それとも、狭い馬車のなかにふたりきりだったせいなのか。「そこが自由を感じたただひとつの場所なの」

いまのいままでは。

「それはどういう意味だ？」

ソフィは返事をしなかった。

彼はソフィがよく見えるように向かい側の座席に移り、大きく広げたひざのあいだで手を握り合わせた。「こっちを見て、ソフィ」彼女が顔を上げると、キングの目が薄暗い馬車のなかできらめいていた。「さっきのはどういう意味なんだい？」

ソフィは足を下ろして本の端をなおもてあそんだ。どこからはじめればいいのかわからなかった。「父が伯爵になったのは、わたしが十歳のときだったの。幸せに暮らしていた家の玄関から勢いよく入ってきて、大きく笑いながら〝私のレディたち！〟と叫んだの。すごい騒ぎになったわ。母は泣くし、姉たちは金切り声をあげるし、わたしは……」ことばを切り、考えた。「つられてしまったわ。みんなの幸せそうなようすに。それで荷造りをしてロンドンに移り住んだ。わたしは自分の人生に別れを告げた。自分の家に。友だちに。飼っていた猫にも」

彼が眉根を寄せた。「猫を連れていけなかったのか？」

ソフィがうなずく。「あの子は旅が嫌いだったから」

「姉上みたいに？」

「鳴き叫ぶの」

「セシリーが？」

からかいのことばに、ソフィは微笑んだ。「アスパラガスがよ。馬車の座席の背もたれにしがみついて鳴き叫ぶの。母がそれに耐えられなくて」まじめな顔になる。「置いていくしかなかったわ」

「アスパラガスという名前の猫を飼っていたのか」

「わかっているわ、ばかみたいな名前でしょ。アスパラガスが小麦の値段にどう関係するのか？」

彼が笑みを浮かべた。「その言いまわしをするのは二度めだね」

ソフィも微笑んだ。「父なんです」それだけ言う。

「お父上のことは好きだよ」

彼女の眉が跳ね上がる。「ほんとうに？」

「驚いているのかい？」

「ロンドンの貴族にくらべたら、父は粗野な人です」

「彼らにくらべたら、お父上は誠実な人だ。はじめて会ったとき、私の父が嫌いだと言われたよ」

ソフィはうなずいた。「父らしいわ」

「続けて。きみはアスパラガスを置いていったんだね」

ソフィはまた窓の外に目をやった。「もう何年もあの子を思い出していなかったわ。黒猫だったの。白足袋を履いていた。鼻も白かった」思い出をふり払うように頭をふる。「とにかく、わたしたち家族はモスバンドを出たあと二度と戻っていないの。ウェールズのどこかに地所があるのだけれど、行ったことはないわ。母は新たな貴族の生活しか考えていないの。それで、お友だちになってくれそうな貴族の若い女性がおおぜいいる、もっとすばらしい地所を訪問するので忙しいわけ。上流社会になじむのに手を貸してくれる人たちを。さらに高く上るためにね。

二、三年もすれば、完璧になじめると母は言ったわ。たしかに姉たちはなじんだ。美貌のおかげで貴族が大好きなゴシップ欄に登場できると気づいたのね。そうすれば、上流階級の人たちから崇められると思った。不本意ながらでも。姉たちは上昇志向の塊なのよ。でも……」

ソフィがことば尻を濁したので、キングは先を促さずにはいられなかった。「でも……？」

「わたしだけはちがった。なじめなかったの」中途半端な笑みを彼に向ける。「なんの魅力もない。あなたもそうおっしゃったように」

「私がいつそんなことを？」キングは当惑していた。

「地味な娘。退屈な娘。〝非愉快〟な娘」ソフィは手ぶりでお仕着せを示した。この姿を見た彼から、太っていると言われたのだ。「美人じゃないのは言うまでもなく」キングは小さく悪態をついたが、なにか言う前にソフィが手を上げて制した。「謝らないで。ほんとうのことですもの。あの世界に属していると感じた経験は一度もないわ。属そうとする努力に値する世界だと思ったこともない。でもモスバンドでは――たいせつにされていると感じたの。ロンドンを逃げ出したおかげで、あそこにいたとき以上の人間になれたわ。そして、ふたり組の男性が来て、あなたが助けてくれたとき、これまで経験がないくらい自由だと感じたの」ひと息入れたあと、そっと続けた。「これまで以上にたいせつ(バリュード)にされていると。それまでだったら、あなたは逃げるわたしを助けてくれなかっただろうから」ソフィはにっこりした。

「そんなことはない」反論は許さない口調だった。

「そうかしら？　あなたのブーツと一緒に生け垣のなかに置き去りにしてくれたのに？」ソフィが指摘する。

「それとこれとは話が別だ。きみは価値(バリュー)ある人だからこそ置き去りにしたんだ」

「いいえ。わたしにあるのは称号です。そのふたつは同じではないわ」

彼は反論しようと口を開いたが、ソフィはいらだちをこらえきれずに彼をさえぎった。

「あなたに理解してもらおうとは思っていません。掃いて捨てるほど価値をお持ちのあなたには。そもそも、名前がキングなんですものね」

そのことばが車内に響いたあと重々しい沈黙が落ちた。すると、彼が口を開いた。「アロイシャスだ」

ソフィは目をぱちくりした。「はい？」

「アロイシャス・アーチボルド・バーナビー・キングズコート。エヴァースリー侯爵。次代のライン公爵」優雅に手をふる。「なんなりとお申しつけを」

彼は冗談を言っているにちがいない。

でも、冗談を言っているようには見えなかった。

「嘘」小さな声で言い、その名前を頭のなかでくり返し、慌てて口を手で押さえて反応をこらえようとした。けれど、こらえきれずにとうとう笑い出してしまった。

彼は眉をくいっと上げて座席にもたれた。「打ち明けた相手はきみだけだ。言うまでもないと思うが、そういう反応をされるのがわかっているからだよ。私だって許容できる仰々しさには限度があるんだ」

なんとか笑いをこらえたが、また噴き出してしまった。「とっても――」

「ひどい？　ばかげている？　愚かしい？」

ソフィは口をおおっていた手をはずした。「冗長だわ」

同意のしるしに彼がうなずく。「それもあるな」

彼女はくすくす笑った。「アロイシャスだなんて」

「ことばに気をつけろよ」

「ほかの人は知らないの？」

「知っているんだろうな。『バーク貴族年鑑』にはっきりと記されているから。だが、私の目の前でその名前を口にする者はいない。少なくとも、学生時代にその名前で呼ばれたくないときっぱり示してからは」

「同級生はすなおにあなたの求めに応じたの？」

「彼らは私のボクシングの腕におそれをなしたんだ」

ソフィはうなずいた。「彼らはきっと、あなたにはボクシングなんてできないとたかをくくっていたんでしょうね。なんといっても、アロイシャスなんて名前なんですもの」

彼は精一杯貴族らしい傲慢な口調で言った。「社会によっては、とても高貴な名前なんだぞ」

「そう？　たとえば？」

彼がにやりとする。「よく知らないな」

ソフィもにやりとした。「わたしだったら、自分をキングと呼ぶことにすると認めるわ」

「ほらな？　これで私をかわいそうに思ってくれるだろう」

「もちろんだわ！」勢いこんで言ったせいで、ふたりとも笑い出した。唐突に、ソフィは彼の笑い声がすてきだと強く意識した。彼の笑顔もだ。ふと、ふたりとも笑うのをやめていた。

「気分がよくなったみたいね」体を前に乗り出してそっと言った。馬車が揺れても、彼はもう気分が悪くならないようだ。

キングが驚いた顔になる。「ほんとうだ。きみが気をそらしてくれたおかげだ」そう言って彼も前のめりになったので、ソフィの頬が熱くなった。体を起こそうかと思ったが、そうしたくないと気づく。彼の温かな手が頬に触れてくると、勇気を出してそのままの体勢でいてよかったと思った。すぐ目の前に彼がいて、その瞳は美しい緑色で、唇は誘惑的で、けれどあとほんの少しで届かないところにあった。さらに身を乗り出したらどうなるだろう。ふたりのあいだの距離を縮めたら。そのとき、彼がささやいた。「ロビーはきみが来ることも知らないんだろう？」

ソフィはわけがわからないふりもせず、さっと身を引いた。「どうしてあれこれたずねるの？」

「きみが答えてくれるからだ」

「わたしからも訊きたいわ」

彼がうなずいた。「これに答えてくれたら、私も質問に答えよう。どうしてパン屋なんだい？　書店と自由については理解できるが、パン屋はわからない――もう十年も経っているんだろう。それに、どうしてその男なんだ？」

ソフィは顔を背け、羊や干し草の梱が点在する農地が窓の外を流れていくのに目を向けた。何度もロンドンとはくらべものにならないほど簡素。自由。ひざの上の本を開いては閉じた。何度も何度も。そして、ついに口を開いた。「彼はお友だちだったの。ふたりで約束したのよ」

「どんな約束だったんだい？」

「結婚するって」

「十年前に」

わたしはなにをしてしまったの？　どこへ向かっているの？　この正気を逸した計画の結末はどうなるの？　そのどれも、彼にたずねられなかった。彼に聞かせたくはなかった。だから、顔を上げてこう言った。「約束は約束だわ」

キングは長いあいだ彼女を見つめてから言った。「残念な結末になるのはわかっているんだろうね」

「そうなるとはかぎらないでしょう」

彼が座席の背に腕を伸ばした。「では、どんな結末になると？」

モスバンドについてじっくり考えた。子ども時代について。生まれ育った世界と、無理やり押しこめられた世界について。それからこう答えた。「幸せな結末になればいいと思っているわ」

キングが身じろぎもしなくなり、ソフィは彼がこちらに腹を立てているのではないかと不意に感じた。口を開いた彼の口調には明らかに軽蔑がこもっていた。「十年も前に出ていった伯爵令嬢を彼がずっと恋い焦がれていたと思ってるのか？」

「ありえなくはないわ」ソフィはぴしゃりと言った。なぜこの人はいつもわたしを貶めてばかりなの？「それに、わたしは伯爵令嬢ではなかったわ。いえ、たしかにそうだったけれど、ほんとうの意味ではちがった。真に伯爵令嬢だったことなんて一度もないの。そこが問題なのよ。ロビーとは友だちだった。一緒にいれば幸せだったの」

「幸せか」彼が鼻を鳴らす。「自由を手に入れたきみは、どうしたらいいかわからないんだろう?」

ソフィは渋面になった。「あなたなんて嫌いよ」

「賭けようか?」

「わたしがあなたを嫌っているかどうかに? ええ、もちろんよ。賭けましょう」

彼が気取った笑みになった。「ロビーがきみを好きかどうかにだよ」

きざったらしい顔をにらみ、いまのことばがもたらした痛みを無視する。「なにを賭けるの?」

「モスバンドに着いて、彼がきみを望んだら、きみの勝ちだ。書店を買ってあげよう。結婚祝いとして」

「なんて豪華な贈り物かしら」辛辣に言う。「わかったわ。でも、もうひとつ要求があるの」

キングの眉が吊り上がる。「書店以外にもか?」

ソフィは小首を傾げた。「気をつけないと、あなたは勝てる自信がないのではないかと思ってしまうわよ」

「私は負け知らずだ」

「それなら、もうひとつの望みも言ってかまわないわよね?」

彼は座席にもたれた。「言ってごらん」

「わたしが勝ったら、わたしについてなにかすてきなことを言ってほしいの」

彼が眉根をぎゅっと寄せた。「それはどういう意味なんだ?」

「先週からずっと、わたしが落第人間だということばかり言っていたでしょう。知性がない、刺激がない、体型がひどい、美人じゃないって。そしてとうとう、夫を見つけることもできないとまで言われてしまったわ」

「私はそんなことは――」

ソフィは片手を上げた。「すごいほめことばにしてもらいますから」

長い沈黙のあと、うなり声としか言いようのない声でキングが言った。「いいだろう」

「よかった。ロビーの求婚よりも、そちらのほうが楽しみになってきたかもしれないわ」

彼の黒い眉が片方吊り上がった。「パン屋との結婚はすばらしい考えだという明らかな兆候だな」また体を前に乗り出してきて、低い声で続けた。「だが、忘れるなよ、ソフィ。モスバンドに着いて、悲惨な結末が待っていたら……」

ソフィの胸がどきどきしはじめた。「そうしたら?」

「私の勝ちだ。そのときは、私についていいことを言ってもらう」

言い返そうとしたとき、馬車が速度を落とし、御者がなにやらわめいた。ソフィの体がこわばり、不安が勝利感を追い払った。さっと彼を見る。「追いはぎかしら?」

「いいや」キングが彼女の足首に触れた。だれにも触れられたことのない場所に温かな手が触れ、ソフィは息を呑んだ。「次の宿に着いたんだ」

肩が痛んでいたので、休憩を取れるのはありがたかった。「ここで泊まるの？」

彼は首を横にふった。「馬を交換したらすぐに出発する。追っ手をできるだけ引き離したいからね」

扉が開けられ、キングが午後のまばゆい陽光のなかに消えていった。

11

ソフィとエヴァースリー
誘拐か誘惑か？

折よく着いて助かった。

あと十五分馬車に揺られていたら、ソフィとのあいだになにが起きてもおかしくなかっただろう。手に負えなくて、腹立たしくて、とてつもなくすばらしい女性からわれを救いたまえ。こんなに長く馬車に同乗して、どうしたら彼女にキスをせずにいられるというのだ？触れずにいられると？

ソフィが口を開くたび、キングは彼女がもっと欲しくなった。

自分はたいせつにされていないと、彼女はきっぱりと言った。ロンドンと過去から逃げ出したいまになって、ようやく自由を感じていると言った。自分は実在するのだと。

そこまで言われなくても、こちらはちゃんと彼女に気づいていたのに。

彼女のふるまいのすべてを強く意識していたのだ。彼女のひとことひとことも。

見てはいけないとわかっていたのに、彼女を見てしまった。リヴァプール・ハウスのいまいましい格子垣の下で出会った瞬間から、彼女は厄介な存在以外のなにものでもなかった。それが、いまになっても彼女から逃れられずにいる。彼女の迷宮にとらわれたミノタウロスだ。

この休憩時間を使って、彼女など欲しくない理由をすべて挙げてみるのがいいだろう。彼女と一緒に過ごすのを楽しんですらいない理由を。ソフィは、自分がいつも楽しい時間を過ごしている女性とは正反対なのだから。

いや、そうではない。

それどころか、なんの苦もなく彼女についてすてきなことを言えるだろう。これまで彼女に投げつけたひどいことばを数え上げられたときは、自分が最悪のろくでなしに感じられた。あんなことばは信じていなかった。いまでは。

いや、一度も本気で信じていたわけではない。

疲れた馬を手早く効率よく馬車からはずしながら、スプロットボローで出くわしたふたり組は、ソフィを平凡な馬車に乗った平凡な従僕と思いこむほど愚かかもしれないが、彼女が宿をあとにしたと気づくのにそれほど時間はかからないくらいには抜け目がないだろう、という思いが頭から離れなかった。ぐずぐずしてはいられない。それが最善だ。というのも、今夜はここで泊まるのかと訊かれたとき、イエスという答えに危うく飛びつきそうになってしまったからだ。

同じ部屋で。

同じベッドで。

ほとんど眠らずに。

彼女は自由になりたがっている——自分ならその自由を見せてやれる。

幸せを見せてやれる。

ただし、それはできない。

小さく悪態をつき、四頭のうちの一頭をまず御者に託し、二頭めをはずしているときにソフィが馬車の扉から顔を出した。「ちょっといいですか？」そう言って薄暗い馬車のなかに顔を戻した。

キングは彼女のことなど考えたくなかった。こんなに彼女のことで頭がいっぱいだというのに、これ以上は無理だ。

「お願い！」うろたえているような声だった。

二頭めを御者に渡してから彼女の相手をした。「どうした？」

「宿に入りたいの」

「見られるのはまずい。ここにいるんだ」

ソフィは唇をぎゅっと結んだ。「切羽詰まった用があるんです」

ため息が出た。避けられない事態だった。

「それに、服も見つけなければいけないと思うの。このお仕着せはちょっと……あまりにも目立つようになってしまって」

たしかにそのとおりだった。泥のなかを引きずりまわされ、撃たれ、打ち捨てられた従僕のように見えた。状況的にはあながちまちがってはいないのだが。それに、帽子から茶色の長い髪がこぼれているのを見られたら、即座に正体を見抜かれてしまうだろう。賞金稼ぎがここに来たら、よれよれの従僕姿をした女性といった珍しい存在についてだれかが話してしまうのは火を見るより明らかだ。選択肢はなかった。

「きみは切羽詰まった用をなんとかしろ。私は服を探してくる」

つらそうなため息とひと握りの硬貨の末に宿の主人を説き伏せると、キングはフロック・ドレスと食べ物と湯を入れた革袋を手に馬車に戻った。扉を開けるとソフィはすでに戻っていたので、ドレスと食べ物を馬車に放りこんでから革袋を手渡した。「お茶用だ」

ソフィに礼を言う間をあたえずに扉を閉めると、新しい馬をつないでいる御者に手を貸した。

「ロングウッドまであと一回休憩しなくてはなりません、だんなさま」御者が言う。「夜にはまた馬を交換する必要があります」

「そのときに御者も交代させよう。おまえだって眠らないと」キングは革の装具を三度確認した。

「それまではなんとかがんばれます」

キングはうなずいた。「助かるよ」

御者が笑顔になる。「馬車を飛ばすのは夜がいちばんです」

キングはよくわかっていた。馬車のなかで過ごすには最悪の時間だということもわかっていた――暗闇とともに迫りくる過去の記憶は、カンブリアに近づくにつれて無視するのがむずかしくなっていた。

思っていた以上に扉を開ける手に力がこもってしまい、ソフィは胸をつかんできゃっと叫んだ。彼女はレースとリボンの小さなフリルがついた緑色のドレスを着ていた。「まだ準備ができていないわ」窒息しかけているような声だった。

「どうして？」

「準備ができていないからよ」論理的な答えであるかのように言った。

キングは眉を吊り上げ、その場を動かなかった。

「あと五分ください」彼を追い払う仕草をした。足で。

彼女が困っていると気づいたのは、足で追い払われたからだった。視線を落とし、胸を押さえている両手をじっくりと見た。白い紐がボディスを十字に交差していた。「紐を締められないのかい？」

ソフィの顔がまっ赤になったのが返事だった。「そんなことはありません！」甲高い声だった。

「嘘が下手だな」

彼女がにらんできた。「いつもは嘘をつく必要なんてないからです。男の人にそんな……

紳士らしからぬことを訊かれるなんてめったにありませんから」

「無頼漢(ラプスカリオネスク)風と言いたかったんじゃないのかな？」

「ええ、それもあるわね」

キングはにやりとした。「私の手伝いが必要かな、マイ・レディ？」

「とんでもないわ。このドレスの前の所有者がわたしほど……」

扉を閉めるんだ。キングは自分を叱責した。彼女に最後まで言わせるんじゃない。

悲しいかな、彼の腕は動き方を忘れてしまったようだった。

そのとき、ソフィが続きを口にして、キングの思考が停止した。

「……豊満じゃなかっただけ」

くそっ。

「五分やる。そうしたら、紐を締めていようといまいと出発する」

キングは扉を閉めて、馬の腹帯をもう一度たしかめながら三百まで数えた。三十六まで数えるころには、ソフィの豊満な胸を想像していた。九十四では、その日、自分の腕のなかに彼女がいたときに問題の胸をもっとよく見ておかなかった自分に悪態をついた。百七十まで来たときは、その日のできごとを思い返して喜びと罪悪感を味わっていた。二百二十五を数えたときには、最悪の不埒者と自分をののしったが、胸の話を持ち出したのはソフィのほうだ。

思春期の少年みたいにふるまっているぞ。

ちがう。思春期の少年のほうがもっと行儀よくふるまう。

二百九十九。

三百。

扉を開けて馬車に乗りこみ、ソフィに目を向けてしまわないよう懸命にこらえた。彼女が金切り声をあげなかったので、紐を締め終えたのだろうと考えた。天井を叩くと、馬車が動き出した。

長い何分か――おそらく二十分ほど――ふたりは無言でいたが、ついにソフィが口を開いた。「わたしをおぼえてらっしゃいます？」

そう言われてキングは彼女を見た。

まちがいだった。

ソフィは美しかった。ドレスはみすぼらしくて小さすぎ、彼女がなぜ困っていたのかがわかった。胸をおさめるためにはボディスの中央で紐をきつく締める必要があり、その結果、どうしても自由になりたがっているかのように胸が上部からこぼれそうになっていた。

キングも同じくらいどうしても、その胸を自由にしてやりたかった。

視線を引き剝がして彼女の目を見る。「そんなに長く離れていたわけではないぞ」

それを聞いてソフィがにっこりすると、おもしろがっているのがわかってキングの胸が温(ぬく)もった。なんてことだ。彼女に認めてもらおうと意気ごむ、思春期の少年みたいな気分だった。「今日のことを言ったのではないの。これまでの人生でという意味よ」

「どこかできみと会ってるのか?」

笑みがかすかに揺らいだ。「一度ダンスをしたのよ。舞踏会で」

キングの眉が上がる。「それがほんとうなら、おぼえているはずだ」

「カドリールだったわ。ボーフェザリングストン家の舞踏会」

キングは首を横にふった。「そんなはずはない」

彼女が短く笑った。「あなたがわたしをおぼえていなくても不思議じゃないけれど、わたしはちゃんとあなたをおぼえています」

まただ。「やめるんだ」

「やめるって、なにを?」

「何年もみんなに言われてきたことばを信じるのをだ。きみは記憶に残らないような女性じゃない。先週は、私の人生でもっとも記憶に残るものだったんだぞ。きみのせいでだ。自分を自分でないものに想像するのはやめるんだ」

ソフィが目を丸くすると、キングはすぐさま愚か者のように感じた。

「それはどういう意味かしら?」静かな声だった。

答えたくなかった。すでにじゅうぶん愚かなふるまいをしているのだから。だから、こう言った。「ダンスをしたならおぼえているはずだ、と言っているだけだ」彼女がしばらく無言だったので、こちらがおぼえていないことに傷ついたのかもしれないと思った。「いままではもう忘れられなくなってしまったがね」

これほど控えめなことばはなかった。

するとソフィが言った。「まだ質問する権利はありますか？」

馬の交換で寄った宿に着く前に約束した質問だ。あのあと、もう少しでキスをしそうになった。彼女の胸に気づいた。

今夜。

「ああ」

「本邸に戻るのは、お父さまが亡くなる前に言いたいことがあるからだと話していたでしょう」

「ああ」

「お父さまと最後に会ったのはいつ？」

馬車の感触が戻ってくると同時に、弱まりつつある陽光も意識された。暗闇が近づいているのだ。記憶をともなって。悪魔も。だが、この女性はそれを無視させてくれないだろう。

「十五年前だ」

「あなたは何歳だったの？」

「十八だ」

「どうしてこれまで戻らなかったの？」

長々と息を吐いたキングは座席に背を預け、彼女がまた隣りにいてくれたらいいのにと思った。石工についての耐えがたい本を読んでいる彼女と太腿がかすめ合っていたときはよかった。「父に会いたくなかったからだ」

「無慈悲な方だったの？」

キングが返事をせずにいると、やがてソフィが続けた。「ごめんなさい。いまのは訊くべきではなかったわ」

いま一度沈黙が落ち、先ほどの宿から持ってきたかごをキングは取った。蓋を開けてワイン、パン、チーズを取り出す。パンを半分にちぎり、チーズと一緒に差し出した。ソフィは小さく「ありがとう」と言って受け取った。

ライン公爵は貴族として望みうるかぎりの父親だった。ほかの父親たちは家族などいないとばかりにロンドンのクラブで怠惰に過ごしていたが、キングの父は本邸の地所と、息子と過ごす時間をたいせつにしていた。

「無慈悲ではなかった。私に対しては」

「それなら、なぜ——？」経験のない微妙な線を踏み越えそうになっているのに気づいたらしく、そこで言いよどんだ。

キングはワインを大きくあおり、彼女が呼び起こしてしまった記憶を抑えこもうとした。

「肩の具合はどうだい？」

「痛むけれど、耐えられる程度ね」そう言ってから大きく息を吸い、線の内側に思いきり飛びこんだ。「なぜお父さまに会いたくないの？」

彼女が自制心を働かせられないことくらい、わかっているべきだった。「骨に食らいついた犬みたいだな」

「またわたしを犬呼ばわりするのね」

キングは乾いた笑みを浮かべた。「無慈悲だけが父親が息子を破滅させる方法ではないんだ。期待も同じように息子をだめにする」

「お父さまはなにを期待されていたの？」

「りっぱな結婚だ」

ソフィはきっとにらんでそっけなく言った。「父親がそんなことを望むなんて、ひどすぎるわね」キングが黙っていると、彼女は続けた。「破滅させた女性のひとりと結婚すればよかったのに」

そのなかのだれひとりとして自分と結婚したがらなかったことを話すつもりはなかった。だから、真実を告げた。「私は一生結婚しない」

「あなたには爵位があるでしょう。結婚はただひとつの目的ではないの？」

キングが彼女をにらむ。「女性はそう考えているのか？」

ソフィの浮かべたかすかな笑みは、抜け目なかった。「男性は女性がそう考えていると思っているのでは？」

「私の目的ではない。父はどうしても結婚してほしがっているが。ライン公爵家は、混じりけのない純粋極まる貴族の血が何世代にもわたって受け継がれてきた。妻たちは、まさに公爵夫人となるべく完璧に育てられた女性だ。名門の家柄で、非の打ちどころのない礼儀作法をそなえ、並はずれて美しい」

「お母さまについてはなにも聞いたおぼえがないわ。モスバンドで暮らしていたときですら」

彼は窓の外に目を向けて、夜が近いことを告げている、ピンクと赤の条(すじ)が入った西の空を見つめた。「出産時に亡くなったからだ。父は打ちのめされた」

「お母さまをとても愛してらっしゃったのね」

あまりにもばかげた考えだったので、キングは笑った。「いいや。跡継ぎの予備をもうけられなくなったから取り乱したんだ」

「再婚もできたでしょう」

「そうなんだろうな」

「でも、再婚なさらなかった。やっぱり愛していらしたんじゃないかしら」

思い出が襲いかかってきた。「愛のために結婚したライン公爵はいない。務めと子孫を残すために結婚したんだ。私たちはそれを望むよう育てられる」

「あなたは？　あなたはなにを望んでいるの？」

そんな質問はだれからもされたことがなかった。彼自身がそれについて考えたのもずっと昔のことだ。望むことができたときもあった。だが、父の傲慢さと自分の向こう見ずのせいで、かなわぬ夢となってしまった。

いま走っているのとよく似た道で、真夜中にした誓いのせいで。

真実をソフィに話してしまったのは、暗がりのせいだったのかもしれない。「父の目を見ながら、父が望んでいたものすべてを奪ってやることだ」

〝ラインの血筋は私で途絶える〟

何度その文言を父に宛てて書いただろう？　何度声に出して言っただろう？　いまになって、あのころの痛ましさがよみがえってきた。

「残念だわ」ソフィの小さな声がした。

彼女の同情など欲しくなかった。またワインを飲む。ソフィに瓶を渡してたずねた。「ご両親は愛し合っているのかい？」

「ええ、とっても」ソフィは瓶を受け取って床のかごに目をやった。「グラスはあるかしら？」キングが首を横にふると、スカートで瓶の口を拭った。つかの間彼は、ワインの瓶を分かち合うよりももっと親密な行為をしたと思い出させてやろうかと考えたが、彼女がまたしゃべりはじめたのでやめておいた。「父は粗野な人で、興味を持っているのは石炭だけ。母は――母なりに粗野なのでしょうね――上流社会に受け入れてもらおうと懸命なの。でも、おたがいがいなければやっていけない。わたしたち姉妹が未婚なのは、そんな両親を見て育ったからだと思うわ。手に入れられるかもしれないものを知っているから」

幸せ。

ソフィが口にしなかったそのことばを、キングは聞いた。

「セラフィーナだけは別だけど……長女はわたしたちとはちがうの」

「彼女は公爵をつかまえた」ワインを飲むソフィに彼は言った。「彼女の目的は愛じゃなかったみたいだな」

ソフィは頭をふり、ワインを返した。「なにがあったのか、わたしにはけっしてわからないでしょうね。セラはわたしたちのだれよりも……愛を待っていたのに」

「きみはどうなんだい？」なぜたずねたのかわからなかった。どうでもいいことなのに。

ソフィは本を開き、そして閉じた。何度も。「それは自由の一部でしょう？」彼が答えずにいたので、ソフィは続けた。「愛ほど人を自由にしてくれるものはないと思ってきたわ」

彼女が微笑み、日が落ちていくなかでキングはそこに悲しみを見て取った。「もちろん、愛を経験してみたいわ。そのすべてを」

「きみのパン屋と一緒に」そのことばは口のなかに苦いものを残した。

ソフィは即答した。「賭けに負けて卑屈なまでにお世辞を言う侯爵から贈られた書店で」

キングは思わずくつくつと笑ってしまった。「本を棚に入れるまで、手に入れられると思いこまないほうがいいぞ、マイ・レディ」長い沈黙のあと、彼は続けた。「詩やおとぎ話とはちがうんだよ」

「書店経営のこと？」

「愛が、だ。考えちがいをしてはだめだ。愛は自由とはなんの関係もない」きびしい真実を告げると、彼女がはっと注意を向けてきた。「もっとも破壊的な罠なんだ」

彼女の目に驚きがよぎった。キング自身も驚いていた。なぜそんなことを口走ってしまったのだろう？

「実体験としてご存じなの？」

「じつはそうなんだ」夕暮れ時の雰囲気が、自分を混乱させて告白させようとしているのだろうか。

「ライン公爵は愛のための結婚をしないのではなかったかしら」

「私は結婚していないだろう？」

「愛してらっしゃるの？」動揺のささやきが続いた。「マーセラを？」

「マーセラとはだれだ？」

「レディ・マーセラ・レイサムよ」

「ああ」記憶がよみがえった。リヴァプール家のパーティのレディ・マーセラだ。「いいや」

ソフィが眉をひそめた。「破滅させた女性を忘れるべきではないわ」

キングはワインを飲んだ。「レディ・マーセラと私のあいだで破滅に値するなにかが起きたのだったら、忘れるはずがない」

「薔薇の格子垣を伝って逃げ出したじゃないの！」

「彼女がそうしろと言ったからだ」

「信じられるものですか」

「ほんとうだよ。彼女と私は取り決めをしていたんだ」

「それならなおのこと、彼女をおぼえているのが一般的な礼儀だと思うけれど」ソフィはかごに手を伸ばした。「肉入りパイがあるわ！」パイを取り出して半分に割り、片方を差し出す。「肉入りパイはすばらしいお料理よね。ロンドンでは食べられないけれど」

「どうしてだい？　料理人がいるんだろう？」

ソフィはうなずき、口いっぱいにパイを頬ばったので、キングは笑いそうになるのをこらえた。太陽が沈むのに合わせ、彼女の礼儀作法は消えつつある。「でも、フランス人なの。それに、肉入りパイは腰に肉がつくの」

「きみの腰にはなんの問題もないが」なにも考えずに答えていた。ソフィが嚙んでいる途中ではたと動きを止めた。彼女の腰について意見を言うべきではなかったようだ。肩をすくめる。「完璧にふつうだよ」

ソフィは口のなかのパイを呑みこんだ。「ありがとうと言えばいいのかしら？」

「どういたしまして」

ソフィがワインを口に運ぶ。「では、あなたはレディ・マーセラを愛していないのね？」

厚かましく首を突っこんでくるほどにはワインを飲んでいるが、これまでの会話を忘れるほど酔ってはいならしかった。「そうだ」

「でも、愛という感情についてはわかっている。個人的に経験したことがある。そういうことかしら」

二度と望まないほどには知っている。

「ああ」

「どうしてそのかわいそうな女性と結婚しないの？」

結婚しようとしたのだ。結婚したかった。

彼女を父に引き合わせたときのことを思い出した。彼女を見せびらかしたかった。偉大なるライン公爵に、愛を手に入れるのは不可能ではないと証明したかった。キングは若くて愚かだった。そして、父が息子の愛を破壊した。

〝爵位だけが目当ての安っぽいあばずれをおまえの嫁に迎えるくらいなら、結婚しないでいてくれるほうがましだ〟と公爵はあざ笑ったのだ。そしてローナは逃げ出した。

胸をどきどきさせながら彼女を追いかけたのをおぼえている。ローナを見つけて結婚しようと思っていた。父の顔に唾を吐きかけるほど、彼女を愛していた。だが、残りを思い出す前に記憶を止めた。顔を上げると、ソフィの姿はほとんど見えなくなっていた。完全に夜の帳（とばり）が下りていたのだ。「彼女とは結婚できない」

「なぜ？」暗がりのなかでその声がまとわりついてくる奇妙な感覚があった。好奇心に満ちながらも、こちらを安心させるような。

「死んでしまったからだ」

それを聞いたソフィがはっと身を乗り出した。暗くてよく見えなかったが、スカートの衣ずれの音がして、狭い空間で彼女の体の熱が感じられた。「なんてこと」小さな声が聞こえたと思ったら、手が太腿に置かれた。そしてすぐに、火傷でもしたようにはっと手を引っこめた。その手をつかみ、顔を見られればよかったのにとキングは思った。だが、次にこう言われたときは、顔が見えずにいてよかったと思った。「なんてことなの、キング。お気の毒に」

彼女は死んだ。父が殺したんだ。

彼女は死んだ。私が殺したんだ。

キングは頭をふった。暗がりのせいで話がしやすかった。「やめてくれ。もうずっと昔の話だ。正直なところ、この話をしたたったひとつの理由は、なぜ戻らなかったのかときみが訊いてきたからだ」

「でも、いま戻ろうとしている」

「父が――」言いかけたことばを呑みこみ、乾いた笑い声をあげた。「たいせつにしていた血筋が彼女とともに死んだのを思い知らせてやりたいから、とでも言っておけばいいかな」

沈黙が落ちた。「お父さまが――」ソフィは最後まで言わなかった。

いずれにしろ、キングは答えた。「父が彼女の頭に銃を突きつけたも同然だ」

おそろしいことばに、しばし沈黙がおりた。「それで、あなたの幸せは？　この先一生手に入れるつもりがないの？」

ソフィ・タルボットは愚か者だ。美しいが愚か。男は金か爵位か幸せのどれかを手に入れることはできる。だが、三つ全部はぜったいに手に入れられない。「私のような男には幸せなんてふさわしくないんだ」

「幸せだったことはあるの？」ソフィがそっとたずねた。

秘密を暴くのに長けたこの女性のせいで、どこからともなく記憶がよみがえった。「子ども時代をおぼえている――はじめての馬をもらい、父とふたりで鍛冶屋に行った」そこで話をやめてもよかったのだが、暗がりのなかではなぜか話しやすかったし、語り出すと止められなかった。「鍛冶屋は地獄みたいに暑い小さな作業場で蹄鉄を叩いていた。父は鍛冶屋とずいぶん長く話しこんでいた――どんな子どもも飽き飽きするほど長く。ぶらぶらと外に出た私は、地面に突き刺された金属の杭に蹄鉄が六個ほどからまっているのを見たんだ」

「ゲームよ」

「それがなんであれ、将来の公爵がするようなものではないと本能的に悟った」

「やり方を見せてあげたいわ」暗がりのなかで熱心な声がして、キングは彼女をひざに抱き上げて正気を失うほどキスをしたくなった。「将来の公爵だってかまわないじゃないの」

「その必要はない。遊び方は知っているんだ」

しばしのためらい。「鍛冶屋が教えてくれたの？」

「教えてくれたのは父だ」そのあと沈黙が落ちた。「あの日の私は幸せだった」

ソフィの身じろぎで衣ずれの音がして、キングは思い出の世界から現実世界に戻ってきた。鍛冶屋にいた少年から、期待に背けば父がどこまでするかという真実を目の当たりにしたおとなの男に戻っていた。

また別の場面がよぎった。自分たちがいま乗っているものに似た馬車が道で横倒しになっている場面だ。彼はカーリクルをがむしゃらに飛ばしたくなった。北に近づくにつれて大声で主張しはじめたように感じられる思いを、激しく吹きつける風でかき消したくてたまらなかった。

そんな心の声が聞こえたかのようにソフィが身を乗り出してきて、はしたないと思えるような仕草でひざに触れた。礼儀作法にはかなっていないかもしれないが、おかげでいやな思いをふり払えたのがありがたかった。

彼女にすべてを追い払ってもらいたかった。

この瞬間以外のすべてを。彼女以外のすべて。ふたり以外。

キングは彼女の隣に移り、指をからませた。ただ手をつないでいるだけなのに、ほかのなによりもそそられた。

彼女のなにかにそそられるのだ。

触れられて彼女が息を吞むと、キングの体を喜びが駆けめぐった。ふたりとも相手を同じくらい欲しているのだ。「ソフィ」そっとささやいた名前が馬車のなかにこだました。

「はい？」聞こえないほど小さな声が返ってきた。

「すべてを経験したいと言ったよね」耳もとでささやくと、蜂蜜と香辛料の香りがした。

「愛のすべてを」

キングの手が彼女の顎を伝っていき、髪に差し入れられた。

「私が少し経験させてあげるのはどうかな？」反対側の顎をついばみ、甘嚙みして快感のあえぎをあげさせる。「こういうのを？」

暗がりのおかげですべてがよりすばらしかった。

ほんの一瞬だけ唇を重ねたあと、首筋に移ってそこを崇拝した。「おたがいに相手を好きではなかったのでは？」吐息に乗せて彼女が言った。

「心配いらない。好き同士ではないよ」

まっ赤な嘘だった。

12

放蕩者の悩殺支配、復活する

こんなことを許してはいけない。

この人は伝説的な放蕩者なのだ。若いレディを破滅させる達人なのだ。しかも、そのことで一度も罰を受けていない。とても腕がいいからかもしれない。明らかにすばらしい技術を持った人を罰するなんて、いけないことのように思われた。

それでも、こんなことを許してはだめ。やめてと言わなければ……こんな風に髪をいじるのをやめてもらわなければ……肌やきついドレスにやさしく触れるのを……首筋にそっと長く唇を押しあてて、愛のすべてを見せてあげると淫らな約束をするのを。

彼が約束しているのは、もちろん愛ではない。それ以外の——心を乱す肉欲的なことだ。風呂を使った夜、彼がすぐそばで肩幅の広い背中を向けて立っていて、体を洗いながらなぜか彼に洗ってもらっているのだったらよかったのにと思ってしまって以来、ずっと想像してきたこと。

〈鶺鴒のさえずり〉亭で偽りの情熱をこめてキスをされてからは、それまで以上に欲しくなったもの。あのキスには永遠に続いてほしかった。

けれど、彼のほうはそんなものを欲しているそぶりを見せなかった——日が落ちて、会話がより正直に、より親密なものになった今夜までは。彼は秘密を打ち明けてくれ、わたしは偶然彼に触れてしまった。

でも、あれは偶然ではなかった。

彼に触れたいと思っていた。彼から触れられたいと思っていた。

ついに触れられると、それは神々しいまでにすばらしかった。

許してはいけないことだろうと、かまわなかった。

キングが首のつけ根から離した唇を耳もとに寄せ、低くて暗い声で淫らな気持ちをこめてささやいた。「言ってくれ」

彼が耳たぶを吸い、すべてをひどくした。それとも、よくしたのか。ソフィにはわからなかった。まともに考えられなかった。「言うって？」

「こういうのを経験したいかい？」

ええ。ええ、ええ、ええ。

ソフィはごくりと唾を飲んだ。もしノーと言えば、ここでやめてくれると本能的にわかった。でも、ノーとは言いたくなかった。イエスと言いたかった。ぜったいに。なんの疑念もなしに。なにかを欲したときがあるとしたら、それはいまだった。耳を甘噛みされて、体中に快感の震えが走った。あえぎながら返事をした。「お願い」

彼の声は笑っているようだった。「丁寧なんだな」

体を離す。「お申し出に感謝します」

これを聞いたキングは声を出して笑った。そこにはすばらしいと同時によこしまな約束がこめられていた。「感謝すべきなのはこっちのほうだよ、マイ・レディ」唇がふたたび重ねられ、ソフィはわれを忘れた。暗がりがすべてをより不道徳で、なぜだか受け入れやすいものにした。だれにも見つからないかのように。この場所、この夜、この旅が、日の出とともに消える夢でしかないかのように。

ほんとうにそうなるだろう。キングは、おもしろみがなくて美しくもないソフィのような女にはふさわしくない。けれど、暗がりのなかではそうではないふりができる。今夜の記憶は永遠に消えないだろう。

「特に希望はあるかい、ソフィ？」また耳もとで言い、その手はボディスの縁をなでていた。紐できつく締めつけた胸が、解放を求めて張り詰めていた。「興味のあることは？」

そんなことを言われて頬が燃えるようになっているはずだったけれど、暗がりのおかげで大胆になれた。「すべてを」

キングが笑った。「だめだ」手を離してソフィをいじめる。「それではわからない。ちゃんとはっきり言ってくれ」

「わからないわ」いらだちの波に乗ってことばが出た。「もう一度触れて」

「どこに？」

どこもかしこも。

「ソフィ」地獄の門にいる悪魔のように誘いかける。

彼女は必死で考えた。「何年か前に見たのだけれど……」自分がなにを話そうとしているかに気づいて衝撃を受け、ことば尻がしぼんだ。

彼の動きが止まる。「やめないで、愛しい人。なにを見たんだい？」

「偶然、馬丁を見かけたの。メイドと一緒だった」

「続けて」

ソフィはいやいやをした。

「きみはどこにいたんだい？」

「本を読む場所を探していたの」

「どこにいたんだい？」

「雨が降っていて寒かった。姉たちは舞踏会やドレスやうわさの話をしていた……そして、廏は暖かくて静かだった」

「そこでなにを見たんだい？」彼が首筋にキスをして吸ったので、考えるのがむずかしかった。

「二階の干し草置き場にいたの」

「馬丁もそこにいたのかい？　メイドと一緒に？」そこには、ソフィが男性の声に聞いたことがないものがあった。息切れしたような。まるで……興奮している？　そう思ったら、ソフィまで興奮してきた。より一層。そんなことがありうるとは思ってもいなかったのに。

「いいえ。ふたりは馬房にいたの」

「それで、きみは見たの？」彼の舌がソフィの怪我をしていないほうの肩で円を描いた。

「見るつもりはなかったの。本を読む静かな場所を探していただけなのよ」

「非難しているわけじゃない」肩とドレスのあいだの肌をなめられ――なめられたのだ！

――ソフィは胸がボディスから飛び出るのではないかと思った。「完全な場面を思い描きたいだけだ。なにを見たんだい？」

「最初はなにも。ふたりがそこにいるのは知らなかったから。もし知っていたら――」

「そこに留まりはしなかったんだろう。きみはいい子すぎるよ」

「でも、声が聞こえてきて……」

ソフィの沈黙を彼が埋めた。「声が聞こえてくると、きみは自分を抑えきれなくなったんだね」

「女だって好奇心をそそられるのよ」ソフィは弁解した。

「なにが見えたんだい、ソフィ？」いま、彼の手はソフィの太腿に置かれていて、ひざに向かって動いていた。スカートをこするその音は心を騒がすものだった。

「最初はたいして見えなかったわ。干し草置き場の縁から下を覗いていたの。ふたりの頭のてっぺんが見えた。キスをしていたわ」

彼が唇を重ねてきてすぐに離したので、ソフィはもっと欲しくてたまらなくなった。「こんな風にかい？」

暗がりで頭をふる。「いいえ」

「だったら、どんな風に？」

「どんな風かはご存じでしょう」

「私はその場にいなかったからね」からかい口調で言われ、ソフィはますます彼を意識した。

「やってみせてくれ」

そんな勇気がどこにあったのか、ソフィは言われたとおりに手を彼の腕から肩へと、それからうなじへとまわして引き寄せた。「こんな風に」そう言ってキスをすると、舌を彼の唇に這わせてからワインの味のするなかへ入れた。やり方がまちがっていませんようにと願いながら。

キングはうめき、肩に気をつけながらソフィをきつく抱き寄せて脚を自分のひざに乗せ、スカートの裾から手を入れて足首をなでた。温かくてすばらしい感覚だった。

やり方はまちがっていなかったらしい。

しばらくすると、キングがキスをやめた。「見たのはそれだけかい？」

いいえ。「もっと……」ことば尻を濁し、言わずとも彼が続きを埋めてくれるよう願った。

でも、彼はそうしてくれなかった。「……淫らになっていったわ」

彼の発したのは、うなり声としか表現できないものだった。「そんなことばをきみの口から言われたらたまらない」

「淫ら？」

彼は舌を深く差し入れて短くキスをし、ソフィを息もできなくさせた。

「なにがそんなに淫らだったんだい、ソフィ？」

彼はそのときの記憶に浸っていた。それを再現したかった。ここで。彼と。「馬丁がメイドの服を開いたの」

「ああ、それを願ってたんだ」

きつく締めた紐が簡単にほどかれてドレスのボディスがゆるめられ、胸が解き放たれた。ソフィはあえいだ。うれしい反面、それではなぜかじゅうぶんではなかった。なぜなら、彼が触れてくれなかったからだ。理由はわからないが、彼の手はソフィの腰に置かれていた。触れてほしくて体をくねらせる。「キング」ささやき声で呼ぶ。

またうなり声が聞こえたが、先ほどよりも小さくて、声というよりは息といったほうがぴったりだった。「馬丁はそれからどうしたんだい？」

「メイドに触れたの」

一本の指で胸の膨らみの下に触れられ、望んではいたものの予想外のことだったので思わず飛び上がりそうになった。彼はそのすばらしい指でゆっくりと胸のまわりに円を描き、触れたところを燃え上がらせ、うずかせた。「ここにかい？」

「いいえ」

円が縮まってきた。ソフィの望んでいる場所に近づいてくる。だれかに触れられるところを真夜中にひとりきりで想像していた場所に。

いまも真夜中だったが、ひとりきりではなかった。

「ここかな？」

ソフィは頭をふった。見えなかったかもしれないが、彼にはわかっていたようだ。円がさらに縮まり、じらされて死んでしまいそうになった。「ここ？」

「いいえ」

キングが動きを止めた。「どこなんだい？　示してくれ」

自分でも信じられないことに、ソフィは彼の手をつかんで望みの場所に導いた。キングはすぐさま望みをかなえてくれ、硬くなった頂をなでたりつまんだりして快感のため息をつかせた。ソフィは思わず体をすり寄せた。

「そのあと馬丁はなにをした？」石畳を走る馬車の車輪のような声だった。

「キスをしたの」小さく言う。「そこに」

「利口な男だ」キングは手で触れていた場所に唇をつけ、やさしく吸った。まるで彼女の体を探索するための時間が永遠にあるとばかりに。ひょっとしたらそうなのかもしれない。彼の望むだけ長く探索させてあげるかもしれない。

けれど、ずっとやさしくはなかった。じきに硬くなった胸の先に歯を立てて淫らな愛撫をくわえた。それを受けたソフィは叫び、髪に手を差し入れて彼をその場に留めようとした。

ところが彼はソフィの望むものをあたえてくれず、顔を上げてほてった肌にひんやりする息を吹きかけ、もう一方の胸も同じように愛撫した。

愛撫は交互に延々と続き、ソフィは彼の手を、すてきな口を、彼を、ますます欲して張り詰めていった。そして、彼はそれに応えてくれた。足首に置かれた手がスカートの下で脚を上へ上へと向かい、ついには太腿の柔肌をやさしくなでた。彼が顔を上げて罪深いほどの声で言った。「きみはそれをどう思った?」

「わたしは――」思い出してばつが悪くなった。

キングが首筋に長くたっぷりとキスの愛撫をした。「自分だったらよかったのにと思ったかい?」

「いいえ……」それはほんとうだった。「わたしが願ったのは……」

彼に手を動かしてほしいということ。

「わたしも感じられればいいのにとは思ったけれど。自分もあんな風に崇められたいと。男性を惹きつけるメイドのような力が自分にもあればいいのにと」

キングがまた長く深くゆったりと口づけた。「こんな風にかな?」

ソフィは吐息をついた。「ええ。それから馬丁は――」

彼女が口をつぐむと、ほかにすることはないとばかりにキングの手が何度もゆったりと太腿をなでてくれた。これ以上は言えない。そうでしょう?

けれど、ふたりは暗がりのなかにいて、秘密にくるまれている。それに、モスバンドに着いたら別々の道を行くことになる。だったら言ってしまってもいいのでは？

「それから馬丁は彼女のスカートをまくり上げたの」

指の動きがほんの一瞬だけ止まった。小さく息を吸う音は、彼に意識を向けていなければ気づかなかったほどだ。ソフィは唐突に、大きな力を持っているように感じた。そして、ことばが勝手に出た。口にするなど想像もしたことのなかったことばが。思い出さないようにしていた記憶。「そのあと、彼はひざまずいたの」

彼が小さな声でついた悪態は、冒瀆であると同時に祝福でもあった。「彼はなにをしたんだい？」

「あなたはご存じでしょう」焼き尽くされるようなその瞬間に酔いしれていた。

「私がしたいことならわかる」

彼がソフィの足を床に下ろし、自身はひざをついたので、彼女は馬車のなかが暗いことに感謝した。彼の顔をふたたび見られるかどうかわからなかったからだ。スカートを上げられると、脚にひんやりした空気のキスを感じた。彼はスカートをソフィのひざまで上げると、座席の端まで体をずらさせて脚を大きく広げさせた。

ソフィの頰が燃えるように熱くなる。ドレスに着替える前に着ていたお仕着せには合わなかったため、下着はつけていなかった。遅まきながら脚を閉じようとしたが、止められてしまった。「ソフィ？」彼に呼ばれた名前のなかに世界がくるまれた。

ひざの内側にキスをされて、その思いがけない感触に飛び上がった。キングが低くなめらかな声で笑い、敏感な肌に向かって話しかけた。「この先も見せてほしいかい？」

すべてを見せてほしい。

「きみの香りがする。どうしても味わいたい。馬丁がメイドになにをしたのかを教えたい」

彼の手が動き、太腿のつけ根のたいせつな場所をかすめられて、ソフィはぎくりとした。

「すごく温かい。それに、濡れてもいるんだろう。だが、きみがイエスと言ってくれるまでは教えない。許しをくれるまでは」

いいわ。いいわ。

「あなたは……」ことばが尻すぼみになった。もう一度言ってみる。「あなたはそうしたい？　わたしに教えたい？」

ソフィの肌に向かって、彼は熱くてすばらしい息を吐いた。「これまでの人生でこれほどしたいと思ったことはないように思う」彼女の胃がぎゅっと縮まり、もっと下の深く秘めた場所もそうなった。

「彼はメイドに叫び声をあげさせていたの」その場面を思い出して語っていると、なんとか正気を保っていられた。

またすてきな笑い声がした。「そう願うよ。私もきみに同じことをしたいと思っている。だが、御者に気づかれてはまずいから、静かにしていてもらわないとならない」長く大きく息を吸ってから吐く。「きみは私をゆっくりと拷問にかけているんだよ。欲しいと言ってくれたら、それをあたえてあげよう。きみの欲するものすべてを。いや、それ以上を」

ええ。ええ。

ソフィは崖っぷちに立っていた。これからする決断が、この一週間のすべての決断を合わせたもの以上になにもかもを変えてしまうように感じていた。けれど、疑念はなかった。これが欲しかった。

そして、それをあたえてくれるのは彼であってほしかった。

「ええ」そのことばが静けさのなかに消える前に、ソフィが強く望んでいた場所を彼の指が押し開き、なでたりすべらせたりして探索をはじめていた。

キングがうめく。「すごく濡れている」太腿の内側にキスをする合間に言う。「そのときも濡れてたのかい？」意地悪な質問をする。「干し草置き場にいたときも？」

「わからないわ」

「わからない？」愛撫をやめてソフィをいじめる。嘘をついた罰だ。

「ええ。濡れていました」

キングがふたたび探索を開始する。脚を大きく広げられたソフィはその感触――淫らで扇情的で快い指の動き――に目を閉じ、暗がりをありがたく思うと同時に明かりが欲しくてたまらなかった。「自分の体に触ったかい？」

ソフィは頭をふり、手探りすると彼のやわらかな髪に触れた。「いいえ」キングの指がふたたび動きを止め、ソフィは彼の髪を握りしめた。「ほんとうよ。触らなかった。でも――」

さらされた場所に彼が息を吹きかけた。「でも？」

ソフィは息を吸ったが、震えて満足に取りこめなかった。ひざまずいているのはキングだったが、告白をしたのは彼女だった。「でも、触ってみたかった」

正直に打ち明けた褒美を口であたえられると、ソフィは炎に焼き尽くされた。彼の舌がゆっくりと這い、快感の中心に約束の愛撫をされると、ソフィは腰を上げて迎えた。奔放と思われようとかまわなかった。それが欲しかったから。

それが必要だったから。

彼は即座にあたえてくれた。片手はソフィの脚を大きく広げたまま、もう一方の手が押したりひねったりして探索し、彼とそのすばらしい愛撫しか考えられなくなって身もだえする場所を見つけた。「キング」ソフィがささやくと、彼が唇を離して顔を上げた。

「どうしてほしいか言ってくれ」

ソフィが頭をふる。「わからないの」

彼が長く気だるげになめてきて、ソフィを陶然とさせた。「いいや、わかっているはずだ」そう言ってこわばった場所を舌で愛撫すると、彼女がまたキングの名前を呼んだ。「これが好きなんだね」

「ええ」うめき声に近かった。「もっとお願い」

暗がりに響いた彼の笑い声は罪そのもののようだった。悪魔その人のような。「仰せのままに、マイ・レディ」そしてまた口をつけた。

じきに好きなことを発見していった彼女は、自分でも思ってもいなかったことば——上流社会で使えば永遠に破滅してしまうようなことば——を使ってそれをキングに伝えるのがうまくなっていった。

けれど、上流社会などどうでもよかった。昼間には知りもしなかったことを夜の暗がりのなかで教えてくれる、このすばらしい彼さえいてくれれば よかった。

そして、キングが低くうめきながら望みをかなえてくれるうち、約束してもらった縁へとソフィはどんどん近づいていった。吐息がますます大きくなっていき、彼の名前を叫んだ。

キングが動きを止めた。

あまりの仕打ちに、彼女はさっと体を起こした。「いや！」

キングが彼女を背もたれに押し戻してささやいた。「静かにしているようにと言っただろう？」頭を下げて、口を開いてからかうようにまたそっとキスをする。「声を出さないようにしてくれ。聞かれてはまずいだろう」

そのことばはよこしまな衝撃をもたらし、ソフィの体を欲望が駆けめぐった。彼は無理なことを頼んでいる。「やめたほうがいい？」そんなことを訊くのがいやだった。

「勘弁してほしい。だめだよ。やめるべきではない」

彼がまたキスをしてくれると、安堵の小さな吐息があえぎに変わった。「ほんとうはきみに叫んでもらいたくてたまらないんだよ、ソフィ」急くことなく舌で苛め、指で脚のあいだを探りながら言う。「馬車を停め、星空の下にきみを横たえ、何度も何度も叫ばせたい」

そのことばと彼の指のせいでソフィは体をこわばらせ、叫び声をこらえた。髪に差し入れた手をきつく握る。「お願い、キング」

「しーっ」中心に向かって言う彼の息がかかり、ソフィは気が変になりそうだった。「気をつけて」そして指をふたたび動かし、深くすべりこませ、なでたり指を曲げたりして何度も責め苛んだ。「御者に聞かれるぞ」

そのことばはソフィをさらに興奮させ、指でじらされるとますます興奮が募った。彼はあの意地悪な声で楽しんでいるように静かにしろと言った。ソフィがゆっくりと破壊されていくのを、二十一年の人生でこれまでにないほどこれを求めているのを、わかっているかのようだった。

「御者に聞かれるぞ」また秘めた場所に向かってささやき、その温かな息と指の愛撫でソフィをうずかせた。「御者に届いてしまうかもしれない。きみのかわいらしい叫び声が。罪と官能のようなきみが暗がりで私の名前を呼ぶ声が」

でも、罪と官能なのはわたしではない。彼のほうだ。

キングが口を押しつけてくると、彼女は脚を大きく開いて自分を差し出し、彼のことばが正しかったのを証明した。唇がさらにしっかりと押しつけられ、慎重にこすりつけられて欲していたものすべてをあたえられ、ソフィは叫び声をあげてしまわないように懸命にこらえた。

「やめないで」小声で言う。「お願い、キング。やめないで」

彼はやめず、解放が得られないまま緊張が募っていき、彼の舌と唇と手に翻弄され、差し出されたものをためらいなく受け取り、暗闇へと落ちていった。

　馬車が揺れるなか、ソフィは彼に向かって体を揺らした。すると、張り詰めたものがすばらしくよこしまなものに解き放たれ、キングとその野太いうめき声とたくましい手とすばらしい口以外のすべてを忘れた。

　快感が最高潮に達し、ソフィを越え、ソフィを壊すと、しっかりと抱き留めてくれているキングが快感の隅々までを臆することなく探索させてくれた。気恥ずかしさや羞恥心を感じさせることなく。

　羞恥心がなかったのは暗がりのおかげかもしれない。ほんとうなら恥じ入ってなくてはならないはずでは？　淑女はこんなふるまいをしない。けれど、なぜか恥じる気持ちはなかった。キングが唇と手を離し、スカートを整え、隣りに座っても。

　彼といるとなぜか羞恥心を感じずにすんだ。

　ソフィがあくびをすると、彼が腕をまわしてきてささやいた。「気に入ったかい？」

　すべて。

　彼女はキングの温もりのなかに身を丸くし、肩のわずかなうずきを無視し――もう何時間も怪我のことを忘れていた――真実を口にした。「とっても」

　次の宿で真夜中に馬を交換し、キングは眠っているソフィを馬車に残してワインと食べ物とお茶を淹れるためのお湯を手に入れにいった。

宿の庭を横切りながら、罪悪感に苛まれているのを否定できずにいた。極限まで無理をしているのを強く意識し、ソフィの肩がやっと治りはじめたところなのに宿に泊まりもせずに長距離を移動するのは、よく言って紳士的ではなく、悪く言えば無責任だとよくわかっていた。

カンブリアへの道は三つあり、賞金稼ぎは最短のこの道ではなくもっとも整備された道を選んでいると確信していた。スプロットボローからはじゅうぶん離れたここまで来れば、ひと晩泊まるのも可能だった。ちゃんとしたベッドに彼女を寝かせてやれる。ちゃんとした風呂も使わせてやれる。

だが、風呂に入っている彼女を想像したくはなかった。その光景はあまりにもくっきりとしていて、あまりにも彼をそそった。

それに、ちゃんとしたベッドに関しては、そういうものから考えうるかぎりもっとも遠い場所で彼女を誘惑してしまったいま、ぱりっとしたシーツに横たわり、白い枕に髪を広げ、スカートをまくり上げ、ボディスを下ろし、この手で触れている姿を想像するべきではなかった。

くそったれ。

急いで移動すれば、朝にはライン・キャッスルに着けるだろう。当然ながら、パン屋と愚かな夢があろうとなかろうと、彼女をモスバンドに置いていくつもりはなかった。ライン・キャッスルへ連れていき、彼女の父親が迎えにくるまで安全に守ってやるつもりだった。

だが、それ以上長く面倒をみるつもりはない。

なんといっても、自分は怪物ではないのだし、かといってソフィ・タルボットの結婚相手としてふさわしくもない。それを自分に言い聞かせながら、手に入れたものを持ってふたたび馬車に向かう。そこでは、はだけたボディスとしわになったスカートといった姿のソフィが眠っていて、つい先ほどのできごとをくり返すよう彼を誘っていた。

馬車のなかで彼女が達する直前に思いとどまっていれば、それは非常に紳士らしいふるまいだったのだが。

けれど、自分だって人間なのだ。ソフィと同じに肉体を持った人間。

彼女の肉体はすばらしかった。自分が彼女にふさわしい相手であればよかったのだが。

車内に食べ物とお湯をそっと置き、扉を閉める音で起こしてしまわないように少しだけ開けたままにし、新しい馬をつなぐのに手を貸しに向かった。そう、自分には父と対峙して真実を突きつけてやる仕事があるのだ――キングが死ねば、それとともに公爵領も絶えるのだと。けっして結婚はしない、家名を持続させるつもりはないのだと。

十年以上も父の反応を想像してきた――こちらのことばに打ち砕かれる姿を。

父がそれを招いたのだ、ちがうか？　はっきりとことばにして言ったのだ――キングが愛のために結婚するくらいなら、家名が途絶えたほうがましだと。だからその望みをかなえてやるわけだ。公爵領の終焉をあたえてやる。

父はそれを知って死に、キングはようやく勝つ。

〝幸せだったことはあるの？〟

ソフィのことばが頭のなかでこだました。

幸せは保証されたものではないと知っている彼女だが、それでもその純真さには魅力があった。彼女の姉はもっとも愛のない結婚をしているのに、ソフィはおとぎ話を信じているようだった――愛が実際に勝利するのだと。

十年前に別れたきりのパン屋の青年に憧れていた思い出をだいじにしているという事実は、レディ・ソフィ・タルボットをさっさと厄介払いすべきだという証拠だ。

だったらなぜ、彼女を置き去りにしなかったのだ？

その問いをじっくり考えずにすんだのは、うれしくもない挨拶を受けたからだった。「カーリクルなしでも、きみはずいぶん速く移動したと言わざるをえないな」

キングは体をこわばらせ、日数を数えてからふり返った。乙に澄ましたウォーニック公爵が、手に両切り葉巻を持ち、目を輝かせてぶらぶらとこちらに向かってくるところだった。

キングは眉根を寄せた。「きみはここには三日前の晩に着いていたはずだ。いまごろはすきま風の入る城にいるはずじゃないのか」

「ここが気に入ったんでね」

「ここの女性が気に入ったんだろう」

スコットランド人のウォーニックがにやりと笑い、両手を大きく広げた。「向こうがおれを好きなんだ。女性をがっかりさせるなんてできないだろう？　で、きみは？　遅くなったのはどうしてだ？」

キングは答えず、新しい御者から二頭めの馬具を受け取って馬車につなぐ仕事に集中した。

「秘密か？」

キングは馬の腹帯を締めた。

ウォーニックが食い下がる。「きみも気に入った女性が見つかったのか？」

「ちがう」キングは考える間もなくそう言ってしまった。

「そうか」ウォーニックがのんびりと言う。「嘘っぽく響くな」

キングは友人をにらんだ。「私の名誉を傷つけようというのか？」

「まあそうだな。だが、決闘をする気はないから、手袋を地面に叩きつけるとか、きみたちイングランドの愚か者がすることはしないでくれ」

傲慢なスコットランド人ほど質の悪いものはない。

「これはきみの馬車ではないな」ウォーニックが言った。

「観察眼があるじゃないか」

「どうして自分の馬車に乗らない？」

キングはため息をつき、腕を組んで肩で馬車にもたれているウォーニックをふり返った。

「きみはいつ警官になったんだ？」

ウォーニックは片方の眉を吊り上げてみせ、両切り葉巻をゆっくりとくゆらせてから地面に落として大きな黒いブーツで踏んだ。「おれを家まで送ってくれる気はないんだろうな？」

「ああ」キングは食いしばった歯のあいだから言った。ウォーニックにはこちらの馬車に乗って国境を越えるつもりがあるわけがないとわかっていた。

「そうか」ばかにする口調だ。「ほんの何時間かの距離だから、馬を交換する必要もないんだがな」

「きみを乗せる余裕はない」キングは言った。

「あるに決まってるだろう。きみの車輪は全部おれがいただいたんだから、車内は空っぽのはずだぞ。おれは小柄だしな」

腹の立つほど癪に障る男であるだけでなく、ウォーニックは二百八十ポンドもある巨漢だ。

「どこが小柄だ」

「うるさいな……」ウォーニックがいきなり馬車の扉を開けた。

キングはそれを予期しているべきだった。激しく毒づきながら腹帯を落とし、友人を止めようとした。「閉めろ」

ウォーニックがあまりにすばやく扉を閉めたので、まるで最初から開けなかったように思われたほどだ。訳知りの笑みをキングに向けてきた。「やっぱり気に入った女性を見つけたんじゃないか」

「彼女は女性ではない」

ウォーニックの両の眉が跳ね上がった。「ちがうのか？　ボディスはゆるめられていたし、状況はわかりやすいくらいはっきりしてると思うが」

キングは一瞬顔を背けたが、いらだちと怒りに駆られてさっとふり向くと、傲慢なスコットランド人の顔のど真ん中に拳をお見舞いした。「これは彼女のボディスを見た罰だ」

ウォーニックは鼻血の出た顔を手でおおった。「なんだよ、キング。殴らなくてもいいだろう」

いや、殴って当然だった。ポケットからハンカチを取り出して手を拭う。毛布を手に入れて、眠っているソフィにかけてやらなければ。ハンカチを友人に渡す。「国境の向こう側にいるときのきみのほうが好きだ」

「おれだって、国境の向こう側にいるときのほうがきみを好きでいられる」ウォーニックはハンカチで鼻を押さえた。「そんなにむきになったきみを見るのははじめてだよ。お父上のせいなのか？　それともあの女性の？」

明らかにその両方のせいだった。「どちらでもない」

ウォーニックの発した音は、そんな嘘にだまされるものか、とでもいうようなものだった。「ここにはカーリクルがある。買えよ。家まで競走しようじゃないか。死を目前にしたお父上に会う前に、少しでも怒りを和らげておけよ」

これほどそそられる申し出はなかった。キングはカーリクルの自由を切望した。それが約束してくれるものを。危険の縁にいて、すべてを失わずにいるには自身の力と技だけが頼りだという感覚を欲した。自身の人生は自身の手のなかにあると思い出させてくれるものが欲しかった。自分の人生を握っているのは自分自身なのだと。

だが、ずっと競走をしてきた彼が逃げたかったのは、このときはじめて過去ではなかった。操りたい記憶でもなかった。避けたいのは馬車ではなく、そのなかのものだった。それと、そのなかのものが彼に欲しいと思わせるものだった。そうと意識しないまま、キングは馬車に目をやった。

ウォーニックが目ざとくそれに気づいた。「彼女を送り帰せよ」

「それは無理だ」

「どうして？」

彼女と離れられないからだ。

キングは返事をしなかった。

ウォーニックが注意深い目を向けてくる。「なるほどな」

怒りが燃え上がった。「なにが言いたい？」

相手は肩をすくめた。「かわいらしい従僕をたいせつに思っているんだな」

ありえなかった。「どうしてそれを――」

ウォーニックが笑みになる。「気づくまで時間がかかったかもしれないが、一度わかってしまえば――わからなかったときには戻れない」

「わからなかったときに戻る努力をしろよ」キングは友人に背を向けて馬の支度に戻った。

「彼女をどこへ連れていこうとしているんだ？」

父親が来てロンドンへ連れ帰ってくれるまで、ライン・キャッスルにいてもらう。ほかにどうしようもないじゃないか？　ここに置き去りにすれば、彼女はウォーニックのような男の毒牙にかかってしまうかもしれないのだから。

借り物のばかみたいなフロック・ドレスを着た彼女が淑女然としたようすで、歴史を感じさせる石造りのライン・キャッスルの前にいるところを思い浮かべた。

〝爵位だけが目当ての安っぽいあばずれをおまえの嫁に迎えるくらいなら、結婚しないでいてくれるほうがましだ〟

キングははっとした。

「彼女はだれなんだ？」ウォーニックがたずねた。

危険な娘たちの末っ子だ。

「こんなことを訊くのも、きみにとって彼女は頭がよすぎるからだ。つまり、ほかのなによりも厄介な存在だということだ」キングが父のことばを思い出して考えこんでいるのに気づきもせず、ウォーニックは続けた。「頭のいい女性と戯れるのはやめたほうがいい。ぜったいに出し抜けないし、気づいたらその相手と結婚していたなんて状況に陥りかねないからな」

それを聞いてキングが顔を上げた。

〝私を結婚の罠にかけようとすべきではない〟ソフィがこちらの爵位を狙っていると信じこんでいたとき、彼はそう言ったのだった。だが、いまでは考えを改めていた。ソフィは陰謀をめぐらせるような女性ではない。

それでも、タルボット家の娘であることに変わりはないが。

だから、ほかの人間はソフィも姉たちと同じだとたやすく信じるだろう。キングの父もたやすく信じるだろう。

それはつまり、ソフィとの賭けに勝たなければならないことを意味する——彼女の完璧なパン屋がただの幻想でしかないと証明するのだ。そのあとは彼女を自分のそばに置いておく。その考えとともにうれしさがこみ上げてきたが、無視した。

ソフィをそばに置いておくのは理想的とはいえない。ふたりとも、相手と一緒に過ごす時間を楽しめないのだから。

この何時間か、おまえは彼女との時間を相当楽しんだじゃないか。

キングはそんな思いを押しやり、馬具がしっかりつけられたのをたしかめ、新しい御者に向いた。「モスバンドまで飛ばしてくれ」

御者は持ち場について手綱を握った。

ウォーニックは鼻梁をそろそろと触っていた。「折れてるみたいだ」

「心配はいらない。きみのいかつい顔も少しはましになるだろう」

彼がキングをにらんだ。「これまで不満を言われた経験はほとんどない」

「それは、女性たちがきみの見かけにおそれをなして口をつぐんでいるだけだからだ」キングは扉に手をかけた。「しばらくここに留まるのかい?」

ウォーニックは宿の二階を見上げたあと、肩をすくめた。「一日、二日かな。気のいい女でね」馬車に向かって顎をしゃくる。「もう一度見せてはもらえないんだろうな？」キング のしかめ面を見て大笑いしたあと、まじめな顔になった。「おれの助言を聞くんだ、キング。 手遅れになる前に彼女を厄介払いしろよ」

そのことばのなにかが気にかかったが、キングはうなずいた。「そうする」気を取りなおして扉を開けた。「彼女が役割を果たし終えたらすぐに」

13

パン屋はあてにならない？

馬車のなかは焼きたてのパンの香りがした。

その香りに包まれ、ソフィの空腹感と食欲が目覚めた。ちゃんとした温かい食事をとったのは遥か昔に感じられたし、実際にそうだったのかもしれない。リヴァプール家から逃げ出し、銃で撃たれ、父の送り出した追っ手から逃れているあいだは、食事は優先事項ではなかったのだ。

ゆうべキングが暗い馬車のなかにかごいっぱいの食べ物を持ってきてくれたときは、彼のことばかり気になって食事を楽しむ余裕がなかった。昨夜のできごとを思い出してはっと起き上がり、その動きでかけたおぼえのない毛布がひざに落ち、服が乱れているのを強く意識した。

毛布はキングがかけてくれたにちがいない。温かな気持ちになったのを無視し、小さすぎる借り物のフロック・ドレスの紐を締めてできるだけ体を隠した。差し迫った問題が解決して顔を上げると、同時に三つのことに気づいた。車内を満たす灰色の明かりから、まだ夜が明けきっていないこと。キングの姿が向かいの座席にないこと。そして、馬車が動いていないこと。

窓から外を覗いたところ、煉瓦造りの小さな建物が並んでいるのが見え、なぜかすでに悟っていたことが正しかったとわかった。

モスバンドに着いたのだ。

紳士用品店も、肉屋も、そしてそう、パン屋も変わらずにあった。

もう起きてパンを焼いている。

扉を開け、この町とその思い出とともにずっとソフィを待っていたかのように、すでに置かれていた踏み台に足を下ろす。町の中央の小さな芝地と巨大な岩の記念碑が目の前にあった。岩はちょっとした家よりも大きくて動かせないためそのまま記念碑となり、北に面した部分に苔（モス）が生えている。それが町の名前の由来になったのだった。

大きく息をして、薄明かりと早朝の空気を取りこんだ。

「おぼえているとおりかい？」夜明け直前の静けさのなかで、小さな声がした。そちらを向くと、思ったより近くに馬車にもたれたキングがいた。彼のにおいがわかり、ひげが伸びかけているのが見えるほど近かった。宿に泊まりもせずに旅を続けたから、ひげを剃れなかったのだ。そこに触れたくてソフィの指がうずいた。

もう触れてはいけないのよ。

旅の終着点に着いたのだ。これからはそれぞれに別の道を行く。ほかのどんな人よりも彼と親しくなったけれど。

ソフィは咳払いをしてなんとか声を出した。「まったく変わっていないわ」道沿いの建物を見ていき、長年夢見ていたこの場所に見とれる。居酒屋の向こうへと曲がる小さな坂の上には、暮らしていたときにはなかった喫茶店ができていた。「あの喫茶店以外は」

キングは居酒屋を見ていた。「〈鼬(いたち)と啄木鳥〉亭だって？　本気か？」

驚きを隠せない彼にソフィは笑った。「独創的でしょう」

「ばかげた名前だ」

彼女は頭をふり、芝地の中央にある巨石を指さした。「セレステはあそこに登ったことがあるの」彼がきょとんとする。「姉よ」

「まだ話題に出ていなかった姉上か」

彼がセレステの求婚者についてなにも言わなかったのにソフィは気づいた。彼のことばにうなずく。「八歳か十歳のころだったと思うわ。上まで登ったらこわくなってしまって、下りられなくなったの」

「どうなったんだい？」

「父が助けにきたわ」ずっと忘れていた思い出がくっきりとよみがえった。「腕のなかに飛び降りてきなさいと父は言ったの」

「姉上はそうしたのか？」

ソフィは笑いをこらえきれなかった。「父と一緒に地面に倒れこんだのよ」

彼が一緒に笑った。その声は、早朝の薄明かりのなかで低くやわらかく響いた。「そのときの教訓は身についたのかな？」

ソフィは首を横にふった。「いいえ。それどころか、そのあとみんなで岩に登って父と遊びたがったの」

悲しげな口調になってしまったが、その理由がわからなかったソフィは頭をふってそんな気持ちを追いやった。キングを見ると、こちらを見つめていた。「きみも岩に登ったの？」

彼の横を通って馬車をまわった。「ええ」

キングがついてきた。「飛び降りたのかい？」

彼女は立ち止まった。目を伏せた。「いいえ」

「どうして？」

「それは……」声に出して言いたくなかった。彼に聞かれたくなかった。どう思われようと関係ないのに。今日でお別れなのだから。これを最後に二度と会わないのだから。

「ソフィ？」

彼女はふり返った。キングに名前を呼ばれるのが好きだった。ひんやりした灰色の空気のなかで、その声に包みこまれるのが好きだった。前夜を思い出す。暗がりのなかで聞いた彼の声を。

思い出してはだめ。もちろん思い出すことはあるだろうけれど、こんな公の場所で考えてはいけない。日中には。彼やモスバンドの住人がいるところでは。

「ソフィ」

頭をふり、キングの背後にある巨石に目をやった。「こわくて飛び降りられなかったの」

沈黙が落ちたので、彼に非難されているのだろうと思う。いまだって、あのころの自分と変わっていなかった。いまだにこわがっている。いまだにおもしろみがない。いまだに〝非愉快〟だ。きついことばを投げつけられるのを覚悟する。

「いままでは」

ソフィは目を瞬き、こちらに一心に向けられている彼の美しい緑色の瞳を見た。「えっ？」

「いまのきみは飛ぶことをおそれていない。だから私たちはここにいるのではないかな？だからきみは私の馬車にこっそり乗りこんだのだろう？　私の車輪を盗んで、撃たれたのでは？　ふたりして賞金稼ぎから逃れたのでは？　きみがここに来られるように？　きみが飛べるように？」

キングのことばは鋭く、追い立てられているように感じたソフィは、なんと言えばいいのかわからなかった。すると、さらに追い立てられた。「賭けに勝てるように？　幸せになるために？」

パン屋に目を向けると煙突から楽しげに煙が出ていて、ソフィは賭けの愚かさを強く意識した。勝つなどぜったいに無理だ。けれど彼は、論理的に攻めてくる。パン屋に入り、ロビーと会い、モスバンドに戻る。ロンドンから自由になれる。

なにもかもが変わる。

またやりなおす。

自由になれる。

「それとも、賭けを下りるのかな？」

からかう口調で言われたのがありがたかった。おかげでわれに返れた。自分のなろうとしていたのがどんな女性だったかを思い出せた。自分に約束した人生も。

称号もてらいもない人生。

ロンドンとはまったく関係のない人生。

彼のいない人生。

とうとうこのときが来た。だれのことも知らず、なんのしがらみもないこの場所にいる。

ここまでたどり着いた。賭けを最後までやり通す。ひどい結末になるかもしれないけれど、
ロンドンには戻れない。それに、キングに永遠に頼るわけにもいかない。

彼はわたしのものではないのだから。

こわくて飛べなかった。

いままでは。

重要なのはロビーに会うことではなく、これをやり通す勇気があると自分に証明することだ。ひとりきりで。キングに証明する。なぜなら、彼は去っていく人で、そんな彼に勇敢な自分をおぼえていてほしいから。

たいせつに思ってほしいから。

わたしを見てほしい。最後にもう一度。

ソフィは明るい笑みを顔に張りつけた。「自分の書店を持てるまであと一歩のところに来ているのに、賭けを下りるはずがないでしょう？」キングの驚いた顔を見て、勝利感が湧き起こる。彼はわたしがやり通すとは思っていなかったのだ。馬車の開いた扉へ行き、自分の持ち物を取った。

かごを足もとに置いてスカートをなでつける。「どう見えるかしら？」

「この馬車に二十四時間乗ってきたみたいに見える」

キングに渋面を向けたあと、かごを持って背筋を伸ばした。「あなたに訊いたのがまちがいだったわ」

彼が近づいてきてほつれた髪を耳にかけてくれると、ソフィの体に震えが走った。それを無視しようとしていると、親指で頬の見えない汚れを拭われた。指先が顎にかかって顔を上げさせられると、一心に見つめられて顔が熱くなるのを感じた。

ふたりはそのままじっと立ち尽くし、ソフィはまたキスをされるのかしらと考えた。キスをしてくれたらいいのに。モスバンドの町の中心で、だれに見られるかもしれないのに。

「傷口を清潔に保つのを忘れないように」

千ポンドを賭けていたとしても、そんなことを言われるとは予想もつかなかった。珍しく気づかいのことばをかけられて、息が詰まった。「忘れないわ」その必要もないのに、薬の入ったかごを持ち上げてみせた。キングがうなずいて下がると、彼の手が離れてソフィはつらくなった。それが気に入らなかった。まだ彼と別れたくなくて、言うことを懸命に探した。

「あなたを結婚の罠にはめようと思ったことは一度もないのよ」ここでそれを言うのはおかしなものだったが、真実にはちがいなかった。そして、たいせつなのは真実なのだ、とソフィは思った。

「いまはもうそれがわかるようになったよ」ハンサムな顔にかすかに笑みが浮かぶと、ひげを剃っていない頬にえくぼが出た。ソフィはそこに触れたくてたまらなかった。

「ありがとう。なにもかも」

「どういたしまして、ソフィ」

それで終わりだった。ソフィはきっぱりとうなずいた。「では、ごきげんよう」口にするのがいやなことばだった。

「幸運を祈っている」彼のそのことばはもっといやだった。

深呼吸をすると、パン屋に向かって道を渡りながら、胃がおかしな具合なのは不安のせいだと自分に言い聞かせた。エヴァースリー侯爵のキングズコートに背を向けたせいでは断じてない。先週の大半を一緒に過ごした男性だけれど。

だって、ふたりはたがいを好きですらないのだから。

パン屋のドアを押し開けると、小さな鈴が楽しげにチリンと鳴った。かまどの熱が感じられ、シナモンと蜂蜜のおいしそうな香りがした。客が来るにはまだ早すぎる時間だったのでカウンターの上に商品は出ておらず、薄暗い店内に目が慣れるのにしばらくかかった。

「すみません、パンはまだ――」店の中央に配された大きな煉瓦のかまどの前にいたロビーが背筋を伸ばした。こちらを見た彼の目は、温もりがあってやさしそうだった――ソフィの記憶にあるとおりに。「ソフィ？」

おぼえていてくれた。

すぐにはなにかわからない感情で胸が締めつけられた。ソフィは笑顔を浮かべた。「ロビー」その名前を口にするのは奇妙な感じがした。なじみがないような。まちがっているような。

彼がカウンターをまわってきた。シャツ姿のロビーは背が高くてたくましく、ブロンドの髪は後ろでひとつに結ばれており、茶色の目には笑いが浮かんでいた。「どうしてるんだろうと思ってたよ。その、新聞は読んでたけど、きみは一度も戻ってこなかったから！」

ロビーが手を伸ばしてくると、ソフィはそのざっくばらんなふるまいに驚いてあとずさった。気詰まりを感じ取って彼が動きを止める。「ごめん。いまのきみはレディなのを忘れてたよ」

そのことばは即座にソフィを突き放し、ふたりのあいだに距離ができた。彼女は頭をふった。「いいの。ただ――驚いただけなのよ」

「驚いたのはこっちだよ」ロビーはなにかを探して店内をきょろきょろしたが、見つからなかったようだ。「上着はないんだ」

ロビーはシャツ姿でいるのが気まずいらしく、ソフィは彼にそんな思いをさせた自分がいやになった。手を上げる。「気にしないで」

彼が顔を背け、ふたりのあいだに沈黙が落ちた。「すごく朝早い時間だよ」

「着いたところなの」

「ロンドンから？」

ソフィはうなずいた。

「お姉さんたちも一緒なの？」

「いいえ。ひとりで来たの」

ロビーの眉が寄せられた。「どうして？」

ソフィは長く考えこみ、こう言った。「家に帰りたかったから」彼がなにも言わなかったので、続けた。「懐かしい場所に。たいせつに思っている人たちのもとに」

幸せになりたかったの。

ロビーは頭をふった。「よくわからないな」

ソフィはことばを探した。「ロンドンは大嫌いなの」

それで筋が通ったとでもいうようにロビーはうなずいたが、ソフィにはそうは思えなかった。「わかったよ」彼がポケットに手を突っこむとズボン吊りがぴんと張った。体を前後に揺すりながら視線をあちこちにさまよわせ、最後にテーブルのひとつに置かれたかごに落ち着いた。「パンの熱はまだ取れてないけど、お腹は空いてる？　堅パンはどう？　昨日焼いたものだけど、まだおいしいよ」

ソフィが悟ったのはそのときだった。

これは残念な結末になると。

ばかげた賭けをする前にキングからそう言われていた。ソフィは否定はしたが、彼のことばが正しいのをわかっていた。まさに残念な結末を迎えた。それは、ロビー・ランダーが夫にならないからではない。

十年という歳月がこの場所を変えてしまったからだった。

あるいは、ソフィ自身が変わってしまったからか。

いずれにしろ、モスバンドは彼女の家ではなかった。

ドア上部の鈴が鳴り、ソフィの思いがとぎれた。「パパ！」

幼い少女がソフィの横を通ると、ロビーがかがんで受け止め、高く抱き上げた。「おはよう、おちびちゃん。キスをしておくれ」

ソフィが見ていると、少女はためらいもせずにロビーの頰に唇を押しつけ、顔を離すとこう言った。「今日はパンをふたつ食べてもいいってママが言ったよ」

「ほんとうかな？」ロビーの視線はソフィを通り過ぎてドアに向けられた。「ふたつだって？」

「靴を履かせるためには、約束をするしかなかったのよ」背後から声がしてソフィがふり向くと、赤ん坊を抱いた、茶色の髪とピンクの頰のかわいらしい女性がいた。赤ん坊はロビーとそっくりの茶色の目とにこやかな表情をしていて、子ども時代を彼と一緒に過ごしたソフィにはすぐにわかった。

彼の家族なんだわ。

〝十年も前に出ていった伯爵令嬢を彼がずっと恋い焦がれていたと思ってるのか？〟

もちろん、そんなことは思っていなかった。それでも、この女性や赤ん坊を見ていると……うらやましさを感じずにはいられなかった。

彼にはここに家がある。ずっとモスバンドにいて、幸せな人生を築いた。妻と。家族と。

ソフィにはあまりにもなじみのないものだった。

ロビーの妻が温かな笑みをソフィに向けた。「おはようございます」

頭のなかでさまざまな思いが荒れ狂っていたにもかかわらず、ソフィも微笑んだ。「おはようございます」

「ジェイン、この人はワイト伯爵令嬢のレディ・ソフィだよ」ロビーは娘を下ろすと、甘いパンのトレイをカウンターに移した。

目を丸くしたジェインがひざを曲げてお辞儀をすると、体勢が急に変わった赤ん坊が笑った。「マイ・レディ、ようこそいらっしゃいました！」

「やめてください、ミセス・ランダー」敬称で呼ばれたのがとてもいやだった。「ソフィと呼んでください。ご主人とは――」少女に目をやる。「――あなたくらいのころからの知り合いなのよ」そう言ってしゃがんだ。「お名前はなんていうの？」

「アリス」少女は甘いパンのトレイから離れようとしない。期待に唾を飲むと、小さな喉が上下した。

「わたしが子どものころにもそのパンはあったのよ」思い出がすばやくよみがえり、ソフィは悲しみで喉が詰まるように感じた。自分に自信があったころの話だ。さっと立ち上がり、不意にこみ上げてきた涙をこらえる。

モスバンドに戻った際のことをあれこれ想像してきたが、悲しみを感じるとは思ってもみなかった。こんなに孤独を感じるとは。「すてきなご家族ね、ロビー。いいえ、ミスター・ランダー」

「そうだろう？」彼が笑った。

完璧だった。完璧な人生だった。

「子どものころ、レディ・ソフィとぼくは遊び友だちだったんだ」ロビーが説明すると、彼の妻は興味深そうにソフィを見た。

「そうなんですか？」

ソフィはうなずいた。その場の雰囲気が重くのしかかる。「ええ」

ぎこちない沈黙が落ち、ソフィは早くその場を立ち去りたくなった。どこへ行けばいいのだろう。この先はどうなるのだろう。

「パパ」少女は知らない人間がいることなどおかまいなしだった。「パンを食べていいってママが言ってたよ」

ロビーは娘に言った。「そうか。約束は約束だね」

約束は約束。

何日も前にソフィがキングに言ったことばだった。これが幸せな終わり方をしないと断言した彼の気取った表情を思い出し、いやな気分になった。自分がロビーの妻にはならないのは、心のどこかでわかっていた。けれど、将来にこれほどの疑念を抱くはめになるのは予想外だった。

胸がどきどきしはじめた。かごを体のそばに引き寄せて息を吸う。「お仕事のじゃまだわね。わたしは……そろそろ失礼するわ」

焼きたてのパンをかまどから取り出していたロビーがソフィを見た。「また会えるかな？」ありふれた問いかけにソフィはくずおれかけた。自分にとってここモスバンドには――ロンドンと同じく――なにもないと指摘された気持ちになったからだ。

彼女は頭をふった。「どうかしら」

ジェインが眉をひそめた。「町にいらっしゃるんですか？」

「その……」自分がどこにいるのかわからなくなった。これからどこへ行こうとしているのかも。

「宿に泊まってらっしゃるの？」ロビーの妻がまたたずねた。

「そうなの」そのことばに飛びつき、嘘をついた。どこかには泊まらなければならない。

「宿に」

「よかった」ロビーだ。「それならまた会えるね」

「パンをいただきに来るわ」ソフィは言った。

「いまひとつ持っていかれますか？　朝食用に？」ジェインがパンを差し出した。

ソフィはそのパンが嫌いになった。幸せの約束と、思い出と、それがよみがえったことが。パンなど欲しくなかった。パンと一緒にやってくる奇妙な感情もいらない。あるいは、パンを断ることを思ったときにやってきた奇妙な感情も。

だから店の中央に立ち尽くしたまま差し出されたパンを凝視し、タルボット家の姉妹のなかでいちばん頭のいい自分がなぜこんな愚鈍になったのかと訝った。それに、残りの人生──ここを出て、ぽっかり空いた将来と対峙したときにはじめる人生──をどうしようかとも。

〝どんな結末になると？〟

キングに問われたことばが不安の波となって襲ってきた。

どんな結末になるか、まったくわからなかった。ただ、ここで終わるのでないことだけはたしかだ。

わたしはいったいなにをしてしまったの？

「ふたついただくわけにはいかないだろうか？」

ドアの鈴が鳴るのと同時にその声がして、キングが入ってきた。最悪だった。にこやかな顔をした、ひとりよがりで傲慢なエヴァースリー侯爵に、おぼつかない思いをしているところを目撃されるとは。

ジェインが目を丸くし、口をあんぐりと開けた。ソフィはそれを責められなかった。キングは居酒屋だろうと寝室だろうと馬車だろうと、その場を圧倒してしまうからだ。パン屋だって例外ではないのでは？

「ふたつも必要ないわ」ソフィは言った。

「いいや、必要だね、愛しい人」

〝愛しい人〟ということばにソフィははっとした。ジェインもだ。それをいえばロビーも。ソフィはキングに向かって言った。「必要ありません」

キングは彼女を無視して、目も眩むような笑顔をジェインに向けた。「私のレディはパンが大好きなんだ。ロンドンを発ってからその話しかしなかったくらいでね」

ひどい。彼はまたわたしを徹底的に破滅させる気なのね。この人たちにとって、わたしはミセス・マシューではなく、レディ・ソフィ・タルボットなのに。彼らはわたしの知り合いだ。きっとすぐさまうわさに興じるだろう。

「閣下」ソフィは言ったが、どう続けるつもりかわからなかった。

キングはまたも彼女を無視してロビーに手を差し出した。「あなたはかの有名なロビーですね」

ロビーはひどく困惑した表情になった。「そうですが」

キングがにやりとする。「エヴァースリーだ。エヴァースリー侯爵」

ロビーの目がまん丸になった。「侯爵さま！」ソフィに視線を転じる。「きみは――」

「いや、それがまだなんだ」キングが笑いながら、まだ言い終えられていない質問に答えた。「結婚する前に彼女がカンブリアに戻りたがったものでね。だが、私の父のライン公爵に会ったら、すぐに結婚すると言ってくれた」そう言ってソフィの手を持ち上げ、目を見つめながらそこに口づけた。「とはいえ、私自身は儀式なんてどうでもいいんだ。出会った日に生け垣のなかで結婚したってよかった。そうだろう、きみ？」

ソフィは彼のとんでもなくロマンティックなことばのせいで胸が高鳴ったのを無視した。彼はロンドンの舞台に立てるほどの役者だった。でも、どういうつもりなのだろう？　結婚しなかったら、わたしはどうなるの？　エヴァースリー侯爵から望まれず、ぼろぼろになって捨てられたら？

ほかのレディたちとはちがい、ソフィにはおおぜいの求婚者がいるわけではなかった。唯一の可能性がこの町にいたのだ。そして、その人は別の女性と結婚して甘いパンを焼いていた。

自分自身に正直になるならば、可能性などなかったのだ。

もっと自分に正直にならなければ。

キングはきっと、自分の登場でわたしがほっとしていると思っているのだろう。でも実際は、かなり気恥ずかしい思いをしていた。こんな悲惨な展開になったのを知られたくなどなかった。孤独な姿を見られたくなかった。家も目的もない女だと思われたくなかった。

ほくそ笑まれたくなかった。

批判されたくなかった。

きまり悪くてたまらなかった。

彼にここから立ち去ってほしかった。

あいにく彼は留まり、うっとりした目をしているジェインに向かって言った。「でも、彼女は昔の友だちにどうしても会いたがってね」仔細ありげに顔を寄せる。「それと、彼女がよく話して聞かせてくれたパンを、一緒に食べたかったんだよ。さっきは私の分を頼み忘れてしまったようだが」ロビーをふり返る。「まあ、何日も旅をしてきたわけだから、彼女を許すがね。繊細なレディには疲労はこたえるはずだから」ソフィは目を天井に向けたい気持ちをこらえた。

「もちろんです、侯爵さま」ロビーはパンをひとつ追加し、それを包む綿布を取った。

「貴族なの？」朝食よりも貴族がやってきたことのほうに興味をそそられて、アリスがたずねた。

「そうだよ」キングは体をかがめて少女と目の高さを同じにした。「はじめまして、ミス――」

アリスはなにを問われているのかわからなかったため、ソフィが口をはさんだ。「アリスよ」

「かわいらしい名前だね。かわいらしい若いレディにぴったりだ」

アリスが笑う。「あたしはレディじゃないもん」ソフィに目を向ける。「でも、この人はレディなんだって」

「そうね」ジェインが言った。「侯爵夫人になる方だもの。いずれは公爵夫人になられるのよ」

アリスが目をまん丸にした。「すっごーい！」

「アリス！」ジェインがたしなめ、申し訳なさそうな目をソフィに向けた。「貴族の方とお会いするなんて、娘にはとっても珍しいことなんです」

ソフィはキングに微笑みかけたが、アリスと一緒にいる姿を見て、ほかの子どもたちといる彼も見てみたいと思ってしまったのがいやだった。彼の子どもたちと。そんな思いをふり払う。「わたしも貴族なんて知らなければよかったのにと思うわ」

キングが笑って立ち上がり、相手に夢中の求婚者そのものの表情をした。

ソフィは向こうずねを蹴ってやりたくなった。そのときロビーがパンの包みをキングに差し出さなければ、ほんとうに蹴っていたかもしれない。「どうぞ、侯爵さま」

「ありがとう。もうひとつもらってもかまわないだろうか？」ソフィに笑顔を向けた彼は、あからさまに自分の演じている役割を楽しんでいた。「御者も腹を空かせていると思うんだ」

「たしかにそうだわ」いらだちをかろうじてこらえて言った。彼はここから立ち去るつもりがないの？「やさしいのね」

彼は顔を寄せてソフィの耳もとでささやいたが、その声は町中の人間にも聞こえるくらい大きかった。「きみと一緒にいるときだけだよ」

ソフィは顔を赤らめ、そんな自分を嫌悪した。そのことばがほんとうであってほしいと願ってしまったから。

そう思わせたキングが憎かった。

彼はすべてをより一層悪くしている。

「ありがとう」パンを包んだジェインにたっぷり金を渡しながらキングが言った。「ふたりとも、披露宴にはぜひ出席してほしい。ソフィの友人であり私の賓客（ひんきゃく）として」

気恥ずかしさと不安が、一気に怒りに取って代わられた。ソフィをからかうのと、まっ赤な嘘をつくのとではまったく別物だ。結婚披露宴などない。それどころか、あと数分もしたらふたりは別々の道を行くのに。永遠に。

「ねえ、ほんとうにそろそろおいとましないと。ランダー夫妻の一日はこれからなのだから」

「あたしの一日も！」アリスが言った。

「アリスの一日も」ソフィは援護射撃をありがたく思った。

侯爵が子どもの相手をするのはごくふつうのことだとばかりに、キングがしゃがんでアリスに話しかけた。「たいへん忙しい一日をおじゃまして失礼しました、ミス・アリス」

アリスがうなずく。「ママがね、パンをふたつ食べてもいいって言ったの」

微笑んだキングを見て、ソフィはまたしても胸をわしづかみされたのがいやだった。どんな男性だろうと、子どもにやさしい人はこんな風になるはず。すてきな光景だもの。

でも、その男性がキングだと、さらにすてきな光景になる。

いやだわ。

「閣下」ソフィは言った。

キングが立ち上がる。「お先にどうぞ」

そういうわけでソフィは先に立って店を出て、道を渡って馬車の向こう側へとまわった。ふり向くと、彼がすぐ後ろにいた。ソフィは顔がつきそうなほど彼に近づき、険しい目をした。「おもしろがっていたんでしょう」

キングはとぼけて眉を吊り上げた。「なんのことだかわからないな」

芝地の少し離れたところに御者がいるのを強く意識しながら、ソフィは声を落として言った。「わかっているはずよ。パン屋に勝手に入ってきて、わたしにひどい屈辱感を味わわせたでしょう」

「屈辱感だって？　きみを侯爵と婚約させてやったんだぞ。将来の公爵夫人にしてやったんだ！」

ソフィは目を瞬いた。この人は完全にいかれている。それしか説明がつかない。そうでなければ、単に残酷な人なのだろう。「でも、ほんとうじゃないわ！　あなたがわたしと結婚しなかったらどうなるの？　エヴァースリー侯爵に捨てられた女になったら？　あなたがかなりの数の女性を破滅させたのは知っているけれど、だからといってわたしまで破滅させてもいいことにはならないのよ」

「正確を期すなら、お仕着せを着て私の馬車に潜りこんだ瞬間にきみは破滅していたんだぞ」

　もちろん彼の言うとおりだ。「正確を期してなんてもらいたくありません」

　キングがせせら笑った。「そうだろうな」

「これを楽しんでいるんでしょう？　完璧な勝ちですものね——生涯の成功記録がまた伸びたわけだもの」なにか言おうと彼が口を開いたが、怒りに駆られたソフィは続けた。「楽しんでいるに決まっているわね。だって、出会ったときからわたしの過ちを楽しんでいた人ですもの。この数日、わたしをあざけっていたあなたが、最後の機会にもそうしないはずがないわよね？」あとずさり、両手を大きく広げる。「いまになってやめなくてもいいわよ。殿下。あなたはそれを生き甲斐にしているんでしょう？　はじめからわたしがどれほどまちがっているかを指摘するのを？　ご自分がどれほど正しいかを？　わたしを何倍にも愚かに感じさせるのを？」

「ちがう」

　彼の返事などどうでもよかった。「あんなにがんばって子どものご機嫌をとったり、奥さんにとびきりの笑顔を見せたり、ロビーと仲よくする必要なんてなかったのに。その前から、わたしはばかみたいに感じていたんですもの。自分がまちがっていたことに気づかなかったとでもお思い？　メイフェアに留まっているべきだったと？　上流社会の非難なんてわかりきった結果だと？　それとも、わたしにはっきり言わせたいのかしら？　あなたの勝ちよ」吐き出すように言った。「賭けの賞品を手に入れたのよ。おめでとう。あいにく、あなたについて言えるすてきなことはなにひとつないわ。今日も、この先もずっと。約束を反故にするわ」

怒りの息をふんと吐き、ソフィは背を向けてその場をあとにし、宿を見つけようと思った。部屋を借りるのだ。彼を永遠に厄介払いする。

「この件を私のせいにするのはやめるんだ」それを聞いたソフィが足を止めてふり向くと、彼が続けた。「一緒にいるあいだ、私はきみの指示にずっと従ってきた」キングが近づいてくる。「ロンドンを出たがったのはきみだ。もう一度人生を手に入れられるとばかりに、ロンドンで爵位のある裕福な暮らしをしてきた十年がパンひとつで消せるとばかりに、モスバンドへ来たがったのはきみだ」

「わたしのことなどなにも知らないくせに」

「きみがあの青年をでっち上げたのは知っている」

ソフィの眉がくいっと上がった。「彼をでっち上げたですって！　ちゃんと実在するのをその目で見たはずよ」

「彼についてのすべてをでっち上げたんだ。完璧なパン屋で、きみに恋い焦がれていると。その理由はわからない。なぜなら、彼が自分のものだったことなど一度もないのをきみはわかっていたからだ。私ですら、彼に会う前からそうだとわかっていた」

「わたしの望みは――」ソフィは途中で口をつぐんだ。

彼がすぐ目の前まで近づいてきた。「最後まで言うんだ。なにを望んでいたんだ、ソフィ？」

「なにも」

キングは彼女をじっと見つめた。あまりに近くにいるので、彼の目のなかに銀色の小さな斑点があるのまで見えた。「嘘つき」

「愚か者よりも嘘つきのほうがましだわ。あなたはただ、自分が正しかったと証明したいだけ。物事を放っておけない。わたしを放っておけない。わたしがまちがっていたと証明したくてたまらない。見つけられると思っていた家をわたしが見つけられないと」

「きみが大丈夫かたしかめたかったんだ」つっけんどんで、いらだちに満ちた口調だった。

「いい人生を送っていると、ロビーに見せられて感謝してくれると思った。予想以上にうまくやっていると」

「ええ、そうよ。ほんとうにいい人生を送っているわ。一文なしで、これからどうしたらいいかまったくわからない状態で、モスバンドで足止めされてしまったんですもの」いったんことばを切り、それから声を和らげて続けた。「歓迎されると思っていたのよ。わたしは……」

ことば尻を濁した彼女をキングはそのままにしておいてくれなかった。「なんだい？」

「幸せになれると思ったの」幸せどころか、これまででいちばん孤独に感じていた。「ようやく家に帰れると思ったの。そして、自由になれると」頭をふる。「でも、ここは家じゃない。なにが自分の家なのか、わからない」

「残念だったね、ソフィ」

彼女ははっとキングの目を見た。「やめて。嘘をつかないで。わたしは軽率で愚かかもしれないけれど、あなたはこれまでわたしに嘘はつかなかったでしょう」涙がこぼれた。キングは町の中央の公道にいることなどおかまいなしで、ためらいもせずに彼女を抱き寄せた。

ソフィもうどうでもよかった。

彼に寄りかかり、失望といらだちと、すべてをだめにしてしまったのにそれを正すことはできないかもしれないという思いに満ちた涙が流れるに任せた。

キングはソフィを泣くままにさせ、やさしくつぶやき、なだめ、なにもかもうまくいくと約束した。そして彼女は、キングの慰めはつかの間のものではないと、少しのあいだだけ信じることにした。彼はとても温かかった。温かくてやさしかった。彼が家のように感じられると思いそうになった。

けれど、そうではないと思い出した。彼が自分の家になることはけっしてない。

体を離して背筋を伸ばし、涙を拭った。顔を上げると、彼もこちらと同じくらい落ち着かない顔をしていた。「あなたに頼りすぎていたみたい。この冒険のあいだ、わたしのすばらしい守護者でいてくれた。でも、それももう終わりにしなくては。宿に部屋を取ります。賞金稼ぎに見つかったら、一緒にロンドンに帰るわ。この旅そのものがまちがいだったの」

「くそったれ」小さく言う彼にソフィは驚いた。「これは夢だったんだ。きみが持てると思っていた人生だった。だが、きみの人生はここにはなかった。だからといって、自由を持てないわけじゃない」キングは長々と彼女を見つめ、頭をふった。「きみは宿には泊まらない」

「そうするしかないの」

「ライン・キャッスルに行くんだよ。私と一緒に」

困惑とともに、なにかほかのものも頭をもたげた――欲望に似たなにかが。それを認めるつもりはなかったけれど。「どうして？」

キングは両手をポケットに突っこんで胸を張った。「すばらしい理由がふたつある。まず第一に、一緒に来てくれれば、きみが次にどうするかを決めるまで私が守ってやれる。お父上の寄こした追っ手からせっかく逃げてきたのに、少しばかり予定外の展開になったくらいで計画をなかったことにするのか？」

予定外の展開は〝少しばかり〟という感じではなかった。どうしようもない過ちを犯した気分だった。「ふたつめの理由はなにかしら？」

「きみに提案したいことがあるからだ。長くはかからないうえに、礼をはずむ」眉を寄せたソフィを見て、彼は続けた。「私に数日くれたら、きみがとても欲しがっている幸せを買うのにじゅうぶんな金を払う」

とてもそそられる提案にソフィは目を瞬いた。「かなりの金額になりそうだけれど」

「きみにとって幸運なことに、私には金がたっぷりある。それに、近々さらに増える見こみだ」

「わたしがロンドンへ戻らなくてもすむくらい？」

キングが首を傾げる。「それがきみの望みならば。書店を持たせてやれる。きみの好きな場所に」

希望と疑念が渦巻いた。「どうしてわたしを助けてくれるの？」

彼はなにかすてきなことを言ってくれるのだろうか、とソフィは思った。きみを好きになってきた、といったようなことを。危険な願望が頭をもたげる。けれど、彼の口から出たことばはそんなものではなかった。「私の復讐にきみの存在はぴったりだからだ」

恐怖を感じながら、険しいまなざしでキングを見る。「わたしになにを望んでいるの？」

「簡単な話なんだ」馬車の扉を開け、乗りこむよう身ぶりで示す。続く自分のことばがソフィにどんな思いをさせるか気づかないまま。「きみを父に紹介する。婚約者として」

ソフィは動かなくなった。「真剣に言っているのね」

「もちろんだ。この一週間、私たちは夫婦で通してきたんだから、婚約者のふりをするのはそんなにむずかしくはないだろう。すでにはじめてしまっているわけだし」

「婚約しているとロビーに言ったのは、わたしのためではなかったのね。自分のためだったんだわ」

キングが首を横にふった。「私たちのためだ。ふたりにとって都合がいいわけだ」

ソフィは胸のうずきを無視した。「公爵さまに嘘をつけと言っているんでしょう」

「私の父にだ」

彼女が目を瞬く。「お父さまにはぜったいに結婚しないと言うつもりだと思っていたけれど」

「いまもするつもりはない。きみとは結婚しない」

それが相手を傷つけないと思っているかのような口調だった。たしかに傷つくはずはない、とソフィは思った。旅の仲間以上だとにおわせるようなことを彼は少しもしていないのだから。

ゆうべの馬車のなかでのことをのぞいて。

そんな思いを脇に押しやる。いずれにしても、彼とは結婚しないのだから。それでも。

「キリスト教世界のどんな女性だろうと、あなたを魅力的だと思うのが不思議だわ」

それが助けになるとでも思っているのか、キングがこう言った。「だれとも結婚するつもりがないんだ、ソフィ。知っているはずだよ」

「では、考えなおしたの？　死を目前にされたお父さまの気持ちを楽にさせてあげたいの？」そう訊いてはみたものの、答えはわかっていた。

「いいや」

〝私の復讐にきみの存在はぴったりだからだ〟

「わたしは危険な娘たちのひとりなのよ。財産と爵位を持った人は、タルボット家の娘と結婚などしないほうが賢明よ」

彼がぎくりとしたので、ソフィはいらだちをあらわにしすぎたのだろうかと訝った。傷ついた気持ちも。「ソフィ――」

彼のことばをさえぎる。「やめて。あなたがわたしと結婚しようとするほど身を落としたと知ったら、偉大なお父さまはきっと身の毛もよだつ思いをなさるわ。わたしには家柄も血筋も上品さもないもの。父はカード・ゲームで爵位を勝ち取ったのよ――わたしたちはどう贔屓目に見たって爵位と特権を無理やり手に入れた人間だわ」

「父はそう信じているな」

「息子と同じように」

キングは目を瞠ったあと、怒りのまなざしになった。「きみは自分の言っていることがわかっていない」

「そうかしら？」ソフィは不意に大胆な気分になった。「自分の言っていることくらい、きちんとわかっているわ。あなたがさっさと立ち去らなかったのは、わたしの将来を心配したからではなかったのよ。颯爽とパン屋に入ってきたのは、わたしを救おうという親切心からではなかった。この提案だって、わたしが自由を手に入れることを願っているからじゃない」

「それはちがうぞ」

「そう？　じゃあ、もしわたしが評判も血統ももっとよい別の女性だったとしても、こんな提案をしたかしら？」ソフィは待ったが、彼は答えなかった。「もちろん、していなかったわよね。なぜなら、そういう女性たちに対するお父さまの怒りはたいしたことがないからよ」

「ソフィ――」キングは恥じ入る顔をするだけのたしなみを持っていた。けれど、彼女はそんなものをはねつけた。「でも、そういう女性はわたしのような機会も持てないわね。わたしはよい結婚をするよう育てられてはいませんん、エヴァースリー卿。銀のスプーンをくわえて生まれてきていないから、あなたみたいに嘆かわしいふるまいをすることだって許されない。ええ、いいわよ。あなたがさっき言った取り決めに従いましょう。薄汚れたSをお父さまの前に連れ出させてあげる」

馬車の端をつかむと、彼の手も借りずに飛び乗った。

14

放蕩王者と薄汚れたソフィ――

戦争か？　あるいはそれ以上のものか？

キングはすぐさま彼女のあとから狭い馬車に乗りこみ、動き出すのを待ってから口を開いた。いらだちと怒りと、少なからぬきまりの悪さのせいでことばがほとばしった。

「どうやら、マイ・レディ――」ソフィが嫌っているのを知っていて、わざと敬称を強調した。「――この一週間、私がきみのためにどれほどのことをしてきたかを忘れているようだな」

ソフィの怒りに満ちた目がさっと彼に向けられた。「すべてご自分の目的のためにね。最期を迎えようとしてらっしゃるお父さまを罰しようとするとは、なんて気高いんでしょう」

「父を知っていたら――」

「存じ上げません」さらりと言い、横の座席に置かれたかごから本を取り出す。「正直なところ、いまのわたしはあなたに親切にしたい気分ではないの。だから、同情を買おうとしているのなら、別のときにしてくださったほうがよさそうよ」

彼女はキングが出会ったなかでも最高に癪に障る女性だった。「私はきみの望みをすべてかなえただろう。本来ならお荷物のきみを見つけた瞬間にロンドンへ送り帰すべきだったのに、そうはせずにいまいましいモスバンドに連れてきた。お父上の寄こした追っ手からきみを守った。ああ、そうだ。それに、きみの命も救ったんだったな」

「危険な娘の命を救う価値があったとは、正直に言って思いません」落ち着いて本を開く。「時間をむだにさせてしまったことは謝ります」

キングは背もたれに体を預けて彼女を見つめた。くそっ。時間のむだなどではなかった。どれひとつとして。それどころか、先週の一瞬たりとも、ほかのものと交換したくはなかった。たとえ彼女がキリスト教世界でもっとも気むずかしい女性であろうとも。「ソフィ」戦略を変えようと呼びかける。

ソフィは食いついてこなかった。ページをめくり、おだやかに言った。「心配はいりません。ご病気のお父さまはわたしを忌み嫌ってくださいますから。早く死にたいと思わせてさしあげます。完璧な復讐を果たしたら、おたがいの縁も切れるわけですし。ありがたいことに」

キングは長々と彼女を見つめてから、静かに言った。「きみを劣っているなどとは思っていないよ」

ソフィがまたページをめくる。「あなたの完璧な人生には下品すぎるのに？　妻になるかもしれないと考えるだけで慄然とするほど下品なのに？　同じ空気を吸うのにも耐えられないほどに？」

くそっ。そんなことをほのめかすつもりはまったくなかったのに。「きみが下品だなどとは思っていない」

ページをめくるのが速くなっていた。「それを信じるのはむずかしいと言わざるをえませんね。だって、知り合ってからずっと、わたしの下品さを指摘してばかりでしたから」ぱらっ。「下品な素性」ぱらっ。「下品な過去」ぱらっ。「下品な家族」ぱらっ。「なにより下品な性格」ぱらっ。ぱらっ。ぱらっ。「その件については、あなたの態度はとってもはっきりしていましたわ。あなたをただのばかだと思うくらい」

キングは体をこわばらせた。「いまなんと言った？」

「あなたの聴力にはなんの問題もないはずです」

ぱらっ。

キングは彼女の手から本を奪い取った。

ソフィは彼をにらみ、それから座席の背にもたれて胸のところで腕を組み、噛みつく勢いで言った。「二度とこの馬車を見ずにすむようになったらうれしいわ」

「どうしてだかさっぱりわからないな」彼が言い返す。「私はかなり気に入っているんだが」思っていたほど辛辣な口調にならなかった。実際、この馬車について考えると大きな喜びを感じてしまった。ここカンブリアを発ってから乗ってきたどんな馬車よりも。若かったころから乗ってきたどんな馬車よりも。

ただ、その原因は馬車ではなかった。

ソフィだった。

そう悟ったとたん、大きな不安に襲われた――彼女から喜びをあたえてもらいたくなどなかった。この旅は楽しみのためではなく、苦しみのためのものだ。父の苦しみの。父が亡くなるのを見にきたのだ。キングの人生をずる賢く操った罰をついにあたえてやるために。

ソフィはそのための手段で、それ以外のなにものでもない。

それ以外のなにものにもなれない。

自分の人生に彼女の入る余地はない。

彼女は自分の問題ではない。

そうであればと願っていたとしても。

いらだちと怒りが体を駆けめぐり、キングは吐息をついて背もたれに体を預けた。たしかに自分はばかだった。はじめから彼女を侮辱ばかりしてきた。そんな目に遭わせられるいわれなど彼女にはなかったのに。彼女には自分よりもましな男がふさわしい。その思いが頭のなかで響くなか、馬車は進み、ライン・キャッスルへとますます近づいていった。

向かいでしゃっちょこばって座っている彼女に目をやる。忌まわしいドレスを着た彼女を見つめているうち、数分が経った。どこからか針子を手配しよう。何着もドレスを買ってやろう。

とはいえ、ここから何マイル四方も針子の類はいないのだが。

エディンバラから呼び寄せよう。必要ならば、ロンドンから呼び寄せてもいい。

それに、ブーツもだ。彼女のために六足手に入れよう。革やスエードの最新流行のものがいい。ふくらはぎまで紐を編み上げるブーツも。

ぜひそうしてみたかった。

ブーツの紐をほどく場面を想像してもぞもぞと体を動かし、その思いを忘れようとした。出会ってからというもの、お仕着せ姿か体に合っていないドレス姿の彼女しか見ていなかった。リヴァプール家のパーティではじめて会ったときにはすばらしいドレスを着ていたのだろうが、格子垣を伝い降りてそこから逃げるのに必死だったせいで、ちゃんと見ていなかった。

ドレスの縁からこぼれそうになっている胸もとから長い首へと視線を移し、顎の曲線、ついにはふっくらしたピンクの唇へと見ていった。

私はばかだった。

それも、一度ならず。以前、ある舞踏会で彼女とダンスをしたらしいのに、それを思い出せないのだ。彼女を忘れるなど想像もつかないのに。腕のなかの官能的で誘惑的なその感触を忘れるなど。石けんと夏の陽光の香りまで忘れるとは。

だが、この旅のおかげで彼女を忘れられなくなった。

巧みなことばや、辛辣な口答え、それに大胆に勇敢に世界に立ち向かっていく彼女を忘れるなんてありえない。

ソフィが新たな人生を築いてこちらのことなどすっかり忘れてしまったあとですら。彼女の望む幸せのすべてをこちらがあたえたあとですら。

この先一生、彼女を忘れることはないだろう。

すまなかった。

どうしても彼女にそう言いたかった。はじめからやりなおしたかった。ひとりの男と勝手に馬車に忍びこんだ女性としてではなく、淑女とその助力者としてでもなく、キングとソフィとしてこのめちゃくちゃな旅をおぼえていたかった。そのふたりがだれであろうと……何者であろうと……。

もちろん、そんなことは不可能だ。

彼女はこちらのなにもかもを嫌っているし、自分が彼女にふさわしい男になれることもけっしてない。

彼女には下品さのかけらもない。

ここでそう伝えるべきだ。いますぐ。ライン・キャッスルの馬車まわしに入って機会を逃してしまう前に。

だが、ソフィはとても腹を立てているから、きっと信じてもらえないだろう。それでいいのかもしれない。自分は彼女を激怒させる存在でいるのが最善なのかもしれない。彼女は喜んで自分と別れるだろう。すっかり忘れたがるだろう。

馬車が大通りを折れるとキングは顔を上げ、自分の過去と将来を支配しているライン・キャッスルにますます近づいているのを強く意識した。

父はすでに亡くなっているかもしれない。

ソフィに注意を戻す。不意に彼女が猛威をふるう嵐のなかの港のように思われた。「もうすぐ着く」

ソフィはスカートをなでつけた。「お父さまにお会いする前にお風呂に入って服を着替えたいわ。このドレスはお父さまを怒らせる目的にぴったりかもしれないけれど、体に合わない服を着て、何時間もずっと旅をしてきたみたいに見える状態ではお会いしませんから。タルボット家の娘だって、高齢の貴族の前でどうふるまうべきかくらいは知っています」

キングはうなずいた。「眠ってももらうつもりだ。薬草茶を飲む時間をとっくに過ぎているよ」ソフィにこれほど魅入られていなければ、はっと息を呑んだようすに気づかなかったかもしれない。だが、彼は気づいた。なにを考えているのかを知ることもできるなら、ちょっとした財産を差し出したい気持ちだった。ところが、キングなどいないかのように、ソフィは窓に顔を向けてしまった。

馬車は一度、二度と角を曲がり、地平線からライン・キャッスルが姿を現わすと、キングの心臓の鼓動が速まった。灰色火山岩の巨大な建物はのしかかってくるようだ。彼が子ども時代を過ごした屋敷の前で馬車が停まった。

鋭いものに胸を衝かれた。悲しみに似たものに。

ライン・キャッスルから視線を引き剝がし、なにか言いたくてソフィをふり返った。謝りたかった。

だが、そうはせず、扉を開けて巨獣と対峙すべく馬車を降りた。ここで過ごした思い出がどっと押し寄せてくる。片方がエスク川へと、もう片方はスコットランドとの国境へとなだらかに下るカンブリアの緑の丘陵地の香り。子どもの彼が山にして登っていたハドリアヌスの長城の遺跡。ライン・キャッスルの家政婦で、城の女主人や母親にもっとも近い存在だったアグネスの温かい料理とやさしいことば。たったひとつの目的——将来の公爵を育てること——しかなかった厳格で慎重な父。

そして、ローナ。ブロンドの色白で、約束に満ちていた。愛の約束。将来の約束。家名や財産を超越した人生の約束。

幸福の約束。

ふたりはあまりにも若かった。そういったすべてが自分には手に入れられないものだと気づかないほどに。

キングは思い出を脇に押しやり、ソフィのウエストに手を添えて降りるのを手伝った。地面に足がつくと、彼女はライン・キャッスルの石壁を見上げ、それから問いかける目でキングを見た。「大丈夫？」

声にいらだちがにじんでいるいまですら、彼女はキングを心配していた。彼は詰めていたとも気づいていなかった息を吐き、ソフィの青い瞳や頰の色を見つめ、こちらに対する気持ちを慮った。夜明けからずっとしたかったように、ピンクのふっくらした唇にキスをしたらどうなるだろう、とつかの間考える。その柔肌にたっぷりと口づけ、彼女の味を思い出したかった。若かったころのここでの思い出をなにかほかのものに塗り替えたかった。だが、思い出が時代物の石にしみついているように思われるこの場所で、彼女に口づけてはならないことくらいわかっていた。

だから、支えていた手を離した。「なんとかね」

叫び声がしてキングがふり向くと、巨大な灰色の馬が遠くに見え、そのあとを犬たちが追っていた。目を狭めて見ると、馬上の人物は長身で、髪は白髪交じりで、頬は赤く、元気溌剌としたようすだった。

まさか。

「くそっ」キングは小声で言った。

「あれはだれ？」肩のあたりでそっと言われたことばは彼を包みこむようで、別の時であれば自分も彼女と同じく好奇心に駆られた気分になってその感覚を喜んだだろう。

だが、あまりにも腹を立てていたため、喜びを感じられなかった。「ライン公爵だ」

「あなたのお父さま？」

「そうだ」

「虫の息には見えないわね」その声にうれしさがこもっていたようにキングには聞こえた。

「公爵が夕食にきみの同席を求めている」

ソフィは通された部屋の奥に立ち、目を瞠る光景に視線を注いでいた。入浴をすませ、大きくてとても快適なベッドで長い時間眠り、目を覚ますと借り物らしきドレスが待っていた。そのなかの数着は体にぴったりだった。

着替えを手伝ってくれたメイドが立ち去って、ひとりになったソフィが起伏のなだらかな緑の丘を背後に従えた迷路を窓辺から眺め、これからどうなるのだろうと思っていたところに、キングがドアをノックして返事も待たずに部屋に入ってきたのだった。彼にとって自分は復讐にぴったりの醜聞まみれの女だと言われたときからの怒りもそのままに、ソフィはふり返った。

彼のことばに傷つくまいといまも努力していた。

前夜のこと――暗がりで彼に触れられ、口づけられ、名前をささやかれたこと――をいまも忘れようとしていた。

目を合わせたソフィは、彼がいるだけで息が上がるのを情けなく思った。「わたしひとり？」

彼がドアの脇柱にもたれた。「あいにくそうじゃない。私と一緒にだ」ソフィの怪我したほうの肩に目をやる。「気分は悪くないかい？」

姉なら誇らしく思ってくれそうな、わざとらしい明るい笑みをソフィは浮かべた。「これからわたしを軽蔑しているふたりの男性とお食事をするところなのよ。もちろん気分はいいに決まっているでしょう」

キングが彼女をにらむ。「肩の怪我について言ったんだ。それと、私はきみを軽蔑などしていない」

ソフィは最後のことばを無視した。「薬草茶と蜂蜜が効いているみたい」

「風呂には入ったのか？」

彼女の頬が熱くなる。「あなたには関係ないけれど、ええ、入りました」

「私に関係あるさ」

「わたしが死んだら復讐ができなくなるから？」

キングのまなざしが険しくなる。「辛辣なことばは気に入らないな」

また笑みを浮かべる。「あなたに気に入ってもらおうと一所懸命になっているのに」ソフィは彼に近づいた。「危険な娘を連れて帰ってきたとお父さまに話したの？」

肩越しに廊下を見たあと、彼はなかに入ってドアをすばやく閉めた。「まだだ」小さな声で言う。「だが、じきに父の知るところとなるだろう」

「役にふさわしい女に見えるかしら？」姉たちのドレスや装飾品を借りるまでもなく、じゅうぶん危険な娘に見えるとわかっていながらもたずねた。

「申し分なく見える」

ソフィはわざと顔をしかめてみせた。「ほんとうに？　わたしみたいな女は、公爵さまとの食事に同席するのがどんなものかよく知らなくて。素性が素性だから」

キングが小さく悪態をついた。「やめるんだ」

ソフィが目を瞬く。「なにを?」

「私にへりくだるのをだ」

「へりくだろうだなんて、夢にも思わないわ」

「いいや、思ってるし、そうしている。羽を生やして飛べないのがわかっているのと同じくらい、きみは自分を私より劣っているなどと思っていないはずだ」

思いがけないことばに驚いて、返事をしようと開いた口を閉じた。たやすくわたしを侮辱しながら、同時に正反対のことをしているようなこの男性はどういう人なの?

「それに、きみには私たちよりももっとましな人間がふさわしい」うなるような口調だ。

「少なくともそれだけはほんとうね」ただ、自分でそれを信じるのはむずかしかった。「取り決めについて考えていたの」鏡に向きなおり、求婚者に会う前にセシリーがしていたのをまねて頬をつねった。〝男の人たちはね、女が自分を夢見ていたと感じるのが好きなのよ〟セシリーはそう説明したのだった。

皮肉な話だ。ソフィは自分が彼をどんな風に夢見ているかをぜったいに知られたくないと思っているのだから。

キングはドアのそばから鏡のなかの彼女をじっと見つめた。ソフィはわざと襟ぐりを整えてみせ、すでにドレスからこぼれ落ちそうな豊かな胸に彼の注意を引きつけた。彼は薄汚れたSを望んだ。望みがかなったわけだ。

「取り決めを反故にするなんて言わないでくれよ」

「まさか。タルボット家の人間は約束を守ります。でもね、お金なら父に頼めばもらえるから、あなたにはそれ以外のものをお願いすることにしたの」

キングが眉をしかめたのはほんの一瞬だったため、注意深く見ていなければ気づかなかったかもしれない。「それ以外のものとは？」

ソフィが一度、二度ときつく唇を嚙むと、赤くふっくらした。そう。セシリーなら誇らしく思ってくれるはず。「わたしを破滅させてほしいの」

「いったいなにを言ってるんだ？」

「あなたはその道の達人でしょう。わからないふりなどしないで」

ソフィに近づいてきた彼の声は、不意に低く翳りのあるものになった。「どう破滅させてほしいのか、正確に言ってもらおうか？」

「ほかの人たちはどんな風に破滅させたの？」キングが目を丸くしたので、彼女は手をひらひらとふった。「それはまあいいわ。わたしたちは付き添い人もつけずに一週間近く一緒に過ごしたし、ゆうべは――」

「言うな」

ソフィは彼を見た。モスバンド以来、はじめてしっかりと見たのだ。彼の目のなかのなにかが、前夜について最後まで言わせなかった。あれは彼にとって意味のあるものだったのだと信じたい気持ちにさせられた。自分にとってそうであったように。「わかったわ。要は、結婚できなくなるようにしてもらいたいの。そうすれば、新たな人生を見つけられるから。どこか静かな場所で。書店を出して暮らしていきます。自由に」

「なにから自由になんだい？」

「すべてから」真実の響きがこもっていた。「うわさ話。貴族社会。たまらなく嫌いなものすべて」

「私からも、だな」

いいえ。

ソフィは無理やり笑みを浮かべた。「ほんとうはおたがいをどう思っているか、あなたはだれよりもよくわかっているはずよ」

キングが長いあいだ無言だったので、彼はなにを考えているのだろうとソフィは訝った。おたがいに相手を好きですらないでしょう。ソフィは彼にそれを思い出させたかった。自分にも。

ソフィの思いは通じたようで、彼が沈黙を破った。「受けよう。それが望みなら、公にきみを破滅させてあげよう」

「それが望みよ。破滅したら得られる自由が欲しいの」

キングはうなずいた。「このゲームをうまくやれば、レディ・ソフィ、一緒にいたことを理解する間もなくたがいに厄介払いをしているだろう」

それはちがう。ソフィは理解していた。前日に〈鶺鴒のさえずり〉亭を慌ててあとにしたときに。それに、快感のあまり頭がおかしくなってしまいそうだと思うまで口づけをされた前夜に。そして、彼がなにも考えずにこちらを完膚なきまでに傷つけた今朝も。

ふたりは一緒にいて、どういうわけかたがいのすべてを激しく嫌うと同時に崇めた。

ソフィはスカートをふった。「そろそろ夕食の時間かしら？」

紫がかった濃い青のドレスにキングがちらりと目をやった。「その色はきみにとてもよく似合っている」

ほめられたソフィは頬を赤らめまいとしたが、うまくいかなかった。顔を背ける。「ロイヤルブルーという色よ」

キングにぴったりの名前。

ふたたび彼に向きなおると、一心に見つめられていた。「きれいなドレスだ。ちょっと短すぎるが」

また侮辱するとは彼らしい。「ええ、そうね。でも、これもわたしに選択の余地はなかったの。別に夕食のお相手に好印象を持ってもらおうとも思っていないし」

「ぴったりのドレスを着たところを見たい。きみはふさわしいドレスを着て当然なんだ。私が言ったのはそういう意味だったんだよ」そのことばには驚いた気持ちがにじんでおり、彼にこちらを傷つけるつもりはなかったのだというのがソフィは気に入らなかった。それを知って心が温もったのがいやだった。彼のことばが癪に障った。

姿勢を完璧に保ちながら、彼女はキングの真ん前まで行った。「どんなものがわたしにふさわしいか、あなたはまったくわかっていないわ」

一拍の間があった。「これよりいいものだということはわかっている」

もはやあざけりではなく、静かなる考察の末に語られた誠実なことばを聞いて、ソフィの息が詰まった。彼にどう思われているかを気にしている自分の一部に、これ以上彼を近づけさせないようにした。油断すれば、その一部は彼に好かれているとたやすく思ってしまいそうだった。高く評価されていると。でも、それは現実ではない。彼が今朝それを証明してくれた。今日の午後も。いまも。ソフィは彼を押しのけてドアを開けた。「茶番をはじめるのが早いほど、終わりも早く迎えられるわね」

キングは彼女をふり向いたが近づいてこようとはせず、じっと見つめてきた。「全面的な協力を頼む、ソフィ。そうでなければ破滅の件はなしだ」

ソフィは最高にほがらかな微笑みを浮かべた。「全面的に協力するわ」

長くて薄暗い廊下を行き、階段をいくつか下り、明るく照らされた踊り場を抜けるとようやく食堂だった。そこは石造りの大きな空間で、古い甲冑や中世のタペストリーで飾られており、ソフィが見たこともないほど長いテーブルがあった。その上方では、やや低い位置に桁はずれに大きなシャンデリアが吊り下がっている。テーブルはゆうに四、五十人はもてなせる長さで、椅子は重そうで堂々とした背もたれの高いマホガニー製だ。人を圧倒するための目的をりっぱに果たしている食堂だった。ドアをくぐったところでソフィは足を止めた。

すぐさまキングがそばに来て、彼女の肘に手を添えた。気持ちをわかってくれたのだ。

「父がこの食堂を選んだのには理由がある」ほとんど聞こえないくらいの小さな声だった。「威圧するためだ。思う壺にはまるなよ」

彼はわたしを慰めたがっているのだろうか、とソフィはつかの間思った。巨大で威圧的なこの空間にいるわたしを、たいせつにされていると感じさせようとしているのかと。けれど、そうでないのはわかっていた。彼はただ父親に勝ちたいだけだ。それを果たすためならば、お世辞を言うことまでふくめてなんだってするつもりなのだろう。

ソフィはにっこりして背筋を伸ばした。公爵がなにを目にするかなど、少しも気にならなかった――心地悪い思いをキングに気取られないようにすることだけを気にかけた。小さな声で返事をする。「タルボット家の人間はやすやすとおじけづいたりしないの」

テーブルのいちばん奥にライン公爵が立っていた。こめかみのあたりが白くなり、目尻にしわができていたものの、長身でハンサムだった。その目はキングと同じ明るい緑色で、すべてを見て取るものだった。食器が準備され、従僕が椅子のところに立っているテーブルのなかほどを公爵は示した。そのまなざしはまったく揺らいでいなかった。「ようこそ。どうぞ席についてくれたまえ」

そのことばには頼むようすはみじんもなく、ただの命令だった。儀礼的な紹介はなし。礼儀正しさらしきものもなし。

いまのことばを無視してここを立ち去りたくてたまらなかったが、ソフィはテーブルに近づいた。

キングが声を発した。「レディ・ソフィを紹介してほしくはないのですか？」

「食事が終わるころにはそんなものは必要なくなっているのではないかね？」

公爵がそう言ったとき、ソフィはすでにドアにいちばん近い席のところまで来ていた。公爵のことばは冷ややかで、どんなによく見積もっても彼女の存在になんの感銘も受けていなかった。そして最悪の言い方をすれば、無礼だった。いらだたしい思いに襲われ、ソフィは椅子を引いた従僕をよけて全員を驚かせた。公爵の目がかすかに大きく見開かれた。「あら、でも待つ必要なんてないのでは、公爵さま？」セレステから教わった笑み――ひどく無愛想な貴族の心までも勝ち取るためのもの――を満面に張りつけ、手を差し出した。公爵にその手を取るしかなくさせて、完璧なお辞儀をした。「レディ・ソフィ・タルボットと申します。はじめまして（アンシャンテ）」

〝フランス語に抗える人はいないのよ〟とセレステはよく言っていた。

ライン公爵は抗えるようで、ソフィを見下す目をした。「アロイシャス、おまえは自分の客が同じ礼儀作法を身につけているのを誇りに思っているのだろうな」

体を起こしたソフィは、ばつの悪さを追い払おうとした。タルボット家の人間はばつの悪さなど感じない。どの姉も、この男性に嫌われたところで少しも気にしないだろう。

それに、この件はソフィにはなんの関係もない。キングと彼の父親の確執なのだから。彼女は置き換え可能な記号にすぎない。ただの駒。透明になって姿が見えなくなっても、なんの変化もなく今夜は進むだろう。

男性ふたりを無視して、彼女は席についた。

目の前にスープが現われた。従僕ではなく、その服装から判断して家政婦らしき年配の美しい女性が磁器からよそってくれたのだ。

公爵は上座に座り、冷ややかなまなざしでソフィを見た。「タルボットか。きみの父上を知っていると思う」

「カンブリアの人ならたいていは父を知っています」ソフィは答えた。

年配女性がテーブルの反対側へまわり、キングにもスープをよそった。

「やあ、アグネス」キングが言った。

女性は温かな笑みを浮かべた。「お帰りなさいませ」

キングがお返しに浮かべた笑顔は、めったに見られない心からのものだった。「少なくとも、あなたのおかげでここが家だと感じられるよ」

アグネスが彼の肩に手を置いたが、ほんのつかの間だったので、ソフィにはそれが現実に起こったのかどうか自信が持てなかった。

「彼には石炭を見つける才能がある」公爵のきびきびした声がソフィの注意を引いた。公爵はあいかわらず彼女の父親について話しているのだ。

「才能かどうかはわかりません。父はただ、わたしの知っているどんな男性よりも身を粉にして働いているだけです」

貴族にとって勤勉は価値のある行ないではないが――子どものころに、何度も何度も目にしてきた、ある場面がよみがえった。何年か前に父が舞踏会に出席したときのことだ。貴族女性の一団が、たこのできたしみだらけの労働者然とした父の手を見てくすくすと笑ったのだった。「ロンドンにいるときは手袋をなさるべきだわ」女性のひとりが不平を言った。「手袋をしていようといまいと、彼はロンドンに近寄るべきではないのよ」だれかがそう返事をすると、そこにいた全員が笑った。

そんな彼女たちをソフィは憎んだ。侮辱したことを。労働よりもうわべを重視していることを。高潔さをたいせつにするよりも、人を見下すのを喜んでいることを。

「彼には石炭の才能がある」公爵がくり返した。「這い上がる才能も」いったんことばを切る。「どうやら娘たちにもその才能は受け継がれているようだ」ソフィがキングをふり返ると、彼はこちらを見ていた。「ひとりで帰ってくるのではないなら、前もってそう知らせてくれてもよかっただろう」

キングはワインをたっぷり飲んだ。「死にかけてはいないと前もって知らせてくれてもよかったでしょう」

公爵が冷たい視線を彼に向けた。「そしておまえをがっかりさせるのか?」

ふたりの男性を交互に見たソフィは、頑固そうな顎が似ているのに気づいた。キングが短くはっと笑った。「もちろん、わかっているべきでしたね。失望は、あなたの玉座の後継者でいるために欠かせないものだから」

針をふくんだことばを聞いて、ソフィは目を丸くした。

公爵は平然としていた。「私の臨終が近いと聞けば、おまえは戻ってくると考えたのだ。話し合わなければならないことがある。せめてそれくらいはしてもいいころだろう」

キングは父親に向かって乾杯の仕草をした。「だからこうやって戻ってきたでしょう。放蕩息子のご帰還だ」そう言ってソフィに目をやる。「そして、放蕩娘も」

背後の暗がりであえぐ声がしてソフィがふり向くと、家政婦が目を丸くしていた。

「では、おまえたちは結婚したのか」

「婚約です」ソフィはすぐさま訂正した。さらなる窮地に追いこまれるのだけはお断りだった。

キングが愛想のよい笑顔を彼女に向けた。「いまのところはね」

公爵はワインを口にふくみ、長く味わった。「では、これがおまえの計画なのだな？　薄汚れたSを連れて戻ってくることが？」

ソフィはスープのスプーンを下ろした。公爵の口にしたあだ名に驚くべきではなかったのだろうが、やはり驚いてしまった。この公爵にはほかの貴族と同じ礼節は通じないらしい。あだ名を言われたことも、それを言った公爵もいやでたまらなかったが、面と向かって堂々と言われたことにはどこか爽快なものがあるのを認めざるをえなかった。

あるいは、堂々というほどではなかったかもしれないが、そこに密かな喜びがなかったことに。

戻ってすぐに愚かな計画がばれてしまって驚きいらだったらしきキングが、テーブルの反対側で体をこわばらせた。片手をテーブルに叩きつけると、皿がカタカタと鳴った。ソフィははっとした。「もう一度彼女をその名前で呼んだら、私はなにをしでかすかわかりませんよ」彼が自分をたいせつな女性として強く父親に訴えるとは思ってもいなかった。「あなたに二度と同じまねはさせません。女性をまた追いやらせたりは」

また。

ソフィは鋭く息を吸いこんだ。

「いきなり核心を突くわけだな」公爵は言い、手ぶりで従僕を呼んでさらにワインを注がせた。「おまえのたいせつな愛について」ソフィに向かって言う。「もちろん、きみのことではないぞ」

ソフィはキングから目を離さなかった。彼は黙っていたが、その顔にはこらえきれない感情が表われていた。何日か前の夜に彼が愛について言っていたことを思い出した。〝詩やおとぎ話とはちがうんだよ〟

そして、彼がかつて愛した女性を公爵が傷つけたのかとたずねるのをソフィは控えたのに、キングは自分から答えたのだった。〝父が彼女の頭に銃を突きつけたも同然だ〟

なんてこと。

ソフィの思いも知らず、公爵はあいかわらず息子を苛め続けていた。「で、こっちの女性はどうなんだ？」ソフィのいるほうに手をふる。「彼女のことも愛しているのか？」

こんなのはまちがっている。

ソフィは体をこわばらせた。こんなのは望んでいない。どれひとつとして。キングに愛しているると嘘をついてもらいたくなかったし、芝居もしたくなかった。キングに目をやると、静かな怒りをたぎらせていた。彼が自分をこれっぽっちも想ってくれていないのはわかっていた。この旅のすべてが、笑いや気づかいや紛れもない関心のちょっとした時間の数々も、ずっと昔にいなくなった別の女性に対する気持ちの前には色褪せてしまうとわかっていた。

彼の自分への欲望は、復讐への欲望の前には色褪せてしまうとわかっていた。

ソフィは彼に真実を話すよう念じた。

ふたりを縛りつけている嘘からともに解放されるように。

自分を解放してくれるように。

彼から解放されたら、ひょっとしたらこれからでも幸せを見つけられるかもしれない。

けれど、彼が真実を話さないのはわかっていたし、どういうわけかそんな彼を責めることもできなかった。この場所はおそろしい過去の記憶に満ちているにちがいない。自分にひどい仕打ちをした彼を、こんなとんでもない芝居に巻きこんだ彼を憎んだが、同時に……理解もできた。

自暴自棄の気持ちが人をどこまで駆り立てるか、ソフィはほかのだれよりもよくわかっていた。

「かわいそうな彼女を宙ぶらりんのまま放っておくものではないぞ、アロイシャス」ライン公爵がのんびりと言った。

キングが彼女に目を向け、時の流れがゆっくりになったように思われた。ソフィは自分の心臓の鼓動を耳にし、彼がなにを言おうとしているにせよ、そのことばを信じることはできないとわかっていた。愛していると彼に言ってほしくなかった。はじめて聞くそのことばが真実ではないとわかっているなんて、耐えられないと思った。

それなのにどういうわけか、愛していないとも言ってほしくなかった。

彼の目的を果たすための手段になどなりたくなかった。

それ以上の存在になりたかった。

彼が申し出てくれるもの以上の存在に。

「レディ・ソフィは私にどう思われているかを正確に知っています」

そこまで遠まわしな言い方をされたのははじめてで、これまで貴族から受けたどんな愚弄のことばよりも遥かに傷ついた。もうたくさんだった。取り決めなどどうでもよくなった——この瞬間などどうでもよかった。もっとほかのものを求めたい気持ちも。

この世でなにがほんとうにだいじなのかをまったく理解していない、強大な力を誇るこのふたりの戦いの一部になどなりたくなかった。

だからソフィはタルボット姉妹の評判どおりにした。正しいことを無視し、ふさわしいことをしたのだ。

ナプキンを完璧な四角にたたんで立ち上がった。男性ふたりもそれに合わせて立ち上がった。今夜のすべてはともかく、その場においてはこのばかげた礼儀が重要だとばかりに。思わず笑ってしまいそうになるのをこらえ、ライン公爵を見て会釈した。「食欲が失せました」

「不思議はないな」少しも驚いていない口調だった。

「失礼したいと思います」

「送っていこう」キングはすでにテーブルをまわってきていた。「公爵と一緒に食事をする必要はない。彼がきみを受け入れられないのであれば」

もちろん、彼は父親がソフィを受け入れられないのをとても喜んでいるはずだ。それがこの芝居の目的だったのだから。

わたしは受け入れてもらえる人間ではない。父親にも、その息子にも。

「けっこうです」そのひとことが銃声のように食堂に響いた。

キングがテーブルの下座あたりで足を止めた。

「ひとりで失礼します」

キングがふたたび動き出し、その長い脚であっという間に彼女の目の前まで来た。「ひとりになる必要はないよ」きっぱりとした、どこかきついことばだった。声を和らげて続けた。

「父に私たちのじゃまはさせないよ、愛しい人」

親愛の情のこもったそのことばがとどめとなった。

彼はなんてひどい嘘つきなのだろう。

わたしはなんてひどい過ちを犯したのだろう。

ソフィは片手を上げてまた彼を止めた。「お父さまはわたしたちのじゃまなどしていないわ」冷ややかで落ち着いた声には真実がこもっていた。「問題はお父さまじゃない」

「問題はきみでもない」

「だれが問題なのかはよくわかっています」

キングは殴られたかのような顔になったが、ソフィは喜びを味わえなかった。背筋を伸ばし、涙をこらえたまま食堂を出るのに懸命だったから。

15

悲しみのソフィ
甘いものに慰めを求める

みっともない退場をし、次にどうするかがまったくわからない状態になるのが、ソフィは非常にうまくなりつつあった。

見つかりたくなかったので部屋には戻れなかったし、夜だったうえにほかに行くあてもなかったために、ライン・キャッスルを去るわけにもいかなかった。いずれにしても、勝手に馬車を使われたら、ライン公爵は気に入らないだろう。盗んだと思われてしまいそうだ。だから鼻と空腹を頼りに、こういった広大な屋敷で唯一快適に感じられる場所に向かった。厨房だ。

そこは厨房にふさわしく、暖かくて明るくて人を歓迎する雰囲気だった。中央には大きなテーブルがふたつ置かれ、そのひとつにはすばらしい料理が盛られた大皿がいくつも載っていた。黄金色の完璧な焼き色がついた鵞鳥のロースト肉、見たこともないほど濃い緑色をした新鮮なアスパラガス、みごとな調和を見せているローズマリー・ポテト、香草を敷いた上に載っている子羊の肋肉、ミントゼリーの鉢、それに戸口まで香りが漂ってくる苺のタルトの塔。

きちんとした食事を何日もとっていないのだから、全意識が食べ物に向けられていてもおかしくはなかったのだが、厨房でもっとも心をそそる光景は食べ物がたっぷり載ったテーブルではなかった。そう、彼女の注意を引いたのは、もうひとつのテーブルのほうだった。そこでは使用人たちが夕食をとっていた――ソフィが置き去りにしてきた現公爵と将来の公爵に供されるのを待っている、手のこんだ料理には遠くおよばない食事を。

使用人たちの笑い声に引き寄せられるように戸口をくぐると、温かな料理のにおいに唾が湧いてきた。なにを食べているのだろうとつま先立ちになり、それがなにかわかるとうらやましさがこみ上げてきた。肉入りパイだった。

肉や野菜が高く盛られた大皿が、使用人用のテーブル中央にいくつか載っており、食べながらの話し声が熱を帯びてきた。怒れる公爵、戻ってきた侯爵、侯爵とともにやってきた女性についてのうわさ話だ。ソフィのことが話されていた。

「おふたりはとっても愛し合ってるのかしら？」

「侯爵さまは愛してらっしゃるに決まってるわ。連れて帰ってこられたんだから。もう決まったこととして」

「あの女性は付き添い人も連れてなかったわよね」だれかがひそひそ声で言った。

「おふたりは愛し合ってらっしゃると思うわね」

そう言った若い女性に賭けるつもりがありませんように、とソフィは願った。

「あなたはそういうことに詳しいんでしょうね、ケイティ」これは、食堂にいたアグネスという女性がテーブルにエールのピッチャーを置きながら言ったことばだ。

ケイティが肩をすくめた。「よく言われます。あなたはずっと昔からここにいますよね、ミセス・グレイコート。これまで侯爵さまのお嫁さん候補を見たことはあります？」

「一度もないわね」アグネスではない女性が返事をした。

「ゴシップ蘭の記事に書かれているような話しか知らないわ」別の女性が口をはさんだ。

「侯爵さまは結婚生活をはじめるよりも終えるほうがお得意みたい」

テーブルのまわりで笑いが起き、アグネスが頭をふっていると、反対側から従僕が入ってきた。家政婦のアグネスが彼に向かって顎をしゃくった。「次の料理を出すころ？」

従僕はうなずいた。「ご婦人は席を立たれ、だんなさまと侯爵さまはお話をしてらっしゃいません」

アグネスが鵞鳥を指さした。「黙っていれば、食べるのは楽だわね」

「食べていれば、殺し合えないって言いたかったんですね」

うまいことを言うとソフィは思ったが、アグネスはそうは思わなかったらしく、従僕をきっとにらんだ。「自分がどういうつもりで言ったかを教えてもらいたいときは、直にそう訊くわよ、ピーター」

従僕はうなだれ、指示どおりに鵞鳥のところへ行った。彼が重い大皿を肩まで上げて戻っていくと、戸口の暗がりに包まれていたソフィの姿をアグネスの目がとらえた。立ち去ろうとしたところ、何者かに気づかれて目が見開かれたあと、やさしげな笑顔を向けられた。

そんな無言のやりとりに気づかず、テーブルの会話は続いていた。「あのお嬢さんが席を立たれたって？」

「あんただってそうしたくなるんじゃないの？」

ソフィはもう少しで笑いそうになった。正気の人間ならば、だれだってあの場から逃げ出したくなるだろう。「そりゃあそうよ。でも、公爵さまと一緒に食事をしているときに中座するのがまずいことくらい、あたしでも知ってるわ」

「実際にはふたりの公爵さまだしね」

しばしの沈黙があった。「そのお嬢さんってだれなの？」

若い男性が答えた。「侯爵さまは奥方に迎える女性だとおっしゃってた。貴族のご令嬢だ」

もちろん、ソフィはそのどちらでもなかった。ほんとうの意味では。

「夕食前のお着替えを手伝ったのよ」ソフィが先ほど会ったメイドが言った。「貴族のご令嬢には見えなかったけど。肩を怪我していたし、すごく背が高かったわよ」

「背の高さは関係ないでしょ」だれかが口をはさむ。

「でも、肩の怪我は関係あるわよ。そのお嬢さんに名前はあるの？」

ソフィはこの十年、顕微鏡で観察される虫けらのように軽蔑に満ちたうわさ話をされてきたが、それをしているのはいつだって貴族だった。使用人の話の種にされるのはこれまでにない経験で、自分は階上の貴族にも階下の使用人にも属していないのだと悟った。

ソフィのお腹が鳴った。

少なくとも、ここでならうわさをされながらでも肉入りパイを食べられる。

「じつは彼女には名前があるのよ」ソフィは明かりのなかに足を踏み入れた。即座に場が静まり返る。ここ最近知り合いになっただれよりも正直らしいこの人たちに、この厨房に歓迎されたくてたまらない思いをしていなければ、みんなが目を丸くしている光景に笑っていたかもしれない。「それに、彼女はスープも飲み終えないまま席を立ったから、肉入りパイを食べさせてもらえたらその名前をお教えするわ」

その声が体に合っていないドレスを着た女性の発したものではなく、天から聞こえてきたかのように、厨房のすべての動きが止まった。その一瞬後、全員が右に左に動いてソフィの座る場所を作った。席につくと温かな肉入りパイの載った皿が目の前に置かれた。「鶏肉と野菜入りです」右側のメイドが教えてくれた。「豚肉と野菜入りのもあります」

「おいしそうだわ」パイをふたつに割ると、すてきな湯気が立ち上り、なんともいえない香りが漂った。唾が湧いてきたが、味わう前に使用人たちに名乗った。「ソフィ・タルボットです」

パイを口に入れて喜びの吐息が出たため、テーブルの端にいた女性たちが名前に気づいてあえいだのもほとんど耳に入っていなかった。けれど、興奮気味の「薄汚れたSなんですか！」という声は聞こえないわけにはいかなかった。

ソフィは嚙むのをやめた。

「ジニー、そんな風に呼んじゃだめでしょ」別の女性が言う。「ほめことばじゃないんだから」

ジニーと呼ばれた女性は恥じ入る顔をするだけのたしなみを持ち合わせていた。

ソフィはパイを吞みこみ、テーブルの隅にあるエールの樽を指さした。「いいかしら？」そばの男性がすぐさま白目のマグにエールを注いでソフィに向かってすべらせてきた。マグをつかむと、黄金色の液体が縁からこぼれた。彼女はエールを飲み、雄々しく突き進んだ。

「わたしを薄汚れたSと呼ぶ人もいるわ」

「お父さまのお仕事のせいですね」ジニーが言う。「炭鉱主でいらっしゃるから」

「どうしてそんなことを知ってるんだい？」向かい側にいた男性がたずねた。

ジニーが顔を赤らめる。「新聞で読んだの」

「ゴシップ紙は新聞じゃありませんよ」アグネスが言った。

テーブルで笑いが起き、ジニーは気恥ずかしそうにうつむいた。ソフィは彼女がかわいそうになり、もうひと口パイを食べて言った。「でも、新聞よりもおもしろいわよね？」ジニーがはっと顔を上げたので、ソフィはにっこりしてみせた。「わたしは五人姉妹の末っ子なの」

「タルボット家の若いお嬢さん方のことよ」ジニーがみんなに説明する。「ジャック・タルボットのお嬢さんたちはカンブリアで育ったの。あたしたちみたいに！」

「でもこの人はレディだから、おれたちとは全然ちがうぞ」テーブルの端にいた男性が言った。公爵には安っぽすぎると言われたかと思えば、今度はほかの人たちには高貴すぎると言われるとは、ここはなんて奇妙な世界なのだろう。

家もないのに。

ソフィはその思いをふり払った。「実際のところ、わたしもそんなにちがわないのよ。父は祖父や曾祖父と同じで石炭に精通しているの」

「兄が炭鉱で働いてます」だれかが言った。

ソフィがうなずく。「では、あなたのお兄さんと同じね。ただひとつのちがいは、父は運に恵まれて土地を買い、そこが国内最大級の豊かな炭鉱だったことなの」みんなが目を丸くするなか、教育を受けて身についたロンドン訛りが消えていった。次第に北部の訛りが出てきて力みがなくなり、子どものころに千回は聞かされた話を語った。「役立つものにあたるまで、何日も掘ったの。ロンドンの貴族に役立つものにあたるまで」

「ほらね？　この人は貴族じゃないでしょ！」着替えを手伝ったメイドがわが意を得たりとばかりに言った。

ソフィがうなずく。「貴族じゃないわ。子ども時代をモスバンドで過ごしたの」

「あなたは貴族ですよ」テーブル端の男性が言う。「おれたちはあなたをお嬢さまと呼んでるし、あなたは公爵さまのご子息と結婚なさるんだから」

それがちがうのよ。ソフィは失望を押しやり、エールを飲んでから男性に向かって微笑んだ。「父は炭鉱に精通しているだけではないの。カード・ゲームにも長けているのよ」

「うわさでは、摂政皇太子がフェローで負けて、お父さまに伯爵位を授けたとか！」ジニーのささやき声は、城中に聞こえるほどだった。

ソフィはウインクをした。これまでにないくらい薄汚れたSであると感じ、それを楽しんでいた。姉たちならそうしたように。「たしかにそううわさされているわね」

そのあと、ソフィの人生について、姉たちについて、姉たちの求婚者について、父親について、貴族になった経緯について、矢継ぎ早に質問が飛んできた。ソフィはそのすべてに答えた。皿とマグは常に満たされた。料理とエールのせいで体が温もり、おしゃべりな気分になり、久しぶりに返事を慎重に考える必要もなく、ありのままを自由に語っていることに気づいた。

そのとき、ソフィの姉たちやその人生のすべてに詳しいジニーから質問が来た。「じゃあ、リヴァプール家の池にヘイヴン公爵を突き落として、いまはエヴァースリー侯爵と交際をしてるんですね――そんなに有名になれるなんて、すごく幸運な人だわ！」

ソフィは眉をひそめた。「そのゴシップ紙はずいぶん早く配達されたみたいね」

ジニーがにやっとした。「今日届いたところです。夕食前に読んだんですよ」

「池というほど大きなものじゃなかったのよ。ヘイヴン公爵のひざまでの深さしかなかったし」

「それでも！　あなたはゴシップ紙の人気者です！」ジニーがため息をつく。「ほんとうに幸運な人だわ」

ソフィは幸運だなどと感じていなかった。けっして家に帰れない気がしていた。家がどこにあるのかさえわからなくなっていた。

家があるのだとして。

「モスバンド出身で侯爵さまと交際するのってどんな気分ですか？」

「ハンサムな侯爵さまと、よ」ひとりが口をはさむと、女性たちはくすくす笑い、男性たちはうめき声をあげた。

けれど、ソフィは質問に気を取られていた。どんな気分なのだろう？　ほんとうに交際しているわけではないから、どんな気分でもない感じだった。ただの取り決めだったから。幻想ですらない。本気でモスバンドで一生暮らすつもりではなかった。ロビーが自分を待っているといると本気で思っていたわけでもなく、もし待っていてくれたとしても彼と結婚したいとは思わなかっただろう。そしてキングは……夫ではない。婚約者でもない。いま、開始早々悲惨な終わり方をした夕食のあとでは……。

おたがいに相手を好きですらいない。

何度そのことばを言い合っただろう？

それがほんとうだと、何度自分を納得させようとしただろう？

彼をほとんど好きになりかけた瞬間が何度か訪れたことは問題ではない。キスをされたときは彼が好きだった。彼は自分のためにやっているのだとわかっていても、味方について守ってくれたのがうれしかった。馬車のなかで血を流しながら抱きしめられていたときは、彼がとても好きだった。追っ手から逃げられるようにしてくれたときも。パン屋に入ってきたときも。

問題なのは、ふたりが婚約などしていないことであり、けっして結婚しないことだ。わたしがどれほどそれを望んでいたとしても。

その思いにぎょっとする。そんなのは望んでいない。そうでしょう？　ソフィは顔を上げ、質問の差し障りのない部分に答えた。「そうね、たしかに彼はとてもハンサムだわ」

「少なくとも、それだけは認めてもらえるわけだ」

そのことばを耳にしてソフィは目をつぶり、ライン・キャッスルの厨房の床がぱくりと割れて自分を呑みこんでくれればいいのにと願った。もちろん、いまのはキングだ。もちろん、彼はわたしのことばを聞いたのだ。とてつもない気恥ずかしさを感じて、ソフィはひざに視線を落とした。

「どうやら楽しい食事をじゃましたみたいですまないね」キングが言うと、使用人たちは即座に立ち上がって、じゃまなどとんでもない、エールか食べ物をご用意いたしましょうか、とたずねた。

「いいや、けっこうだ」礼儀正しく言う。「レディ・ソフィとふたりだけで話がしたかっただけなんだ。かまわないかな？」

彼女が顔を上げると、キングはあけっぴろげに楽しそうな表情を浮かべていた。彼に時間を割いてあげるべきかどうかわからなかった。彼はそうしてもらうだけのことをしていないのだから。こちらの動揺を感じ取ったのか、キングはそれ以上なにも言わず、料理の載ったテーブルに目を向けた。塔のように積み上げられたところからタルトをふたつ取って小さな皿に置き、そこに生クリームをかけてからふり向き、親指と人さし指をなめた。

「貴族にあるまじきふるまいだわ」ソフィは言ったそばから、エールを飲み過ぎたのだろうかと訝った。

キングの唇の片端が上がり、はにかんだ笑みが小さく浮かんだ。「さっきの私のふるまいもだ。許してくれるかい？」

完璧な謝罪とはいえなかった。

それでも、皿を差し出される前にソフィの頰は赤らんだ。「きみに食事をさせられるのは、彼らだけじゃないよ。私はタルトを持っている。これで一緒に来てもらえるだろうか？」

ソフィの背後でメイドのひとりが吐息をついた。

ソフィも吐息をつきたくなったが、懸命にこらえた。

タルトの載った皿をじっと見つめる。とてもおいしそうに見えた。「そうね」ソフィは立ち上がり、スカートをなでつけた。「タルトのために」

キングがにっこりして胸に手をあてた。「もちろん。それ以外の理由があるなどとは思わないよ」

ソフィは皿を持ち、彼に導かれるままに戸口まで来たが、そこでふり向いた。「すばらしいお食事をありがとう」

使用人たちは礼を言われて驚いたが、アグネスは落ち着いて返事をした。「こちらこそ、ありがとうございました。いつでもお好きなときにまたいらしてくださいまし」

ソフィはキングのあとから厨房を出た。「微笑んでいるきみが好きだ」薄暗い廊下に出ると、彼がそっと言った。「私と一緒のときはめったに微笑んでくれないね」

ソフィが彼を見上げる。「出会ったときから、微笑むような理由がほとんどありませんでしたから」

「それを変えてみせたい」

彼女は皿を掲げた。「手はじめとして、苺のタルトはなかなかよかったわ」

キングは彼女から目をそらさなかった。「それよりもっとうまくできると思うな」くるりと背を向けて、迷路のような暗い廊下を進み、階段を上がり、大きなドアをくぐって翼棟のひとつに入っていった。

ソフィもしぶしぶそのあとをついていった。

いや、いそいそと、かもしれない。

この男性のなにもかもに混乱させられる。

「どこへ行くの？」

大きな両開きドアの前まで来ると、足を止めてそこに背を向けた。「デザートを食べに」

そのことばと彼の目のなかには、ソフィの胸を高鳴らせるなにかがあった。これは彼女の知っているキングではない。

「ここは図書室なんだ。案内させてくれるかい？」

ソフィは眉をひそめた。「本でわたしを懐柔しようとしているのね」

「うまくいっているかな？」

彼の背後のドアをじっと見つめる。「たぶん」

キングの唇がゆがんだ笑みを浮かべ、頬にえくぼが現われた。「では、どうなるか見てみようか？」彼がドアを開けると、そこはソフィが見たこともないほど大きくて美しい図書室だった。部屋は広大で、二階分の高さがあり、錬鉄製のバルコニーがぐるりと囲んでいた。ふたりの目の前には長椅子がいくつか置かれており、暖炉は高さ十フィート、幅二十フィートの大きなものだった。

そのすべての背後には何マイルも続くかに思える本がずらりと並んでいた。書棚は床から天井まであり、深紅色、緑色、茶色、それに青色をしていた。ひとりの人間が一生かけても読みきれない本の数々。

それでも、ソフィは挑戦してみたかった。

図書室に足を踏み入れてゆっくりとまわりながら、彼の話が終わってこの部屋を自由に探索できるようになるまでどれくらいかかるだろう、と考えた。「これは……」呆然としてことばが続かなかった。

しばらくして、キングが促した。「これは……？」

ソフィは彼の目を覗いてにっと笑った。「うまくいったようよ」

キングが笑う。「よかった」ドアを閉めて、部屋の中央にある大きな革の椅子に座った。すぐ横には特大本が積み上げられていた。苺タルトの皿を椅子の肘掛けに置くと、さっと腕をふった。「探索したくてうずうずしているんだろう、愛しい人。かまわないよ」

ソフィはためらわず、さっとドレスを翻して鉄製の階段を上った。「ずっと昔から図書室が欲しかったの」遥か上方の傷ひとつない本の背に触れたくて指がうずいた。

「きみが欲しいのは書店だと思っていたが」下のほうから彼が言った。

「それもよ。書店を後援してくれる父を想像できるわ。結局のところ、それだって投資ですもの」

「でも、図書室はちがう？」

ソフィはうなずき、金の浮き彫り模様が施されたミルトンの本をそっとなでた。「図書室は贅沢品だから」

「お父上は並はずれて裕福じゃないか。きみに書店と図書室の両方を持たせるくらいなんでもないと思うが」

「父はいつも喜んで本を買ってくれたけれど、母は……」言いよどんだあと、肩をすくめた。

「母は本が好きではないの」

「それはどういう意味なんだい？」

彼を見下ろすと、一心に見つめてくる緑色の瞳に引きこまれて、つかの間図書室のことを忘れた。「本を隠すよう言われたわ」

「どうして？」

「自分の意見を持った女なんてだれからも好かれないから」母から何十回と言われたことばが頭のなかでこだました。「本は思想を助長すると思っていたのではないかしら」

「それはあたっている。聡明な思想を助長するんだ」

「母がそれに同意するかしら。せっかくさまざまな本を読んできたのに、肩に銃創をこしらえて、独身の侯爵と一緒に北部で足止めを食らっている娘はわたしひとりですもの」

「きみの現在の状況は、環状遺跡（ヘンジ）についての本を読んだこととはなんの関係もないぞ」

ソフィは笑い、ずらりと並ぶ革装本を片手でなでていった。「ほんとうにそう思ってらっしゃる？」

「そうとも。本を読めば読むほどよい人間になっていくんだ」

ソフィは手すりを両手でつかんで下にいる彼を覗きこんだ。「あなたが危険な娘たちのひとりだったら、母は絶望するでしょうね。結婚できたら奇跡だもの」

「ばかばかしい」キングは彼女を見上げて言った。「私の知っているなかで、きみはもっとも結婚にふさわしい女性だよ」

ソフィははっとした。「そう思う？」

「もちろん」ごくふつうのことを言ったかのように、タルトにかじりついた。

「わたしがあなたを結婚の罠にかけようとはしていないとわかったから、そんなことを言うんでしょう」

「そうだな」キングは笑顔で言った。

なぜかわからないが、ソフィは頭がくらくらした。エールのせいだろう。

ぜったいにエールのせいだ。

彼のせいではなく。

「どうして?」

そんなことを訊いたのは、たしかにエールのせいだった。それと、ふたりのあいだに距離があるおかげで、いままでになく大胆になったせいだ。

「どうしてきみが結婚にふさわしくないんだ?」ソフィは答えなかった。「きみは聡明で、頭の回転が速くて、勇敢で、高潔だ」

すてき。馬を形容しているみたい。それとも犬かしら。

すると、彼がつけくわえた。「美しいのは言うまでもなく」

「わたしは美人じゃないわ」考える間もなく言ってしまった。背後の本のなかに溶けこんで消えてしまい、二度と姿を見られなければいいのにと思った。

そううまくはいかなかった。「いいや、美人だよ」

首を横にふったソフィは、きまりの悪さに胸が締めつけられるようになったのがいやでたまらなかった。美人かそうでないかという話などしたくはなかった。地味な女性の常だ。それを話している相手がとびきりハンサムな男性の場合はことさらに。

神さま。わたしが彼をハンサムだと言っているのを聞かれてしまった。

ソフィは唾を飲み、この瞬間を一刻も早く終わらせたくてたまらなかった。

「ソフィ？」

彼女はキングに目をやった。

答えさせないで。

あなたがなぜわたしのものにならないかを考えさせないで。

そんな風に思ったのは、エールのせいだった。彼を自分のものにしたいなどと思ってもいないのに。

ただ、ときおりそれについて考えてしまっていた。苺のタルトを差し出されたときに。魔法のような図書室を見せてもらったときに。それに、美人だと言ってもらったときに。

そして、それを信じたい気持ちにさせられたときに。

そんなときは、彼を自分のものにしたくなった。

「タルトがなくなりそうだぞ。紳士らしくきみに伝えておかなくてはね」

話題が変わったことで安堵したが、すぐにもっと危険な思いに襲われた。彼とふたりで別の場所にいるのだったらよかったのに。ふたりが別の人間だったら。ふたりが考えなくてはならないのが、苺タルトの冗談だけでよかったなら。

下を見ると、キングが革の肘掛け椅子に無造作に腰掛け、捧げ物のように皿をこちらに掲げていた。

　ひょっとしたら今夜は苺タルトだけでじゅうぶんかもしれない。

　ソフィの目が丸くなった。「わたしの分まで食べたのね！」

「あんまり欲しそうじゃなかったからね」

「欲しいに決まっているわ、タルト泥棒！」

　キングがきざな笑いを浮かべた。「それならどうしてそんな上にいるんだい？」

　ほんとうに、どうしてだろう。

　すぐさま階段を下りて、彼の手から皿を奪い取った。「半分かじったタルトじゃないの」

「全部食べられたタルトよりましだろう」横のテーブルに置いてあった本に手を伸ばす。

「やめて！」ソフィはあえいだ。

　キングは手を止めて驚きの目を彼女に向けた。「どうしたんだ？」

「あなたの手よ。タルトがついた手で本に触らないで」

「まるで私がだれかを殺そうとしているみたいな言いようだな」

「なにか、よ。その本に永遠にタルトのしみがついてしまうでしょう」

　キングは両手を大きく広げた。「たしかに。タルトのしみをつけるのはまずいな」

　ソフィは彼の向かい側の椅子に腰を下ろして残りのタルトを口に入れ、おいしい果物と生クリームの味わいに快感の吐息をついた。「最高だわ」デザートに目を釘づけにしていた。

「そうだろう？」彼の声は先ほどよりも低くて小さかった。より翳っていた。

顔を上げると、口もとを見つめられており、タルトを食べた快感がまったく別の快感に変わった。「食べたい？」

「とても」

デザートの話をしているのかどうか、ソフィは自信がなくなった。皿を差し出すと、彼は首を横にふった。

「ほんとうに？」

「どうして本なんだ？」

ソフィの眉が吊り上がる。「え？」

「どうして本がきみの弱点なのかと思って」

皿を置いてスカートで手を拭ってから、近くにあった革装の本の小山からいちばん上のものを手に取り、彼に差し出した。「どうぞ」

キングは本を受け取った。「それで？」

「においを嗅いでみて」彼が首を傾げると、ソフィは思わず微笑んでしまった。「嗅いでみて」

キングは本を鼻に持っていって軽くにおいを嗅いだ。

「そんな風じゃなくよ。ほんとうに嗅ぐの」

彼は片方の眉を吊り上げたが、言われたとおりにした。

「どんなにおいがする？」ソフィはたずねた。

「革とインクかな？」

ソフィが頭をふる。「幸せのにおいよ。それが本のにおいなの。幸せ。だから昔から書店を持ちたいと思ってきたの。幸せを売る仕事以上にいい人生なんてある？」

キングからあまりにじっと見つめられて気まずくなったソフィは、またタルトを食べた。すると、彼が静かに言った。「許すとは言ってくれてないね」

話題がいきなり変わって慌てる。「あの——いまなんて？」

「きみに対する私の態度のことで。夕食のときの」

ソフィはタルトの苺だけを取って口に入れ、返事を考える時間を稼いだ。

その合間に彼が続けた。「モスバンドに着いてからの私の態度。ゆうべからの。馬車のなかでの」

ソフィは顔を上げて彼を見た。「馬車のなかでは、あなたはいけないことをなにもしなかったわ」

キングの笑いは乾いていた。「百ものいけないことをしたさ、ソフィ」

「ええ、でも、わたしを悲しませたのはそれではなかったの」考える間もなく、言い替える間もなく、そのことばは口から出ていた。自分をそれほど繊細ではないと見せる間もなく。皿を置いて立ち上がった。「ごめんなさい」

キングが椅子に座ったまま前のめりになった。「謝ったりしないでくれ。正直にほんとうのことを言ってもらったのはものすごく久しぶりなんだ。私は——」言いよどむ。「参ったな、ソフィ。すまなかった」

「そんなことは——」そう言って頭をふる。

「やめてくれ。そうなんだから」キングが立ち上がって近づいてきた。「私はばかだ。きみがそう言ったんだよ、おぼえているかい？」

「そんなことは言うべきではなかったわ」

「私はばかだったかい？」

彼の澄みきった緑色の目がじっとソフィに据えられていた。「ええ。とっても」

キングがうなずいた。「そうだったな」

「今夜のあなたはさらにひどかった」

「わかっている。後悔しているよ」

「あなたにスープを投げてやりたかったわ」

キングの眉がくいっと上がる。「私に真実を突きつけるのがうまくなってきたな」

ソフィはにっこりした。「かなり開放的な気分よ」

彼は笑ったあと、まじめな顔になった。「許してくれるかい？」

ソフィは長々と彼を見つめた。

「ええ」

何年も息を止めていたかのように、彼が息を吐き出した。そして、指先でソフィの顎をなぞってほつれた髪を耳にかけ、自分と彼女を驚かせた。「きみを傷つけたいと思ったことはないんだ」

彼に触れられ、その温もりを感じ、ソフィは息を呑んだ。

「きみをここへ連れてくるんじゃなかった」そっと言うことばを聞いて、ソフィは悲しくなった。だがそれも、彼が続けてこう言うまでだった。「きみはこの場所にはもったいないくらいすばらしい人だ。ここにいる男たちには」

ソフィははっとした。「それはちがうわ」

「きみは私という人間を知らない」

「だったら、教えて」彼がそうしてくれますように、この場所について、そこで育った男性について話してくれますように、と懸命に願った。

けれど彼は話してくれず、ソフィの唇を見つめて親指で顎をなでた。「唇に生クリームがついているよ」

タルトの生クリームだ。唇を拭おうと手を上げたが、その動きを予測していた彼に手首をつかまれた。「だめだ」石けんとぴりっとした香りに圧倒されるほどそばで彼がささやいた。

「私にやらせてくれ」

ソフィはじっとした。どうなるのかわからなかったが、彼のしてくれることならなんでも受け入れたかった。唇が重ねられ、舌でクリームをなめ取られた。

これほど淫らな経験をソフィはこれまでの人生で一度もしたことがなかった。

これほど……。

「うーん」顔を上げたキングの声は、低くてやわらかだった。「すごくおいしい」

先ほどの彼は、タルトについて話していたのではなかったのだ。

ソフィはこらえきれずに手を伸ばし、彼がしてくれているのと同じように自分も彼の髪に手を潜らせた。「教えて」同じことばをくり返したが、彼の話を聞きたいわけではなかった。奪ってほしかった。

あるいは、顔を上げて彼に唇を重ねたソフィのほうが奪っているのかもしれなかった。

16

ライン・キャッスルの淫らな図書室

彼女が私にキスをした。

彼女が顔を上げ、こちらを引き寄せ、小さくささやいてキスをしてこなければ、これ以上の醜聞を起こさずにその唇をもう一度味わうだけでやめられていたかもしれない。

だが、彼も所詮はただの男だ。

この女性に抗える男はこの地上にひとりもいない。

だからキングはキスに応え、愛撫を深め、彼女に腕をまわしてきつく抱き寄せた。するとソフィが肩に腕をかけてきて、その身を寄せてきた。

はじめてキスをしたときは、〈鶫鶫のさえずり〉亭の食堂に片耳を澄ませながらだった。二度めは、彼女の姿を見ることすらできなかった。

三度めのこの瞬間を見逃すなど考えられなかった。

ソフィはやわらかで甘くて、唇を離さないまま抱き上げると、目を丸くしてあえいだ。先ほど、階段の上にいた彼女の短すぎるスカートに目をやりたい気持ちを必死でこらえながら座っていた革の椅子まで、そのまま戻る。そこで、彼女を意識しすぎてはだめだと言い聞かせながらも意識してしまい、美しいと告げたのだった。ところが――くそっ。彼女はそのことばを信じなかった。

彼女に信じてもらうことが、突然なによりも重要に思えた。椅子に座って彼女をひざに下ろし、唇を離した。ソフィが失望のため息をつくと、彼はもう一度キスを盗んだ。彼女はキングに導かれて唇を開き、舌を巧みに使って同じくらいこれを欲していると示した。

キングは持てるものすべてを賭けてもいいくらいこれを欲していた。

だが、そこにはなにかほかのものもあった。自分の望みよりもだいじなものだ。唇を引き剝がす。「ソフィ……」

ソフィが目を開けると、その青色は先ほどまでよりも濃く、暗い色になっていた。私が触れたからそうなったのだ。私がキスをしたから。私の存在がそうさせたのだ。

ソフィのおかげでこれまでにないほど力強く感じられた。爵位も財産も跡継ぎであることも関係ない。彼女がもっと大きな人間に感じさせてくれるのだ。彼女と愛を交わすつもりはなかった。そんなことはできない。彼女を破滅させるなど。ソフィには自分よりもよい男がふさわしい。愛をあたえられる男が。彼女と結婚できる男が。

一生に一度だけ、キングは正しい行ないをしようと思った。

数多くの正しい行ないをしてきたこの女性のために。

のだ。

「きみは美しい」そのことばがあまりにも多くのものをさらけ出していると知りつつ、キングは言った。うやうやしすぎることばだった。まるで学生だ。彼女がそんな風に感じさせるのだ。

彼女は私になにをしたんだ？

腕のなかのソフィが体をこわばらせて身を引くと、キングは逃すまいとした。「どこへ行こうとしてるんだい、愛しい人？　まだ終わってないぞ」

ソフィは頭をふって彼を押しのけた。「やめて」

腕をゆるめると、彼女は立ち上がった。その手をとらえると、身を引きこそしなかったものの、顔をうつむけて目を合わそうとはしなかった。「ソフィ――」正しいことを言いたくて口を開いた。

「わたしはあなたがこれまで相手にしてきたほかの女性とはちがうの」

「ほかの女性？」そのことばが気に入らなかった。まったく。

握り合わせたふたりの手をソフィは見つめた。「わたしに嘘をつく必要はないのよ」

嘘などついていなかった。つきたくもなかった。ソフィには真実を聞いてもらいたかった。

「それは――」

ソフィがため息をつく。「やめて。キング。わたしが自分のうわさ話を耳にしたことがないと思う？　美人の要素はわたしが生まれる前になくなったと言われているわ。美人なのは姉たち。楽しいのは、才能があるのは、姉たちだって」ソフィは彼と目を合わせた。「わたしは美人ではないわ。あなただってわかっているでしょう。前にそう言っていたし」

私はなんと愚かだったのだろう。

ソフィが続けた。「そんな風に言ってくださるなんてやさしいのね。あなたの気持ちは理解できると思う。でも、嘘をつかれても、わたしは楽しめないの」

キングはなんと言えばいいのかわからなかった。美しいと言ったのは、彼女をベッドに連れこもうとするための美辞麗句ではなかった。真実なのだ。彼女の肩を揺さぶって、わからせたかった。信じてくれるまで何度だって言いたかった。彼女自身がそうと理解するまで。

だが、それは彼女の望みではなかった。

キングは彼女の望みをすべてかなえてやりたかった。永遠に。

なんてことだ。永遠にとは。

彼女を見つめていると、そのことばが周囲で渦巻いたあと、不思議なことにキングの胸のなかに落ち着いた。もう一度彼女の手を取った。ソフィがそれを許してくれた。「私を見てくれ、ソフィ」

彼に向けられたソフィの目には、警戒心があった。

いつの日か、彼女に美人ではないと思いこませた人物の頭をはねてやる。「きみを美しいとは言わないよ」

警戒心が安堵と、悲しみのようなものに変わった。だが、それはあっという間に消えたため、キングは確信を持てなかった。

彼女の手を取って持ち上げ、関節にキスをした。「それでも、きみがライン・キャッスルを去るときには、自分をとても美しいと信じるようになっていてもらいたい」

ソフィは赤くなった顔を背けた。

「そう話しても、きみが顔を背けない日がぜったいに来るよ」

彼女はキングに顔を戻した。「では、手早くわたしの望みを叶えてくれるおつもり？」

「どうして手早くなんだい？」

「父が来たら、ここを出ていくからです」そのことばに、キングは思っていた以上の衝撃を受けた。「あなたはきっとそれを喜ぶわ。だって、わたしたちの取り決めを知ったら、父はあなたの想像もおよばないくらいすばやく、あなたを祭壇に引きずっていくでしょうから」

キングは彼女に立ち去ってほしくなどなかった。ここにいてほしかった。

永遠に。

いや、永遠にではない。永遠になど、不可能だ。ソフィとの永遠は愛を意味する。愛がなければ彼女は幸せにはなれない。愛のすべてがなければ。そして、愛というものはキングの持ち札のなかにはないのだった。

この先もずっと。

相手がこの女性であっても。減らず口と、頭の回転の速さと、この先一生聞いていたいと思わせる笑い声が、なぜか日を追うごとに完璧になっていくとはいえ。自分が完全なる愚か者のふるまいをしても、なぜか彼女はより完璧になっていくのだ。

「きみにひどい扱いをしてきてしまったね」

ソフィが頭をふると、彼はまたひざに彼女を座らせた。「あなたはわたしの命を救ってくれたわ」そっと言い、抱き寄せられるままになった。

「私はきみを悲しませた」こめかみでほつれた髪に向かってささやいた。悲しませる、とは簡素で破壊的なことばだった。同じような意味のもっと凝ったことばよりも深い意味があった。彼はソフィを傷つけ、ソフィはそれを乗り越えた。

「悲しくなったことなら前にもあるわ。これからもあるでしょう」

キングはそんなことばを聞きたくなかった。「全部なかったことにできたらいいのに」

ソフィは微笑んだ。「それは無理よ。わたしたちはここにいる。使用人たちはモスバンドの人たち全員と同じように、わたしたちが婚約していると信じている。それ以外にも、わたしたちが夫婦だと信じている人たちもあちこちにいる。マシュー夫妻として」

キングは事態をめちゃくちゃにしてしまったようだ。

「考えてみたら」ソフィは続けた。「もしわたしがあなたに教区牧師の輪縄をかけて身を固めさせようとしていたのだったとしたら、大成功をおさめたことになるわね」

古めかしい言い方を聞いてキングは笑った。「教区牧師の輪縄だって?」

「とっても不吉でしょう」

「不吉ではないが、私向きではない」

彼のことばがその場の雰囲気を変え、ふたりともまじめになった。キングは彼女の目のなかに、ことばにされなかった疑問を見た。〝なぜ？〟

〝教えて〟きみはこの場所にはもったいないくらいすばらしい人だと話したとき、ソフィはそう言った。キングはそうしたくてたまらなかった。自分がどうしてこういう人間になったのかをだれかに話したかった。過去を分かち合いたかった。

ソフィになら話せる。

示せる。

キングは彼女と指をからませ、親指でやわらかな肌をなでながら、彼女の手のつけ根に散っている小さな茶色のそばかすを見つめた。「十八のときに故郷をあとにしたんだ」

彼のひざの上でソフィは体をこわばらせたが、なにも言わなかった。彼が話をやめてしまうのではないかと思って急かしもしなかった。その瞬間、ほかのなにを望むより、彼に話を続けてもらいたかった。

彼は話してくれた。「夏休みに帰省していたんだ。同じ歳の若者たちがするようにね。静かなこの場所が大嫌いだった。夏休みにしたかったのは酒を飲み、そして――」

ソフィは微笑んだ。「十八歳の若者がしたがることを隠さなくてもいいのよ」

彼の右頬にえくぼが出た。「十八歳の若者についてなにを知ってるんだい？」

「その夏にあなたがしたがった最悪のことが飲酒じゃないことくらいはわかっているわ」

「川で釣りをしながら毎日をのんびり過ごすほど幼くはなかった」

いまより若くて、体つきもほっそりしていて、年月が顔に刻まれていないころの彼をソフィは想像した。ハンサムだけれど、いまとはまったくちがう彼。いまの彼の片鱗を覗かせている骨格。彼の腕のなかに落ち着いたソフィの笑みが広がる。「あなたと釣りをしてみたかったわ」

キングが驚いた顔になった。「連れていってあげるよ」

「いまのあなたは歳をとりすぎたのでは？」ソフィはからかった。

キングが頭をふる。「いまの私は、日々をのんびり過ごすのはそんなにひどいものではないとわかるほどにはおとなだよ」いったんことばを切る。「ことに、一緒に過ごす相手が自分に合っている人なら」

彼はわたしのことを言っているの？　ソフィは彼と一緒に釣りをしてみたかった。川岸でたき火をして、あたりが暗くなっていくなかで彼の人生について話してもらいたかった。とてもありえそうになかったが、心がなごんだ。

「彼女は乳搾り女だった」もの思いにふけった彼は、信じられないとばかりの笑い声をあげた。「乳搾り女だぞ。オランダ人巨匠の絵画のなかにでも住んでいるつもりだったのか。彼女の父親は領地の東で酪農場をやっていて、彼女は牛の世話をしていたんだ」

ソフィは笑わなかった。「彼女はいくつだったの？」

「十六歳だ」

「あなたはどうやって……」

ソフィは最後まで言わなかったが、なにを訊きたかったのかキングにはわかったようだった。ソフィの手を口もとへ運んで関節にキスをし、快感の衝撃を彼女に味わわせた。その後も手を口もとから離さないまま答えた。「牛が一頭、うちの領地内に逃げこんだんだ。牛を探して彼女が来た」いったんことばを切ったあと、そっと続けた。「運命的な出会いだった。彼女はそれまで出会ったなかでも飛び抜けて美しい女性だった」

ソフィは息を大きく吸いこんだ。彼女について語るキングのことばを聞くと、信じるのがむずかしいことが驚くほど簡単に信じられた。「その人はどんな外見だったの?」

「ブロンドで、クリームみたいになめらかで薄ピンクの完璧な肌をしていた」あどけない目をした若い女性の姿が目に浮かぶようだ。「牛を探していたせいで顔やスカートを泥だらけにした彼女が目を上げてこちらを見た瞬間、私は守ってやりたくなった」

それも信じられた。ソフィが撃たれたときも、キングはすぐさま渦中に飛びこんで男に殴りかかった。「彼女には守ってくれる人が必要だったの?」

「そう思われた」彼はすっかり思い出に浸っている。「彼女にはどこか儚い雰囲気があった。はかなげななにかがあった」キングがソフィと目を合わせた。「ひと目見て、彼女と結婚したくなった」

それを聞いて熱い嫉妬が体を駆けめぐったのが衝撃だった。次々と疑問が浮かんできたのも意外だった。「それで?」

「その夏は、たがいの父親にはすべてを内緒にして一緒に過ごした。厩番のひとりにたっぷり礼をはずんで、手紙のやりとりを仲介してもらった。彼女は父親に見つかるのではないかとてもおそれていたんだ」ソフィはうなずいただけで、なにも言わなかった。「そして、こっそり結婚しようと私に懇願した。国境を越えて最寄りの鍛冶屋を見つけ、金床結婚式を挙げたがった。さっさと片をつけたがったんだよ」しばしの間をおく。「そうすべきだった」

「なぜそうしなかったの？」

「秘密にしたくなかったからだ。みんなの前で堂々と妻をめとりたかったんだよ。イングランド中に宣言したかったんだ。彼女を侯爵夫人にすると。いずれは公爵夫人にすると。恥ずかしいことなどひとつもなかったし、自分たちが醜聞の種にされるのはいやだった。彼女を愛していたんだ」

「その人をあなたの妻にしたかったのね」ソフィはそっと言った。それにくらべたら、爵位など重要でもなんでもないように思えた。彼の伴侶として永遠にともに暮らすことにくらべたら。

永遠。

そのことばにソフィの胸がうずいた。この先に訪れる悲しみで。そして、ずっと昔にキングの心を盗んだその女性に対する嫉妬で。彼女のせいで、ソフィは彼の心を手に入れられなくなってしまったのだから。

自分にそんな力があるわけではないけれど。

キングが乾いた笑い声をあげた。「もちろん、私は若くて愚かだったんだ。風車に戦いを挑んだドン・キホーテと同じで、むだな努力をしていたわけだ」

キングの胸がこわばり、息が荒いようすや、首の腱が筋立つほど顎を食いしばっているようす、険しい口もとから、いらだちが感じられた。ソフィは考えついたただひとつのことをした——彼の顔にてのひらをあて、高い頬骨を親指でなでたのだ。

つかの間、彼は触れられているのに気づいていないようだったが、それから緑色の瞳をきらめかせて一心に見つめてきて、手を彼女の手に重ねた。そして顔を横向けて彼女のてのひらにキスをしてから話を続けた。「一八一八年のことだ。国王陛下は正気を失っていて、摂政皇太子は飲酒と賭博と外聞の悪いパーティに精を出していて、戦争は終わっていた。父には爵位だとか貴族の血筋だとかいった愚かな考えを捨ててもらい、世の中には愛のための場所があることを受け入れてもらってもいいころ合いだった」

心臓が喉までせり上がってきて、ソフィは思わず悲しげな笑みを浮かべていた。世の中にはもちろん愛のための場所はある。けれど、貴族社会は一般社会とはかけ離れていて、そこでは乳搾り女は公爵夫人にはなれない。

ソフィのそんな思いが彼の耳に届いたかのようだった。「私は若く、それまでノーと言われた経験が一度もなかった」

彼女の眉が吊り上がる。「名前がその証明だわね」

キングが小さく笑い、この話がどれほどの悲劇になろうとも彼はいまここにいるのだ、とソフィに感じさせた。強健でわたしのもの。

ちがう、わたしのものではない。

いまはわたしのものといってもいいかもしれない。いまこの瞬間だけは。

「キングにはだれもノーと言わない」

ふたりのあいだに沈黙が落ち、物語がいよいよ大詰めを迎えると本能的に察知したソフィは、冷たいものを感じた。

「彼女を連れてここへ来て、ばかげた食堂に入った。父はあのとんでもなく大きなテーブルの端に座っていて、アグネスがすばらしい鵞鳥のローストを出していた。私は短気な子どものようにローナを父に紹介した。あのとき声が震えたのをいまでも感じられる。心臓が激しく打っていたのも」

ソフィの心臓もどきどきした。今夜、彼がその場面を再現していたとは知らなかった。あそこでのできごとは、ただの過去の罪ではなく、あの食堂での過去の罪でキングが父親を罰するためのものだったのだ。

「父の前に彼女を立たせ、将来の花嫁だと紹介したんだ」

なんてこと。

少なくとも自分のときは、ソフィは悲惨な展開になる覚悟ができていた。かわいそうなローナ。世間知らずのかわいそうな女性。ソフィが先ほど会ったあの堂々とした公爵に紹介されて、彼女の脚はがくがく震えていただろう。

残りの話からわが身を守ろうとでもするように、ソフィはさっと胸を押さえた。「どうなったの？」

「父は完膚なきまでに彼女を叩きのめしてくれたよ。乳搾り女だろうとだれだろうと、男が女にあんなひどい扱いをするのをはじめて見た」キングが頭をふった。その目は過去を見つめて焦点が合っていなかった。「ぜったいに認めない、公爵夫人になどさせない、おまえは安っぽい貧乏人で、下層階級から這い上がるためならなんでもする女だ。そう言って彼女を追い払った」

〝彼には這い上がる才能がある〟公爵は先ほどソフィの父親についてそう言った。

「お父さまにとって、這い上がることは最悪の罪なのね」

「許されざる罪なんだ」キングが肯定する。「そういう人間には、地獄で特別な場所が待っている」

ソフィはキングに話の続きを促さずにはいられなかった。「それで、あなたは出ていったのね」

「出ていくべきだった。ローナの手をつかんで逃げるべきだった。一緒に国境を越えて、彼女の望みどおりにすべきだったんだ。グレトナ・グリーンはすぐそこなんだから。だが、そうしなかった。彼女を家まで送っていった。ベッドに寝かせて帰ってきた。夜のあいだに、自分が公爵になる日が来るまでライン・キャッスルから離れていられるだけの金を集めて、旅の準備をしておきたかったんだ。計画が必要で、朝になったらその計画を持って彼女のところへ戻るつもりだった」

ソフィはうなずいた。「まっとうな考えだわ」

それを聞いてふり向いたキングの目には悲しみがあった。良心の呵責が。後悔が。「でも、そうじゃなかった。父がローナの父親を訪ねるとは思ってもみなかった」

ソフィは目を丸くした。「どうなったの？」

「その晩、ライン公爵は近隣一の酪農家を訪れた。そして、なにがあったかをローナの父親に話した。ライン家の地所に彼女がまた足を踏み入れたら、不法侵入で一家を罰するとはっきりと告げた」

ソフィはあんぐりと口を開けた。「彼女のお父さんはどうしたの？」

キングが頭をふる。「服を破られ、唇から血を流した彼女が、おそれおののいて私のところに来たんだ」ひと呼吸入れる。「私の腕に飛びこんできて、助けてほしいと懇願した。彼女の震えをいまでも感じられる。私は彼女を馬車に乗せた。彼女の父親が追ってきて、もっとも大きな脅威である私の父がさらにそのあとを追った」

物語の終わりに想像がつき、ソフィの腹部に恐怖がたまっていった。これから彼が話そうとしていることを奪い去れればいいのにと思いながら、彼の両手をきつく握ってしがみついた。

「馬車は私が御した。彼女はなかにいた。暗く、雨が降っていて、道は……」キングは言いよどんだ。「きみは道がどんなだったか知っているよね」

「キング」彼の手をきつく握りしめ、小さな声で言った。

「速度を上げすぎたまま角を曲がろうとした」

ソフィは頭をふった。「あなたのせいではないわ」

「馬は対になっていなかった。よく見もせずに急いでつないだんだ」

だから彼はいつも馬車につながれた馬を念入りに調べていたのだ。「あなたはまだ子どもだったのよ」彼の手をますます強く握ったせいで、関節が白くなるほどだった。

今度頭をふったのはキングだった。「でも、私は子どもではなかった。地所の相続もできる十八歳だった。議員になれる歳だった。彼女は私を頼っていたんだ。それなのに、彼女を守ってやれなかった」

ソフィは彼の手を持ち上げて、そこにキスの雨を降らせた。「ちがうわ」キスの合間にささやく。「ちがう。ちがう。ちがう」

「馬車がひっくり返り、すべて——馬車、馬、私——がここから一マイルも行かないところで溝に落ちた。国境を越えられたかどうかすらわからない」頭をふる。「越えていなかったんじゃないかと思う」

「あなたは——」

キングが彼女を見た。「私は大丈夫だった。何箇所かあざになっただけで、大きな怪我はなかった」

「それで——」名前を口にすることはできなかった。

「彼女は悲鳴をあげた」その声が小さかったので、彼はもはやこの図書室にはおらず、雨の降る道にいるのだとソフィにはわかった。「馬車が傾いたときには彼女の悲鳴が聞こえたが、完全に横転したときには静かになっていた。ローナは静かだった。なんとか馬車に戻って扉を力任せに開けようとしたが――」愛する女性に向かって叫んでいる彼を思い、ソフィは手で口を押さえて涙を流していた。「――扉はゆがんで開かなかった。なかに入る方法はなかった。彼女は閉じこめられてしまっていた。物音は聞こえてこなかった。ようやく窓を壊した」キングはいまもガラスで怪我をしたままであるかのように、その手を見つめて指を曲げ伸ばしした。

いままで生きてきて、これほどおそろしい話を聞くのはソフィにとってはじめてだった。物語を続けるキングを見つめる彼女の頬を涙が止めどなく流れた。

「彼女は馬車のなかで私に抱かれて息を引き取った」

彼が馬車に乗るのを忌み嫌うのも当然だ。「だからあなたはカーリクルで競走するのね。償いをしているのでしょう。自分の命を危険にさらして」

彼はそれには返事をせず、こう言った。「父が彼女を殺したと話したのを覚えているかい？父が彼女の頭に銃を突きつけたも同然だと」

ことばが見つからず、ソフィはうなずいた。

「彼女の頭に銃を突きつけたのは、父の憎悪ではなかった。私の愛だったんだ」

ソフィは翳りのあるハンサムな顔を両手で包んでこちらを向かせ、彼が目を合わせてくるまで、彼がこちらに注意を向けているとわかるまで待った。「事故だったのよ」

「私が――」

「あなたは子どもで、最善だと思うことをしたの。正しいと思うことを。彼女を殺したのはあなたではないのよ」

「いいや、私だ」

その告白にソフィは打ちのめされ、不意に彼のことが以前よりよく理解できた。自分の、そして彼の胸の痛みを和らげる方法をひとつだけ思いつく。

彼の顔を引き寄せて、最初はおずおずと唇を重ねた。いつ彼に押しのけられるかわからないとばかりに。無理強いしているとばかりに。一度、二度、三度と唇を離し、それからキングの下唇に舌を這わせてキスを深め、彼が息を呑んで口を開け、抱き寄せてくれるとほっとした。

彼がキスを返してくれた。受け取り、あたえ、なで、味わい、じきに主導権を奪うと、ソフィのはじめたためらいがちな口づけをすばらしくてよこしまでわがもの顔のものにしてうめいた。神々しいほどだった。

キングは唇を離して彼女の首筋に温かくて濡れたキスを落としていき、ソフィは彼の髪に手を差し入れて、キスを受けられるなどと思ってもみなかった場所へと誘導した。キングは首のつけ根に舌を這わせながら、両手をドレスの前へとまわしてじれったそうに紐と格闘をはじめた。この瞬間、抑制の効いたものはなにひとつなかった。考え抜かれたものも。キングの両手と唇が本能のままに誘惑し、触れ、約束し、ソフィを快感で震えさせた。ためらいもなく。

それはまったく純粋な欲望だった。

理解してくれる相手への欲望。

批判しない相手への。

望んでくれる相手への。

ソフィはそれをだれよりもよくわかっていた。

そのとき紐がほどかれて胸が彼の手のなかにこぼれ落ち、彼はそれをすくい上げて見つめながら親指で頂を愛撫した。「きみはすばらしい」

ソフィはそのことばを信じた。硬くなった薔薇色の頂を彼が口にふくんで唇と舌で何度も愛撫したため、ソフィは彼のひざの上で身もだえした。するとひざ立ちにさせられ、崇拝された。

舌がゆっくりと軌道を描くたび、ソフィは崇められているように感じた。

手で愛撫されるたび。

キングが緑色の目を開けて見つめてきた。まるで、この嵐のなかでソフィが彼の錨だとばかりに。

その錨にソフィはなりたかった。いま。

永遠に。

「イエスよ」そっとささやいた。

キングが愛撫をやめる。「なにに？」

「すべてに。あなたがなにを望もうとも」

ソフィの望んでいる場所に、彼がすてきな息を長く吹きつけた。「きみはなにを望んでいるんだい？」

ソフィは彼の髪をもてあそび、そのやわらかさに驚嘆した。「あなたの舌を」あとになったらそう言った自分に衝撃を受け、少しばかり気恥ずかしくなるだろう。レディは〝舌〟などということばを口にしないものだと思うから。けれど、いまは気にもならなかった。

キングはうめき、長くしっかりと望みをかなえてくれたので、ソフィは頭がおかしくなってしまいそうだった。「私にとってきみは危険だ」

ソフィはにっこりした。「どう危険なの？」

彼がソフィの髪に手を入れるとピンが落ちて椅子や床に散り、長い巻き毛がふたりを包んだ。キングが一心に目を覗きこむ。「きみのせいで欲しくなる……」

キングのひざの上に体を下ろすと、硬くて力強い彼が感じられた。キングが喉の奥で低くうめくのを聞いて、体中に力がみなぎった。「なにが欲しくなるの？」低くて欲望に満ちた自分の声に衝撃を受ける。

キングといると、別人になってしまう。

彼がふたたび唇を重ねてきて魂を深く揺さぶるキスをした。唇を離したときは、ふたりとも息が上がっていた。「きみのせいで欲しくなる」簡素なことばだった。「くそっ、ソフィ。

きみのせいで欲しくなるんだ」

そのことばはキスにも負けないくらいソフィを粉々にした。

彼女はうなずいた。「わたしもよ」

彼のあたえてくれるすべてを。

どんな小さなものでも。たとえ小さなものだけだったとしても、ソフィは受け取る覚悟だった。

キングが目を閉じた。「ちくしょう」その悪態は小声ながら衝撃的で、ソフィははっと体を硬くしたが、背筋を伸ばした彼の手はもう抱きしめても触れてもおらず、彼女のボディスをもとに戻そうとしていた。

わたしはなにをしてしまったの？

「キング？」彼の手はドレスの紐をきつく引っ張っており、ソフィは狼狽した。なにかいけないことをしたのだろうか？「どうしたの？」紐を結び終えると彼が目を合わせてくれ、そこに欲望があるのを見てほっとした。抑制されてはいたものの、北部の空のようにくっきりと浮かんでいたのだ。「どうしてやめたの？」

「すまない」彼の声は低くて暗く、欲望に満ちたものだった。

「やめたから？」ソフィは、生まれてこの方これほどの困惑を感じたことがなかった。「謝る必要なんてないのよ」

「いいや、あるよ。このすべてに対して。きみに言ったことやしたことに対して。きみをここへ連れてきたことに対して。いまのことも」

「わたしはいやじゃなかったわ」

キングが激しい勢いで息を吐き出した。「それが問題なんだ」

ソフィの目が丸くなる。「そうなの？」

キングが立ち上がり、ソフィも立たせた。「いいや、もちろんきみに楽しんでもらいたいさ。だが、これは……」静かな図書室にまた悪態が低くよこしまに響いた。「くそっ。私も楽しんでいたんだ。度が過ぎるほどに。楽しんではいけないのに。私はきみを楽しむべきではないんだ。きみも私を楽しんではだめだ」

もう手遅れなのに。

ソフィの眉根が寄せられた。「どうしていけないの？」自分を守ることばを探す。「わたしを破滅させると約束してくれたでしょう？　これがそうなのではないの？」

彼女を見たキングの目は、怒りといらだちと悲しみに似たなにかでぎらついていた。そのとき、彼がソフィに胸の張り裂ける思いをさせた。

「きみと愛を交わすつもりはないよ、ソフィ。今夜だろうと、この先だろうと」

17

将来の公爵、キング

翌日、キングは城をうろつきながら、半ばソフィを避け、半ば会えることを願っていた。ローナについての真実を話しても、ソフィが悲鳴をあげて図書室を出ていかなかったときに感じた信じられないほどの安堵を、彼女に会えばまた感じられるのではないかと半ば期待していた。だがその安堵も、愛を交わさないと告げて彼女を失望させたときの罪悪感に焼き尽くされた。

午後になるころには、ふたたび図書室に身を置き、前夜ソフィを抱いていた椅子に座ってスコッチをしこたま飲みながら、浮き浮きしたようすで図書室を探索したりタルトを食べたりしていた彼女を思い出して自分を苦しめていた。この先、使用人たちと笑い、肉入りパイにうっとりとため息をつき、食堂でこちらに敢然と立ち向かった彼女を思い出すのだとふと悟る。

情熱に駆られた彼女も。

彼女はどこからどこまで情熱的で、力強く、完璧だった。図書室の本に囲まれた椅子の上でたがいの存在しかなくなるまで何度も何度も彼女を自分のものにしたい気持ちをこらえるのは、これまででもっともつらい体験のひとつだった。

だが、彼女を置き去りにするのはもっとつらかった。

それがこわかった。

紳士として、罪悪感を抱くべきではなかった。ばかげた取り決めをしたにもかかわらず、彼女を破滅させなかった。それが重要なのでは？　彼女の純潔を守るのは、りっぱな男としての自分の役割だったのではないのか？　それでも、罪悪感を抱いてしまっているのは、彼女をベッドへ連れていかなかったせいではなかった。

自分が彼女の望む男にはなれないという事実のせいだった。

彼女の望む愛をあたえられない。彼女にふさわしい愛を。この時点で自分にできるのは、モスバンドの宿に彼女を送り帰し、出会わなかったふりをすることだ。

彼女を忘れられるふりを。

罪悪感がいらだちに変わり、キングはスコッチを大きくあおった。ここへソフィを連れてきて自分の悪魔に紹介するとは、なんと愚かなことをしたのか。けっして手に入れられないもので自分と彼女を誘惑するとは。

たとえ彼女と結婚しても、自分には愛をあたえてやれない。

わかりきったことだった。それがどうなったか見てみろ。ひとりで。酔っ払っている。図書室で。

「お坊ちゃま?」

戸口をふり向くと、アグネスがいた。子どものころからそばにいて、家政婦というよりも母親のような存在で、使用人というよりは友人のような存在のアグネス。崇拝と軽蔑の目で彼を見られるこの世でただひとりの人物。「入ってくれ、アグネス」向かいの椅子を手ぶりで示す。「ここに座って、この十年の話を聞かせてくれ」

アグネスは部屋に入ってはきたものの、腰は下ろさなかった。「酔ってらっしゃるんですか?」

キングが彼女を見上げる。「酔っ払おうとしているところだ」

長々と彼を見つめたあと、アグネスは言った。「お父さまがあなたと会いたいそうです」

「私は会いたくない」

「断ることはできませんよ、アロイシャス」

「だれも私をその名前では呼ばない」

「あなたをキングと呼ぶつもりはありません」アグネスの口調はそっけなく、きっぱりとしていた。「国王陛下ならもういますから」

「ロンドンの君主もな」キングがいやみを言う。

「酔ったうえでのことばでなければ、無礼なあなたを鞭打っているところですよ」

キングは目を上げて美しいアグネスを見た。父はやさしくなかっただろうが、歳月は彼女にやさしかったようだ。「鞭打たれるには、私は歳をとりすぎているよ、ネッシー。それに、父親を蔑視してはならない年齢もとっくに過ぎている」

　アグネスは茶色の目を険しくした。「お好きなだけお父さまを軽蔑すればいいわ。でも、わたしを軽蔑するのは許しません。酔っていようといまいと」

　そのことばでキングは昔に戻った。母親を知らずに育った少年にとって、アグネスは考えうるかぎり最高の話し相手で、いつも率直で、愛情に満ちていて、そばにいてくれた。キングが子どものころ、アグネスは若くてきれいで、いつだって遊び相手になってくれた。城にある秘密の場所を教えてくれたのもアグネスで、どんなときでも彼のために時間を作ってくれた。城の階段から落ちて手首の骨を折ったとき、抱きしめて大丈夫だと言ってくれたのも彼女だった。それに、キングが愚か者に感じるようなことでも、常に真実を話してくれた。

　いまと同じように。

「すまない」

　アグネスはうなずいた。「ついでながら言いますけど、どうして将来の奥方さまにひどい扱いをしないように心がけてみられないいんですか？」

　それにはもう手遅れなんだ。

「彼女はわたしの将来の妻ではない」

　アグネスが片方の眉をくいっと上げた。「では、彼女が正気に戻ってあなたを捨てられたんですか？」

どういうわけか、ソフィは彼を捨てなかった。彼のほうが、ソフィの意に反してここに留め、無理やり婚約者のふりをさせるのがいやになったのだ。できるだけ早く彼女を取り決めから解放してやるつもりだった。今日の午後にでも。彼女の姿を見かけたらすぐに。

そうすれば、彼女は私を捨てる。

「そうなるだろう」自分で言ったことばを憎んだ。

「それはあなたが悪いんですからね」

キングはうなずいた。「わかっている」

たしかにわかっていた。ローナのあと、ほんのわずかでも自分に関心を示したほかの女性にしたように、ソフィを追い払ったのだ。ただ、ほかの女性のときは簡単にそうできたのだが……にっこり笑ってキスを盗み、きみにはもっといい人が見つかるよと言って。もっと理想的な人が。完璧な人が。

だが、完璧な男をソフィに見つけてもらいたくはなかった。

自分が彼女にとって完璧な男になりたかった。

どうすればそうなれるのか、わからなかったが。

くそったれ。

「この場所が大嫌いだ」

「なぜです？」

キングは吐息をつき、椅子の背に頭をもたせかけて目を閉じた。「子どもみたいに感じさせられるからだよ。ここで暮らしていた子どものころ、あなたのスカートにしがみついて、どうすればいいか自信がなかったときの気分に戻ってしまうからだ。ただひとつのちがいは、自分の行動を父にどう思われるかをまったく気にしていないことだけだ」

アグネスは注意深く彼を見た。「それがほんとうかどうか、わたしには確信がありませんけどね」

もちろん、彼女の言うとおりだった。父の意見を強く意識している。父に自分のふるまいを嫌悪させたかった。思いがけずそう悟り、いらだって立ち上がった。「公爵になったら、この場所とその記憶を徹底的に破壊するつもりだ」そばの低いテーブルのところへ行き、ふたたびグラスを満たした。「わかったよ。指示を受けられるよう、この城の王のところへ行こう。話が終わったら、それ以上父のじゃまをするつもりはない。おたがいに言いたいことを言い合ったら、二度と顔を合わさずにすむだろう」

「お父さまはあなたが思っているような悪者ではありませんよ」

キングはむっとした顔になった。「あなたはあの人の息子ではないからそんなことが言えるんだ」

「そうですね。でも、あなたが生まれてからずっとこのお屋敷を切り盛りしてきたんですよ。あなたが出ていったときも、ここにいました。そのあともずっとね」

「父のせいで、私が愛する女性をこの手で殺してしまってから、だろう」

歩き出していたアグネスがはっと足を止めた。キングはこれまでそのことばを口にしたことがなかったのに、この二十四時間で二度も言ってしまった。ソフィに打ち明けたせいで、なにかが解き放たれてしまったかのようだった。

「なんだい？」

アグネスは頭をふり、また歩き出した。「あなたを連れてくるとお父さまに約束したんです」

「だからこうして向かっているじゃないか、アグネス。一緒に来てもらう必要はない」

「あなたをひとりにしたら、ここを出ていってしまうのではないかとお父さまは心配してらっしゃるのだと思いますよ」

ソフィがいなければ、たしかにとっくにここを出ていっていただろう。

「あながちまちがってはいないな。ここへは、ライン公爵の血筋は私で途絶えると父に言いにきただけだ」

「あのすてきなお嬢さんは子どもを欲しがると思わないんですか？」

もちろん欲しがるだろう。彼女ならすばらしい母親になるに決まっている。

だが、私の子どもではない。

だれかほかの男の子どもだ。彼女にふさわしい愛をあたえられる男。彼女しか欲しがらないような本でいっぱいの書店と、彼女を愛してくれる男。キングはその書店を贈る。書店を持つ自由を。そんな幸せを見つける自由を。そんな愛を。

ほかの女性たちに、式の前に結婚を止めてやるという贈り物をしたように。愛を手に入れる機会をあたえてやったように。

ローナには持つことのかなわなかった機会。

ソフィにはそれを贈る。

彼女がほかの男と愛し合うなどという考えが気にくわないのは関係ない。

「ここを出ていく前に、お父さまの言い分をちゃんと聞いてください」命令口調でアグネスが言った。「わたしに義理立てして」

「どんな義理かな？」

アグネスがこちらを見たとき、十五年の歳月もその美貌を損なってはいなかったものの、やはり歳を重ねているのを否定できないことにキングは気づいた。「ずっとあなたを心配してきたことへの」

会えばかならずアグネスを失望させてきたのだ。

ふたりは公爵の書斎前まで来た。そのドアを見つめるうちに、この向こうにいる父になにを言われるかと喉から心臓が飛び出しそうなほどどきどきしていた子どものころをキングは思い出した。

いまは、そんな戦慄などなにひとつ感じていなかった。

アグネスがノックをしようと手を上げた。

キングは彼女を制した。「いいんだ」

取っ手をまわしてなかに入る。

ライン公爵は広大な地所が見える部屋の奥の出窓のところに立っていて、ドアの開く音を耳にしてふり向いた。キングの父親は群青色の薄手の外套、鹿革のズボン、ひざまでのブーツ、完璧にアイロンのかかったクラバットという非の打ちどころのないいでたちだった。

「ロンドンから距離も時間も遥か遠いこの地では、格式張った格好はしないものだと思っていましたよ」キングは言った。

公爵は軽蔑もあらわなまなざしで長々と息子を見つめた。「距離が遠かろうと礼儀作法を思い出して、昼日中に酔っ払った姿で来るようなまねはしないと思っていたがな」

キングは座れとも言われていないのにそばの椅子にだらしなく腰を下ろし、父の灰色の眉がいらだたしげに吊り上げられたのを見て溜飲を下げた。「この場所が大嫌いな気持ちが、酒を飲むと少しは和らぐのでね」

「子どものころはこの場所を嫌っていなかっただろう」

「真実が見えていなかったんですよ」

「その真実とはなにかな?」

キングは酒を飲んだ。「この場所がわれわれを怪物にするということです」

公爵が近づいてきて、向かい側の椅子に座った。いまも長身で引き締まった体つきのままで、歳をとっても女性からハンサムと思われる父をキングはじっくりと見た。この十五年で父は歳をとり、こめかみだけだった白髪が全体に広がっており、陽気さがもたらすと言われているしわが口もとと目尻にできていた。

父が陽気な男として通っていると考えるだけでも笑える。

「元気そうだな」公爵が言った。「歳はとったが」

キングはまた酒を飲んだ。「なぜここに呼ばれたんでしょうか？」

「そろそろ話し合ってもいいころだろう」

「死にかけているという手紙を寄こしましたよね」

公爵は手をひらひらとふった。「われわれはみな死に近づいているのではないかな？」

キングは父をにらんだ。「なかなかくたばってくれない人間もなかにはいますがね」

公爵が椅子にもたれた。「私にさっさとくたばってもらいたいのだろうね」

「それだけでは足りない」しばしの間のあと、キングは続けた。「同じことを何度も訊きません。私をここに呼んだ理由を話してくださらないのなら、出ていきます。次にここへ来るとすれば、公爵になってからです」

「おまえを追ってロンドンへ行ってもいい」

「十五年もあなたを避けられました。ロンドンはかなり大きな街ですからね」

「私が公爵の役割をふたたび行使しはじめたら、それもむずかしくなるだろうね」

「そうするには、議会に登院しなくてはなりませんよ。ほかの上院議員は、あなたがようやく爵位に敬意を払ってくれたと感動するでしょうね」父をひたと見つめる。「考えてみれば、悪い血が混じるのを防ぐためにあそこまでやるほど公爵位に敬意を持っている人にしては、登院という重大な務めを果たしてこなかったのは驚きですよ。この十五年で、ロンドンには

五、六回しか行っていないのでは？」
「ロンドンに近づかずにいたのには私なりの理由があるのだ」

「すばらしい理由だったんでしょうね」キングは鼻で笑った。

「なかにはいい理由もある」公爵が息を吸いこんだ。「ここまで長くおまえを放っておくべきではなかった」

キングが片方の眉を吊り上げた。「私を放っておく？」

公爵はひざに置いた手を拳に握った。「おまえは若く、傲慢で、世間知らずだった。私がロンドンを訪れるたび、会うのを拒んだ。怒りに満ちたたったひとつの伝言を寄こすだけだった。〝ラインの血筋は私で途絶える〟とな。それを許したのがまちがいだった」

「追放されて以来私がしてきたことを、あなたが許したと考えているとはおもしろい」

公爵は冷ややかな緑色の目を息子に向けた。キング自身がほかの人間に数えきれないほど何度も向けてきたまなざしだが、自分に向けられるのは気に入らなかった。「私はおまえにすべてを許した。金をあたえ、馬をあたえ、メイフェアの町屋敷も、ばかみたいに飛ばして一年で潰してしまったカーリクルも、一度も乗っていない馬車もあたえた」

すべて自分の手柄と考えているらしき父にかっとなり、キングは前のめりになった。「そ
の金はいまではもとの十二倍にも増えている。メイフェアのパーク・レーンに建つあなた名
義の町屋敷は使ったことがない。馬はすべて死んだ。それに、そう、カーリクルは潰れた。ここにあった馬車と同じで」険しい目つきになる。「あなたの世話になったのは、自立でき

るようになるまでです。それ以来、一シリングだって無心していませんよ。まあ、あなたが金の出入りをきちんと把握しているとも思いませんけどね。その金は、犠牲にしてもいいと考えるほど身分の低い女性の命を奪った償いだったのかもしれませんね」

「ようやくその話になったか」

「ええ、そうです」

公爵は椅子にもたれた。「私が彼女の死を招いたわけではない」

奇妙な言いまわしだったが、責任を回避するために父がよく使っているものなのだろう、とキングは思った。「わかっています。彼女の死を招いたのは私です。私がその場にいなかったかのように、状況を明確にしてくださってありがとうございます」

「おまえでもなかった」

キングは手を上げて制した。「手綱を握っていたのは私です。彼女の悲鳴を聞いたのも。彼女が静かになったときも、私はその場にいたんです。この腕に彼女を抱いたんです」

「それはおまえが背負う十字架だな。人間だれしも十字架を背負っているのだ」

怒りといらだちを抑えきれず、キングは髪を掻きむしった。「私はなぜここにいるのですか？」

「彼女に金をやると申し出た」公爵は言った。「乳搾り女に」

「私と別れるようにですね」ローナからその話は聞いていなかったが、それほど驚くべきものでもなかった。

「誇りに思えるふるまいではないが、あの女がおまえの爵位や金を狙っているのではないとたしかめるにはあれしか方法がなかったのだ。下層階級から這い上がろうとしているのではないとたしかめるには」

それを聞いてキングが笑った。「それを信じろと言うんですか……彼女が私を愛しているのをたしかめるためだったと？」

公爵の視線がキングの肩越しにちらりと向けられた。「信じようと信じまいと、それが真実だ」

「そんなのは嘘っぱちだ。あなたは貴族の血筋だとか名声だとかきちんとした家系だとかの重要性にずっとしがみついてきたではないですか。彼女に金を渡そうとしたのなら、それは私と別れさせるためだったんですよ。彼女の父親にも同じ申し出をしたんでしょうね」

公爵がうなずいた。「そうだ」

「そして彼は受け取った。だから彼女は私のところに来た。私を愛していたからです。金で片はつけられなかったんですよ」

「ふたりとも受け取らなかったよ」公爵が言う。「金で片をつけられなかったというのは正しい。ふたりはほかのものにそそられたんだ。金よりもっと価値のあるものに。一生無理だと思っていたのに……手に入るかもしれないと思うようになったものに」

そのことばにキングの胸がざわついた。はじめからローナは駆け落ちをしたがった。国境を越えてスコットランドへと。教会で式を挙げようと言い張ったのはキングだった。イングランドで。みんなの前で。彼女は同意してくれた、そうだろう？「彼女がおまえに金の話をしなかったのは、もし話したらおまえは怒り狂って私のもとに来るとわかっていたからだ。そして、私から真実を聞くと。彼女はおまえがそれを信じるのではないかと心配したのだ。だから、ちがう話をした」

キングはそんな話を信じなかった。

頭をふる。「それはちがいます」

「いいえ、ちがいません」その声は戸口から聞こえてきた。アグネスはずっとそこにいたらしい。

「父はあなたに嘘までつかせるのか？」裏切られたという思いで胸が不快な熱さを帯びた。

「彼女は嘘などついていない」公爵が言う。

「あの女性が亡くなったあと、父親がここに来たのよ、アロイシャス。あなたが出ていったあとに。彼はやけになっていた。そして、ほんとうのことを話した——はじめから、父娘で爵位を狙っていたのだと」

アグネスのことばにキングは頭をふった。「ちがう。彼女は父親をおそれていた。父親に追われていると私に言ったんだ。見つかったら殺されると。父親はあなたをおそれていると」

「あの男は私などおそれていなかった」公爵は言った。「平民の家系から王妃まで輩出するようになったブーリン家になりたがっていたのだ。私の顔に唾を吐き、娘の服を引き裂いた。

手の甲で殴り――まあ、そういうことだ。娘の唇は切れたよ。そして、日の出前には娘をエヴァースリー侯爵夫人にしてみせると啖呵を切った」

襟もとの破れた服をキングはいまでも思い出せた。唇から血を流している彼女の姿も。そんな記憶を無理やり押しのける。父は嘘をついているのだ。それしかありえない。

「どうしてふたりを止めなかったんですか？」

「リヴェンデルのところに行ったのだ」リヴェンデルは近隣の伯爵で、ローナと父親の家がその伯爵の地所内にあった。公爵は自分の愚かさを笑った。「彼が役に立ってくれると本気で考えたのだよ。だが、あの女と父親は公爵位を手に入れる目前だった。そのためにはどんなことでもする気でいた。家に戻ったら、おまえは出ていったあとだった。彼女と一緒に。馬車に乗って」しばしためらう。「人間の意志の前には貴族という身分などなんの力もないと悟ったのはそのときだ」

記憶に焼きつけられたあの晩の光景に、キングの頭がふらついた。ローナの涙、懇願、恐怖に満ちたまなざし。あの目。イングランド一の女優でなければあんな目はできない。あるいは、どんなことでもするほどなにかを必死で求めていなければ。

ローナが嘘をついていたという考えは――あの夏、あの女性、ふたりで持てたかもしれない人生について自分が考えたすべてが勝手な思いこみだったというのは――あまりに衝撃的だった。とても信じられなかった。だが、疑念の種はすでにまかれてしまっていた。育ちつつあった。自分が信じたただひとつの愛が嘘だったとしたら？

感じたこともないほど陰鬱な苦痛が、愛ではなく裏切りの産物だったとしたら？　あの晩に作られた男でなかったら、自分は何者なのだ？

キングはこの部屋から出たくてたまらなくなり、立ち上がった。父の顔など見ていたくなかった。ぜったいに裏切らないと信じていたアグネスの顔も。非難に満ちたまなざしを彼女に向ける。「ふたりとも私に嘘をついている」

「彼女をまた嘘つき呼ばわりしたら、この家の敷居は二度とまたがせない」公爵の口調は冷ややかな怒りに満ちていた。「私への侮辱は甘んじて受けよう。だがアグネスは、おまえが生まれたときから味方でいてくれたんだぞ。彼女を悪く言うのは許さん」

別のときであったなら、父の怒りのことばに衝撃を受けていたかもしれないが、キングにはこれ以上の忍耐はなかった。父に食ってかかる。「いまの話を聞いても、なにも変わりません。この場所はやっぱり私たちを怪物にした。前々から言っていたように、ラインの血筋は私で途絶えます」

「私に紹介した婚約者はどうなんだ？　彼女の望みはどうなる？」

ソフィ。

「彼女が私を愛していると信じているなどと言わないでください。彼女は危険な娘なんですよ」

公爵のまなざしは揺らがなかった。「ゆうべのことからして、彼女はおまえを愛していると思うが。おまえの乳搾り女は、タルボットの娘みたいにけっしておまえを置いて立ち去りはしなかっただろう」

幸せと誠実さに満ちた家を望んでいる、完璧で無垢なソフィ。できるだけ早く、彼女の望む人生に戻してやるつもりだった。こんな父と先ほど暴露された話で汚れたこの場所に彼女にいてほしくはなかった。

愛を信じたときがキングにもあった。それを望んでいたときが。だが、愛したたったひとつのものを失ったのに、いまはその真実ですらが嘘で曇らされてしまった。「それなら、彼女の望みは私の望みとともに滅ぶしかありません」

真実のまま変わらないと請け合えるものはたったひとつしかなかった。この場所。この血筋。自分とともに途絶えるのだ。

たとえそれがソフィとの別れを意味していようとも。

彼女と別れるなどぜったいにいやだと、いつの間にか思うようになっていたとしても。

怒りと不信感と、それより遥かに複雑ななにかでキングの顎がこわばった。「どうして私はここにいるんですか？」最後にもう一度たずねたその声は険しく、不快な気持ちがあからさまに出ていた。

「おまえは私の息子だ」キングが判読したくもないなにかを目にたたえ、公爵が単純明快に言った。「私の息子で、私の喜びだったころもあった。おまえには真実を知る権利がある。それ以上に、幸せになる権利があるのだよ」ことばを切った公爵は、老けこんで見えた。

「自尊心などくそ食らえだ」

父のことばは最悪の類の衝撃となり、キングは自分にできるただひとつの反応をした。なにも言わずに部屋を出て、慰めを得られる場所へと向かったのだ。迷路へと。

怒りといらだちに突き動かされて複雑な迷路を進むと、角を曲がるごとに若かったころの自分の記憶が、犯した過ちの記憶がよみがえってきた。十五年も逃げ続けてきた過去が。中央部分までの行き方は頭にしっかり刻みこまれていたので、ためらうことなくずんずんと進んだ。頭と心のなかでは、すでに激しい戦いを展開している、ミノタウロスのもとへと向かう英雄テセウスになっていた。

だが、迷路の中心で見つけたのは怪物ではなかった。

ソフィだった。

ライン家の迷路はソフィのおぼえているままにすばらしかった。

迷路中央部にある、豪華な大理石造りの噴水池の端に腰掛け、ひざに置いた本も忘れてここを出ていく勇気をかき集めようとしていた。

一日のかなりの時間を費やしてくねくねと曲がる迷路を探索した。一心に中央の噴水池を探していたおかげで、キングのことを考えて頭がおかしくなるのをかろうじて免れた。もちろん、彼のことはたっぷり考えた。ここで子ども時代を過ごした彼にとって、迷路がお気に入りの場所だったことを。この迷路に身を隠して避けたのであろうあれこれを。

あらゆることから身を隠したいいま、この場所はそれにぴったりだと実感した。

前夜、キングは自身の寝室とのあいだに壁一枚とドアがあるだけの隣室まで送ってくれた。ソフィは破滅させてくれなかった彼に考えなおすよう言いたい気持ちをこらえた。完璧に感情を隠していたといっても過言ではないだろう。

寝室のドアを閉め、ベッド脇のろうそくを消したあとは、涙が流れるに任せた――彼の愛撫やことばだけでなく、満たされなかった欲望とともに。彼から聞いた物語、ローナへの愛――ソフィは彼のために、そして彼が失った女性のために胸を痛めた。

それから自分自身のためにも。

自分が彼を欲しているという耐えられない思いに胸を痛めた。彼の告白と欲望と真実が欲しかった。でも、どうしようもなかった。どんなに彼を望んでも、彼は二度と心を危険にさらそうとはしないだろうから。

そんなわけだから、だれからも見られないこの複雑な迷路のなかにこもっているのが最善だった。ここでなら、彼に対する自分の気持ちを無視する勇気を持てる。そして、頭を高く掲げてこの場所を去り、別の人生を見つけるのだ。

けれど、別の男性を見つけるのはぜったいに無理だ。

いまならそれがわかる。北部の炭鉱夫の末娘であるソフィ・タルボットには、エヴァースリー侯爵しかいない。けれどエヴァースリー侯爵は彼女のものにはならない。

だからここを立ち去る。

彼を見つけたらすぐにそう話そう。

冷たい水に指を浸し、噴水池の中央でくり広げられている大理石のすばらしい戦いを見上げた。ミノタウロスとテセウスが顔をつき合わせ、どちらも一歩も引かずに水をまき散らしながら戦っている。その彫像のなにかが、怪物の味方をしたい気にさせた――ミノタウロスは母親への罰として怪物に生まれ、別のゲームの駒に使われたのだ。神話の迷宮がたとえこの迷路のように美しかったとしても、ミノタウロスが生涯孤独のまま過ごしたなんて不公平に思われた。

「ここへの道をおぼえていたんだね」

ソフィは水からぱっと手を引いた。

浅い息をしながらふり向くと、秘密の隠れ場所の入り口にキングが立っていた。「その――」

「私から隠れていたんだよね」

彼に先に見つけられてしまった。ソフィは微笑みを浮かべたが、彼の姿を見て胸がうずいたのがいやだった。うっすらひげが伸びかけていて、髪は乱れていて、シャツの袖を肘までまくり上げていても、キングはこちらの心をざわつかせた。いや、そんな格好だからこそかもしれない。ロンドンの貴族たちのいないところでの彼という人を見せてもらっているから。別の時、別の場所であったら、自分のものになっていたかもしれない彼を。

顔を背けてまた噴水に目をやる。「あなたからというよりは、あなたという存在からかしら」

彼の唇が小さな笑みを作った。「そのふたつはちがうのかい？」

「あなたの存在のほうがとても心をかき乱すわ」

「それは残念だな。私自身がきみの心をかき乱したいのに」

ほんとうは、彼自身がソフィの心をかき乱しているのだった。これ以上かき乱されたら、悲鳴をあげて逃げ出していただろう。なんとか立ち上がり、スカートで手を拭った。「わたしから隠れるためにここに来たのなら、喜んでこの場所をお譲りしますわ」

キングがその申し出を考えているように見えて、彼女は驚いた。傷つきもした。彼のほうがこちらを侮辱したのに。そうでしょう？　ふたりはけっして一緒になれないとはっきりさせたのはキングだ。

ところが、彼は考えを変えたらしかった。「ここにいてくれ」静かな口調だった。「私の話し相手になってくれ」

そのやわらかなことばにつられ、ソフィは腰を下ろして彼を見た。もっと近くにいられればよかったのにと思いながら。きらめく緑色の瞳を見られたらいいのに。そうすれば、そこに彼の気持ちを読み取れるかもしれないのに。

そのとき、彼が耐えがたいほどやさしい口調で言った。「頼むよ」

なにかが起きたのだ。

「どうかしたの？」

彼はそれに答えず、噴水池とソフィに向かい合う形で二、三フィート離れた低い石のベンチに腰を下ろし、長い脚を伸ばして足首のところで交差させた。胸の前で腕を組むと褐色に日焼けしたたくましい前腕があらわになり、ソフィはそこから目が離せなくなった。キングが顎をしゃくって彼女のひざにある本を示した。「まだ環状遺跡（ヘンジ）について読んでいるのかい？」

本を持っているのを思い出すのにしばらくかかった。さらにきつく本をつかみ、無理やり笑みを浮かべる。「また読んでさしあげましょうか？」

彼は笑みを返さなかった。「信じるかどうかわからないが、いまこの瞬間は環状遺跡（ヘンジ）ですら私の注意を引けないよ」

ソフィは本に視線を落とした。「これは環状遺跡（ヘンジ）についての本ではないわ」

「なんの本なんだい？」

ソフィには思い出せなかった。目を下に向ける。「ギリシア神話の本なの」

「おもしろいかい？」

「放蕩者や無礼者やありとあらゆる類の不埒者が出てくるのよ」

「おもしろそうじゃないか」

「女性を破滅させる人が好きなら楽しめるでしょうね」

「きみはどうなんだい？」

イエスよ。

ソフィは彼の質問について考えた。返事も。彼と目を合わせる。「そうね、わたしはあなたが好きだわ」

「私たちはたがいを好きでないのだと思っていたが？」

ソフィが頭をふる。「気持ちが変わったみたい」彼が立ち上がって近づいてくると、ソフィは続きを口にした。「そうすべきではないのに」

彼は噴水池の縁に座り、ソフィの長い髪を耳にかけた。「そのとおりだ」やさしい口調だった。「私はきみを破滅させないよ、ソフィ」

「そういう取り決めだったのに」

「つまり、ふたりとも取り決めを反故にしたわけだ」

「あなたはわたしの世話をとてもよくしてくれたわ」キングが困惑げに眉を寄せたので、彼女は説明した。「あなたについてのすてきなことよ。そういう取り決めだったわ。わたしは反故にしていない」

キングは目を閉じた。しばらくして開けた目は、明るくきらめいていた。「それでも私は反故にする。きみの評判を壊しはしない」

ソフィは顔をしかめた。「なぜ？　ほかの女性が相手のときは躊躇しないのに」キングがなにも言わなかったので、さらに言い募った。「レディ・マーセラのときは躊躇しなかったでしょう」彼が黙ったままなのが気になった。リヴァプール家のガーデン・パーティのときにも心に引っかかったのだった。レディ・マーセラは階上の窓からうれしそうに手をふっていた。まるで、キングが立ち去り、破滅の破片を自分ひとりで拾い集めることに完璧に満足しているかのように。

「あなたは彼女たちを破滅させてはいないのね?」

キングが片方の眉をくいっと上げた。「どうしてそんな風に思うんだい?」

記憶がどっとよみがえってきた。「あなたが逃げたときのレディ・マーセラの顔を見たからよ。窓からあなたにお礼を言ったときの顔を」

彼は水に目をやり、その表面を指でなでた。「私との逢い引きを楽しんだのかもしれないだろう」

ソフィの目つきが険しくなった。「そうじゃないと思うわ」

「ふむ。それは少しばかり傷つくな」

話をはぐらかそうとする彼を無視する。「逢い引きなどなかったのではないかしら。あったの?」

キングは小首を傾げた。「なかったよ」

ソフィが眉根を寄せる。「それならどうして慌てて逃げ出したの? どうして伯爵を怒らせたの?」不意に真実に思いあたった。「わかったわ。レディ・マーセラは別の男性と結婚するんでしょう」

キングがうなずく。「記憶が正しければ、〈ホフとチョートンの紳士服店〉の店主と。いつでも好きなときにクラバットをくれると約束してくれたよ」

「レディ・マーセラのお父さまはその縁組みに文句を言えなくなったわけね」

「喜んで娘をめとってくれる男がいて、感謝してるんじゃないかな。それに、ミスター・ホフはとても裕福な男だし」

ソフィは笑った。「あなたは彼女がけっしてできなかった結婚をできるようにしてあげたのね」

「彼と愛し合っていると聞いたからね」

「ほかの女性たちは？　やはり恋愛結婚を誓ったの？」

「ひとり残らず」

馬車のなかで彼との話に出て、うらやましく感じた女性たちをソフィは思い返した。「彼女たちが幸せになれるよう破滅させてあげたのね」

わたしだって、彼に破滅させられたら幸せになれるのに。

「私はただ、彼女たちが必要としていた後押しをしただけだよ」

「わかっているべきだったわ。あなたとなにかあったのなら、彼女たちはぜったいに――」

はっと口をつぐむ。彼には言えない。

「彼女たちはぜったいに、なんだい？」

「なんでもないわ」

「それはないだろう、レディ・ソフィ。ちょうどおもしろくなってきたところだったのに」

ソフィはふうっと息を吐いた。嘘をつくのに疲れ、真実を話した。「あなたとなにかあったのなら、彼女たちはぜったいにあんなにさっさとお別れを言ったりしないわ」それを聞いてキングがはっと固まった。彼は噴水池から手を上げて、濡れてひんやりした指先でソフィの頬に触れた。その感触に彼女は目を閉じた。「あなたにお別れを言うのはとてもむずかしいもの」

長い沈黙のあと、キングがそっと言った。「それがきみの望みかい？　私に別れを言うのが？」

いいえ。

けっして。

キングはふたりの背後にある彫像に目をやった。「ミノタウロスの話を知っているかい？」

ソフィははっとわれに返った。彼の視線を追って大理石の美しい彫像を見る――牛の頭を持つ裸の男性を。「迷宮に閉じこめられたのは知っているわ」

「彼はけっして出られない迷宮の中央に入れられたんだ。そして、その脱出方法を知っているのはただひとりだった」

「アリアドネね」

キングが眉を上げた。

ソフィの顔が赤くなる。「少しは知っているのよ」

彼はソフィの手を取っててのひらを上に向けた。水に浸した指でそこに触れられると、ソフィは快感が体中を駆けめぐるのを感じた。「迷宮の秘密を知っている唯一の存在だったアリアドネは、神々を満足させるために毎年ミノタウロスに処女の生け贄を連れていく務めを負っていた」

「ひどい務めに思えるわ」

「ほかにはなにもさせられないほど彼女がたいせつな存在だったため、父親がその務めをあたえたんだ」キングは言いながら、ソフィの秘密の迷宮を知ろうとしているかのように指先でてのひらをたどった。「娘をその務めに欠かせない存在にして、身近に置いておきたかったんだ。迷宮の壁の外ではなんの価値もないと娘に思わせられるというおまけもついていた」

ソフィは眉を吊り上げた。「ほんとうはどうなの？　彼女は価値のある女性だったの？」

キングは緑色の瞳で彼女をしっかりと見つめた。「彼女が思う以上に価値があったよ。想像もつかないほどの美人で、聡明で、やさしかった」そのことばにソフィははっと息を呑んだ。「ミノタウロスはけっして彼女に襲いかからなかった。彼女を愛していたのだと言われている」

彼はわたしのことを話しているのではないのよ。頭がおかしくなってしまったみたい。ソフィは咳払いをした。「それとも、食事を運んできてくれる存在だとわかるくらいは知的だったか」

彼の黒い眉が片方上がった。「私に物語の続きをさせてくれるのかい？　それとも冗談でじゃまをするつもりなのかな？」

ソフィは手を胸にやった。「ごめんなさい。どうぞ続けて」

「三年め、生け贄がやってきた。テセウスが迷宮に入ってきたんだ」

ソフィは彫像を見上げた。「厄介な存在になりそうに見えるわ」

「テセウスはミノタウロスを退治すると誓い、アリアドネは迷宮の道案内をして彼の手助けをすると同意した」

てのひらに円を描かれて心おだやかでいられなくなり、ソフィはさっと手を引いた。「ミノタウロスの気持ちを考えたら、ずいぶん残酷に思えるわ」

「愛はわれわれに奇妙なことをさせるんだ」

それなら、ソフィはだれよりもよく理解できた。「アリアドネはテセウスに恋をしたの？」

うなずきが返ってくると、続けた。「やっぱりテセウスは厄介な存在だわ。最悪の類の」

キングが物語を続けた。「アリアドネは愛する人を迷宮の中央へと連れていき、そこでテセウスとミノタウロスが戦った」

「たがいの命を懸けて」

「ほらな？　きみはじゅうぶんに注意を払っていないよ。テセウスは自分の命を懸けて戦った」キングが頭をふる。「だが、ミノタウロスはアリアドネのために戦ったんだ」

ソフィははっとして、物語を続ける彼を見た。「ミノタウロスは自分がけっして逃れられない世界のなかでアリアドネと一緒になるために戦ったんだ。たとえつかの間だけだとしても、彼女に会えるなら孤独の年月も喜んで受け入れるつもりで。彼女の存在があったから、彼は生きていたんだ。彼女を自分のものにできないのなら、死のうと生きようとどうでもよかった。彼女は世界中で自分を理解してくれるたったひとりの人間だったんだ」息がどんどん浅くなっていき、ソフィは前のめりになって夢中で耳を傾けた。「彼が愛したたったひとりの人間だった」

「なんて悲劇的なの」

「テセウスに勝ち目はなかった――ミノタウロスは十人の男が束になったよりも強かった」彼女を一心に見つめながら、キングは続けた。「テセウスはアテナイの王アイゲウスの剣を帯びていた。それがミノタウロスを殺せる唯一の武器だったんだが、戦いの途中で失ってしまった」キングが指さした彫像の足もとを彼女が見ると、そこに大理石で作られた剣が落ちていた。「アリアドネがいなければ、ミノタウロスが勝っていただろう。彼女は戦いのなかに入っていって、剣を拾ってテセウスに渡したんだ」

ソフィが頭をふる。「かわいそうな怪物」

「裏切られたんだ」痛烈な口調だった。「愛する女性に。アリアドネがテセウスを選んだのを目にして、ミノタウロスは体を横たえて敵の攻撃を甘んじて受けたと言われている」しばし間をおく。「とはいえ、剣よりもアリアドネの裏切りのほうが致命的だったのだと昔から思ってきた」

気がつくと、ソフィはほろほろと涙を流していた。「なんてひどい物語なの」

その涙をキングが拭った。「死はおそらく最善の結末だったんだろう――どのみちミノタウロスは迷宮からけっして逃れられなかっただろうから」長いあいだ無言だったあと、彼はソフィの頬から手を離した。「私は昔からミノタウロスに共感していた」

そうすべきではない、いけないと知りつつ、ソフィは彼の温かな腕に手を置いて、こちらを見てと念じた。うまくいかないのがわかると、彼の目の前に立った。スカートが彼のひざをかすめる。キングは顔を上げず、ソフィのドレスに視線を据えたまま自分の語った物語を見つめていた。ほかのなにかを。

「キング」そっと名前を呼ぶと目を合わせてくれたが、そこにあった悲しみに圧倒されてしまった。ためらいを捨てて片手を彼の黒髪に潜らせる。シルクのような感触が愛おしかった。

「なにがあったの？」

彼は目を閉じたあと、予想外のふるまいに出た。両手をソフィの腰にあてて引き寄せ、腹部に顔をつけてしっかりと抱きしめながら息を吸いこんだのだ。

ソフィはもう片方の手も彼の髪に入れて自分からも抱き寄せた。彼を、彼の考えていることすべてを望んでいたし、自分の気持ちも伝えたかった。

立ち去りたいと言うべきなのに。

けれど、彼の手がこちらに置かれ、その息を感じているこの瞬間、立ち去りたくなどなかった。永遠に留まりたかった。

「キング」そっと言う。

彼が頭をふった。「すごくきみが欲しいんだ、ソフィ」

ソフィの心臓が止まった。「ほんとうに？」

た。ぼうっとするほどハンサムな顔が上げられた。「ああ。出会ったときからきみが欲しかった。ブーツできみの頭を直撃しそうになった瞬間からね」

ソフィの浮かべた笑みは小さくて悲しげだった。「嘘よ」

キングが首を傾げる。「あのときはそうじゃなかったかもしれない。だが、廏でウォーニックと酒を飲んでいるのを見つけたころには、そんな気持ちだったんだよ」

「あなたの従僕のお仕着せを着ていたのに？」

「おっと。では、私の従僕だと認めるわけだ」

「ぜったいに認めません」ソフィは笑った。彼の感触が愛おしかった。彼の顔が愛おしかった。

彼が愛おしかった。

ソフィは大きく息を吸いこんだ。「キング、なにが――」

「彼女は私を愛していなかったんだ」小さな声だった。

ソフィは眉根を寄せた。「だれのこと？」

「ローナだよ。彼女の望みは爵位だけだったんだ」

昨晩、キングから彼女の話を聞いたばかりだったため、信じられなかった。「どうしてそうだとわかるの？」

「わかるからだ」ソフィから手を離し、立ち上がってふたりのあいだに距離を作った。「ラインの血筋は私で途絶える」そのささやきを耳にしてソフィの胸が痛んだが、彼は話を続けていた。「単なる復讐ではなかったんだ。贖罪だったんだよ。かつて愛した女性を裏切ると思っただけで耐えられなかったから、結婚はしないと誓ったんだ」裏切られた思いがその声に出ていて、ソフィは胸を痛め、涙をこらえられなかった。「だが、いまは……彼女が私と結婚したがっていたのは、金が欲しかったからだとわかった。爵位が欲しかったからだと。保証が欲しかったのだと。彼女は嘘をついたんだ」

ソフィに背を向けて迷路の小径へと向かった。その小径を行く直前でふり返り、怒りといらだちと失望のまなざしで彼女をじっと見つめた。「彼女は私自身を望んでくれたただひとりの人だと思っていたんだ。でも、真実がわかった。私を望んでなどいなかったんだ。私を望んでくれる人などひとりもいないんだ」

ソフィは真実を伝えたい気持ちに突き動かされ、すっと彼のそばに行った。「それはちがうわ」ソフィは彼を欲していた。どうしようもないほどに。

キングは理解した。まなざしが捕食者のそれになったのだ。彼が狩猟者で、ソフィが狩られる動物だ。すると、彼が言った。「私はきみを愛せない」

うなずくソフィの頬をひと粒の涙が伝い落ちた。「わかっているわ」

「きみに去ってほしくない。ここに留まってほしい。この迷路の中心にきみを閉じこめておきたい。それがきみに対して考えうる最悪の仕打ちだとわかっていても」

「あなたに裏切られたら、生きてはいけないわ」

キングがソフィの顔を上げさせてその目をしかと覗きこんだ。「行ってほしくない。ここにいてほしい」

「そうしたらどうなるの？　留まったら、わたしの人生はどうなるの？」そう言ったとき、ソフィの喉が痛んだ。答えを知っていたからだ。こちらの望んでいるものは、彼からはけっしてあたえてもらえないと。ずっと昔から望んでいたのに、いままでそれに気づいていなかったもの。

けっして彼から愛されることはない。結婚もぜったいにできない。はっきりと思い描ける、黒い髪と美しい緑色の瞳をした、笑顔になるとえくぼの浮かぶ天使たちを持つことはかなわないのだ。

なにを思ったのか、なにを欲しているのか、キングはたずねなかった。とっくにわかっているのだ。「ソフィ……」彼女はそこに、望みをかなえてやれないと思っているキングの気持ちを聞き取った。それをことばにされたくなかった。

ソフィは彼の頬を指先でなで、そばに引き寄せた。「明日」唇を近づけてささやいたので、まるでキングがしゃべったように感じられた。「明日、上流社会に戻るとしたら？」

「そうだね」そのことばは誓いであり、祈りであり、悪態でもあった。「そうだね」同じことばをくり返す。「明日」

そしてソフィを抱き上げて噴水池のベンチまで戻った。

この場所、この男性――彼がこの先ずっと自分の家となることをソフィは悟った。

18

迷路の恋人たち

まちがいだとキングにはわかっていた。ソフィの差し出してくれたものを受け取る自分は、最悪の類の不埒者だとわかっていた。自分は彼女にふさわしくない。彼女にはもっと遥かにいいものがふさわしい。

だが、それでも止められなかった。

それどころか、彼女に触れてはいけないとわかっているからこそ、かえって突き進む結果となった。彼女を自分のものにはできないとはっきりと意識していたにもかかわらず、彼女が欲しかったからこそ。キングの目の前には、意識を脇へそらす余裕もないほど長くまっすぐな道が延びていた。彼女が引き起こした感情も、彼女の持つ美しさも、彼女との約束も、考える余地はなかった。

ソフィが彼の迷宮の向こうから呼びかけてきて、もっとよいなにかを約束し、誘惑し、自分のこの先の人生を――ほとんど――忘れさせた。

〝留まったら、わたしの人生はどうなるの?〟

彼女がたずねたとき、それは返事を求めてのことではなかった。キングには彼女の求めているものをあたえられないと、彼女は知っていた。

キングには彼女に愛をあたえてやれない。

ソフィは愛を求めるだろう。純粋で開放的な愛の一切合切を惜しげなくあたえてもらいたがるだろう。結婚も、子どもも、幸福も、約束もだ。

彼女の望む人生がキングには見えた。本と苺のタルトに目がない、青い目と茶色の髪の女の子たち。つかの間、子どもたちが母親と同じように幸福感と希望をたたえた目で自分に微笑みかけている光景を想像した。

つかの間、それを彼女にあたえてやれると信じたい気持ちに身をゆだねる。

だが、彼女は愛を欲しがるだろうし、キングにはけっしてそれをあたえられないのだ。

もう自分のなかに愛はない。だから、女の子たちが自分の子どもになることはない。

噴水池の縁にソフィを下ろすと、自分がミノタウロスで彼女がアリアドネであるかのように、ひざまずいて彼女の足もとで崇めた。ソフィは迷宮では生きながらえられないし、自分は迷宮の外では生きていけないと知りつつ。

「ゆうべのことを話してくれ」スカートの裾に両手を置いて彼女を見上げ、そっと言った。

「ゆうべの――」キングの指に足首を愛撫されて彼女は息を呑んだ。「――なにを?」

「私はいやでたまらなかった。やめたくなどなかった」

ソフィは唇をきつく結んだ。「わたしはあなたがやめたのがいやでたまらなかったわ」

キングの両手はスカートの下に潜りこみ、上へ上へと移動してひざを越えた。ひざの内側に唇を押しあて、舌でくるりと愛撫し、驚いてあげられた快感のあえぎを楽しんだ。「今日もまた途中でやめなければならないのがいやでたまらないよ」キングは彼女の肌に向かってささやいた。

スカートをさらに押し上げて太腿にキスをしはじめると、ソフィの手が髪に潜りこんできた。身をかがめ、スカートをひざの上にまとめると、未知の柔肌——彼にしか触れられたことのない肌——に熱く長いキスを落としていった。「キング」ソフィがため息をついた。「わたしは止めないわ」

そのことばにキングは目を閉じつつも、あいだに体を入れられるように彼女の脚を広げさせた。太腿の内側にゆったりとキスをすると、髪を握りしめられると同時に小さな叫び声が聞こえた。

彼女は完璧だった。

笑みを浮かべたキングは、触れられたことのない秘めやかな場所を歯で軽くこすった。

「ここにキスをする私を止めないのかい?」

すばらしいことに、ソフィがさらに脚を広げてくれた。「ええ」

愛撫の手をさらに上げていくと、以前に触れたものの見てはいなかったやわらかな巻き毛に到達した。「もっと広げて」命令のように聞こえた。「ここでその身をさらしてほしいんだ」

彼女が言われたとおりにすると、キングはかかとに尻をつけて座りこみ、自分に触れられるのを待っている完璧なピンクのその場所に感嘆した。

私のものだ。

ソフィの頬がまっ赤になっているのが愛おしかった——気恥ずかしい思いをしながらも、逃げようとしないのが。「もっと広く」ふたりのあいだでその命令が渦を巻いた。

彼女が従うと、キングの口に唾が湧いてきた。

「くそっ」指先で巻き毛をかき分け、熱く濡れている場所を見つけた。「きみは最高に美しい」

ソフィが目を背けた。「嘘だわ」

信じてもらえないのがキングはいやでたまらなかった。

「そのことばは使わないと言ったのはおぼえている。きみの言うとおりにして、ほかのほめことばを探すと言ったのも。でも、無理だ」ふたたびひざ立ちになり、手を伸ばして目を合わせる。「きみは美しいよ、ソフィ。きみ自身が思っている以上に」

否定する間もなく、ソフィは唇を奪われた。時間ならたっぷりあるとばかりの長くよこしまなキスだった。迷路のなかでは時は移ろっていかないのだとばかりに。それはたしかに探索だった。たがいに果たせきれないほどの約束がこもった、舌と歯と唇の、そして吐息と叫びとうなり声の長い旅だった。

なぜなら、彼にはソフィを破滅させるつもりがないからだった。

たとえそのせいで死んだとしても、彼女を破滅させはしない。

キスを終え、彼女の頰に唇を這わせながら耳もとのやわらかな肌へと移り、そこにたっぷりと口づけてから言った。「ほんとうだよ」

ソフィはため息をついたが、信じてもらえていないのがキングにはわかった。「きみをここで裸にしたい。太陽と空と彫像と私の唇しかないこの芝生の上で。きみの体を隅々まで探索し、激しくすばやく、そしてそう、美しく絶頂に達するときの声を聞きたい」

耳たぶをたっぷり吸うとソフィが悦びのうめき声を出し、両手を使って彼の胸から腹部へとなでていった。「キング」ささやき声で言う。

彼はソフィの両手をつかみ、ズボンの生地を押し上げている硬く張り詰めた場所へと導いた。「きみが私になにをしているかを感じてくれ」ささやき声で言う。「きみのせいでうずいているんだ。きみのせいで、その体を横たえて私たちふたりとこの迷路しかなくなるまで自分のものにしたい気にさせられるんだ」

ソフィの手が熱に浮かされたように探索した。「いいわ」ためらいもせずにそう言っててのひらを押しあててきたので、キングはどうすればいいのかを教えたくてたまらなくなった。

しかし、首を横にふり、ソフィを押しやった。「だめだ。きみを破滅させはしないよ、ソフィ」

彼女が眉をひそめた。「でも……」

「これは私のためではないんだ、愛しい人。きみのためなんだよ」

ソフィが頭をふる。「ふたりのためにしたいの」

それはできない相談だった。もしそれに屈したら、彼女を手放せなくなってしまいそうだった。

そんな思いに嫌気が差し、キングは彼女の芯に触れ、押し広げて陽光と空気にさらした。彼女の熱さと、やわらかさと、香りに恍惚となる。「すごく濡れているよ」指を一本なかに入れ、ソフィがすぐさまそれに反応して、さらなる愛撫を求めて腰を揺らしたようすを崇めた。

「無理だ」キングは言った。「きみを味わわずにいるなんてできない」

彼女の脚を大きく広げてそこへ身を乗り出し、かわいらしいピンクに染まった場所を舌で愛撫した。その感触を慈しみ、本能的にため息をつき、動き、こちらを導く彼女のようすを慈しんだ。唇を離して息を吹きかけ、快感の叫びをあげさせる。

彼はわれを忘れて何度も何度もソフィを味わった。なめ、吸い、舌を這わせ、指を使っているうちに、ソフィの腰が激しく揺らされ、息が荒くなっていき、すばらしい絶頂を得ようと必死のようすになった。

ソフィがそれを見つける直前に彼は唇を離して愛撫をやめた。欲求不満で名前を叫ばれると、最悪の愚か者だと実感した。シルクのような太腿の内側に一度、二度と唇をつけ、ソフィが落ち着いてくると顔を上げた。彼女の青い目は欲望と、それよりもっと原始的ななにかできらめいていた。欲求のようななにかで。

「すまない」ソフィの味が残る唇は彼を苛み、熱い中心にかかった彼の息がソフィを苛んだ。

「キング」うめくような声だった。「なにをしているの？」

「話してほしいんだ」

彼女の目が丸くなる。「話すですって？」

「きみの欲するものすべてを話してほしい」

「わたしが欲しいのは……」

「なんだい？」

ソフィは頭をふった。「言えないわ」

キングが前かがみになってふたたびゆっくりとなめると、彼女が悦びの吐息をついた。

「頼むよ」

彼は、自分に触れられるのを緊張しながら待っている場所に長く留まった。「きみに懇願されるのが好きなんだ。これ以上のなにをきみは望んでいるんだい？」

「それよ」

彼女のうずいている場所に長い息を吹きかけた。「きちんと教えてくれ」

「言わせないで」

「どうして？」とからかう。「淑女はそんなことを口にしないからかい？」

それを聞いてソフィが小さく息を吐くように笑い、彼の崇拝の気持ちがいや増した。「淑女はたしかにそんなことを言わないわね」

「やってみてくれ」

「わたしが望んでいるのは――」キングが望みの場所のすぐ近くで待っているにもかかわらず、彼女はなにも言わないのではないかと思っていた。ところがソフィは答え、そのことばにキングは粉々に砕けた。「あなたに悦びを得てもらいたいの」

はっと身を引いて彼女の目を見ると、そこに真実があった。キングはことばを失った。ソフィが手を伸ばしてきて彼の顔を上げさせた。「どんな望みでもいいの。わたしもそれを望んでいる」彼女のほうから唇を重ねて長い口づけをした。「わたしの悦びはあなたの悦びなの。わたしはあなたのものなのよ」

それがとどめとなった。

ふたりのキスは官能的で約束に満ちたもので、わがもの顔に奪い合うものだった。「きみは私のものだ」ソフィのことばで堰が切れたのか、キングがそう言った。ほんとうに堰が切れたのかもしれない。少なくとも彼の自制心を脅かしていた。欲望を。欲求を。「私のもの」そうくり返し、また唇を奪い合った。「私のものだ」

「あなたのものよ」彼が唇を離して秘めた部分への愛撫に戻ると、ソフィはささやいた。

「私にきみ自身をゆだねてくれるんだね」たまらずそう言っていた。

ソフィが手で彼を導く。「そうよ」小さく言う。「あなたのものだから」

キングは彼女に唇をつけ、すべてを愛撫にこめた――欲望も、欲求も、焦燥感も、崇拝の念も、そして、そう、怒りも。怒りは、こんな風に身をさらけ出す彼女を永遠に自分のものにできないことに対してだ。もっと早く彼女と出会わなかったことに対しても。そして、いまとなっては彼女の愛だけでは自分を癒せないことに対して。

キングは何度も何度もキスをくり返し、唇で激しく愛した。正直に告白した彼女をほめ、同時に罰したかった――こちらの望みが彼女自身の望みと呼応しているのをわかっているようだったから。こちらを利用しているから。

利用されているのが気に入っていたから。

彼は舌と指での愛撫を続け、ソフィは噴水池と迷路と太陽と空に向かってすばらしい叫び声をあげた。最初は彼の名を叫び、そのあとは同じことばを何度もくり返した。それは連禱であり武器でもあり、キングを祝福すると同時に破壊した。

「あなたのもの」

私のもの。

キングは容赦なく責め立てた。彼女がもっとも自分を望んでうずいている場所に留まり、彼女がばらばらに砕け散り、悦びをあのひとことで叫ぶまで愛撫をした。

あなたのもの。

ソフィが地上へ、迷路へ戻ってくるまでともにいた。アリアドネが、どういうわけか触れただけでミノタウロスを退治したのだ。

あなたのもの。

この先一生、そう言う彼女の声を思い出し続けるのだろう。

あなたのもの。

真実であり、同時に完全なる嘘だ。

もちろん、彼女はキングのものにはなれない。なぜなら、そうなるにはキングが彼女のものにならなければならないからだ。ふさわしいやり方で彼女を愛さなければならないからだが、それはぜったいに起こらない。不可能なのだ。

そう言おうと顔を上げると、彼女は眠たげで満ち足りた笑みを浮かべており、想像も遠くおよばないほどキングを誘惑した。そのときソフィが口を開き、キングを粉々に打ち砕いた。

「あなたの悦びは？」そのやわらかな声が、ボクシングのリングで受けたどんなに強烈なパンチよりも大きな打撃をあたえた。これほど歓迎できる打撃はなかった。「悦びを得なくてもいいの？」

もちろん、得たかった。これまでに経験がないくらい強く。だが、それはできない。してはいけないのだ。

ソフィに申し訳ない。

「いいんだ」落ち着いたおだやかな声を懸命に出して嘘をついた。そして、そう言った自分を憎んだ。「私は悦びを得たくない」

イングランド中のお金を持っていたとしたら、証人はカンブリアの空だけという噴水池のそばで彼が自分を横たえるとソフィは賭けていただろう。

そうしていたら、負けていたところだ。

失望が体を駆けめぐるのは、もちろん予想できた。ちゃんと愛を交わすことに同意してくれるのを願っていたので、拒まれたのはつらかった。彼の腕のなかですばらしい悦びを味わって、もっと欲しくなった。その悦びを彼と分かち合いたかった。

予期していなかったのは荒涼感だった。彼がいなければ、世界で自分は孤独だという感覚だ。彼に触れられないのなら、彼が一緒にいてくれないのなら、一日たりとも生き延びられそうになかった。

彼がいなければ、自分は存在できないという感覚。

その感覚にソフィはおびえた。

この瞬間を計画していたわけではなかった。ぜったいに。これほどだれかを欲することや、自分の将来が彼の将来と交わるのを願うことや、この先一生彼の顔を毎日見たいと願うことなど計画にはなかった。

たしかに、幸せになろうとは計画した。結婚し、家族を持ち、静かで平和な人生を送りたいと思っていた。けれど、拒絶されて痛みを感じるほどだれかを欲する計画などぜったいに立てていなかった。

たったひとつの通れない道が、通りたいと願う唯一の道になるなど、計画にはなかった。

愛を知る計画などなかった。

ほかの人たちにとって、愛とは薔薇だとか鳩だとかお菓子などといったものでいっぱいの楽しい経験なのだとぼんやりと思いつく。そういう人たちは明らかに愚か者だ。なぜなら、ソフィはキングをとことん愛していて、そこにはほんのかすかにでも楽しいものなどなかったからだ。

ソフィは咳払いをして背筋を伸ばし、傷ついた思いを隠して急ぐあまり、スカートを下ろすときに彼の手を一瞬そこに閉じこめてしまった。「わかったわ」

キングの指にくるぶしをなでられ、ソフィは弾かれるように立ち上がった。彼の手の感触がソフィのなかのなにかを破壊し、噴水池に飛びこんでそれを洗い流し、彼の腕のなかに飛びこんで続きを懇願しそうになった。幸いどちらもせずにすみ、この午後のできごとが完璧によくあることだとばかりの態度で彼から離れられた。彼がほとんど考えもせずにもたらしたかに思える苦痛から、慌てて自分を守ろうとなどしていないように。「わかったわ」同じことばをくり返してしまったのがいやだった。口を閉じていなさいと自分に言い聞かせる。

ソフィは彼からあとずさった。どうして彼は地面にひざまずいたままなの？　どうして立ち上がらないの？　どうしてまだここにいるの？

どうしてミノタウロスの彫像は動き出してふたりを貪り食べないの？

キングが立ち上がって、両手を大きく広げながら近づいてきた。ソフィは片手を上げて止めた。いやだ、立ち上がった彼のほうが遥かに厄介だわ。「ソフィ、説明させてくれないか」

神さま、助けてください。わたしと愛を交わしたくない理由など、なにがあっても説明されたくない。ソフィは背後の迷路の出口に目をやりながらあとずさった。

キングが視界をさえぎるところまで近づいてきて、今度は彼の肩を目にするはめになった。幅が広くてすばらしい肩を。

やめなさい。ソフィは自分を叱りつけた。ふつうの女性は男性の肩など気にかけたりしない。

ふつうの女性はまちがっている。

「ソフィ、きみを破滅させるつもりはないよ」キングがさらに近づいてきて、彼女はあとずさるしかできなかった。

「わかったわ」彼から逃れようとして自分の足につまずいた。「わかりました」

もう、ほかに返すことばはないの？

「わかってもらえたとは思えないな」キングが言った。「きみにはもっといいものがふさわしいということをわかっていない」ソフィの背中が生け垣にぶつかり、ちくちくして不快で、おまけにひどく都合が悪かった。それでもまだ彼が近づいてくる。ついに目の前まで来てほつれた髪を耳にかけてくれたせいで、ソフィは彼が欲しくてたまらなくなった。そのとき、やわらかですてきな声で彼が言った。「結婚してくれる男がふさわしいのをわかっていない」

ソフィは目を閉じた。彼の姿が見えなければ、いまのことばをなかったことにできるかのように。彼が自分と結婚してくれないのは前々からわかっていた。ソフィだってばかではないのだから。それでも、いまのことばには傷ついた。

わざわざはっきり言わなくたっていいのに。

「わかったわ」ソフィは言った。

どうやらそれしか言えなくなってしまったようだ。すばらしい。キングのせいで、無能になってしまった。

彼が勢いよく毒づいたせいで、もっとひどい悪態を知っていればよかったと思った。「くそっ、ソフィ。そのことばを言うのはやめてくれ。きみには愛してくれる男がふさわしいんだ」

この迷路から立ち去らなくては。この地所から。この男性から。

いますぐに。

また〝わかったわ〟と言ってしまう前に。

あるいは、それすら言えなくなってしまう前に。

ソフィはうなずき、腕を組むとなにも言わずに彼を押しのけて迷路の小径に向かった。別の時であったなら、背筋をぴんと伸ばしてしっかりした足どりの自分を誇らしく思ったかもしれない。けれどいまは、こみ上げてきた涙のせいで前がよく見えず、姿勢のような些細なことを考えている余裕はなかった。

キングがふたたび毒づいた。今度は彼女の背後で。

ソフィは足を止めたがふり向きはしなかった。ふり向けなかった。心のうちのすべてを打ち明けるという愚かなまねをしてしまいそうだったから。だから、なけなしの自尊心をかき集めてこう言った。「モスバンドに戻りたいと思います」

長い間があった。「いつ?」

「できるだけ早く」

キングがうなずいた。「きみの書店は明日買おう。父の事務弁護士に知らせておく。ここで幸せに暮らしていくのにじゅうぶんな金を持たせてあげるつもりだ」

書店などソフィにはどうでもよかった。モスバンドだって。実際、モスバンドは彼女の将来たりえなかった。この場所とその思い出のすぐ近くで暮らすなんてできない。これほど彼のそばにいるなんて無理。ソフィは大きく息を吸った。「明日が待ちきれないわ」

「ソフィ」いやになるほど近くでキングがそっと言った。そんな風に名前を呼ばれるのがいやでたまらなかった。「私を見て」

逆らえずにふり向いた。黒髪と緑色の瞳の持ち主で、引き締まったすばらしい唇の彼は、ソフィの知っているなかでも最高に美しい男性だった。自分には美しすぎる男性。完璧すぎる男性だ。

ソフィはそんなことを思ってごくりと唾を呑んだ。「立ち去らなくては。いま。今日」

彼からじっと見つめられたので、またキスをされるのかと思った。またキスをしてほしかった。またキスをされることを考えてしまったのがいやだった。

キングはキスをせず、褐色に日焼けした温かな手を伸ばしてきた。

その手を凝視しているうち、涙がこぼれてしまったのが悔しかったが、キングがたくましくて完璧な手で拭ってくれたのがうれしかった。彼に触れられるに任せ、その感触を楽しみ、頭に刻みこんでいたが、とうとう耐えられなくなって彼を押しのけた。

けれどその瞬間、彼に手を握られ、指をからめ合わされた。その感触に浸りながらも、離してもらいたくて懸命に手を引いた。

キングは手を離してくれず、そのまま彼女を引っ張って迷路を歩きはじめた。くねくねと曲がった小径を無言のまま進み、出口まで来るとその手前で足を止め、彼女をふり向いて引き寄せ、両手でその顔を包んだ。「すまない。きみの望む男になれなくてすまない」

また涙がこみ上げてきて、ソフィは首を横にふった。もうこんなことは終わりにしなくてはいけない。「わかっていないのはあなたのほうだわ。わたしはただ、あなたらしくいてほしいだけなのに」

キングが最後のキスをすると、ソフィは彼にしがみついてありったけの思いをこめた。欲望、悲しみ、情熱。

愛。

けれど、彼がそれを知ることはけっしてないだろう。

唇を離したキングは出口を身ぶりで示し、ソフィを先に出した。この神話に満ちた魔法のような場所ではなく、現実の人生を選ばせた。

ソフィは現実の世界にふたたび足を踏み入れた。あとからついてくるキングはすでに遥か昔の思い出になりつつあった。

たったひとつのたいせつな思い出に。

すぐさま蹄の音が聞こえてきた。六頭立ての馬車がすさまじい速度で轟きをあげながら城に向かっていた。ソフィはキングとともにそちらに向き、手をかざして遅い午後の陽光を反射している馬車を見た。

金色の馬車だった。

童顔の従者が乗っている馬車。

ソフィは惨めさと少なからぬ不安をおぼえた。

ライン・キャッスルの馬車まわしで停まると従者がすぐさま飛び降りて扉を開け、乗っていた人間が牧草地に解き放たれた子羊のように出てきた。

すばらしい装いをした子羊たちだ。美しいシルクのドレス、矢や羽根や――あれは鳥かごだろうか？――で飾った突拍子もない髪型。最後に降りてきた人物が叫んだ。「通してちょうだい！」言うなりそばの薔薇の茂みへ駆けていき、胃のなかのものをもどした。

「あててみようか」乾いた口調でキングが言った。派手派手しい馬車を見て、だれが乗っているのかわからないのは愚か者だけだ。「あれはセシリーだね」

「なにもかもめちゃくちゃですよ！」

ライン・キャッスルの応接間のドアをソフィが閉めるや否や、母親の芝居がかったことばをきっかけに動転の叫び声が噴出した。

「田舎への招待のすべてが取り消されてしまったのよ！」伯爵夫人がのたまった。

「デレクは口もきいてくれないの」セシリーは当然といった口調で言って手提げ袋を開け、気つけ薬を取り出した。「あのろくでなしったら、リヴァプール家のガーデン・パーティが終わる前に姿を消したわ」

「セシリー！　ことばに気をつけなさい！　ほらね？　なにもかもがめちゃくちゃなのよ！」伯爵夫人は大声で言ったあと、椅子にへたりこんだ。セシリーから気つけ薬を渡されると、それを深く吸いこんだ。「文字どおりなにもかもがね！」

「わたしたちは追放されたわ！」セレステがそばの椅子にどさりと座ると、手のこんだスカートが肘掛けの上に広がった。「まったく、カンブリアくんだりまで来るはめになるなんて！これ以上悪いことなんてある？」椅子の背にもたれると、髪飾りの矢のひとつが金襴の椅子にぶつかった。きゃっと叫んで前に逃れ、髪から矢を抜き取ると足もとに放り投げた。

驚いたことに、従僕のお仕着せを着て馬車に潜りこんだことも、グレート・ノース・ロードで撃たれたことも、結婚などありえない男性との婚約の作り話も、タルボット家の女性たちと過ごす午後にくらべたらなんでもなかった。

しかも、まだ午後を過ごしきってすらいなかった。たったの三十秒でこのありさまだ。

「セラフィーナの身に起こったことは言うまでもなく、ね」セシリーが言って、鳥かごの帽子を脱いだ。

ソフィは帽子店の正気を疑ったが、それよりも、まだひとことも発していない姉が気になった。セラフィーナは大きな窓のそばに立って外を見ていた。「なにがあったの?」

　セラフィーナは手をひらひらとやった。「あなたが知っている以上のことはなにもないわ」

「それはちがいますよ!」母親の伯爵夫人が金切り声で言い、椅子から立ち上がった。「公爵さまはセラフィーナを家に入れてすらくれないのですよ! あなたがあんなことをしたから、わたしたち一家のだれともかかわりを持ちたくないそうよ! セラフィーナのお腹には公爵さまの赤ちゃんがいるのに!」

　ソフィは姉から目をそらさなかった。「ほんとうなの? やっぱり最低の男ね」

「ソフィ、口を慎みなさい!」

　セラフィーナがまた手をふった。「あなたのせいじゃないわ、ソフィ。あなたがあの騒動を起こさなくても、ほかのなにかが起きていたはずだもの」そう言ってソフィと目を合わす。「あなたはどうなの? 元気?」

「ええ」ソフィは嘘をついた。胸は張り裂けたかもしれないが、身重で夫から追放されたわけではないのだから、姉よりはましではないだろうか?

　セラフィーナは妹をじっと見つめ、ほかのみんなが気づいていないことに気づいた。彼女はいつだってソフィの真実を見抜いてしまう。「心配はいらないわ、ソフィ。これはあなたのせいではないのよ」

「いまいましい嘘っぱちね」セシリーが言い返す。

「セシリー、ことばづかいに気をつけてと言っているでしょう」伯爵夫人が言う。

「お母さまったら、いまほど悪態をつくのにふさわしいときなんてないじゃないの！」セシリーがソフィに向きなおる。「セラフィーナ以外のわたしたちのことを心配してもらっても罰はあたらないわ。デレクはわたしと口もきいてくれないのよ！　自分には貴族の後ろ盾が必要だと言ってね。でも、あなたのおかげでそれももう望めなくなったわ」ため息をつく。「これでわたしと結婚してはくれないでしょうね」

デレク・ホーキンズと結婚できないのがそれほどの試練とはソフィには思えなかったが、それでも姉たちの支えにならなければと思った。

「クレア卿も同じ――もう一週間も訪問してくださってないのよ」セレステは求婚者の伯爵を失ってひどく惨めなようすで、胸もとからきっちり折りたたまれた紙を取り出した。「恋文をやりとりするだけの間柄になってしまったわ」少しの沈黙。「状況がもとに戻るのであれば、とてもロマンティックではあるけれど」

「見通しは明るいと思いなさいよ」セリーヌがからかった。「手紙だと喧嘩をするのはむずかしいでしょ」

セシリーがふふんと鼻で笑った。「あら、セレステとクレアなら手紙でだって喧嘩できると思うわよ」そう言って話題のセレステに向く。「二十四時間喧嘩せずにいられたためしがあって？」

「もちろんあるわよ。今週がそうね」セレステが答える。

セリーヌがせせら笑った。「たしかにね。ふたりとも、おたがいを避けたほうがいいんじやないの」

「ランドリーがうちの格子垣を雑草みたいによじ上るのをやめさせてよね」セレステが言い返す。

恋人のことを言われたセリーヌが笑った。「マークはあれでも慎重にやっているのよ」そうソフィに説明し、そばのサイドボードにあったスコッチを注いでグラスをみんなにまわした。「あの人は玄関から入ってこないの」

「どうしてランドリーは他人にどう思われるかを気にするの?」ソフィはたずねた。マーク・ランドリーはロンドン中の人間の財産をかき集めたよりも金持ちで、上流社会にはこれっぽっちも関心を持っていない。彼が評判を気にしているなんて想像もつかなかった。

「ヘイヴンには影響力があるの」セシリーが言ってセリーヌからグラスを受け取った。「わたしたちが想像する以上にね。その彼がかんかんに怒っている。貴族階級は、あなたに近しい人から馬を買わないことにしたの。ランドリーをタッターソールから締め出したのよ。おそらくデレクも同じような脅しを受けたのでしょうけど、彼はランドリーとはちがって臆病者だから」

「セシリー!」伯爵夫人ががなった。

「だって、そうですもの」セシリーが言い返す。「この騒ぎがおさまっても、彼がわたしのお気に入りに戻ることはないわ。ひどい裏切りだもの」セリーヌに向かってグラスを掲げた。「でも、あなたはランドリーと別れてはだめよ。あの人はかわいらしい人だから」

「できればそう願っているの」セリーヌはそのあとソフィに向きなおった。「彼はあなたが事態をおさめるのを待っているのよ」

「そうよ、なんとかしてちょうだい！」伯爵夫人が叫ぶ。

ソフィはセリーヌから母へと視線を移した。「どうやって？」

だれもすぐさま答えられないようだった。

「あなたが醜聞を起こすなんて、だれが想像したかしらね？」セシリーは暖炉脇の椅子に座った。「ヘイヴンを池に突き落として、エヴァースリーと逃げるなんて？」

「エヴァースリーと一緒に逃げたわけじゃないわ」

「逃げましたとも」伯爵夫人が声を張りあげる。

「ちがいます！　まちがった馬車に乗ってしまっただけなのよ！」

「じゃあ、ゴシップ紙にそう話しましょうよ。きっと懸命に正しい記事を書いてくれるわ」セシリーだ。「ゴシップ紙は事実をおそろしく丁寧に確認するから」

「そんな意地悪を言うものじゃないわ、セシリー」セラフィーナがたしなめる。

「みんなさんざんな目に遭っているのよ」セシリーが言い返す。「お姉さまがいちばんの被害者じゃないの。お姉さまとお腹の子にはいま家がないのをお忘れ？」

「そんなひどいことがあっていいわけがないわ」ソフィが口をはさんだ。

「そうかしら？」セリーヌだ。「だったら、あなたは侯爵さまと結婚してわたしたち全員を救ってくれるの？」

そう言われて、ソフィはキングについての真実と直面した先刻を思い出した。あのとき、彼から愛されることはけっしてないと悟ったのだった。彼が自分のものになることはぜったいにないと。彼と別れ、ふたりの将来がちがうものだったらよかったのにと思いながらこの先一生を過ごすのだと。

頭をふり、喉のつかえを吞み下す。「彼とは結婚しないわ」

「それならどうしてここにいるの？」セレステがたずねた。「彼の愛人として一緒に暮らすつもり？」

「それではわたしたちの助けにはならないわよ」セリーヌが指摘する。

「慎重にふるまわなければ！」伯爵夫人がまた叫んだ。

ソフィは愛人になるという考えにそそられる気持ちを押し殺した。もし彼が申し出てくれたら、きっと受けるだろう。彼から差し出されるものならば、どんなものでも受け入れる。どれほど短い時間であっても。

ここでも、ロンドンでも、永遠でも、一日だけでも。

彼を愛しているから。

人間の心が探索する感情のなかでも、愛が最悪のものだろう。

家族から顔を背ける。「みんなが来たとき、モスバンドに戻ろうとしていたところなの。侯爵さまが宿まで送ってくださるところだったのよ」

セシリーがうめいた。「わたしたちは完全に破滅だわ！」

伯爵夫人はあいかわらずおおげさに、ふたたび椅子に崩れ落ちた。「本ばかり読んでいるからこんなことになったんですよ！」

姉たちはいまの非難をなんとも思っていないようだったので、ソフィもそれに倣うことにした。「公平を期すために言うなら、そもそもの最初からわたしたちは貴族社会に歓迎されていたとは言いがたいわ」

「それでも、招待状はいただいていたわ！」伯爵夫人が反論する。「あなたのお姉さんたちはちゃんと求愛を受けていました！」

ここへ到着して以来はじめて、セリーヌの眉がしかめられた。「マークはわたしと結婚してくれそうにないわね、そうでしょう？」

ソフィはとうとういらだちをこらえきれなくなった。「ああ、もう。わたしが起こした醜聞はそこまでおそろしいものだったわけじゃないでしょう。ラモント公爵夫人は自分の死を偽装して、彼女を殺したと思われていた男性と結婚したけれど、上流階級は彼女に夢中じゃないの」

「あの人はみんなの前で貴族階級を中傷したわけじゃないもの！」

「ええ、そうね。そちらのほうがひとりの人間の人生を破滅させるよりもひどいのよね。裕福で爵位のある人たちは、わたしに侮辱されてどうするつもりかしら？」

「わたしたちの人生を破滅させるのよ！」セシリーが断固とした口調で冷たい真実を口にした。いつもの辛口のユーモアは姿を消していた。「わたしたちがどうしてここに来たと思っているのよ？　全員が求婚者を失ったのよ！　あなたのせいでね！」

「お姉さまたちはみんな、気骨のかけらもない男性からひどい扱いを受けてきたじゃないの！」

「でも、その方たちはお姉さんたちを喜んで妻に迎えようとしてくださっていたの！」伯爵夫人がどなった。「それに、あなたのことだってオールドミスとして受け入れてくれようとしていたのよ！」

「それがわたしの運命なの？　行き遅れのおばとして迎え入れられるのが？　お城の塔に閉じこめられて世間から隠されて生きるのが？」

「いったいどんな人生を送れると考えていたの？」セシリーがたずねた。

「ずいぶん意地悪なのね」ソフィが言い返す。

部屋が静まり返った。「ごめんなさい。でも、わかってちょうだい、ソフィ。みんなにとってつらい状況なのよ」

「みんなにまでつらい思いをさせるつもりなんてなかったのよ。わたしの……」

「過ちのせいで」またセレステだ。

ただ、あれは過ちではなかった。リヴァプール家のガーデン・パーティ以来さまざまな感情に翻弄されてきたが、この十日間はこれまでにないほど生きていると実感した。姉たちを順繰りに見ていく。「お姉さまたちの重荷になろうなんて思っていなかったわ。これまでもそうだし、いまはなおさら」

「でも、そうなる可能性をわかっているべきだったわね」そう言ったのは伯爵夫人だったが、口調がことばの棘を和らげていた。「あなたはいちばんの……」

セシリーが続きを言った。「花嫁候補というわけではないのだから」

「わたしたち姉妹のなかでは」セリーヌがとどめを刺す。

美人ではない。魅力的ではない。刺激的ではない。

けれど最近、ソフィはそのすべてになった。撃たれたせいではない。従僕のなりをしたせいではない。馬車いっぱいの車輪を売り払って、父の差し向けた男たちから逃れたせいでもない。生け垣の迷路で貞節を失いかけたからでもなかった。

キングを愛するようになったからだった。

彼に苺タルトを差し出され、ぼうっとするまでキスをされ、想像していた以上の人生をちらりと見せられて誘惑された。薄汚れたSたちの末妹で、いちばんおもしろみのないソフィ・タルボットの殻を破れるという考えを教えてくれた。

そのあと家族が到着し、現実を突きつけられた。けれど、みんなに真実を話さずにその現実に戻るつもりはなかった。姉たちひとりひとりに目を向ける。「わたしのせいでお姉さまたちへの求愛をやめるような人なら、一緒になる価値もないわ」

「あら、そう？」セリーヌがすぐさま求婚者の弁護にまわる。「じゃあ、あなたのエヴァースリーはあなたと結婚しようともしないわけだから、なんの価値もない人ということになるわね？」

それとこれとは話がまったくちがう。キングは、ソフィがヘイヴン公爵を池に突き落としたから彼女を追い出そうとしているのではない。実際、ソフィがしでかしたことを知ったあとも、彼はそばにいてくれた。

彼はすべてを懸ける価値のある人よ。

「わざとやったんでしょう」セシリーが言っていた。「あなたは貴族になりたがっていなかったから。わたしたちまで道連れにしてくれたのよ。わたしたちを見てよ。何日も馬車に揺られてへとへとで、ドレスはしわだらけ。カンブリアくんだりなんかで」

「ここはきれいな場所だわ」ソフィは言った。

「羊が好きならね」セシリーが言う。

「緑も好きなら」これはセレステだ。

「ここはロンドンじゃないわ」セリーヌが吐息をつく。

「正直なところ、薄汚れたSたちではなくて、落ちこぼれのSたちと呼ばれるべきね」

「あなたがいちばんの落ちこぼれよ、ソフィ」このきついことばはセラフィーナから出たので、ソフィは衝撃を受けた。長女の口調はおだやかで、そのことばは断固としていながらやさしかった。「リヴァプール家のパーティから戻って、厩番の服を着た従僕だという少年のことば以外なにも残さずにあなたが姿を消したと知ったとき、わたしたちがどう思ったかわかる？　とても誇りに思ったのよ。あなたは自分が好きでもない世界に背中を向けた。わたしはすばらしいと思ったわ」ほかの姉妹に顎をしゃくる。「この人たちもみんなね。そうは認めないでしょうけれど」

「わたしは認めるわよ」セシリーが言った。「あなたはいつだってわたしたちを弁護してくれたわ。だから、あなたを弁護できる番がまわってきてうれしかったの」

「わたしも」セリーヌだ。「マークはあなたをたまげるくらいすばらしいと思っているわ」

「セリーヌ、ことばづかいに気をつけて」

「いまのはマークのことばよ、お母さま」

「あら、彼をたしなめることはできないわね」

ソフィは微笑んだ。姉たちに会えなくて寂しかった。母にも。とんでもない家族全員に。

「でも、ロンドン中から背を向けられては、あなたを誇りに思うのはむずかしかったわ。向こうがわたしたち家族を追放するなんて思ってもみなかった」セリーヌは続けた。「あなたにとっては天国のように聞こえるのはわかっているけれどね、ソフィ。でも……」

「わたしたちはちがうの」セレステがあとを受けて言った。

もちろん、ソフィはわかっていた。自分の望む人生を姉たちに押しつけたいなどとは思っていなかった。姉たちにはそれぞれ望む人生を送ってもらいたかった。パーティや爵位やウインザー城への招待といった形の幸せを。

ソフィはため息をついた。「こんな大騒ぎを起こしてしまってごめんなさい。でも、ゴシップ紙から学んだことがあるとすれば、夏が終わってわたしをのぞくみんながロンドンに戻ったときには、上流社会は末娘のわたしがいたことなどすっかり忘れていて、求婚者たちも戻ってくるということよ。もし彼らが戻ってこなくても、お姉さまたちは若くて美しくて、途方もないほど裕福だわ」そう指摘する。「それって妻に迎える女性のもっとも重要な三つの要素でしょう。ほかの紳士がきっと見つかるわ。お姉さまたちにもっとふさわしい人が」

沈黙が落ちた。

「否定するの？」ソフィは姉たちを次々と見ていった。「わたしの外聞の悪いふるまいがあっても、お姉さまたちはみんな美しいままよ。わたしはお父さまに持参金をお願いして、静かに消えるつもり。すべてがうまくおさまるわ」セリーヌを見る。「わたしたちは猫みたいだっていつも言っているのはお姉さまでしょう。これを生き延びられるわ。やすやすとね」

「猫の寿命だってかぎりがあるのよ」伯爵夫人の悲しげなことばは不思議と聞きおぼえのあるものだった。リヴァプール家のガーデン・パーティのこだま。

すべてが変わった日。

「問題は美しさではないわ」みんなから少し離れたところにいたセラフィーナが静かに言った。「ソフィ――」

「問題は金だ」戸口から声がした。ドアが開いたのにソフィは気づいていなかった。はっとしてふり返ると、乗馬鞭を手にし、埃と馬の汗で汚れたズボン姿の父がそこにいた。

「お父さま」ためらい。「いらしたのね」

なにかとんでもなく悪いことが起きたにちがいないと気づいたのはそのときだった。ジャック・タルボットは戯れに妻や四人の娘とともにイングランドを急ぎ縦断するような人ではないからだ。いやな予感に襲われ、ソフィは今日が人生でもっとも重要な日になるのだと悟った。キングにお別れを言う日だ。そして、父がすべてを変える日。

父がソフィ以外の娘たちに言った。「おまえたちはこの部屋を出なさい」

彼女たちは不平を漏らしながらも、何年かぶりに風を通されているはずの部屋を探しに母親とともに向かった。父までが来たことにこれほど驚いていなければ、ソフィはライン公爵が危険な娘たちと顔を合わせる光景を想像しておもしろがっていただろう。

父とふたりきりになると、彼女はたずねた。「どうしてここにいらしたの、お父さま?」

「この件は私の手にあまるからだ」

ソフィは目を瞬いた。「一週間もしないうちに、上流社会はまた別の嫌う対象を見つけるって、お父さまだってわたしと同じようにおわかりでしょう。もうすでにそうなっているかもしれないわ」

「だが、ヘイヴンはちがう」

「ヘイヴンはばかよ」

「それ以上の真実はないな。だが、それでも彼は公爵だ。財布の紐を握っているのは彼だ」

ソフィの眉がぎゅっと寄せられた。「お父さまはジャック・タルボットでしょう。貴族を束にしたってお父さまのほうが裕福じゃないの」

「それは、彼らがいるからこそなんだよ、ソフィ。おまえの母さんがひどく欲しがった爵位を手に入れるために結んだ取り決めがそれだったんだ。彼らが投資し、私が採掘する。そうすれば、おまえたち全員がレディになれる。貴族がいなければ、私は金を作れない。おまえがすばらしい仕事をしてくれたおかげで、彼らは蜘蛛(くも)の子を散らすように逃げていったよ。ヘイヴンをふしだら男呼ばわりして、私には到底できなかったことをおまえはなし遂げたわけだ」

それを聞いてソフィは恐怖に包まれた。もちろん、筋は通る。爵位は条件もなしにただあたえられるものではない。「賭けで勝ち取ったのだと思っていたけれど?」

父がにっこりする。「そうだよ。だが、摂政皇太子が条件をつけた。そして、私はそれを受けた」

「貴族が投資をやめてしまったの?」

「ひとり残らず資金を引っこめた。ヘイヴンが嬉々としてそうなるようにしたんだ。おまえの起こした騒ぎのあと、日没までに十三人から通知を受け取った。残りは朝になってからだった」長いあいだ無言だったあと、彼は娘に近づいた。ソフィは生まれてはじめて、ジャック・タルボットの年齢を意識した。父の心配も。「持参金が欲しいのか? 自由が欲しいのか?」父が頭をふる。「おまえにやりたいよ。だが、持参金はないんだ。もうおまえの母さんや姉さんたちに新しいドレスや金ぴかの馬車の生活を続けさせてやれない――」そばのテーブルに目をやる。「いったいなんだって頭に鳥かごなんぞを載せる必要があるんだ?」

ソフィは中途半端な笑みを浮かべた。「なかに鳥がいないのが救いね」

「セシリーの前でそんなことを言うんじゃないぞ。鳥の餌代まで出すはめになりかねんからな」

彼女は頭をふった。「お父さま、わたしは――」

「金がどれだけ早く出ていくか、それは驚くほどだぞ。特に貴族が相手を追い出しにかかったときはな」父が腕を広げると、ソフィはそのなかに入っていった。革と馬のにおいがして、正しいことが重要であった子ども時代の思い出に包まれた。ジャック・タルボットはいつだってあらゆることにおける英雄だった。ソフィの本好きを後押ししてくれ、貴族社会以上に彼女の望みをたいせつにしてくれた。それに、これまで父が彼女に手助けを頼んだことは一度もなかった。姉たちの願いを拒めたとしても、芝居がかったところのまったくない父の願いを拒むなどできなかった。父が家族の将来を案じているのなら、ソフィも同じだ。

父が彼女の頭のてっぺんにキスをした。「おまえが姉さんを擁護したのをとても誇らしく思っていたよ。おまえ自身を擁護したのも」小さな声だ。「だがいまは……彼らに急所を押さえられてしまった」

ソフィは顔を起こして父の澄みきった茶色の瞳を覗きこんだ。「ヘイヴンは言語道断なふるまいをしたのよ」

「だから私も彼にお仕置きをしてやったよ。それはたしかだ。だが、世界がおまえを見ていたんだ。彼の世界がだ。おまえはその世界が見ている前で彼に恥をかかせたのだ」

〝おまえを破滅させてやる！〟

リヴァプール家の温室で義兄から言われたことばが、ソフィの頭のなかで鳴り響いた。自分は売りことばに買いことばでこう言ったのだった。

〝やってみればいいわ〟

ヘイヴンはそのとおりにしたのだ。ためらいもなく。家名と爵位のおかげで、タルボット家など足もとにもおよばないほどの影響力が彼にはあるから。

ソフィは頭をふった。「そこまで考えていなかったわ」

「いまはもうわかっただろう」

ジャック・タルボットはワイト伯爵を賜ったかもしれないが、息子を授かることはなく、そのため五人の娘たちは結婚しなければ将来がないのだった。そして、その将来はなくなった。ソフィが可能性を潰したからだ。

彼女は目を瞬いて父親を見上げた。「わたしはなにをしてしまったの?」

父の浮かべた笑みは小さかった。「軽率な行動をしてしまったんだよ。先を見通さずに反射的に姉さんの弁護をしたんだ。だからわれわれはその報いを受ける」

父から聞かされる前に、ソフィにはこの先どうなるのかがわかった。自分がしなければならない暗い真実と向き合ったとき、奥深くにしまった秘密を認めた。

これまで生きてきて、これほど望むものはほかにはないと。

「どうすればわたしたちは助かるの?」ソフィはたずねた。

長い沈黙のあと、父が答えた。「エヴァースリーだ」

19

カンブリアの城での告白！

その晩、城が静まり返ったあと、ソフィは自分の思いも静まるのを待った。

セシリーから借りた真珠や羽根の飾りがついた草色のサテンの部屋着と、おそろいのシルクの寝間着と上靴といういでたちで、ベッドの端に座っていた。

それは、衣装——さらに言えば、制服——だった。無数の女たちがしてきたのと同じことをするためのものだ。夫をつかまえるための。

その考えに催した嫌悪を押しやり、キングの部屋とのあいだにあるドアを凝視した。彼のところに行くのを先延ばしするため、できることはもうすべてしてしまった。入浴し、肩の包帯を取り替え、暖炉の火で髪を乾かし、つやが出るまで梳かした。もう遅い時間だから、彼はきっとソフィのことなど考えもせずにベッドですやすやと眠っているだろう。

家族の到着以来、彼とはほとんどことばを交わしていなかった。キングはすぐさまその場を辞した。きっと、ソフィに対する責任が終わってほっとしたのだろう。夕食は一緒にとったが、公爵の姿はなく、気まずい沈黙は姉たちがロンドンや上流階級についてにぎやかにおしゃべりして埋めてくれた。

キングは終始静かで、直接話しかけられたときだけ返事をした。

姉たちは彼を会話に引きこもうとするほどばかではなかった。

旅について母がたずねた瞬間があった――なぜそんなに長い時間がかかったのかと。ソフィが撃たれてスプロットボローで養生していたのを伯爵夫人が知らなかったことに驚いたキングは、ソフィに目をやった。

なにがあったのかを家族に話している時間はなかった。家族の苦しんでいる傷とくらべたら、そして自分がこれからキングにもたらす苦しみにくらべたら、なぜか銃創などたいしたものではないように思われた。

食事のあいだずっと、ソフィは彼を見て、顔や目や話をするときの唇の動きを記憶に刻んでいた。今夜の前に、小さな瞬間ひとつひとつをしっかりおぼえておきたかった。彼の部屋のドアをノックして、ふたりの人生を永遠に変えてしまう前に。

ノックをする勇気をかき集められるかどうかはわからなかったが。

そうする気になれるかどうかは。

ひょっとしたら彼に拒まれるかもしれない。

そう思い至り、どっと安堵に襲われる。彼が拒めば、家族は別の方法を考えなくてはならない。彼が拒めば、自分はここを出て別の人生を見つければいい。ロンドンに戻る必要はない。モスバンドにも。姿を消せば、家族は自分なしの人生を送っていける。キングも、自分なしの人生を送っていかなければならない。

自分はキングなしの人生を送っていかなければならない。

胸が痛んだのに、なぜか心臓は鼓動を続けていた。ソフィは息を吐き出して立ち上がり、隣室とのあいだのドアに向かった。さっさと終わりにできるかもしれない。ノックをする。彼が拒む。自分は出ていく。

気持ちは彼に受け入れてもらいたくてたまらなかったけれど。

でも、こんな風にではない。

そう、こんな風に受け入れられるのはいやだ。けれど、二度とキングに会えないと思ったら、二度と彼に触れられない、そばにいられないと思ったら……。

それは拷問だった。

ひんやりしたマホガニー材のドアにてのひらと額をつけた。大きく息を吸い、ドアの向こう側にいる彼の、石けんとぴりっとした香りとキングそのもののにおいがすると想像した。彼をとても欲していたけれど、こんなのは望んでいなかった。

体を起こしてドアをノックしようと手を上げたとき、廊下側のドアにノックの音があった。火傷をしたかのようにさっと手を引っこめ、隣室とのドアからあとずさった。廊下側のドアを開けると、腹部に手をやったセラフィーナがいた。

タルボット家の長女は息を切らしていた。「手遅れかもしれないと心配だったわ」

ソフィは脇へどいて姉を部屋に入れた。「ぐずぐずと……先延ばしにしていたの」

セラフィーナは寝室のなかほどまで行ってから、ドアを閉めてふたりをなかに閉じこめた妹をふり向いた。「彼を愛しているの？」

ソフィはその質問に虚を突かれ、返事をするのにしばらくかかった。「それが問題？」

セラフィーナはベッドの端に腰を下ろして息を整えた。「ええ、問題ね」

ソフィはグラスに水を入れて渡し、姉がひと息に飲み干すのを見ていた。「どうして？」

「愛していないのなら、こんなことをしてはだめよ」

ソフィが頭をふる。「わたしを愛してくれる別の男性が現われると思っているの？」

「あなたをたいせつに思っていない男性と結婚すべきではないと思っているのよ」

それについてはもう手遅れだ。「お姉さまがそう言うのは簡単よね。わたしがなにをしようと、お姉さまの将来は変わらないのだから」ソフィはセラフィーナの隣りに座った。「ごめんなさい、セラ。もしわたしがあんなことを――」

セラフィーナは妹の手をきつく握った。「あなたはわたしを守ってくれたのよ。ほかのだれもしなかったことをしてくれたの」しばらくふたりであのときを思い返していると、セラフィーナがくすりと笑った。「あの人はああされて当然だったのよ」

「あんなものじゃ足りないわ」ソフィが言う。

くすくす笑いが本格的な笑いになった。「池に尻もちをつくなんてね！」

ソフィも一緒になって笑った。「かわいそうな金魚たち！」

「あれで永遠に魚嫌いになればいいんだわ！」セラフィーナが吹き出す。「うちの料理人はフランス人で、魚料理が得意なのよ！」

ふたりして涙を流しながら笑ったが、やがて現実が戻ってきてまじめな顔になった。ソフィは姉に言った。「同じことをまたやるわ」そう打ち明ける。リヴァプール家のガーデン・パーティのおかげでキングと知り合えたのだ。それを変えたいとは思わなかった。

セラフィーナは妹の手をぎゅっと握ってうなずき、もう一度同じことを訊いた。「彼を愛しているの？」

また涙が目をちくちくと刺激したが、今度は笑いをふくんだものではなかった。「ええ」小声で答える。「心から愛しているわ」

想像もしていなかったほどに。

〝彼女は嘘をついたんだ〟そう打ち明けたときのキングは、とてもつらそうだった。とても打ちのめされていた。

こんなことはできない。

彼に嘘はつけない。そんなことをしたら、自分が怪物になってしまう。彼にふさわしくない迷宮のなかのアリアドネに。

彼にふさわしい女にどうしてもなりたかった。こんなことをしたら、ふさわしい女にはなれない。

そのとき、セラフィーナがこちらを向いて両手を取り、ソフィの思っていることを口にした。「こんなことをしてはだめよ」

「でも、もししなかったら——お姉さまはどうなるの？　セシリーやセレステやセリーヌは？　お父さまは？」

セラフィーナがにっこりした。「わたしたちは蔦みたいに這い上がるの。たった一回のきびしい冬のせいで這い上がるのをやめると思う？」

「そんなことを言えるのは……」

セラフィーナがうなずいた。「そう、言えるのよ。なぜならわたしの人生は確固たるものだから。わたしはヘイヴン公爵夫人なのよ。おまけに将来の公爵を身ごもっているの」彼女のまなざしが悲しげなものになっていった。「それがあるから、愛しているなら彼にその気持ちを告げなくてはだめだと言えるのよ」頭をふる。「わたしはヘイヴンに言ったことがないの。それでこんなことになってしまったのよ」ソフィの手を持ち上げてそこに向かって話しかけた。「彼に打ち明けなさい、ソフィ。幸せになる機会を自分にあたえるのよ」

〝私はきみを愛せない〟

ソフィは首を横にふった。「彼は愛を欲していないの」

「彼はもう愛を手に入れているのに気づいていないだけかもしれないわ」セラフィーナの目は涙で潤んでいた。「わたしは夫に打ち明けたことがないのよ、ソフィ。打ち明けようと思ったときには……すでに彼を失ったあとだった」大きく息を吸う。「お父さまの頼みは……大きすぎるわ。たしかにそれでお父さまは助かるかもしれない。セシリーやセレステやセリーヌは救われるかもしれない。あなたは侯爵夫人となり、いずれは公爵夫人にもなって、その爵位がわたしたち家族を助けてくれるかもしれない。でも、エヴァースリーは――彼はあなたを憎むようになってしまうわ」

キングから憎まれると思っただけでも耐えられなかった。でも、愛する家族のことはどうすればいいのだろう?

「わたしたち全員をあなたが守ることはできないのよ。永遠には」

ソフィは昔からいちばん気の合う姉を見た。「お姉さまを愛しているわ」

セラフィーナは妹をきつく抱きしめた。「わかってるわ。わたしたちみんな、わかってるのよ。どうしてみんなでここへ来たと思っているの? でも、あなたは彼を愛してもいる。そして、愛は中途半端にはやってこないものなの――彼を罠にかけたら、あなたは一生自分を憎むことになってしまう。ほかのだれよりもわたしがよく知っているわ」

ソフィは彼を罠にかけたくなどなかった。

彼に自分を欲してもらいたかった。自分が彼を無我夢中で欲しているように。

ソフィにはできなかった。愛する家族のためであっても。なにか別の方法があるはずだ。

「ソフィ……お願いよ。彼に愛していると打ち明けて、どうなるかやってみてちょうだい」

キングが眠っている部屋のドアに目をやったソフィは、胸のなかで希望と恐怖がせめぎ合うのを感じた。「彼に笑われたら?」

「手近の池にわたしが彼を放りこんであげるわ」セラフィーナが断言した。

ソフィはおもしろくもなさそうな笑い声を短くあげた。「もし……」

〝私はきみを愛せない〟

「もし彼がわたしを愛していなかったら？」

セラフィーナは長いあいだ無言だった。「もし彼があなたを愛していたら？」

ソフィはうなずいた。「もし彼が愛していなかったら……わたしはここを出ていくわ。お母さまとお父さまは――」

「わたしがあなたを助けてあげる」

「でも、お金もないのに？」

「ヘイヴン公爵夫人でいるのには利点があるのよ」セラフィーナが小さく微笑んだ。「わたしがあなたを助けてあげる。どこへでも好きなところへ行くといいわ。ウェールズ。アウター・ヘブリディーズ諸島。アメリカ。どこだって」

ここから遠く離れた場所。彼から遠く離れた場所。

彼から解放されて。

そんなことはありえないのに。

ソフィはうなずいた。「明日」

「明日ね」

ソフィは立ち上がった。彼を永遠に自分のものにすることはできないと知りながら。今夜だけでも自分のものにできればと思いながら。羽根飾りのついたサテンの豪華な部屋着のべルトをきつく締める。「この部屋着はばかげているわよね」

セラフィーナがくすりと笑う。「胸をすてきに見せてくれる部屋着だとセシリーは言うでしょうね」ソフィの頭からヘアピンを抜いて髪を下ろさせ、いい具合に整えた。満足すると、妹と目を合わせた。「彼は殴られたような衝撃を受けるわよ」

セラフィーナが部屋を出ていこうとすると、ソフィは大きく息を吸って隣とのあいだのドアに目をやった。

「セラ」ドアを開けた姉を呼び止めた。

セラフィーナがふり向く。

ソフィはなにを言えばいいのかわからなかったが、タルボット家の長女は理解したようだった。膨らんだ腹部に手をやってなでた。子どもを守っているのだ。「彼に言いなさい。そして、目の前に道が開けるのに任せるの」

ソフィはうなずいた。

そうしよう。姉のために。

自分のために。

セラフィーナが出ていってドアがそっと閉まる音がすると、それをきっかけにソフィは部屋を横切って姉が来る前にいた場所に戻った。心臓が耐えられないほど激しく高鳴っている。こんなに神経質になるのは生まれてはじめてだ。

いますぐノックをしなければ、勇気が萎えてしまいそうだった。

ノックをするとセラフィーナに約束したのに。

〝もし彼がわたしを愛していなかったら？〟

〝もし彼があなたを愛していたら？〟

手を上げて、ノックしなさいと自分に命じる。

ひょっとしたら、彼は部屋にいないかもしれない。

ひょっとしたら、彼は熟睡しているかもしれない。

彼を起こしたくはなかった。

ぐずぐずしていないで、さっさといまいましいドアをノックするのよ。

ソフィは深呼吸をして心臓に静まれと命じ、ノックをした。

ドアはすぐさま開いた。まるで、ソフィを待っていたかのように。彼女が小さくきゃっと叫ぶと、キングが片方の眉をくいっと上げた。「驚かせてしまったかな？」

「ええ、ほんの少し」ソフィは彼のようすを目に焼きつけていった。ウェーブのかかった黒髪が額に無造作にかかっていて、シャツの袖は肘までまくり上げられており、ブーツを履いていない足もとは素足だった。見ていられないほどハンサムだ。

彼はわたしの手にあまる人だ。

わたしは彼にふさわしくない。

「ノックをすればドアが開くのはふつうだろう？」軽くからかう調子でいわれ、ソフィはすぐに気が楽になった。この人のことならわかる。何日も一緒に過ごしたのだから。

彼女は気取った笑みを浮かべた。「たいていの人は、ドアの前でノックを待っていたりしないものでしょう？」

「たいていの人は、きみとドア一枚でつながった部屋にいないからね」ソフィの鼓動が跳ね、その隙にキングは彼女を頭のてっぺんから爪先まで見ていった。「くそっ。言ってはいけないのはわかっているが、きみはきれいだ、ソフィ」

いま、ソフィはそのことばを信じた。どういうわけか。視線を部屋着に落とす。「セシリーのものなの」

「部屋着のことを言ったんじゃないよ」

なんと返せばいいのかわからなかったので、ソフィはこうたずねた。「わたしを待っていたの？」

「待っていたというよりも、願っていたという感じだな」

ソフィは眉根を寄せた。彼はなにを願っていたの？　彼からはすでにお別れを言われていた。一緒にはなれないとはっきり言われた。「でも、今日の午後にあなたは――」

「自分がなにを言ったかはわかっている」少し間をおく。「どうしてノックしたんだい？」

理由ならいくつもあったが、重要なのはひとつだけだった。

彼に話すのよ。

「その……」話せない。「……明日ここを発ちます」

キングがうなずいた。「ご家族がここに長く滞在するとは思っていなかったよ」

「あなたのお父さまはお気に召さないでしょうしね」

「それなら、ずっと滞在してもらってもいいな」

ふたりのあいだで沈黙が広がった。公爵の話が出たことで、改めて彼のことと、自分たちに将来がないことがはっきりした。彼は結婚しない。子どもを作らない。ライン家の血筋は彼で途絶える。

ソフィが彼を愛していようといまいと。

彼に話すのよ。

ソフィは大きく息を吸いこんだ。「言いたいことがあって……」

どうしよう。とても言い出しにくかった。

「なんだい？」ソフィは彼と目を合わせられず、視線を彼の手に落とした。その手はなにかをきつく握っているように太腿の脇で拳にされており、関節が白くなっていた。

ソフィはその手に向かってもう一度話しはじめた。「あなたに言いたくて……」

あなたなしで生きていけるかどうかわからないと。

わたしは永遠にあなたのものだと。

言いたいのは……。

「ソフィ……」問いかけというよりも、促すものだった。

顔を上げると、緑色の目にじっと見つめられていた。「あなたを愛しているの」

つかの間、全宇宙が動きを止めた。彼はなにも言わなかった。身じろぎすらしなかった。

視線をそらさなかった。ソフィの心臓が鼓動を止めた。ついに言ってしまったという証拠は、頬がかっと熱くなったことだけだった。

これ以上沈黙に耐えられないところまで来ると、ソフィは堰を切ったように話しはじめた。「明日ここを発ちます。ロンドンへは戻りません。自由を探すの。でも、その前にあなたと一緒に過ごしたい。今夜。一度だけ。あなたに破滅させられたいの。だって、どのみちあなたに破滅させられてしまったんですもの。ほかの人の目から見れば。これの終わりがどうなるのかと、前にあなたはたずねたわよね。正直に言って、わからないわ。幸せな結末が可能かどうか、もうよくわからない。でも、わかっていることもあるの。今夜……あなたとなら……」ことば尻がしぼんでいき、それからささやき声で言った。「今夜は幸せになれるの」

彼はあいかわらずじっとしていたが、口を開いたとき、その声は深く暗いところから引っ張り出してきたかのようにざらついていた。「もう一度言ってくれ」

不意に自分のことばに自信がなくなり、ソフィは人前に立たされた子どものように感じて足をもじもじさせた。

「頼む、ソフィ。もう一度言ってくれ」

懇願されて抗えるはずもなかった。「愛しているの」小さな声だった。

すると、握り拳が開き、キングがその手を彼女の髪に入れて引き寄せ、長く官能的ですてきな口づけをした。ソフィが息も正気も奪われたころ、彼が唇を離して額と額を合わせ、親指で彼女の顎をなぞりながら目を合わせてきた。「もう一度」

「愛しているわ」そのことばは激しいキスに呑みこまれた。彼の両手がソフィの背中をなで下ろしたあと抱き上げた。彼女が脚を巻きつけると、キングが戸口からあとずさって筋肉質の長い脚でドアを蹴り閉めた。

彼はソフィをベッドへ運び、やわらかなマットレスに下ろして脚のあいだに身を落ち着けた。彼の体の重みを感じて、何日も望んでいた場所に彼が来てくれて、ソフィは悦びのあえぎを漏らした。キングは顔や首にキスの雨を降らしながらしゃべった。「ああ、ソフィ……私はこれを望んではいけないんだ……受け取ってはだめなんだ……きみの望む男にはなれないのだから」

彼はまさにソフィの望む男性なのに。

これまでの人生でただひとつ望んだのが彼だった。

「きみの愛を受け取るべきではないんだ」やさしく陶然とさせるキスの合間に言い、手は部屋着のベルトをほどきにかかり、唇を首筋の柔肌にあてた。「きみの愛にふさわしい男にはぜったいになれないんだ」ふと顔を上げ、ソフィと目を合わせる。「だが、それでもきみの愛が欲しい」

「あなたのものよ」顔を起こしてキングの下唇を歯でとらえて吸うと、彼が悦びのうめき声をあげてソフィが望んでいたキスをしてくれた。「わたしもあなたのもの」

彼が祝福となる悪態をついて部屋着のベルトをほどききった。「裸のきみを見たことがない」真珠のボタンをはずしていく。「それが欲しい。きみが去っていく前に。私があたえてやれない完璧な人生をきみが見つける前に。そのせいで、地獄で永遠を過ごすことになってもかまわない。きみの裸が見たい。きみが私の名前しか思い出せなくなるまで崇めたい。私の感触しか、この場所のことしか思い出せなくなるまで。

目を閉じてもきみの姿が見えるようになるまで崇めたい。きみの思い出が欲しいんだよ、ソフィ。永遠に。ほかの男がきみを愛し、きみの望む人生をあたえてくれたときも、自分で自分を苦しめられるように」

それを聞いて涙がこぼれそうになる。ほかの男性なんて現われないのよ。ほかの愛も。ソフィは彼に叫びたかった――わたしはあなただけのもの。永遠に。

彼女もこれを望んでいた。シルクがすべり落ちていって、ろうそくの明かりと彼のまなざしに素肌がさらされていく感触がうれしかった。キングが体を起こして座ると、彼の重みを失ってすぐさま不安になり、自分も上半身を起こして裸を隠そうとした。

「だめだ」キングがぱりっとしたリネンのシーツに彼女を押し戻し、視線と愛撫を向けられるようにした。ソフィの肩をじっと見る。「具合はどうだい?」

心配してくれる気持ちがうれしくて、ソフィはにっこりした。「ほとんど気にならないわ」

「嘘つきだな。それをほんとうにできるかどうかやってみよう」彼の両手がソフィの肌の上に置かれ、体の脇を通って腹部へまわり、太腿へと下りていくと、彼女は撃たれたほうだけでなく、もう一方の肩もあるのかどうかわからなくなった。「きみはすごくきれいだ」キングがまた言った。「ほんとうにすごくきれいだよ」

両手で脚をなで下ろして上靴まで来ると、キングはベッドを降りて足もとにひざまずいた。彼が両手で上靴を包んでかかとを親指でなでると、ソフィは思いがけない快感が体を駆けめぐるのを感じた。「道中で上靴を履いていたきみのことをいまでも考えるんだ」静かに言って足首にキスをし、頽廃的な悦びでソフィを身もだえさせた。「きみが自分を粗末にしていたのがいやだった」

キングはもう片方の足に移って同じことをし、ソフィは首を横にふった。「もう痛まないわ」

「ほんとうかい？」彼は足首にキスをし、舌で敏感な場所を探した。

ソフィは快感の吐息をついた。「すごくすばらしい感じ」

「よかった」ささやき声で言う。「きみにはいつもすばらしく感じてほしい」

ソフィはキングに触れられるのが好きだったが、彼のことも欲しかった。こちらがされたように、自分も彼を探索したかった。ふたりには今夜しかないのなら、自分も楽しみたかった。体を起こし、彼のやわらかな髪に手を入れて少し起き上がってもらい、長くて筋肉質の太腿からズボンのウエストへ手を這わせ、シャツの裾を出そうとした。

キングに手首をつかまれたが、それに抗った。「いやよ」そっと言う。「今夜はわたしのためのものでもあるのだから」

彼は長いあいだソフィを見つめ、一刻一刻が過ぎていくのに合わせて緑色の瞳がどんどん翳っていった。「耐えられるかどうかわからない」

「耐えてもらわなければ。わたしだって探索したいの」

キングは彼女の手を放してひざ立ちになると、ズボンからシャツの裾を引き抜いて頭から脱ぎ、ルネサンスの巨匠の手による彫像のような上半身をあらわにした。ソフィは思わずその筋肉に指を這わせ、彼がはっと息を呑んだのが気に入った。「ミケランジェロのダビデ像みたい」感嘆しながら硬い筋肉の窪みや隆起を探っていった。「あなたは完璧だわ」

キングは自分に触れているソフィを見つめながら、荒い息になっていった。「私は完璧ではないよ。でも、きみのおかげでそう感じられる」

ソフィは彼にもっと近づきたくて、彼の体温を感じたくて、もっと探索したくて、体を起こした。てのひらで胸に触れてその熱とたくましさを愛で、こらえられずにそこにキスをした。胸毛の感触がたまらなかった。愛撫を受けたキングは彼女の髪に手を潜らせて顔を上げさせた。「こんな風にされたら耐えられないよ」

それを聞いて体中に力がみなぎる感覚にうっとりし、ソフィは微笑んだ。「きっと耐えられるわよ。あなたの評判を思い出させてあげましょうか?」

キングは小さく笑ったが、彼女がズボンの前垂れに手を伸ばすとそれがうめき声に変わった。「私の評判は真実というよりも作り話だということで話はついたと思うが?」ソフィが経験のなさを露呈してボタンで手間取っていると、彼が悪態をついてやめさせた。「ソフィ。これはいい考えとは――」

「わたしはいい考えだと思うわ」大胆なことばに彼女自身が驚いていた。「わたしの番よ」

キングが眉を上げて彼女を見た。「こっちの番だと思うが」

ソフィは微笑んだ。「どうなるかやってみましょう」

彼が顔を寄せてきて長く激しいキスをしてから言った。「きみは耐えられないほど完璧だ」

ソフィは顔を赤らめたが、勇気を出した。「ズボンよ、お願い」ささやき声で言う。「あの最初の晩に革のブリーチズを穿いて堂々とカーリクルに乗っている姿を見たときから、あなたのズボンを脱がせたかったの」

「これが気に入っているのかい？」キングは笑い、ズボンを脱ごうとベッドから降りた。

ソフィは革のブリーチズに太腿の筋肉がくっきり浮き出ていたのを思い出していた。「とっても」灰色のウールのズボンが床に落とされて長くたくましい脚があらわになると、革のズボンの下に隠れていた筋肉が思っていた以上にすばらしいものだとわかった。

そのとき、傷跡が目に入った。

年月を経て白くなった、長くて太くておそろしげな傷跡が左の太腿のほぼ全体に走っていた。どれほど痛かっただろうと想像したら、思わずあえぎ声が出ていた。手を伸ばすと、彼があとずさった。「傷跡のことを忘れていた」

そんなのは嘘に決まっていた。こんな傷を忘れられる人などいない。「なにがあったの？」

「馬車の事故だ」

彼の愛を殺した事故だ。

いいえ、ちがう。彼の愛ではない。彼を裏切った女性を殺した事故だ。

けっしてだれも愛さないと彼が誓う原因となった女性。ソフィのたったひとつの望みをかなえられないものにした女性。

事故の苦痛を和らげてあげたくて、ソフィは手を伸ばした。けれど、これ以上傷跡に注意を向ければ、彼がそれを同情と受け取ることも本能的にわかっていた。そうなったら、それ以外のことも拒むだろう。だからベッドの端まで行って、たいせつな場所を片手で隠して立っているキングのそばに行き、その謎めいた場所に視線を落とした。「あなたを見たいの」

彼は長いあいだソフィを見つめていたが、やがて手をどけて、腹部に向かってそそり立ってどくどくと脈打っているものをさらした。ソフィのまなざしは、頭に浮かんだたったひとつのことを口にしたときも揺らがなかった。「ここはダビデみたいじゃないわ」

キングが笑って彼女に手を伸ばした。「ほめことばと取っておくよ」

「わたしのために横になってはくださらないの？　そうすれば、いろいろとやりやすく……」すると、驚いたことにキングが言われたとおりにあおむけに横たわり、彼女を抱き上げて体をまたがせた。

ソフィは彼の男らしい美しさに見惚れた。「あなたは……」最後まで言えなかった。

キングは胸を包みこみ、硬い蕾を愛撫した。ソフィは耐えきれずに吐息をついて腰を揺らし、キングからうめき声を引き出した。

こんな風にしていては、いつまで経っても探索ができない。ソフィは彼の両手をつかんだ。

「わたしの番よ」

彼が片方の眉を吊り上げた。「私に触れられたくないのかい？」

「もちろん触れてもらいたいわ。でも、それ以上にあなたに触れたいの」

キングはざらついたため息を長々と吐くと、両腕を上に伸ばして頭の下に入れた。「さあ探索してくれたまえ、マイ・レディ」

そして彼は、ソフィが腕や胸をなでて探索し、肩の筋肉にキスをし、首筋を吸い、胸から下へと口づけていくのを許してくれた。やがて彼の息があえぎとなり、ソフィの名前をざらついた声で言った。「きみは最悪のじらし屋だよ」ささやき声になっていた。「熱く濡れたきみの体を感じられる」

ソフィは体を押しつけ、硬く熱い彼の体を楽しんだ。「これは痛い？」

「ああ。最高の痛みだ」

「どんな風に？」

キングが彼女を引き寄せてキスをした。「好奇心旺盛なんだな」

「これがたった一度の――」ソフィは口をつぐんだ。一夜だけであることなど考えたくなかった。気を取りなおす。「どんな風に痛いの？」

「うずくんだ。きみを求めて」

ソフィは体を後ろにのけぞらせて硬くて長い彼の分身を見つめた。「触ってもいい？」

キングが歯を食いしばる。「触れさせるべきではないんだ。あの緑色のきれいな部屋着できみを包み、ベッドに送り帰すべきなんだ。手遅れになる前に」

ソフィは首を横にふった。「そんなことはしないで」そして結局彼に触れてゆったりとなでると、彼がはっと息を呑んで目を閉じたのでうれしくなった。「少しはよくなった?」

「もう一度やってくれ」命じられてソフィの体を快感が貫いた。

言われたとおりにする。「こんな風に?」

キングの緑色の目が開き、ソフィが見たこともないほど神々しい表情で彼女を見つめ、手を重ねて触れ方やなで方を教えた。分身がさらに大きく、硬く、長くなった。さらにすてきになった。

ソフィは目をそらせないまま言った。「あなたがわたしにしてくれたことだけど……口で」

静かな部屋に心騒がせるざらついたキングのうめき声が響いた。「うん?」

「わたしも……」最後まで言わず、体をずらしてふたりの手のあいだから屹立している熱いてっぺんにキスをした。彼がうなったので、顔を上げた。「いまのは……」

「べらぼうに完璧だった。ああ、ソフィ」

どういうわけか、乱暴なことばがこの瞬間をより完璧なものにした。ソフィはふたたび顔を寄せて彼を口にふくみ、おずおずとなめたり吸ったりした。どうしてほしいかを彼が動きで伝えてきて、祈りのようにソフィの名前を口にしたので誇らしい気持ちになった。「ソフィ……愛しい人……そうだ……」

彼女は愛撫を続け、彼の味や感触を学んでいき、悦びをあたえているのを楽しんだ。ここを立ち去る前に、いま、この悦びを彼にあたえられたというのがうれしかった。愛撫にすべての愛を注ぎこみ、彼に真実を知ってほしかった――自分にとってほかの男性などぜったいにいないのだと。

いくらも愛撫をしないうちに、キングが彼女の髪に両手を突っこんで顔を上げさせた。「やめてくれ」上体を起こしてたくましい腕でまた体をまたがせ、長くよこしまな口づけをした。あえぎながら唇を離して同じことばをくり返した。「やめてくれ」

「あなたは……」

彼はソフィをあおむけにして脚のあいだに体を入れ、手で頭を押さえてふたたびキスをした。「楽しんだよ。あんなに楽しんだことはない」目を閉じて額と額を合わせる。「もう部屋に戻ったほうがいい。こんなことをしてはいけないんだ」

いやよ。

彼と離れたくなかった。

ソフィは彼の頬に手を触れた。「キング」

彼が頭をふる。「あのドアの前に永遠とも思えるあいだ立ち尽くして、きみは私のものではないと自分を納得させようとしていたんだ。きみを自分のものにはできないと。もしこのまま続けたら、ソフィ……」

その続きは無数に考えられた。

〝もしこのまま続けたら、私は自分をけっして許せないだろう〟

〝もしこのまま続けたら、きみは破滅だ〟

〝もしこのまま続けたら、明日のきみはそれでもひとりだ〟

ソフィはそっと彼に口づけた。「かまわないわ。欲しいの」

「私を欲しいのか」

「愛しているのよ」きっぱりと言う。「愛するのはあなただけ」

「そんなことを言われては、きみを拒めなくなるじゃないか」

ソフィは腰を押しつけてその動きの効果を試し、彼の目が翳ったのを見てうれしくなった。

「あなたはわたしを拒んでいないわ」

「ソフィ」彼がそっと言って腰を上げ、熱く濡れた場所を見つけると、ソフィが彼を求めてやまないその場所を先端でじらした。ソフィは快感に貫かれた。

キングがその動きをくり返す。

ああ、神さま。

「キング、やめないで」

彼はやめなかったどころか彼女をやさしく広げながら押し入ってきて、そこで動きを止めて名前を呼んだ。ソフィがはっと彼を見る。「きみはすごくきついよ。大丈夫かい？」

奇妙で心乱れる感覚だったが、官能的ですばらしくもあった。ソフィはうなずいた。「まだあるの？」

キングが笑って長いキスをした。「あるさ」

「じゃあ、もっとお願い」

そして彼はソフィの願いをかなえた。少しずつ深く身を沈めていって完全に彼女を満たした。その感覚はこれまで経験のないほどすばらしいものだった。それに、彼がこんなにそばにいる。ふたりは今夜ひと晩、この瞬間だけ一緒だった。この時間をけっして忘れないだろう。最期の息をするとき、思い出すのはこの瞬間になるだろう。キングが自分のものだった瞬間に。永遠に。

思いがけず涙が出ると、キングがはっと動きを止めた。「しまった。ああ、どうしよう」キングは身を引きはじめた。「ソフィ、すまない」

「だめ！」大声で言って彼の腰にまわした脚に力を入れた。「ちがうの。やめないで」

「きみに痛い思いをさせているんだろう」

「いいえ」こんな風に触れられて、痛みなどなかった。少しも。

「嘘はだめだよ。泣いているじゃないか」

ソフィは頭をふった。「痛くなんてないわ。それどころか、すばらしい感じ」

キングは彼女をじっとさせてキスをし、目を覗きこんだ。「だったら、どうして？」

この瞬間のせいなの。この瞬間の真実のせい。

あなたとはこの一夜しか持てないせいなのよ。

もちろん、それを彼に言うわけにはいかなかった。だから、たいせつなたったひとつのことを告げた。「愛しているわ」

キングがふたたびキスをして、ふたりのあいだに手を入れ、結ばれている場所の少し上の敏感な部分をなでた。「きみがそう言うのを永遠にでも聞いていられる」張り詰めている場所を親指で円を描くように愛撫する。「今夜、何度もそれを言ってもらうよ。絶頂に達するときに。この腕のなかできみがばらばらになりながらそのことばを言うのを見つめる。そして、きみをまたひとつに戻すときにも」

いつだって彼の好きなときに言うつもりだった。愛を告白したことで解放された彼女は、キングが体を起こし、長くゆったりと腰を押しつけてくるとわけがわからなくなり、何度も何度も祈りのように愛しているとくり返した。キングの親指があのすばらしい場所にどんどん速く円を描き、約束どおりに緊張感を高めていった。ソフィはぎりぎりと引いた弓のように張り詰め、ひたすら解放を求めた。目を開けて彼の目を見つめ、彼だけがあたえられる悦びを求めてうずいた。

「愛しているわ」そのささやきがふたりを急上昇させ、キングが動きを深め、速め、より激しくすると、ソフィは彼の名前と、体の重みと、彼への愛しかわからなくなって崖っぷちへと追いやられた。

「私を見て、ソフィ。きみが絶頂に達するところを見たいんだ」

ソフィは彼を見て、恍惚の波に襲われながら叫び、快感に身を投げ出した。キングも彼女の名前を呼びながら、一緒になって転がり落ちた。

すばらしかった。

キングがごろりと離れて包帯に気をつけながら彼女を引き寄せ、怪我をしていないほうの肩を指でなぞった。「ソフィ……」その名前が暗く暖かな部屋のなかでふたりを取り巻いた。

彼はすばらしかった。

ソフィが吐息をついてすり寄ると、頭のてっぺんにキスをされた。そのやさしい愛撫は、先ほどまでの情熱と同じくらい誘惑的だった。

ふたりが一緒だとすばらしくなる。

けれど、けっして一緒にはなれない。

そのいやな思いとともにソフィは現実に戻った。けっして愛を返してくれない男性の腕のなかに。彼の人生には別の計画がある。愛の入っていない計画が。

今夜以前なら、ソフィは愛なしで生きていけたかもしれない。愛を告白する前なら。彼と一緒にいると、彼からも愛されたいというやむにやまれぬ気持ちを持ってしまうと知る前なら。

けれど、そうはできなかった。だからここを出ていく。今夜。夜の帳のなかに逃げこみ、エヴァースリー侯爵を結婚の罠にはめるという家族の計画を壊す。彼を罠にかけるなどできなかった。

彼と結婚するならば、愛し合っているからでなければいやだった。そして、それはぜったいにありえない。だから、ここから遠く離れ、今夜の思い出を抱いて生きていく。

真実を打ち明けたときに喜んでくれた彼の思い出を抱いて。

愛を告白したときに。

思い出だけでじゅうぶんだ。
なんてひどい嘘なのだろう。
ソフィは彼の腕のなかから出てベッドの端へ行った。
それでじゅうぶんなはず。真実を無視して自分にそう言い聞かせる。
じゅうぶんでなければ困る。

20

キング、征服される！

彼はソフィと結婚するつもりだった。

実際、このベッドで愛を交わす前に彼女にそう告げるべきだった。完全に破滅させる前に。

だが、爵位を約束せずともすべてを捧げてくれるとわかっている相手と愛を交わすのは、身震いが出るほどの経験だったのだ。

爵位を約束されることなど、ソフィにはどうでもいいのだとわかっていることは。

家名や財産ではなく、自分自身を欲してくれたのだ。

自分を愛してくれているのだ。

ソフィは私を愛している。

彼女がそのことばを発した瞬間、キングはふたりの宿命を悟った。懸命に眠ろうとしたのにソフィの面影ばかりが浮かんできたこのひんやりしたシーツの上で、彼女を自分のものにするだろうとわかっていた。彼女を奪い、それによって将来を奪ってしまうだろうとわかっていたのだ。

ふたりが結婚することも。

ソフィは私を愛している。

すでに十回以上は言ってもらっていたのに、また彼女の口からそのことばを聞きたくなった。聞き飽きることなどないように思われた。それが真実であるとわかっていることに飽きるとは思えなかった。ソフィ・タルボットは私を愛しているのだ。

彼女が愛してくれているおかげで、ためらいなく完全に自分のものにしたくなった。

こちらからはけっしてその愛を返す方法を見つけられなかったとしても。利己的で傲慢で強欲なのはわかっていたが、真実を彼女のことばのなかに味わい、その目のなかに見つけ、その愛撫のなかに感じたのだった。

そして、それが欲しくなった。

永遠に。

だから躊躇せずに彼女を奪った。真実を話さないままに——純潔を捧げてくれたなら、きみと結婚すると。話したら、止められてしまうかもしれないと思ったのだ。結婚するなら、愛を返してほしいと言われるのではないかと思ったのだ。

だから、最悪のごまかしをした。

いま、ソフィは徹底的に破滅したわけだから、自分と結婚しなくてはならない。彼女を破滅させるのはふたりのあいだでずっと問題になっていた取り決めではあったものの、彼女を立ち去らせるつもりはなかった。

ぜったいにそんなことはさせない。

ろうそくの明かりと影に包まれてふたりでベッドに静かに横になる。手に触れるソフィの肌がやわらかく、その呼吸がゆっくりになっていくなか、ともに悦びを味わったあとで彼女の愛がいまもずっしりした空中に漂っているとき、この先どうなるかを彼女に話すべきだとキングはふと思い至った。

求婚しなければ。

なんとかできるだろう――モスバンドの広場で行なわれる夏祭り、仮面舞踏会、宝石、公衆の面前でのプロポーズ。

ただ、ソフィは派手派手しいことは望まない気がした。

腕のなかの彼女がため息をついてすり寄ってくると、キングはその頭のてっぺんにキスをした。

もう一度迷路の中心にソフィを連れていこう。皿いっぱいの苺タルトとやわらかなウールの毛布を持って。モスバンドへ行ってロビーのパン屋から甘いパンをかごいっぱいに持ち帰ろう。キングは暗がりで笑顔になった。私のレディは甘いものに目がない。この先一生、彼女に甘いものを食べさせてやろう。

迷路にソフィを連れていって真実を打ち明けたらすぐに――過去のせいで彼女を愛するという約束はできないが、それ以外のすべてをあたえると。彼女を幸せにするよう精一杯努めると。

　情けない申し出ではあるが、ソフィは自分を愛してくれているのだから、きっとイエスと言ってくれるだろう。彼女がイエスと言ってくれたら、ふたりで甘いものを食べたあとに彼女を毛布に横たえて裸にして、空と太陽だけを証人にしてその唇から砂糖をなめ取るのだ。

　重要なのはモスバンドの広場の夏祭りではなく、すばやく手続きを行なうことだ。国境を越えてスコットランドで式を挙げてもいい。明日のいまごろには夫婦になっているだろう。

　ソフィが自分のものになる。永遠に。

　彼女が体をこわばらせ、キングの腕のなかから出てベッドの端へ行った。どこへ行こうというのだ？　真夜中にこそこそと出ていくのは男のほうと相場が決まっているのではないのか？　彼にはソフィのための計画があるのだ。その計画には、もっとキスをし、もっと触れ、彼女から愛しているともっと言われることがふくまれているのだ。

　それなのに、彼女は離れようとしている。

　彼女が完全に逃げ出してしまう前に、キングはその手をつかんだ。「どこへ行くんだい？」

　ソフィは部屋着を拾い上げてそれで体を隠した。「わたし……」

「部屋着は必要ないよ、ソフィ」欲望のありったけを声にこめた。「私がきみを暖めてあげる」

　彼女はそのことばに気まずそうにうなだれた。欲望を恥じる必要などないと教えてやるのが楽しみだ。いつの日か、彼女は裸でベッドに来てくれるようになるだろう。そう思ったら、キングはあっという間にまた硬くなった。

「ソフィ、戻っておいで」

「できないわ」ソフィは立ち上がって部屋着に袖を通し、ベルトをぞんざいに締めた。「だれかに見つかるわけにはいかないから」

「見つかりっこないさ」自分もベッドの端へと移ると、彼女を引き寄せてひざをついた。見つかったところで問題はなかった。ソフィを妻に迎えるのだから。

美しい茶色の髪を耳にかけてやり、高い頬骨を親指でなでた。ソフィは彼の知っているなかでもっとも美しい女性だ。

「いてくれ」唇を長くたっぷりと奪うと、ソフィが舌で応えてくれたのがうれしかった。じきにふたりとも息が荒くなってきた。彼女をさらにきつく抱き寄せ、やわらかな耳を歯と舌で愛撫する。「いてくれ、愛しい人。まだまだ探索は終わっていないんだよ」

ソフィはそのことばに吐息をついたが、それでもあとずさった。「できないわ」後ろに下がっていく彼女がつらそうに言う。「約束したでしょう――今夜、一度かぎりのことだと」

それは前の話だ。彼女が愛してくれる前の話だ。

自分が彼女と愛を交わす前の話。

こうなったいま、こちらが行かせるなどと彼女が思うなんておかしい――一度でじゅうぶんだと思うなんて。けれど、彼女は立ち去ろうとしている。キングはそう気づいて冷水を浴びせられた気分になった。「どこへ行くんだ?」

ソフィが目を合わせてきた。「遠くへ。ここから離れたところへ」

彼から離れたところへ。

「私が留まってほしいと言ったら？　そうしたら、どうなる？」

ソフィが頭をふった。「できない。わたしには無理」

そのことばにはやわらかくて生々しくて悲しげな響きがあった。留まりたいからこそ去ろうとしているのだ、とキングは気づいた。望みのものを彼からあたえてもらえないと思っているから。

長い目で見れば、それが正しいのかもしれない。

自分は彼女にふさわしい男にはけっしてなれないのかもしれない。

だが、そんな男になる努力をするつもりなのに。

彼女を幸せにしようと努める人生を送りたいのに。

キングはベッドを降り、隣りの部屋とのドアに向かう彼女を追った。「ソフィ。待ってくれ」

ソフィが頭をふる。顔を背けてドアへと急ぐ彼女の目に涙が浮かんでいたようにキングには思われた。計画変更だ。明日求婚するのはやめだ。いますぐ求婚する。ほんの一瞬でも、彼女が悲しんでいるようすには耐えられない。

私は彼女を愛している。

なんてことだ。

彼女を傷つけてしまったかもしれないと考えながら、突然降ってきた啓示にはっと足を止める。私はソフィを愛している。二度と彼女が傷つくようなことになってほしくない。彼女を傷つけないためならなんだってする。彼女のためならどんなことだってする。

永遠に。

それを彼女にわかってもらいたかった。いますぐに。

「ソフィ、待ってくれ」思わず笑いのこもる口調になった。彼女はキングから離れようとドアを力任せに開けたところだ。ソフィをつかまえてベッドに連れ戻し、どれほど愛しているかを伝えよう。何度も何度も。彼女と同じだけ告白するのだ。

こちらが彼女を信じたように、彼女にも自分の気持ちを信じてもらえるまで。ソフィに求婚し、唇でかわいらしいイエスの返事をもらい、陽が昇って彼女を黄金色に彩るまで愛を交わすのだ。

彼女は私を愛している。

ただ、ソフィはじっと立ち尽くし、恐怖の表情を浮かべて自分の寝室のなにかを凝視していた。キングも足を止め、彼女が頭をふるのを見てはらわたがよじれるような恐怖を味わった。「いやよ」ドアの端を握りしめ、ソフィが小声で言った。「いや」今度は少し大きな声で。「考えなおしたのよ」

考えなおした。

ジャック・タルボットがキングの寝室に入ってきて、ベッドに目をやったあと、裸の彼のところに戻ってきた。

伯爵の眉が吊り上げられた。「エヴァースリー」

キングはソフィだけを見ていた。「なにについて考えなおしたんだ？」

「あなたは娘を破滅させた」ソフィの父親が言った。

怒りをともなって状況がはっきりと見えた。キングは突然襲ってきた苦痛を認めまいとした。噛みつくように返事をする。「あなたの娘が破滅の片棒を担いでいたようだが」

ソフィの青い目に苦痛がよぎり、キングはもう少しでそれを信じそうになった。「キング――わたしはこんなことを望んでいないのよ」

「でも、望んでいたんだろう？　私を罠にかけたかったんだな」

愛した女性に裏切られた。

ソフィが首を横にふる。「ちがうの。ほんとうよ」

「私を罠にかけたかったんだ」くり返すとき、喉が詰まったようになった。別の女性を思い出す。別の時を。愛などではなかった別の愛を。「きみは公爵夫人になりたかったんだ」

「ちがう。わたしは立ち去るつもりだったの」苦悩に満ちた声だった。正直なことばに聞こえた。「言ったはずよ、ここを出ていくって！」

「見つかるようにだな。そうすれば、私がつかまるから」

「ちがう！」ソフィは叫んだ。

「きみは私に嘘をついた」

彼女は立ち去るつもりなどなかったのだ。一夜の逢瀬など計画していなかったのだ。彼女は私を愛してなどいない。

その最後の思いがキングを破壊した。彼はソフィの目を見た。「きみは私に嘘をついた」

そのことばと、そこにこめられた怒りを受けて、ソフィが目を瞠った。「ついていないわ」ソフィが手を伸ばしながら近づいてきた。

キングはあとずさった。彼女に触れられたら、なにをするかわからなかった。これほど打ちのめされたことはない。ローナが亡くなった夜ですら。

心の底から愛しているのは、ソフィだからだ。

その思いはどんなパンチよりもこたえた。

「私と結婚したかったんだな」

ソフィは唾を飲んだ。「いいえ」

キングはそこに嘘を聞き取り、打ちのめされた。こらえきれずに大声を出してしまった。

「私に嘘をつくのはやめるんだ！」

ソフィの父親がふたりのあいだに入った。「また娘にどなってみろ、死んで彼女と結婚すらできなくなるぞ」

「また娘を餌に使って公爵を罠にかけておきながら、その娘をかばうのか？」キングには将来の義理の父親の顔を殴る機会はなかった。ソフィまでが叫んでいたからだ。

「もういいわ！　あなたと結婚したいと思っていました！」

衝撃を受けるはずはなかったのに、やはり衝撃を受けてしまった。

絶望するはずはなかったのに、やはり絶望してしまった。

嘘を耳にしながらも、真実であることを願っていたのだ。

〝愛していると言いたかったの〟

自分はなんと愚かだったのか。彼女の愛をこれほど信じたかったことはない。だが、もう信じられなかった。迷宮のなかのアリアドネとミノタウロスだ。そしていまいましい怪物同様、彼女に裏切られた。キングもまた不意打ちを食らった。

「あなたと結婚したかったわ。ええ、そうよ。ちゃんとした女ならだれだって、あなたと結婚したくなるに決まっているもの。あなたは……」こみ上げる涙でソフィの目はきらめいていた。「あなたは完璧だもの」キングは彼女に破壊されつつあった。その簡素なことばで。自分でも信じられないとばかりにソフィの声がほんの少し上ずったようすによって。「わたしと結婚してくれなくてもいいのよ。ほかの女性たちのことを考えてみて――あなたはそのだれとも結婚しなかったじゃないの」

キングはほかの女性たちを破滅させなかったからだ。指一本触れなかった。彼女たちの柔肌の感触も、髪がベッドに広がるようすも、苺タルトとキスで赤く瑞々しくなった唇も知らない。

ほかの女性を愛したことはなかった。

キングは彼女を長々と見つめた。彼女の涙がいやだった。嘘がわかっているのに、その涙に胸を衝かれるのがいやだった。また人を愛するよう仕向けた彼女が憎かった。彼女を愛するよう仕向けたことが憎かった。彼女を愛したことを後悔しなければならないことが、憎かった。

「きみは姉妹のなかでいちばんの美人でも、おもしろみのある人でもないかもしれないが、もっとも危険な人だよ。そうだろう、ソフィ？」言いながら、そのことばを憎んだ。

これからの結婚生活のあいだ、自分自身をひどく憎むことになるだろうとキングは思った。彼女がこちらを罰したように、キングも彼女を罰したかった。彼女が望んだものすべてをあたえ、それから奪い取るのだ。

キングは将来の義父に目を向けた。「結婚式は挙げよう」言うなり背を向けて机に向かい、紙とペンを取り出した。「もう出ていってほしい」

翌日の午後、キングはライン・キャッスルの馬車まわしにソフィを呼び出した。

彼女は髪を整え、セレステから借りた美しい深紫色のドレスを着て現われた――ソフィの好みからすると体にぴったりしすぎだが、すばらしいドレスだからキングの気を引けると請け合われたのだ。たっぷりしたスカートはサテンで、胸もとは深くくれているすてきなドレスで、靴もそろいだった。

その靴もきつかったが、嘘はついていないとキングにわかってもらう機会のためならなんだってするつもりだったので、新しいドレスときゅうくつな靴に身を押しこむのはそれほど大きな犠牲には思われなかった。ドレスを気に入ってくれたら、事情を説明させてくれるかもしれない。なぜ夜に彼の部屋を訪れたのか。なぜ立ち去ろうとしたのか。うまくすれば、彼はソフィを行かせてくれるかもしれない。

立ち去るのを許し、ソフィを厄介払いしてくれるかもしれない。そうすれば、彼は別の女性を見つける機会が得られる。信じられる女性を。

彼はソフィがカーリクルに乗るのを待っていた。完璧な対の美しい黒馬二頭が足を踏み鳴らしていた。ソフィが顔を上げると、彼は顎をこわばらせ、帽子を目深にかぶり、手綱を握っていた。「カーリクルが戻ってきたのね」

「車輪は戻らなかったがね」ソフィを見もせずに答えた。

罪悪感が燃え上がる。「ごめんなさい」

「きみの謝罪は虚しく響くな、レディ・ソフィ」無頓着に言って、カーリクルを出す準備をした。「陽の光があるうちに出発したいのだが」

午後の三時だった。「どこへ行くの?」

ようやくソフィをふり向いた彼の目は、冷ややかで平然としていて……キングらしくなかった。「乗ってくれたまえ、マイ・レディ」

この男性も、この口調も、まるでなじみがなかった。ソフィは悲しみに包まれ、少なからぬいらだちも感じた。踏み台を探したが、なかった。彼は手を貸してくれようとはしなかった。

　ソフィが彼を見ると、挑むように眉を吊り上げられた。

　引き下がったりするものですか。この期におよんで。彼女はスカートを高く持ち上げ——きちんとした淑女がすべきでないほど高く——ひざまで脚をさらし、大きな車輪をつかんでキングの隣りに乗りこんだ。

　彼はそれについてなにも言わず、巧みに手綱を操ってカーリクルを出した。長い沈黙のあと、説明をするにはうってつけのころ合いだと判断した。「ごめんなさい」

　キングは返事をしなかった。

「こんなことになるなんて思ってもいなかったの。あなたが侯爵かどうかなんて、わたしは気にしない。あるいは、将来の公爵であることも」いったんことばを切ったが、キングは聞いているそぶりも見せなかった。「もう信じられないかもしれないけれど、あなたに言ったことはすべて真実よ。ロンドンにはぜったいに戻りたくなかった。貴族とはぜったいに結婚したくなかった」

　でも、あなたを愛してしまったの。

　彼にそう伝えたかった。けれど、信じてもらえないのは耐えられなかった。

　信じようとしない彼を責めることもできなかった。

「わたしは家族を破滅させてしまったわ。セラフィーナは身ごもっているのにヘイヴンの屋敷から追い出された。姉たちのだれにもりっぱな求婚者がいない。父は炭鉱に投資してくれる貴族を失った。わたしが軽率なふるまいをしたせいで。ええ、つかの間、あなたとの結婚を考えたわ。でもそれは、あなたをどうしようもないほど欲していたからなの。爵位はまったく関係なかった。うちの家族も関係ない。わたしがあなたを欲していたというだけ」そこで最後にそっとささやいた。「永遠に」

「そのことばを二度と私に言わないでくれ」冷たく、怒りに満ちた声だった。「私たちに永遠はない。ふたりともそれにはふさわしくない」

ソフィは傷ついたが、泣くものかとこらえた。目の前のでこぼこした道を見つめる。「ゆうべ、ドアをノックしたとき――」

愛しているとあなたに伝えたかっただけなの。

ソフィはそう言わなかった。「――すでに考えなおしたあとだったわ。あなたとは結婚したくない」そのことばが真実なのか嘘なのか、わからなかった。「あなたにわたしを背負いこませたくはないの」

「背負いこみはしない」よそよそしくて冷たいことばだった。「きみが心配することはない」

きっぱりした彼のことばがソフィは気に入らなかった。「どこへ向かっているの?」

キングは返事をせず、細い道に曲がり、ぬっと現われた円卓の騎士の物語に出てきそうな巨大な石造りの城へと道をたどった。

城の前には、だれかが到着したばかりのように六頭立ての馬車がいた。キングはカーリクルを馬車の後ろに停め、さっと飛び降りると城の扉を激しく叩いた。少しすると扉が開き、ウォーニック公爵と、緑と黒のプレードをまとった若い女性が出てきた。

ウォーニックは笑みになり、キングの背中を力いっぱい叩いてからソフィに向きなおった。「レディ・ソフィ」カーリクルを降りるのに手を貸そうと近づいてくる。「あなたの夫となる男は、もうあなたをおろそかにしているようだね」

ソフィは目をぱちくりした。「夫となる男？」

ウォーニックは小首を傾げ、興味深そうにソフィを見つめたあとキングをふり向いた。「申しこんでないのか？ ちょっとばかり遅すぎるんじゃないのか？」

キングはソフィを見なかった。「結婚することは彼女も知っている。はにかんだふりをしているだけだ」

ソフィは無理やり笑みを浮かべた。「もちろんだわ」困惑を隠そうとそう言った。「あ、あなたがご存じだとは思わなかっただけです、公爵さま」

ウォーニックが笑う。「スコットランドでは形式張らないんだよ、マイ・レディ。だが、結婚式の証人に関してはなかなか規則がきびしいんだ。おれはきみたちの司祭者だから知っているんだよ」

ソフィは目を瞬いた。「わたしたちの司祭者」

「そうさ！ 式は何度か挙げた経験があるから、心配はいらない。今日はまじめにやるつもりだよ」

「今日」

「そうだ」

「わたしたちは今日結婚する」

「そう（アイ）」巨体のスコットランド人が微笑みながら言った。「そうじゃなければ、どうしてキングがあなたをスコットランドに連れてくるんです？」

「そうですよね」

ソフィは金切り声をあげたかった。

「こう言ってはなんですが、あなたは美しい花嫁になりますよ」すべてが完璧にふつうであるかのように公爵が続けた。「まあ、最後に見たときは、あなたはもっと……興味深い……身なりをしてましたけどね」

「黙れ、ウォーニック」キングがうなった。

ソフィは目をぱちくりした。これから結婚式を挙げるという事実に自尊心を傷つけられていたため、従僕の身なりをしていたことを言われても気まずさを感じなかった。「わたしたちはここで結婚する。あなたのお城で」

ウォーニックが巨大な城をふり仰いだ。「いくつもある家のひとつだ。あいにく、いちばんいい家ではないんだがね」

「なかには入らない」キングが言った。「なにはともあれ、スコットランド人は便宜結婚を理解しているからな」プレードをまとっている女性に目を向ける。「きみが第二の証人なのかな？」

「アイ」女性が答えた。

「名前は？」いつもより一オクターブは低い声だった。

「キャサリンです」

キングが彼女に微笑み、ハンサムな顔に浮かんだえくぼを見たソフィは胸を高鳴らせてしまった。「キャサリンか。私のことはキングと呼んでくれたまえ」

キャサリンが温かな笑みを返すと、ソフィは無性に腹が立った。

彼は、いまのやりとりを注意深く見ていたウォーニックに向きなおった。「さっさと片づけてしまおう」

ウォーニックがうなずく。「〝親愛なるみなさん〟の部分は飛ばしてよさそうだな」

「そのとおり」キングが答える。

「どうかしら」ソフィはぴしゃりと言った。「キャサリンはとても親愛なる人のように見えるけれど」

ウォーニックが黒い眉を吊り上げ、キングに目をやった。「では、この部分も入れよう」

キングがきざな笑みを浮かべた。「婚約者の望みはなんでもかなえてくれ」

「親愛なるみなさん」ウォーニックが式をはじめた。「今日ここに集まったのは、この男性と――」そう言ってキングを示す。「――この女性を――」ソフィに向かって手をふる。

「――聖なる結婚によって結びつけるためです」

「待って」ソフィが口をはさんだ。

「マイ・レディ？」ウォーニック公爵は案じる表情だった。

「もう式ははじまっているんですか？」

「そうだ」キングが言う。

「ウォーニック公爵のお城の馬車まわしで？」

「おっと。ほらな？　彼女はこの城を気に入らないんだ」ウォーニックはそう言ったあと、身を寄せてきた。「ハイランドの城のほうがもっとすてきなんだよ」

「ちがうんです。お城はすてきだわ。でも、馬車まわしとは——もう少し……それらしい場所でできませんか？」

キングはずいぶん長くソフィを凝視したあとにこう言った。「もっとそれらしい花嫁と結婚するのなら、もっといい場所を懸命に探したかもしれないな」

残酷なことばにソフィはあえいだ。「ひどい人ね」

「ああ、私はひどい人間のようだな。ふたりはぴったりじゃないか」

「式は延期したほうがいいかもしれないな」ウォーニック公爵がキングからソフィへと視線を移しながら言った。

「そうですね」キングと結婚するつもりはなかった。こんな風には。こんなに怒っている彼とは。くるりと背を向けてカーリクルに向かったが、数歩行ったところでひどくとがった岩を踏んでしまった。痛みにあえぎ、上靴を調べる。「エヴァースリー卿にとっては無期延期がいいかもしれませんわ」

「歩くときはもっと足もとに気をつけるべきだな」キングが彼女の足に目をやる。ライン・キャッスルの馬車まわしで顔を合わせて以来、はじめて感情らしきものをあらわにしていた。キングは激怒していた。

「あら、岩だらけの馬車まわしで結婚式を挙げる心がまえができてなくて失礼しました。あ、な、た、こ、そ、わたしを連れていく場所にもっと気をつけるべきでしょう」かっとなって言い返す。「おかげで上靴がだめになってしまったわ」

ウォーニックが鼻で笑った。

「私たちは結婚するんだ。この場所で。この時に」キングは彼女から顔を背け、冷たくきっぱりした口調で言った。そして、ウォーニックに向かってうなった。「やれ」

ソフィはふり向いた。「わかってらっしゃらないみたいね。わたしは――」

城の入り口にいたキャサリンが口をはさんだ。「終わったわ」

全員が彼女を見た。

「いまなんて？」

「終わったと言ったの」キャサリンがソフィを指さす。「あなたは〝わたしたちはここで結婚する〟と言ったでしょう」それからキングを指さす。「そして彼は〝私たちは結婚するんだ。この場所で。この時に〟と言ったわ。わたしとアレックが証人です。」彼女はウォーニックに顔を向けた。「あなたも聞いたわよね？」

「ああ」彼は驚いているようだった。「そんなに簡単でいいのか？〝親愛なるみなさん〟はもう必要ない？」

キャサリンは片方の肩をすくめた。「重要なのは式の挙げ方ではなくて、式を挙げることでしょう」ソフィとキングを見る。「終わったのよ。わたしたちはあなた方の結婚の意思を聞いた証人だから、ふたりは結婚したの」微笑みを浮かべる。「おめでとうございます」

こんなことがあっていいはずがない。

ウォーニックが両の眉を吊り上げてうなずいた。「たしかに」

「思っていたよりよっぽど苦痛じゃなかったな」キングが言った。

「いやよ！」もしも彼と結婚するのなら、それらしいものを感じたかった。夫婦だなんてありえない。こんなのが結婚式だなんてありえない。

ウォーニックがソフィを見た。「彼と結婚したくないのかい？」

「こんな風には、ええ」

「このやり方しかしない」キングが言う。「さっさと終えてしまいたいんだ」

ソフィは彼と目を合わせた。彼が憎かった。彼を愛していた。

「マイ・レディ、彼と結婚したいですか？」ウォーニックがまた言ったが、今度はまじめだった。

彼女はキングから視線をそらさなかった。そらせなかった。そして、真実を告げた。このいかれた場所で誓った。「はい」

目に怒りがよぎったあと、キングは顔を背けた。

カーリクルから六頭立て馬車に箱を移した。

ソフィにはふたつの選択肢があった。ウォーニック公爵と、どういう立場かわからないキャサリンと一緒に、キングが立ち去るのを見送るか、あるいは真実を包み隠さずに話してこれからどうするかを決めてもらうか。

一カ月前だったら、最初の道を選んでいたかもしれない。

けれど、いまの自分はあのときとはちがう。ソフィはキングのあとをついていった。式の直後に最初の夫婦喧嘩をするのも気にならなかった。どのみち、式を挙げた実感はなかった。

「わたしはこれを望んでいなかったわ。こんな風には」

「上流階級の半分を招待して聖ジョージ教会で挙式をする気はさらさらない」

「あなたはなにもする気がなくてよかったのよ。結婚してほしいなんて頼まなかったでしょう」

「そのとおりだ。一度も頼まれなかったな」

そのことばがいやで、ソフィは目を閉じた。「わたしを背負いこむつもりはなかったのだと思っていたけれど」

彼は六頭立て馬車の前へ行き、完璧な対の栗毛を調べ、それぞれの馬具を確認した。「背負いこみはしないさ」一頭を馬車からいったんはずしてつなぎなおす。「私たちは結婚したかもしれないが、顔をつき合わせていなければならないという理由はない」

そう言われてソフィは傷ついた。彼はこんなに近くにいるのに、ありえないほど遠くにいるといういらだちに金切り声をあげたくなった。このどれひとつとして自分が計画したものではないのに。「そんなに簡単なことなの？」

「そうみたいだな」キングがもう一頭の馬のところに行く。「国内に六軒の屋敷を持っている。好きなのを選ぶといい」

ソフィは彼を凝視した。「あなたのいるお屋敷を選ぶわ」

馬具にかけた彼の手がほとんどわからないほどためらった。「ライン・キャッスルがいいのか？」乾いた笑い声をあげる。「いいとも。父はきみと暮らすのを気に入るだろう。義理の娘に望まないものすべてをきみは持っているからな」

冷たいことばに傷ついた気持ちを抑えこむ。「ライン・キャッスルを選んだのではないわ。あなたのいるところを選んだの。今日はライン・キャッスル、明日はメイフェアの町屋敷。わたしは夫と一緒の暮らしを選びます。わたしの――」愛する夫と。

ソフィは最後まで言わなかったが、彼は理解したらしかった。「もう嘘をつく必要はないんだ、ソフィ。きみが望んでいた結婚をしたんだから。愛の告白など必要ない。私と一緒に暮らす件については、嘘をついて私を結婚の罠にはめたときにその権利を失ったんだよ」

ソフィは懸命にことばの攻撃に耐えた。「わたしは立ち去るつもりだったのよ」

「そこをお父上に見つけてもらう計画だったんだろう。お見通しなんだよ。計画がうまくいってよかったな」

「ちがうわ。お城を出ていく計画だったのよ。カンブリアを出ていく。わたしが望んだたったひとつのものは、あなたからはあたえてもらえないとわかっていたものだったのよ」

「そう言いながら、しっかりそれを要求したみたいじゃないか」怒りに満ちた声だった。

「レディ・エヴァースリー」キングは吐き出すように言って次の馬の馬具を点検した。「侯爵夫人。将来の公爵夫人。おめでとう」

「爵位なんて望んでいなかったわ、キング。結婚も」ソフィはいったんことばを切った。「あなたとの結婚は望んでいなかった。あなたを愛したいだけだったのよ」

キングは馬具の点検を慎重に行なってから、馬をまわってソフィの前に来た。「そのことばを二度と私に向かって言うな。もう聞き飽きた。それを信じる自分にもうんざりだ。愛は最悪の類の嘘にほかならない」

「わたしの愛はちがう。ちがうのよ」

「きみの嘘は最悪だったよ」その声にソフィは苦痛を聞き取った。「過去の真実――ローナに裏切られたこと、彼女が惹かれたのは私の爵位だけだったこと――と折り合いをつけようと私がもがいていたときに、きみは新しい真実をくれた。将来を餌にして誘惑した」

思いがけない心情の吐露を聞かされて、ソフィは泣きそうになった。耐えられなかった。

「キング――」

キングは彼女をさえぎった。「きみのおかげで私は癒されかけた。美しい誓いのことばで誘惑された」間をおく。「また人を愛せるかもしれないと思わせられた」

ソフィは手を伸ばしたが、キングは触れられまいとあとずさって馬車の扉を開けた。「乗るんだ」

彼女は従った。ふたりきりになれるのがうれしかったし、ライン・キャッスルへ戻りたかったし、もう一度やりなおそうと説得する機会がありがたかったからだ。座席につくと、扉のところにいる彼をふり向いた。けれど、キングは乗ろうとしなかった。

彼は一緒に来ないのだ。ソフィは不安に襲われた。「わたしをどこへ送るつもりなの？」

「ロンドンだ」淡々とした口調だ。「それが前々からの望みだったんだろう？　勝利の女主人公として貴族社会に戻るのが？　次代のライン公爵夫人として？」

ソフィの心が重くなった。そんなものは望んだこともないのに。「わたしがそんなものを望んでいなかったのは、あなたも知っているはずでしょう」

「どうやら今日の私たちは望みがかなわないこととなんとか折り合いをつけなくてはならないみたいじゃないか」ソフィを見た彼の緑色の目は怒りでぎらついていた。「皮肉なことに、私はきみの望みはなんだってかなえてあげるつもりだった。永遠を差し出すつもりだった。きみがあんなに急いでそれを奪い取ったりしなければ」

そのことばはほかのどんなものよりも大きな破壊力を持っていた。

ソフィが気を取りなおす間もなくキングが扉を閉め、馬車は走り出した。

長い馬車まわしをくねくねと曲がりながら去っていく馬車が見えなくなるまで、キングは見送っていた。彼女が視界から消えるまで。

新婚のキングはひとりスコットランドに残り、怒りと、それより遥かに危険ななにかで心がいっぱいになっていた。それは悲しみに似たものだった。

「ふうむ。いまのはこれまで証人になったなかでいちばん変わった結婚式だったな」遠い昔は水をたたえていた濠(ほり)の低い石壁にもたれ、両切り葉巻を手に持ったウォーニックが言った。

「それほど多くの結婚式で証人を務めたわけでもないだろうが」キングが言う。「あのぞんざいなやり方を見ればわかるさ」

「ちょっとばかり華々しさをくわえてやろうとしていたんだ。思い出に残る式にしてやりたくてな」

自分の結婚式を忘れられるとは、キングには思えなかった。

なんてひどい悪夢だ。

私はソフィと結婚した。彼女は私の妻だ。

くそっ。私はいったいなにをしでかしてしまったんだ？

「こう言ってはなんだが――」ウォーニックが言いかけた。

「やめてくれ」馬車がとうとう見えなくなった場所から視線を引き剝がせずにいた。「きみの言おうとしていることになど興味はない」

「悪いが、きみはおれの地所にいるだろう」スコットランド人の公爵が間延びした言い方をする。「きみの求めに応じて、おれは挙式を手配した。いちばんいい六頭立ての馬車を使わせてやった」

「馬がきちんとつながれてなかったぞ」キングはグレート・ノース・ロードを飛ばすその馬車に乗っているソフィを思った。六頭全部を点検しただろうか？

「ちゃんとつながれてたさ。きみが神経質すぎるんだ」

「馬車に食べ物は入れたか？　水も？」

「きみに頼まれたものはすべて用意した」ウォーニックが答える。

「お湯は？」お茶を淹れるのにお湯が必要になる。お茶は、彼がライン・キャッスルから運んできた箱のなかに入っているのを見つけるだろう。「きれいな包帯は？」

ソフィにはそれが必要になるかもしれない。

「頼まれたとおり、蜂蜜も入れておいたぞ」ウォーニックが言う。「変わったものばかりだったが、全部馬車に積んでおいた。奥方は家にいるのと同じくらい快適に過ごせるはずだ」

家。

そのことばを聞いて、ライン・キャッスルの図書室で上部通路からこちらを見下ろして笑うソフィの姿が浮かんだ。厨房で使用人たちと一緒に肉入りパイを食べている彼女。本を手にして、迷路のなかの噴水池の縁に座っている彼女。

彼のベッドにいて、目に悦びをたたえている彼女。

悦びと、とんでもない嘘を。

ソフィが自分の思いを占領するのが気にくわなくて、キングは髪に手を突っこんだ。彼女はもう行ってしまったのだ。彼はウォーニックを見た。「また競走しよう」

ウォーニックが黒い眉を吊り上げた。「奥方を追いかけるのか？」

キングはひどい悪態を彼についた。「北だ。インヴァネスを目指そう」

「長い道のりだぞ。道は危険だし」

完璧だ。それなら彼女のことを考えずにすむだろう。「受ける気はないのか？」

「いつだって受ける気満々さ」ウォーニックが豪語する。「きみはかなり気もそぞろのようだから、この勝負はおれが勝つかもしれないな。馬丁に知らせておこう。いつ開始したい？」

「明日だ」できるだけ早くこの場所とその思い出から離れたかった。

ウォーニックがカーリクルに目をやる。「きみのお気に入りは修理が終わったようだな」

友人の視線を追ったキングは、かつては愛してやまなかったカーリクルを憎く思った。ソフィの思い出でいっぱいになっていたからだ。「きみのおかげではないがね」

ウォーニック公爵が笑みになった。「きみの車輪を売るとは、奥方は頭のいい女性だな」

「彼女は自分のものでもない車輪を売ったんだ。泥棒だよ」

「おれがそれを知らなかったとでも思ってるのか？　彼女は説得力があったぞ」

〝愛していると言いたかったの〟

これまでの人生で、あのときほど確信を持ったことはなかった。

あれほど真実であってほしいと望んだものはなかった。

いまいましいカーリクルは彼女の思い出で満ちている。売り払われた車輪や、ここへ来る前にスカートを高く持ち上げて乗りこんだときのすばらしく反抗的なようす。

手を貸して乗せてやらなかったとは、自分はなんてひどい男なのだ。

ライン・キャッスルへの帰路につこうとしているいま、そういった思い出の数々がカーリクルの完璧さを損なっていた――速度と競走だけを考える、安全で虚無な場所ではなくなってしまった。ソフィの思い出でいっぱいになってしまった。彼女の聞こえのいい嘘で。〝わたしがあなたを欲していたというだけ。永遠に〟

「きみに売ろう」キングは言った。

ウォーニックが目を瞬く。「カーリクルをか?」

「いまこの場で」

ウォーニックは長々とキングを見つめた。「いくらだ?」

特別注文の車体、特大の車輪、長い競走でも快適で軽い座席を保つ完璧に均衡の取れたばねと、ひと財産注ぎこんだものだ。重量も通常のカーリクルにくらべて数十ポンドは軽くなっている。イングランド一腕のいい職人たちによって、キングの指示どおりに作られたものだ。

だが、彼はもうそのカーリクルを見るのが耐えられなかった。

ソフィのせいだ。

キングは頭をふった。「ただでいい。手もとに置いておきたくないんだ」馬に目をやったあと、ウォーニックに言う。「鞍が必要だ」

「鞍と交換でカーリクルをくれるのか」

「欲しくないのなら――」

「いや、欲しいに決まっている」スコットランド訛りに驚きの気持ちが出ていた。彼は玄関へ行って鞍を持ってくるよう使用人に指示をした。

「よかった」黒馬の一頭をはずす。「残りの馬は時間のあるときに返してくれればいい」

厩から鞍が届くのを待っている長い数分間、ふたりは黙って立っていた。ついにウォーニックが口を開く。「こう言ってはなんだが……」

「聞きたくないとはっきり言ったはずだと思うが」

ウォーニックは友人の気持ちなどおかまいなしだった。「愛のせいでここまで身を落とした男は見たことがないぞ」

「彼女を愛してなどいない」嚙みつくように返す。

なんという嘘だろう。

「それは残念だな」両切り葉巻をブーツで踏み消す。「奥方のほうはきみをとても愛しているように思えたのに」

彼女は私を裏切ったのだ。爵位のために。爵位など喜んであたえてやったのに。ためらいもなく。この愛とともに。

「愛がすべてではない」

鞍がようやく届けられ、キングは急いで馬につけた。ウォーニックは黙ったまま友人の作業を見ていたあと、返事をした。「そうかもしれないが、きみの顔を見たらとても信じられないな。そんな顔を見せられたら、そういう運命から逃れられたわが身に感謝の気持ちが湧いてくるよ」

「ああ、感謝すべきだな」キングはひらりと鞍にまたがった。

「奥方は子どもを欲しがるぞ。女性はみんな子どもを欲しがるものだ」

それをきっかけに、またあの青い瞳の幼い女の子たちの光景が浮かんだ。会うことはかなわないとキングが確信を持っている女の子たち。

自分はずっと正しかったのだ。

ラインの血筋は彼で途絶えるのだ。

「彼女は私と結婚する前にそれについて考えておくべきだったんだ」

21

惨めな侯爵
重大な過ちを犯す

夕暮れが迫るころ、キングはライン・キャッスルに戻った。城の住人はすでに部屋に下がっていた。北部の夏は太陽の沈むのが遅いのだ。城が静かで薄暗いのがありがたかった。酔っ払うには最高の状況だからだ。明日、ここを出てヨークシャーの屋敷に行くつもりだった。ソフィの思い出に満ちた図書室は問題外だったため、うまいスコッチがあるとわかっている唯一の場所に向かった。父の書斎だ。

書斎に父がいるとは思ってもいなかった。

その腕のなかにアグネスがいるとは、もっと思っていなかった。

ドアが開いたとたんにふたりは慌てて離れ、アグネスはドアに背を向けた。なんてことだ

——彼女はボディスの紐を締めようとしていた。

なんてことだ。

キングはできるだけ急いでその場面に背を向けた。「私は——くそっ。失礼した」そのとき、自分が目にしたものがなんだったのかに気づいた。父がアグネスと抱き合っていたのだ。

「もうこちらを向いてもいいですよ、アロイシャス」アグネスの静かな声がした。

ふり向くと、ふたりは書斎の奥の大きな窓の両端に離れて立っていた。銀髪で気品のある父と、昔から変わらぬ美人のアグネスについて考える。

彼は父をにらんだ。「いったいなにをしているんですか？」

公爵は黒い眉を上げ、唇にきざな笑みを浮かべた。「なにをしていたか想像はつくだろう」

アグネスが顔を赤らめる。「ジョージ」公爵をたしなめる。

キングは自分の耳を疑った。だれかが父を称号以外で呼ぶところなど聞いたためしがない。正直なところ、父のクリスチャン・ネームを思い出すのにしばらくかかったほどだ。

アグネスはその名をためらいもせずに口にした。

父が彼女にウインクをしてみせた。「私たちは子どもじゃないんだよ、ネッシー。息子があんなに驚くほうがおかしいんだ」

「たしかに驚きましたよ」キングが言う。「いったいいつから——」頭をふり、アグネスに目をやる。「父はいつからあなたをもてあそんできたんだ？」

キングがおもしろい冗談を言ったかのように、ふたりは笑った。

彼はだれかを痛めつけたくてたまらなかった。

今日という日は人生最悪の日だ。

「冗談で言ったのではありません。いったいどうなっているんですか？」

「どうなっているかというと、この城は客でいっぱいだから、ばれないようにこそこそやろうとアグネスが言い張ったのだよ」父がサイドボードへ行ってふたつのグラスにスコッチを注いだ。そして、キングを見た。「飲むかね？」

キングが面食らったままうなずくと、父が三つめのグラスにもスコッチを注いで、キングが見たこともない温かな笑みを浮かべてひとつをアグネスに渡し、残りのグラスを彼に渡した。「ほんとうのことを話してください、父上」

ライン公爵がキングと目を合わせてきた。「私はアグネスを愛しているのだよ」

父に羽が生えて部屋を飛びまわったとしても、キングはこれほど驚かなかっただろう。

「いつからです？」

「永遠の昔からだ」

永遠。

ああ、なんていやなことばだ。

「具体的には？」スコッチが理性をもたらしてくれるよう願って、キングは飲んだ。

答えたのはアグネスだった。「十五年近くですよ」ありきたりのことを言っている口調だった。

キングは父を見た。「十五年」

目を合わせてきた公爵はどこまでも真剣だった。「おまえが出ていってからだ」

怒りがどっと押し寄せてきた。いらだちも。それだけでなく、少なからぬ嫉妬心もだ。父にはアグネスがいた。自分にはだれもいないというのに。「アグネスと結婚しなかったんですね」

「この十五年、毎日求婚してきた」公爵はそう言ってアグネスを見た。そのまなざしにキングは真実を見た。ふたりは愛し合っている。「だが、イエスと言ってもらえなくてね」

キングはアグネスに向きなおった。「どうして？」

公爵が両手を上げた。「おまえならわかってくれるかもしれんな」

アグネスは公爵を無視した。「わたしは家政婦なんですよ」

「なるほど。公爵夫人よりそっちのほうがよっぽどいいな」キングは言った。

「じつはそうなんです」アグネスが答える。

彼女のことばのなかに、キングはソフィの声を聞いた。上靴を履き、グレート・ノース・ロードで面と向かって彼と貴族を酷評した。"傲慢で、退屈で、目的も持たず、なんの努力もせずに手に入れた爵位や財産に頼りきり。それなのに、わたしがあなたを結婚の罠にはめようとしているですって？〟

アグネスが説明した。「彼を罠にはめたと世間から言われるのがいやなんです。ばかげた理由から、彼がわたしを背負いこむはめになったと思ってほしくなかったんです。ふたりのあいだに貴族社会が割りこんでくるのがいやだったんです」

「貴族社会などくそ食らえだよ、ネッシー」キングの父が彼女のそばへ行く。

「言うは易し行なうは難しですよ」アグネスは公爵の頬をなでた。「あなたと結婚したくはありません。あなたを愛したいんです。それでじゅうぶんでないと困ります」

そのことばが大きな音をたててキングの頭上に落ちてきた。はっとする。「いまなんて言ったんだい？」

〝あなたとの結婚は望んでいなかった。あなたを愛したいだけだったのよ〟

〝あなたにわたしを背負いこませたくはないの〟

「アロイシャス？」

彼女は何度そう言った？　結婚は望んでいないと。式など挙げないと。きみに選択肢はもうないんだ、と自分は何度彼女に言っただろう？

重大な過ちを犯してしまった。

キングは父に言った。「でも、ローナのことが。父上が彼女を追い払ったんじゃないですか。私に愛ある結婚をしてほしくなくて」

「追い払ったのは、彼女が金と爵位を狙っていた女だったからだ」公爵は大きく息を吸った。「あんなことになるとは思ってもいなかった。彼女を死なせるつもりはなかった。おまえが出ていったのも予想外だった」大きくスコッチをあおったあと、グラスを覗きこんだ。「おまえは若者ならではの怒りに満ちていて、私は人間ができておらず、おまえを行かせてしまった」琥珀色の液体に向かって話しかけていた。「思ってもいなかったんだよ、おまえがあそこまで……」ことば尻を濁す。

アグネスが続きを言った。「……あそこまでお父さまにそっくりだとは。あなた方おふたりはとても自尊心が強くて、とても頑固で、人の話に耳を傾けようとしません」

ついにキングには偉大なるライン公爵の小さな欠点が見えた。それが冷ややかで決然とした見かけを崩し、ひとりの人間として父を見られた。

公爵がキングを見た。「おまえは私を怒らせるためにレディ・ソフィを連れてきた。だから、おまえの望むようにふるまったのだ。なろうとしている人間でいるより、おまえの望む人間でいるほうがたやすかったからだ」アグネスに視線を転じる。「だが、彼女はおまえの爵位を狙っているとは思わない」

アグネスがにっこりした。「あの人はもっと価値のあるものを狙っているというのに全財産を賭けてもいいわ」

〝あなたを愛したいだけだったのよ〟

それなのに、私は彼女を馬車に乗せて追い払ってしまった。

キングは父親に言った。「彼女と結婚しました」

公爵がうなずく。「彼女の父親と今日話をした。彼女のせいで父親はかなりの投資家を失ったと聞いた。ヘイヴンと池がどうとか？」

「養魚池です」

「細かいことはいい。父親は彼女に結婚を無理強いしたと言っていた」

実際はそうではない。正確にはちがう。ソフィが言っていたではないか。キングは断ってもいいのだと。あまりに恥ずべき状況だったので——彼女が恥ずべき女性だったので——キングは自分の決断に一分の疑念も持たなかったのだ。

だが、彼はソフィと結婚したかった。

彼女を罰したいと思いながらも、自分のものにしたかったのだ。

永遠に。

「彼女は結婚を望んでいませんでした」

「頭のいい女性ね」アグネスは公爵を見て言った。

そう、ソフィは頭がいい。自分にはもったいない。彼女には遥かにすばらしい相手がふさわしい。「私が無理強いしたんです」

「頭のいい息子だ」公爵が言ってアグネスと目を合わせた。「きみの許可を得ずに告知を出すべきかもしれんな。そうすれば、私と結婚するしかなくなるだろう」

キングはグラスを置いた。「スコットランドのほうが手っ取り早いですよ」

公爵が片方の眉をくいっと上げた。「グレトナ・グリーンか?」

「ウォーニックの城の馬車まわしで」キングは目を閉じた。「誓いのことばすら交わしませんでした」

真実ではなかった。彼女は誓った。キングがその半分にもおよばないほど誇らしげで強くて勇敢にこちらの目をまっすぐに見て〝はい〟と言ったのだ。

それなのに、これまでの人生でも経験がないくらい自分は腹を立てた。なんと愚かだったのか。

公爵が真剣な顔つきになった。「おまえはへまをしたのか?」

新婚初夜だというのに、ソフィはひとりで馬車に乗っている。自分と一緒にいるべきときに。「そうです」

「彼女はおまえを愛しているのか?」

「はい」そのことばとともに決意が固まった。彼女と過ごしたあとで、彼女なしに生きていけるというふりはもうできない。彼女なしに一日でも生きられるというふりは。キングは父に目をやり、重要なたったひとつのことばを告げた。「彼女を愛しています」

ライン公爵がドアに顎をしゃくった。「それなら、壊したものをもとどおりになおしてきなさい」

キングはすでに動いていた。


人通りのない夜の道を飛ばし、宿から宿へと立ち寄ったが、ソフィの姿はどこにもなかった。空ぶりに終わるたびにいらだちが募っていき、自分の犯した過ちを考えるたびに希望が小さくなっていく。それでも、彼女をなんとしてでも見つけ出して状況を正さねばと焦った。

〝では、どんな結末になると?〟

〝幸せな結末になればいいと思っているわ〟

幸せな結末になるとも。自分がそうしてみせる。彼女を見つける。自分は泣いている彼女を追い払ってしまったのだから、彼女を見つけるまで止まらない。そして、彼女を二度と泣かせないようにする。その必要があるならば、ロンドンまでぶっ通しで馬を走らせる。メイフェアで彼女をつかまえる。

彼女を二度と泣かせないためなら、できることはなんだってする。

前のめりになって馬を走らせながら、ソフィを愛していると悟って以来はじめて、彼女を自分のものにするのはどんな感じだろうと想像するのを自分に許した。完全に自分のものにするのは。

永遠に。

自分の腕のなかに、ベッドに、そして本と冗談と赤ん坊たちでいっぱいの屋敷にいる彼女を想像する。赤ん坊たちと一緒の彼女を。ラインの血筋は、もう自分で途絶えはしない。彼女に子どもを持たせてやろう――かわいらしい顔をした女の子たちは、自分が知っているなかでもっとも冒険好きな女性である彼女を母親に持ち、やはり冒険好きだ。

リヴァプール家の格子垣を伝い降りた瞬間から、ソフィ・タルボットは自分を冒険に引きずりこんだ。

いや、もうソフィ・タルボットではない。

エヴァースリー侯爵夫人のソフィだ。

私の妻。

私の愛。

くそっ、どうしても彼女に追いつけないのだろうか？

その思いが浮かぶか浮かばないかのうちに急な曲がり角に差しかかり、暗がりのなかでランタンを揺らしている馬車を数百ヤード先に見つけた。探している馬車と同じくらい大きなもので、近づいていくと六頭の馬が出すとおぼしき蹄の轟（とどろ）きが聞こえてきた。

ソフィだ。

一刻も早く追いつきたくて馬を急かす。彼女を取り戻すために。

彼女を愛するために。

猫を飼ってやろう。黒猫だ。白足袋を履いて、鼻も白い黒猫。

二百ヤードが半分になり、さらにまた半分になっていくうち、次の曲がり角に差しかかる馬車が自分の追っているものだと確信した。後部にウォーニックの氏族（クラン）の紋章が施されている。ソフィの乗っている馬車だ。

角を曲がりつつある馬車に向かって、キングは彼女の名前を叫ばずにはいられなかった。

「ソフィ！」さらに速くと馬を急き立てる。あと少しで馬車に並ぶ。そうしたら、彼女を取り戻せる。

彼女が受け入れてくれるなら。

その思いに胸をぐさりとやられた。

受け入れてもらわなければ困る。ソフィを取り戻すためならなんだってする。どんなふるまいにだって出る——あの馬車を停め、昔の追いはぎのようにこちらの馬に移らせるのだ。

どこか美しくて人目につかない場所へ行き、自分の過ちをすべて正す。どれほどうまく彼女を愛せるかを示す――ほかのだれにも負けないほどうまく。

一生をかけてそれを証明してみせる。「レディ・エヴァースリー！」今度はそう叫んだ。結婚姓を叫べば、自分は彼女に値すると全世界を納得させられるとばかりに。

もう彼女と離れているのは懲り懲りだ。

彼女と一緒にいたい。

永遠に。

馬車が角を曲がり、キングはその機にさらに近づいた。内側の前輪がひずんで弾けるような音を発したのが聞こえるほど近かった。以前にもその音を耳にしたことがあるが、そのときはなにが起ころうとしているのかを理解していなかった。

恐怖がほかのすべてを凌駕した。

「停まれ！」馬を限界まで急がせる。もっと速く走ってくれと馬に念じながら叫んだ。「速度を落とすんだ！」

手遅れだった。

曲がり角は急すぎ、馬車は大きすぎ、車輪がまた弾けるような音を出した。キングは悲鳴をあげた。「やめてくれ！」御者になんとか声を届かせようとしたが、大きな破裂音にかき消されてしまった。馬のいななきが聞こえ、馬車が傾いて御者を放り出してから横倒しになり、その後も十ヤードほど引きずられていったあと、おびえきった馬たちがようやく止まった。

「ソフィ！」叫びながら、なんとか彼女のもとへ急ごうと、止まりきっていない馬から飛び降りる。「やめてくれ！　やめてくれ、やめてくれ、やめてくれ」何度もくり返しながら馬車に向かって走り、ランタンを掛け金からはずすと力任せに扉を開けた。

どうか生きていてくれ。

神さま、彼女を死なせないでください。

彼女が生きていてくれたら、どんなことでもします。

「死んだら許さないぞ。話したいことが山ほどあるんだ」ソフィに聞こえますようにと暗がりに向かって話しかける。「きみを失いはしない、ソフィ。やっと見つけたんだから。まだ私を厄介払いできないぞ」

なかは暗く、ランタンを高く掲げてソフィを探した。

「生きていてくれ。頼む、生きていてくれ」

何度も何度も唱えていると、シルクの山を見つけた——ソフィが今日着ていたあの美しい深紫色のドレスだ。

それを着ている彼女はいなかった。

彼女は馬車に乗っていなかった。

どっと安堵に襲われ、それを歓迎した。心臓がまた鼓動をはじめた。

彼女は生きている。

そう思った直後、別の痛烈な思いが浮かんだ。
彼女は私を捨てた。

22

めでたしめでたし……ではない？

スコットランドからの馬車のなかで、ソフィは最初の何時間かを泣いて過ごした。一緒に過ごした時間、交わしたことば、触れ合いを思い出しているうち、涙が止めどなくあふれた。父に見つかった晩、裏切られたミノタウロスのように裸のまま怒りを隠そうともしなかった彼。

ほんとうは裏切ってなどいないのに。

彼とともにあの不可能な迷路の中央にいられるのなら、なんだってしたのに。永遠に。

けれど、ふたりのどちらも永遠にふさわしくなかった。

彼自身がウォーニックの馬車に彼女を乗せる前にそう言った。あの決定的で破壊的なことばで。

〝永遠を差し出すつもりだった。きみがあんなに急いでそれを奪い取ったりしなければ〟

やがて涙は乾き、そのあとは果てしなく思われるほどの時間を羊や牛や干し草の梱といった田舎の風景をぼんやりと見つめて過ごしているうちに夜になり、なにも見えなくなった。

そして、結局彼はわたしを破滅させた、ということしか考えられなくなった。ほかの人の目にはそう映るだろう。

永遠に。

夜の帳のなかでソフィは強さを見つけた。そして、決断をした。

キングはたっぷりのお金、包帯、軟膏を用意してくれていて、おまけに二度とソフィに会いたくないという疑念の余地のない気持ちも伝えてきた。

馬を交換するために馬車が停まったとき、やはりちょうど馬と御者を交換中の郵便馬車が宿の馬車まわしをふさいでいた。その郵便馬車が出発したとき、馬丁の身なりをした乗客がひとり増えていた。

姉の派手なドレスを着て新たな人生をはじめることはできないからだ。ウォーニックの御者はソフィがいなくなったことにも気づかなかった。

夜明けの光が郵便馬車に忍びこんで車内を銀白色に染め、まどろんでいる乗客の姿を浮き上がらせた。彼らはどこへ行くのだろう？　わたしはどこへ行くのだろう？　スプロットボローに戻るのもいいかもしれない。

その町を思い出したせいで、キングのことが浮かんでしまった。

浴槽から抱え上げてくれた彼。

宿の食堂の裏でキスをした彼。

父の差し向けた追っ手から匿ってくれた彼。

知らず知らずのうちに涙がこみ上げてきた。

やはりスプロットボローはやめておこう。

郵便馬車が速度を落としはじめた。自分を焼き尽くす思い出を追い払おうとソフィは目を閉じた。彼のやさしい愛撫や、からかいに満ちた笑い声、こちらの名前を低くささやくすばらしい声。

あの声を忘れられることはないだろう。

「ソフィ！」

彼女ははっとして目を開けた。まさか。

ほかの乗客たちが目を覚ましはじめ、窓のそばにいた男性がなにごとかとカーテンを開けた。「宿に着いたわけじゃないぞ」

ソフィが目を閉じたとき、馬車が停まった。

「追いはぎかしら？」ソフィの隣の女性はおびえていた。

「そうじゃなさそうだ」カーテンを開けた男性が言う。「頭のいかれた男みたいだ」

ソフィは首を伸ばして窓の外を見た。

心臓の鼓動が激しくなる。

頭のいかれた男性には見えなかった。完璧に見えた。

けれど、その声は怒っているようだった。「ソフィ・タルボット、私に引きずり出される前にそのいまいましい馬車から降りてくるんだ！」

窓際の男性が横の女性を肘でつついた。「あんた、タルボットかい？」

女性は首を横にふった。

男性はソフィを完全に無視して、ほかの女性ひとりひとりにたずねていった。女物の服を着た全員が否定すると、男性は窓を下げて大声で言った。「この馬車にタルボットという名前の女の人は乗ってませんよ」やりとりに集中していた乗客に向きなおる。「信じてもらえなかったみたいだ」

ソフィは座席に背を押しつけて帽子を下げ、見つからないように努めた。扉が勢いよく開けられると、早朝の光と夫が見えた。彼はすぐさまソフィに気づき、その服装をじろじろと見た。「どうしてこの国の人間はだれも足もとを見ないんだ？」

ソフィはきつすぎる上靴に視線を落とした。「合うブーツがなかったのよ」

窓際の男性が驚きの声をあげた。「彼は女だ！」

「そういうことだ」キングは少しもおもしろがらず、そっけない口調で返した。「郵便馬車について私の言ったことを忘れたのか、ソフィ？」

彼女は渋面になった。「あなたはほんの何時間か前に、二度と会いたくないと言ってわたしをロンドンへ送り帰そうとしたのよ。そんな人に旅の手段で文句を言われる筋合いはないと思うけれど」

「なんだ、痴話喧嘩なのね」ソフィの横にいた女性が楽しそうに言った。

「わたしたちは恋人同士ではありませんから」ソフィは噛みついた。

「この人があんたのために郵便馬車を追いかけてきたんなら、じきに恋人同士になるさ」窓際の男性は言い、帽子を目深に下ろして座席の背にもたれた。

恋人同士になどならないのに。

「この人はわたしを好きですらないんです」

「馬車を降りるんだ、ソフィ」

「降りなさいよ、ソフィ。わたしたちには行かなきゃならない場所があるんだから」別の乗客が言った。

「わたしだって同じです！」ソフィは譲らなかった。

キングが片方の眉をくいっと上げた。「ほう？　どこへ向かっているのかな？」

それについてはソフィには考えがなかった。いまはまだ。けれど、それをキングに話すつもりはなかった。「スプロットボローです。おぼえてらっしゃるかしら？　ハンサムなお医者さまのいた町よ」

「おぼえているとも、愛しい人。あそこで過ごした一分一秒をね」

「そんな風に呼ばないで」

「どうして？　きみを愛しているのに」

それを聞いてソフィははっと息を呑んだ。この人は獣だ。「消えてちょうだい」そっと言う。そんなことを言うなんて、ひどすぎる。ほんとうだったらいいのにと思ってしまうじゃないの。

「どうするんです、閣下？」御者がキングの背後から言った。「予定に遅れちまいそうなんですが」

キングは彼女を見つめたまま小声で言った。「私が乗ろうか？　それとも、きみが降りてくるかい？」

「彼女が降りないなら、あたしが降りてもいいよ」また別の女性客が割りこんだ。

「あんた、行きなよ」窓際の男性だ。

ソフィは聞こえなかったふりをした。「あなたがわたしを追い払ったのよ」

「私がばかだった」

「ええ、そうよ」

「その調子」隣りの乗客が言う。「負けちゃだめよ」

キングがたくましい腕をソフィに向かって伸ばしてきた。「頼むよ、ソフィ。話したいことがたくさんあるんだ。馬車から出て聞いてくれないか？」

御者はおおいに喜び、乗客の反応はさまざまで、ソフィ自身は大きな疑念を持っていたが、とりあえず外に出た。郵便馬車はすぐさま出発し、彼女はグレート・ノース・ロードでキングとふたりで残され、ほかにいるのは彼の馬だけになった。

郵便馬車の音が遠ざかるなか、ソフィは彼と対峙した。「いったい――」

キングは彼女の顔を両手で包み、キスでそのことばをさえぎった。それは長く激しい口づけで、彼女をそそると同時に不安にもさせるほど切羽詰まっているものだった。ソフィはあっという間にそのキスに溺れ、圧倒され、またキスをされるとは思っていなかったのがくつがえされたことにも圧倒された。

彼にキスをさせてはだめ。

彼にキスをされたくてたまらないのに、不公平だ。

キングが唇を離し、ふたりで息をあえがせているとき、彼の手が震えているのにソフィは気づいた。その手を自分の手で包む。「キング?」

「きみが死んでしまったと思ったんだ」ささやいたあと、また先ほどと同じ切羽詰まったようすで唇を重ねた。

ソフィが顔を離す。「なんですって? わたしは死んでいないわ。郵便馬車に乗っていたのよ」

「馬車が横転した」

目を丸くしたソフィは、旅の準備をするたびに彼が馬具を念入りに点検していたのを思い出した——ローナを馬車の事故で亡くしたからだ。「どうして?」

「車輪が壊れたんだ。馬車が横転するところをこの目で見た」キングは頭をふった。「私は事故を止められなかった。きみは死んでいたかもしれないんだ」

彼がその瞬間——彼にとって最悪の悪夢——を思い出しているのがわかって、ソフィはその両手をきつく握った。「御者は?」

「大丈夫だ。奇跡的に助かった」

「よかった」

「でも、きみはあの事故で死んでいたかもしれない」

ソフィは彼の手を頬にあてた。「わたしはちゃんと生きているわ」

「きみを失うところだった」静かでおそろしいことばだった。「だが、きみがあの馬車に乗っていないのがわかったとき、きみが生きているとわかったとき、私はまたきみを失った」

ソフィは彼の手を放して大きく息を吸い、そのことばから、その真実からあとずさった。

「あなたがわたしを追い払ったのよ」

キングが手を伸ばす。「ソフィ――」

彼女は逃げた。「愛していると言ったのに、あなたはわたしを追い払った」

キングは悪態をつき、両手を髪に突っこんだ。「わかっている。私がまちがっていた。くそっ」

「わたしはあなたと結婚したくなかった」そのことばに悲しみがにじんでしまったのがいやだった。弱さが。「あんな風には」

「わかっている」

「ほんとうにわかっているのかしら」これ以上彼を見ていられなくなった。顔を背け、郵便馬車が去っていった道に目をやる。

逃げ場を失ってしまった。

彼と同じように。

「あなたと夫婦でい続けるのは無理よ、キング。こんな風には。だからあの馬車を降りたの」ことばを切り、彼をふり返って美しい緑色の目と目を合わせた。信頼感なしに結婚生活を送るには、彼を愛しすぎていた。愛なしに結婚生活を送るには。「あなたにすべてを話したわ。自分をさらけ出した。自分の愛を。でも、それではじゅうぶんではなかった。あなたには、望まない結婚に縛られた人生よりももっといいものがふさわしいわ」頭をふって続ける。「わたしだって、もっといいものがふさわしい」

ソフィは彼に背を向けて歩き出した。どこへ向かっているのかわからなかったが、とにかくキングと一緒にはいられなかったのだ。

彼がソフィの背中に声をかけた。「それを望んでいるんだ」

ソフィは目を閉じたが、足は止めなかった。

「きみにはたしかにもっといいものがふさわしいが、すまない、それを手に入れることはかなわないよ。きみは私の妻なんだ。きみが欲しい。きみのすべてが。愛しているんだ。きみが想像する以上に。私はとんでもない愚か者だった。きみの話に耳を傾けるべきだった。きみを信じるべきだった」

ソフィはこらえきれずにふり返って彼を見た。キングは堰を切ったように話しながら近づいてきた。

「ゆうべ、きみに求婚するべきだった。愛を交わす前に。だが、ばかな私は求婚するならきちんとしたかった。きみを迷路に連れていくつもりだったんだよ、愛しい人。苺のタルトを持ってね。そうしてほしかったかい？」ソフィの目の前で立ち止まる。「どうかな、ソフィ」

「ええ、そうしてほしかったわ」小さな声だった。

「では、そうしよう」キングがきっぱりと言う。「家に戻ったらすぐにきみをあそこへ連れていこう。ちゃんとする」

「その必要はないわ。わたしたちはもう夫婦なのだから」

「いいや、ある。くそっ。そうする必要があるんだ。両手をこっちに」

言われたとおりにしたソフィは、キングが目の前でひざをついたのを見て驚いた。「やめて、キング」

彼はソフィの手に順番にキスをした。「証人はいないが、しかたない。愛している、ソフィ・タルボット。きみの美しさも聡明さも愛していて、昨日きみと結婚したかったこと、今日もきみと結婚したいこと、この先も毎日きみとの結婚を望むつもりでいることを、きみと神とグレート・ノース・ロードの前でここに誓います」

ソフィは彼の頭のてっぺんを凝視し、美しいウェーブに見惚れ、彼がここにいて自分を欲してくれているというのがなかなか信じられずにいた。

「わたしを信じてくれるの？　あなたを罠にかけるつもりはなかったのよ」

キングは立ち上がり、ソフィと額を合わせた。「私は愚かだつた。腹を立て、衝撃を受け……」しばしためらう。「きみを罠にかけたかったんだと思う。それなのに、ばかな私はきみを追い払ってしまった」目を閉じる。「馬車がひっくり返るのを見て――」目を開ける。「ああ、ソフィ。あの瞬間に私は死んだんだ。どうしたらいいか――」

「わたしは生きているわ」彼の手を取って、心臓がしっかりと鼓動している胸に持っていく。「キング。わたしは生きているの」にっこりする。「あなたってわたしを救ってばかりね」

彼は手をソフィの顎に持っていき、顔を上げさせてしっかりと目を覗きこんだ。「いつだってきみを救ってあげるよ」またキスをしてから続けた。「きみを追い払ったのは、こわかったからなんだ。きみに引き起こされる気持ちがこわかった。こんな人生を送りたいと思わせられたのが。きみにふさわしい男にはけっしてなれないかもしれないのがこわかったんだ。きみにふさわしい男になりたいんだよ、ソフィ。きみを愛する必要があるんだ。きみにもう一度愛される必要があるんだ。愛し方をきみから子どもたちに教えてもらう必要があるんだ」子どもたち。「きみはどうだかわからないが、私は茶色の髪と青い目をした本好きの娘たちが欲しい」

「わたしを愛しているってほんとうなの?」

キングは彼女と指をからめ、その手を唇に運んだ。「どうしようもないほどに」

ソフィは頭をふった。「ぜったいに手に入れられないと思っていたわ」静かに言う。「おもしろみのない人間だから。愛してくれる人なんて現われないと思っていた。正直に言って、それを心から心配していたわけではなかったけれど。わたしには家族がいて、幸せだったから。そうしたら、あなたと出会った」いったんことばを切る。「そして、人生をひっくり返されてしまった」

「きみのほうこそ私の人生をひっくり返してくれたじゃないか」

ソフィはにっこりした。「メイフェアまでの足が欲しかっただけなのに」

「私の計画にメイフェアが入っていなかったのを残念に思うかい？」

ソフィは首を横にふった。「少しも残念じゃないわ。とはいえ、道中の刺激的なあれこれはなくてもよかったけれど」

「刺激的すぎたな」キングはまたキスを盗んだ。「きみには二度と馬車で旅をさせないよ」

「あなたと出会う前のわたしは、全然刺激的じゃなかったのよ」

「信じられないな」

「でも、ほんとうのことだわ」ソフィは彼の髪に手を入れて引き寄せた。「あのときまで、従僕を盗んだことなど一度もなかったもの」そう言って、長くたっぷりとキングに口づけた。キスが終わると、キングが彼女の唇をついばんだ。「泥棒め」また口づける。「幸せな結末にする」彼がそっと誓った。そして、ソフィは彼を信じた。「もう一度言ってくれ。きみを失っていないという確証が欲しいんだ」

「愛しているわ。わたしのだんなさま。わたしのキング」少しためらってから、そっと言う。「今度はあなたがもう一度言ってくれなくちゃ」

彼は何度も何度もそのことばを言い、ソフィはついにそれが真実でなかったときを思い出せなくなった。

エピローグ

ソフィ、セントジェームズで驚く

一八三三年十一月

「こんなの、すごく恥ずかしいわ」ソフィは夫のカーリクルの高い場所から言った。「おおぜいの人から見られるんじゃないかしら？」

「火曜日の昼間だからね」深くてさりげなくてすてきな声で彼が答えた。「ああ、おおぜいの人から見られるよ」

ソフィが顔を赤らめた。「なんだかばかみたい」

「きみの気をそらす知らせを話そうか？」

ソフィは夫のほうに顔を向けた。彼の笑い声が愛おしかった。にっこり微笑む。「わたし、ばかみたいに見える？」

「完璧に見えるよ」手袋をしたソフィの手を取ってそこにキスをした。「今朝、牧歌的なスプロットボローから知らせが届いたんだ」

ソフィははっとした。メアリ、ジョン、それにベスがその町に腰を落ち着けていた。「それで？」

「きみの医者からの報告では、メアリは海峡のこちら側で最高の看護婦で、ジョンには解剖学の才能があるらしい。その才能と手先の器用さがあれば、いずれすばらしい外科医になるだろうとのことだ。ベスは家庭教師をふりまわしているらしい」

ソフィは微笑んだ。「それで、お医者さまは？」

「頭のいかれたあの医者は、その大混乱をおおいに楽しんでいると思うよ」

それを聞いて、ソフィはさらににっこりした。「すばらしいわ。みんなが幸せな結末を迎えたのね」メアリが医者にとってただの看護婦以上の存在になるのを願っていた。

カーリクルは左に曲がり、ソフィは目隠しを取ろうと手を伸ばした。「これはどうしても必要なの？」

彼女が目隠しを取ってしまう前にキングがその手を止めた。「きみは薄汚れたSじゃなかったのかい？」

「いくら姉たちだって、ロンドン中の人たちから見られるところでおとなしく目隠しをされたままでいるとは思えないわ」

「セシリーでもかい？」

「セシリーは別かもしれないわね」

キングとライン公爵が力を合わせてジャック・タルボットを貴族社会に復帰させると、ソフィの姉たちは勝ち誇ってロンドンに戻った。クレア伯爵とマーク・ランドリーはそれぞれの危険な娘たちに歓迎されたが、デレク・ホーキンズはそこまで運に恵まれなかった。デレクがタルボットの屋敷の玄関に到着したとき、セシリーは従僕を押しのけ、メイフェアの住人たちの前で尊大で傲慢な彼をたっぷりやりこめたのだった。

それ以来、セシリーはタルボット家のなかでロンドンでもっとも話題に上る人物となった。たったいままでは。「明日のゴシップ欄に載ってしまいそう」ソフィは言った。「見出しが目に浮かぶようよ」

「視界を失ったソフィ、かな？」

彼女は笑った。「全然淫らじゃないわね」

「寝室の外で目隠しをされるソフィ、では？」

浮かんだ光景は喜ばしいほど外聞の悪いもので、彼女はまた顔を赤らめた。「それでは淫らすぎるわ」

キングが声を落とした。「それがどれほど淫らか、今夜喜んで教えてあげよう」

ソフィは彼のほうに顔をめぐらせ、同じような口調で返した。「いまのを聞いて、公衆の面前にいるのでなければいいのにと心から思ってしまったわ」

キングのうめき声がして、ソフィは不意に旅行用毛布の下の体が熱くなるのを感じた。

「きみを驚かせようとしているのに、気を散らさせないでくれ」彼は言い、カーリクルを停めた。「着いたよ」

目隠しを取ろうとする。「もういい――」

「まだだ」キングが降りるとカーリクルが揺れた。

「キング！」甲高い声になる。「みんなの目のあるところでわたしを置き去りにしたら許さないわよ！」

カーリクルがふたたび揺れ、彼が身を寄せて低くよこしまな声でささやいた。「そんなことはぜったいにしないよ」

声のしたほうに顔をめぐらせると、目隠しをはずしてくれたキングが触れられそうなほど近くにいた。キスできそうなほど。彼の唇に目をやると、キングがにっこりして約束のことばを口にした。「なかに入ったらね、愛しい人」

視線を上げてキングの目を見る。「あなたってばひどい放蕩者ね」

「きみはちがうとでも？」

返事をする間もなくキングが身を引き、彼女が降りるのに手を貸した。通りにはおおぜいの見物人がいて彼女を見ており、ゴシップ紙にこの話をどれだけ速く届けられるだろうと計算しているにちがいなかった。エヴァースリー侯爵夫人が目隠しをされて、妻に夢中で頭がおかしくなったとしか思えない夫の手によって、セントジェームズのごく平凡な場所にカーリクルで連れてこられたのだ。

けれど、夫の目に興奮が浮かんでいるのを見られたソフィは、そんなことなど気にもならなかった。彼女が頭をふる。「よくわからないわ。ここはどこなの？」店の正面に視線を転じる。「書店？」

「ただの書店じゃない」ソフィに向けた彼のまなざしは、尊大な自尊心に満ちていた。

ソフィは上方にかかっている小さな看板を見上げた。〈マシュー＆息子（サンズ）たち書店〉はっとして夫をふり返る。驚きと喜びに圧倒されそうだった。「マシュー？」

キングがにやりと笑った。「私たちが分かち合ったはじめての名前だ」

ソフィは片方の眉をくいっと上げた。「わたしの従僕とわたしたちが分かち合った名前でしょう」

「私の従僕と言いたかったんだろうが、ああ、そうだよ」

いまではマシューはふたりの従僕で、メイフェアの町屋敷で幸せに働いている。

ソフィは笑った。「書店だなんて」

キングがまたあの微笑みを見せた。毎日さらに深く彼を愛してしまう微笑み。「なかに入ってみるかい？」

その問いかけが終わる前にソフィはドアの前まで行っていた。

キングがポケットから取り出した鍵を差しこんでドアに手をかけた。「なかは空っぽなんだ。きみが自分でそろえたいだろうと思ったからね」ドアが開くと暗く静かな店内が現われ、

ソフィはすでに世界中から取り寄せた本でいっぱいにする計画を立てはじめていた。

まだなかには入らずに戸口に立ち、セントジェームズを行く人々の前でキングをふり向い

た。「完璧だわ」

キングの顔に、うれしそうではあるが困惑した表情が浮かんだ。「まだ見てもいないじゃないか」

ソフィが頭をふる。「見る必要はないもの。完璧なのよ」

彼が身を寄せてくる。「完璧なのはきみだ」

ソフィは彼の顔に手をあてた。淑女は公衆の面前で夫に触れてはならないことなど気にもしていなかった。彼のことしか気にならない。「〈マシュー＆サンズ書店〉」小首を傾げる。「適切な名前ではないかもしれないわよ」

「変えたっていいんだ」キングがすぐさま言う。「きみが気に入らないのなら。マシューは自分の名前がついた店を自慢に思ってはいるだろうが、ちがう名前にしたって気を悪くはしないだろう」

「そうじゃないの」

頭をふるキングを見て、彼がいらだちを募らせつつあるのがわかった。「ソフィ。そんなことはどうでもいいんだ。なかを見たくないのかい？」

見たくてたまらなかったが、この瞬間があまりにも完璧すぎた。「見たいわ」そう言いつつも、わざと困ったようなふりをした。「でも、まだあと何カ月かは、書店の名前がこれでいいかどうかわからないと言っておいたほうがいいと思うの」

「名前なんてだれが気に――」キングがはっとする。「何カ月か？」

今度はソフィがにやりとする番だった。

キングがさらに近づいてきた。ソフィがもしちゃんとした淑女であれば、ふたりのあいだに距離を空けたはずだ。けれど、薄汚れたSでいるのにも利点はある。

「どんな名前になりそうなんだ、ソフィ？」

彼のうなり声が愛おしかった。

「そうね。確信はないけれど、〈マシュー&娘たち（ドーターズ）書店〉になるかもしれないのはおいやかしら？」

ゴシップ紙に載ったその日の午後の記事の見出しは、目隠しをされた侯爵夫人についてではなかった。愛に夢中の侯爵がセントジェームズの新しい書店の前で、昼日中に礼儀作法も忘れて、途方もない崇拝の念を表わして妻にキスをした件についてだった。

その後、彼は妻を抱きかかえて戸口をくぐり、大きな黒いブーツでドアを蹴り閉めた。

醜聞と放蕩者
第二巻／第一号

一八三三年十月十三日（日）

ウォーニックの向こう見ずな被後見人

信頼できる情報筋によると、それほどうら若くもない被後見人のうわさ話は自分に利をもたらさないと当人に念押しするため、ある特定の公爵がロンドンに戻る、とセントジェームズのオッズ屋たちは賭けているらしい。すがすがしい気候に変わりつつあるいま、ウォーニック公爵は縁結びという外套をミス・リリアン・ハーウッドのためにまとっている。上流階級に衝撃をあたえた淫らな絵画について聞いたことのある者（あるいは、その絵画を観たことのある者と言ったほうが正確かもしれない！）にはミス・創作の女神（ミューズ）として名を馳せた女性で、そのせいでスコットランド人の放蕩者が南へ呼び出されたのだ！　ハイランドの悪魔（別名、気乗り薄の公爵）の到着を待つわれわれは、刺激的なできごとが起きるのを期待をこめて待っている。確実に言えるのは、秋がさらなるタータンを街に……そして上流社会にもたらすということだ。

続報を期待されたし。

訳者あとがき

二〇一〇年に"*Nine Rules To Break When Romancing A Rake*"（邦題：『侯爵と恋に落ちるための9つの冒険』）でデビューしたサラ・マクリーンは、またたく間にヒストリカル・ロマンスの大人気作家となり、RITA賞も二度受賞しています。

そんなマクリーンにとって三シリーズめとなる〈Scandal & Scoundrel〉のトップを飾るのが、本作『不埒（ふらち）な侯爵と甘い旅路を』（原題："*The Rogue Not Taken*"）です。設定は十九世紀のイングランド。この時代は、貴族の女性にとってはさまざまな規則に縛られる窮屈なものでした。もともとは田舎で伸び伸びと暮らしていたのに、裕福な炭鉱所有者である父親が爵位を賜ったせいで貴族階級に放りこまれたとなれば、耐えられないほどの窮屈さだっただろうと察せられます。それが、本書のヒロインのソフィです。

十年前に父のジャック・タルボットが伯爵位を賜ったのをきっかけに、一家は貴族の仲間入りをしてロンドンに移り住んだ。母と四人の姉は上流階級の生活を楽しんでいたが、末っ子のソフィだけはちがった。うわべだけ洗練された浅はかな貴族が大嫌いで、そんな生活に染まろうとはしなかった。

あるガーデン・パーティに出席した折り、長姉の夫であるヘイヴン公爵の浮気現場に出くわしたソフィは、反省のかけらも見せない義兄に怒りを爆発させ、勢いあまって養魚池に突き飛ばしてしまった。そして、それをパーティの出席者に目撃されてしまった。悪いのはヘイヴンなのに、貴族たちは仲間を守り、ソフィにそっぽを向いた。母や姉たちも事態をなんとか収拾するのに懸命で、彼女をかばおうとはしてくれなかった。だからソフィはパーティを逃げ出した。〝放蕩王者〟の異名を持つエヴァースリー侯爵の従僕を買収し、そのお仕着せで変装し、侯爵の馬車に乗って。

ただ……その馬車の行き先が、ソフィの家があるメイフェアではなかったのが誤算だった。

エヴァースリー侯爵は父のライン公爵が危篤という報を受けて、本邸がある北部へ二頭立て二輪馬車（カーリクル）で向かっていた。疎遠になっていた父のいまわの際に、面と向かって復讐のことばをぶつけてやるためだった。ラインの血筋は私で途絶える、と。

ところが、途中で休憩に立ち寄った宿で、従僕のお仕着せを着たソフィと鉢合わせしてしまう。タルボット家の娘たちは男を結婚の罠にかける危険な女性だとうわさされていたため、彼はソフィが自分を狙って追いかけてきたのだと思いこむ。父亡きあとは公爵になる身ともなれば、高みを目指す女性にとってはうってつけの標的だからだ。

ところが、彼女は自分の問題ではないと何度自分に言い聞かせても、運命のいたずらで離れられなくなっていくエヴァースリーだった。

自分の気持ちを顧みられることもなく、ずっと抑えこまれてきたソフィが、思いがけない大冒険に出て、自由を味わいながら少しずつ花開いていくようすがかわいらしく描かれていて、つい応援したくなります。

一方のエヴァースリーは、十五年前のあるできごとのせいで大きなトラウマを抱えていて、かなり頑なになってしまっています。ソフィのおかげで心にまとった鎧にひびが入っていくのですが、果たして彼は過去を捨てて真実と向き合えるのでしょうか？

本書の主人公ふたりは、前シリーズ最終巻の『堕ちた天使への祝福』にもちらりと登場しているので、そちらをお読みになった方にはおまけのお楽しみも味わっていただけると思います。

シリーズ二作めの"*A Scot In The Dark*"は本国ではすでに刊行されており、本書でエヴァースリーの友人として登場したウォーニック公爵が主人公を務めているようです。こちらも邦訳をお届けできることを願っています。

二〇一六年十一月

ライムブックス

不埒(ふらち)な侯爵(こうしゃく)と甘(あま)い旅路(たびじ)を

著　者　サラ・マクリーン
訳　者　辻(つじ) 早苗(さなえ)

2017年1月20日　初版第一刷発行

発行人　成瀬雅人
発行所　株式会社原書房
〒160-0022東京都新宿区新宿1-25-13
電話・代表03-3354-0685　http://www.harashobo.co.jp
振替・00150-6-151594
カバーデザイン　松山はるみ
印刷所　図書印刷株式会社

落丁・乱丁本はお取替えいたします。
定価は、カバーに表示してあります。
 ISBN978-4-562-04492-4 Printed in Japan